DONGSUH MYSTERY BOOKS 20

FAREWELL, MY LOVELY

굿바이 마이 러브

레이몬드 챈들러/장백일 옮김

동서문화사

옮긴이 장백일(張伯逸)

전남대 철학과·건국대 대학원을 수료. 1958년 조선일보 신춘문예에 평론 〈현대문학론〉이 당선된 뒤 《문학의 초점》《시대의 작가와 작품》《전위의식의 문학운동》 등 많은 평론을 발표했다. 우석대·상명여사대·홍익대·국민대 교수 역임. 한국평론가협회 회장.

DONGSUH MYSTERY BOOKS 20

굿바이 마이 러브

레이몬드 챈들러 지음/장백일 옮김
초판 발행/1977년 12월 1일
중판 발행/2003년 1월 1일
발행인 고정일/발행처 동서문화사
창업 1956. 12. 12. 등록 16-345(윤)
서울강남구신사동540-22 ☎ 546-0331~6 (FAX) 545-0331
www.epascal.co.kr

*

편찬·필름·제작 일체 「동판」 자본으로 이루어짐에 따라
출판권 소유권자 「동판」에서 제조출판판매 세무일체를 전담합니다.
사업자등록번호 211-90-02201
ISBN 89-497-0101-4 04840
ISBN 89-497-0081-6 (세트)

굿바이 마이 러브

차례

굿바이 마이 러브······ 11
필립 마로우의 우수······ 325

등장인물

필립 마로우 사립 탐정.

큰사슴 마로이 은행 강도 전과자. 몸집이 큰 사나이.

벨마 발렌트 나이트 클럽 '플로리안'에서 노래부르던 가수.

나르티 77번 거리 경찰서 경감.

제시 플로리안 '플로리안'을 경영하던 전 주인의 아내.

린제이 마리오 제비풍의 독신 남자.

앤 리아든 베이 시티 전 경찰서장 딸.

랜들 로스앤젤리스 경찰서 살인과 경감.

그레일 부인 부유하지만 병든 남편을 둔 상류층 부인.

죠르즈 아마서 신경병 전문 의사.

세컨드 프란틴 아마서에게 고용되어 있는 인디언 경호원.

존더보그 병원을 경영하고 있는 정체불명의 의사.

레어드 부르넷 암흑가의 우두머리. 도박 시설이 갖추어진 배 두 척을 가지고 있다.

1

센트럴 거리에는 흑인들만이 살고 있는 것이 아니었다. 백인도 아직 살고 있었다. 나는 의자가 셋밖에 없는 이발소에서 막 나오는 참이었다. 직업 소개소를 통해서 온 드미트리오스 아레이디스라는 이발사가 그곳에서 일하고 있을 것이라는 말을 들었기 때문이다. 그것은 조그만 사건이었는데, 그의 아내가 남편을 데려와 주면 사례하겠다고 말했던 것이다.

그는 그 이발소에 없었다. 결국 나는 아레이디스 부인에게서 한푼도 받지 못했다.

그 날은 3월 그믐께의 따뜻한 날이었다. 나는 이발소 앞에 서서 2층의 플로리안이라는 도박장의 네온사인을 쳐다보았다. 그 간판을 쳐다보고 있는 사나이가 또 하나 있었다. 그는 자유의 여신상을 처음 보는 이민자처럼 지저분한 창을 열심히 바라보고 있었다. 6피트 5인치는 됨직한 덩치가 매우 큰 사나이인데, 맥주 회사의 트럭 같은 느낌이었다. 그는 내가 있는 데서 10피트쯤 떨어진 곳에 서 있었다. 팔을 축 늘어뜨리고 있었는데, 큼직한 손가락에 쥔 잎담배에서 연기가 오르고 있었다.

한길을 오가는 비쩍 마른 흑인들이 그 사나이를 슬쩍 훑어보며 지나갔다. 확실히 볼 만한 가치가 있었다. 흐늘흐늘한 천의 찌그러진 모자, 골프 공 모양 단추가 달려 있는 회색 스포츠 옷, 갈색 와이셔츠, 노란색 넥타이, 낡아 빠진 회색 플란넬 바지, 발 끝에 흰 장식이 달린 악어 가죽 구두. 겉옷 가슴의 주머니에서는 넥타이와 같은 색깔의 화려한 장식이 달린 손수건이 늘어져 있었다. 모자 테에 아름다운 깃털이 두 개 꽂혀 있었는데 이 깃털은 쓸데없는 장식이었다. 센트럴 거리에는 화려한 차림을 한 사람이 드물지 않았지만 그래도 이 사나이는 엔젤 케이크 위에 앉은 한 마리 독거미처럼 사람의 눈을 끌었다.

그의 피부는 창백했고 수염은 깎지 않았다. 언제든지 면도 자국이 눈에 띄는 남자일 것이 틀림없었다. 머리털은 검고 곱슬곱슬했으며, 숱 많은 눈썹이 두툼하게 살이 많은 코에 닿을 만큼 늘어져 있었다. 귀는 체구에 어울리지 않게 작고 눈은 잿빛 눈에서 흔히 볼 수 있는 것처럼 눈물 비슷한 광택을 보이고 있었다. 그 사나이는 조각상처럼 그곳에 서 있더니 이윽고 미소를 머금었다.

그는 천천히 보도를 가로질러서 2층으로 올라가는 입구의 이중문 있는 데로 걸어갔다. 그리고 손으로 문을 밀고는 표정 없는 싸늘한 시선을 한길에 한 번 던지고 나서 안으로 들어갔다. 만일 그가 좀 더 몸집이 작고 좀 더 두드러지지 않은 옷차림을 하고 있었다면 나는 그를 강도로 알았을 것이다. 그러나 이런 옷차림에 이런 모자를 쓰고 이렇게 몸집이 커서는 그런 짓을 할 까닭이 없다.

한길 쪽으로 흔들리고 있던 문이 움직이지 않게 되고 난 뒤 다시 한길을 향해 난폭하게 열리며 한 사나이가 안에서 후닥닥 튀어나오더니 보도를 가로질러서 거기에 멈춰 있던 두 대의 자동차 사이에 엎어졌다. 그 사나이는 손과 무릎을 땅에 짚고 쫓긴 쥐새끼 같은 소리를 지르더니 이윽고 엉거주춤 일어나 모자를 줍고 보도에 섰다. 여위어 앙상한 어깨를 한 다갈색 얼굴의 청년인데, 라일락 빛깔의 옷에 카네이션 한 송이를 꽂고 있었다. 머리는 검게 윤이 나고 있었다. 그는 입을 벌린 채 한참 동안 숨을 헐떡거렸다. 길 가던 사람들은 멍청한 표정으로 그의 모습을 바라보고 있었다. 이윽고 그는 다시 모자를 쓰고 보도 한쪽 끝을 절름거리면서 걸어갔다.

정적. 사람들은 다시 걷기 시작했다. 나는 이중문 앞에 가서 섰다. 문은 이제 움직이지 않았다. 내가 이러쿵저러쿵할 일은 아니었다. 나는 문을 밀어 열고 안을 들여다보았다.

어디선지 모르게 내가 앉아도 될 만큼 큼직한 손이 나타나더니 내 어깨를 움켜잡고서 짓뭉개려고 했다. 그 손은 나를 문 안으로 낚아채어 내 몸을 쳐들어 계단을 한 단 올라가게 했다. 커다란 얼굴이 나를 내려다보았다. 깊고 부드러운 목소리가 조용히 나에게 말했다.

"이 집에 검둥이가 오는지 나한테 가르쳐 줘."

그곳은 어두웠다. 아주 잠잠했다. 층계 위에서 인기척이 느껴졌지만 계단에는 우리 둘뿐이었다. 사나이는 진지한 표정으로 나를 보며 언제까지나 내 어깨를 움켜잡고 있었다.

"검둥이가 있길래 내쫓아 버렸지. 내동댕이친 걸 봤겠지?"

그는 내 어깨를 놓았다. 뼈는 부러진 것 같지 않았지만 팔이 저렸다.

"여긴 흑인 집이오. 어떤 곳인 줄 알았소?" 어깨를 문지르면서 나는 말했다.

"그런 소리 마." 덩치는 먹이를 먹고 난 네 마리 호랑이처럼 조용히 목을 갈그랑거리고 나서 말했다. "벨마가 여기서 일을 하고 있었어, 사랑스러운 벨마가."

그는 또다시 내 어깨에 손을 뻗쳤다. 나는 그의 손을 피하려 했지만 그는 고양이처럼 재빨랐다. 그는 그 무쇠 같은 손가락으로 또 한 번 근육을 움켜쥐었다.

"그래, 사랑스러운 벨마가 말이야. 난 벌써 8년이나 못 만났어. 자넨 이 집을 흑인 집이라 했지?"

나는 그렇다고 나직한 소리로 말했다.

그는 나를 들어 올려 계단을 두 계단 올라가게 했다. 나는 가까스로 그의 손을 뿌리치고 몸을 자유로이 하려고 했다. 나는 권총을 갖고 있지 않았다. 드미트리오스 아레이디스를 찾는 데 권총 같은 건 필요없다고 생각했던 것이다. 하긴 가지고 있어 봤댔자 쓸모도 없었다. 몸집이 큰 그 사나이는 나한테서 권총을 빼앗았을 게 틀림없다.

"위층에 올라가서 보면 알 것 아니오."

나는 애써 침착한 목소리로 말했다.

그는 다시 나를 놓았다. 그리고 잿빛 눈에 쓸쓸한 그림자를 떠올리며 나를 보았다.

"난 아주 기분이 좋아. 어느 누구도 감히 나한테 손대지 못할걸. 어때, 둘이 올라가서 한잔 안 할테야?"

"먹여 주지를 않아요, 흑인 집이라서……."

"나는 벨마를 8년 동안 못 만났어."

그는 쓸쓸한 목소리로 말했다.

"헤어진 뒤 8년이라는 긴 세월이 흘렀어. 편지도 6년 동안 못 받았는데, 무슨 사연이 있는 거겠지. 그 여자는 여기서 일을 하고 있었어. 아주 귀여운 여자였지. 자, 같이 올라가세."

"가지요, 갈 테니까 제발 번쩍 들어 올리는 것만은 그만둬 줘요. 난 병신이 아니니까 걸어가게 해 줘요. 나도 이제 어른이니 화장실에도 혼자 갈 수 있단 말이오. 그러니 나를 운반해 가는 것만은 그만둬요."

"귀여운 벨마는 여기서 일하고 있었어."

그는 조용히 말했다. 그는 내 말을 듣고 있지 않았다.

우리는 계단을 올라갔다. 아직도 어깨가 아팠다. 뒤통수가 식은땀
으로 젖어 있었다.

2

계단 꼭대기에 또 이중문이 있었다. 덩치는 그 문을 엄지손가락으로 가볍게 밀어 우리는 안으로 들어갔다. 그것은 길다란 방인데, 깨끗하지도 밝지도 아늑하지도 않았다. 방 한구석에는 흑인들 한 무리가 전등불 밑에 주사위 탁자를 둘러싸고 앉아 있었다. 오른편 벽을 따라 바를 만들었다. 그 밖에는 작고 둥근 탁자가 몇 개 놓여 있을 뿐이었다. 몇몇 남녀 손님이 있었으나 모두 흑인이었다.

주사위 탁자가 갑자기 조용해지더니 탁자 위의 전등이 꺼졌다. 별안간 물이 들어와 무거워진 보트와 같은 침묵이 방 안을 휩쌌다. 잿빛부터 검정에 이르는 가지각색의 얼굴이 호둣빛 눈을 반짝이며 우리를 지켜보았다. 그 눈은 다른 인종의 침입에 적의를 보이며 반짝거리고 있었다.

살집 좋고 키가 큰 흑인이 와이셔츠 소매에 분홍색 가터를 하고, 떡 벌어진 등에 분홍색과 흰색의 멜빵을 걸치고 바 카운터에 기대서 있었다. 한눈에도 경호를 책임지고 있는 자임을 알 수 있었다. 그는 쳐들고 있던 발을 내리고 천천히 우리 쪽을 향해 돌아서 조용히 다리를 벌리고는 두툼한 혓바닥을 내둘러 입술을 핥으며 우리를 쳐다봤다.

그는 온갖 흉기로 얻어맞은 것 같은 엉망진창이 된 얼굴을 하고 있었다. 흉터가 있고, 얻어터져 부어올라 색깔이 변했으며, 얼굴 모양도 달라져 있었다. 그 무엇도 겁내지 않는 얼굴이었다. 사람으로서 생각할 수 있는 모든 것이 그 얼굴에 새겨져 있었다.

짧고 곱슬곱슬한 머리에는 흰 머리가 섞여 있었고 귀의 귓불이 없었다.

그 흑인은 떡 벌어진 당당한 몸집을 하고 있었다. 튼튼한 다리가 약간 굽어 있는데 흑인으로서는 드문 일이었다. 그는 또 한 번 혓바닥으로 입술을 핥더니 싱긋이 웃음을 머금고 몸을 움직였다. 그리고 권투 선수처럼 몸을 굽히고 우리들 쪽을 향해 왔다. 덩치는 말없이 그를 기다리고 있었다.

팔에 분홍색 가터를 한 흑인은 커다란 갈색 손을 몸집이 큰 사나이 가슴에 갖다댔다. 이루 말할 수 없이 큰 손이었다. 덩치는 꼼짝도 하지 않았다. 흑인이 잔잔하게 웃었다.

"백인은 받지 않아요. 안됐지만 흑인밖에 받지 않아요."

덩치는 조그맣고 쓸쓸한 잿빛 눈으로 방 안을 둘러보았다. 목덜미에 붉은기가 돌았다.

"검둥이 소굴이란 말인가!"

그는 치밀어 오르는 울화를 삭히듯 낮게 말했다. 그리고는 조금 더 큰 목소리로 물었다.

"벨마는 어디 있지?"

경호원은 딱딱한 표정을 지으며 사나이의 복장을 아래위로 훑어봤다. 갈색 와이셔츠, 노란색 넥타이, 잿빛 윗도리, 골프 공 모양의 단추. 그는 투박한 머리를 움직이며 여러 각도에서 이 모든 것을 바라보았다. 그런 다음 발 밑을 내려다보고 악어 가죽 구두에 눈을 옮기고는 가벼운 웃음 소리를 냈다. 그는 기분이 매우 좋은 모양이었다. 나는 다소 그를 딱하게 생각했다. 그는 또다시 온화한 목소리로 말했다.

"벨마라고요? 여기 벨미라는 여자는 없어요. 술도 없고 여자도 없고 아무것도 없으니 돌아가요, 백인 형씨. 순순히 돌아가는 게 좋을 거요."

"벨마는 여기서 일하고 있었어."

몸집이 큰 사나이가 말했다. 그의 목소리는 숲 속에서 혼자 꽃을 꺾고 있는 사람처럼 들렸다. 나는 손수건을 꺼내어 목덜미를 닦았다.

흑인 경호원은 갑자기 웃음을 터뜨렸다.

"일하고 있었겠지."

그는 등 뒤의 구경꾼들을 어깨 너머로 돌아다보면서 말했다.

"분명히 벨마는 여기서 일하고 있었겠지만, 이젠 일하지 않아. 은퇴했단 말야, 하하하."

"내 몸에서 손을 떼는 게 어때." 하고 몸집이 큰 사나이가 말했다.

흑인 경호원은 씁쓰레한 얼굴을 했다. 그는 이런 말을 들어 본 적이 없었다. 그는 몸집이 큰 사나이의 와이셔츠에서 손을 떼고 색깔도 모양도 큰 가지와 똑같은 주먹을 불끈 쥐었다. 그는 경호원으로서 명예를 손상당하고 싶지 않았던 것이다. 그 바람에 그는 잘못을 저지르고 말았다. 그는 대뜸 팔꿈치를 뒤로 꺾고 사나이의 턱에 재빨리 일격을 가했다. 방 안에 조그마한 환성이 일었다.

근사한 일격이었다. 어깨가 처지고 몸이 보기 좋게 흔들렸다. 그 일격에는 몸의 온 무게가 실려 있었다. 일격을 가한 이는 늘 연습을 쌓고 있는 사내였다. 그러나 몸집이 큰 사나이는 1인치쯤 머리를 움직였을 뿐이었다. 그는 그 일격을 피하려 하지 않았다. 정면으로 그 일격을 받고 약간 몸을 떨었다 싶자 작은 소리로 목을 울리며 흑인의 멱살을 잡았다.

흑인 경호원은 무릎을 들어 몸집이 큰 사나이의 배를 차려고 하였다. 몸집이 큰 사나이는 상대방의 몸을 피하여 비치적거리게 해 놓고 큼직한 구둣발로 리놀륨 바닥에 버티고 서서 흑인의 몸을 뒤로 젖히며 오른손으로 혁대의 버클을 움켜쥐었다. 버클은 소리를 내며 부서졌다. 몸집이 큰 사나이는 그 거대한 손바닥을 상대방의 잔등에 대고 힘껏 밀어붙였다. 흑인 경호원은 뺑뺑 돌더니 두 팔을 휘두르면서 방을 가로질러 뛰어갔다. 세 남자가 허겁지겁 길을 비켰다. 흑인 경호원은 탁자를 뛰어넘고 바텐더 있는 데까지 들릴 것 같은 소리를 내며 방 한쪽 구석에 동댕이쳐졌다. 다리가 얽힌 채로, 그리고 그대로 꼼짝도 하지 않았다.

몸집이 큰 사나이가 나를 보면서 말했다.

"아무한테나 으름장을 놓으려는 놈이 있어서 곤란하단 말이야. 한 잔하세."

우리는 바로 걸어갔다. 손님들은 두 사람 세 사람 패를 지어 그림자처럼 방을 가로질러 소리도 없이 사라져 갔다. 그들은 벽에 비친 그림자처럼 소리를 내지 않았다. 문 흔들리는 소리도 나지 않았다.

우리는 바의 카운터에 몸을 기댔다. "위스키" 하고 몸집이 큰 사나이가 말했다. "자네는 뭘로 하겠나?"

"위스키." 나도 말했다.

우리는 위스키를 마셨다.

몸집이 큰 사나이는 아무 표정도 없이 위스키 잔을 홀짝거렸다. 그는 진지한 얼굴로 바텐더를 바라보았다. 발을 다친 것처럼 걷는 흰 가운을 입은 야윈 흑인이었다.

"자네, 벨마가 있는 곳을 아나?"

"벨마라고 하셨나요? 요즘 못 보았는데요, 요즘은 말입니다."

바텐더는 울음이 터져 나올 것 같은 목소리로 말했다.

"언제부터 여기서 일하나?"

"글쎄요."

바텐더는 타월을 카운터에다 놓고 이마에 주름살을 모으며 손을 꼽기 시작했다.

"열 달쯤 되나요. 아니, 그럭저럭 1년쯤 되었군요!"

"똑똑하게 말해." 덩치가 말했다.

바텐더는 말을 멈추고 목이 잘린 닭처럼 결후를 움직거렸다.

"여긴 언제부터 검둥이 집이 되었나? 누가 그렇게 했나." 덩치는 짜증스러운 태도로 소리를 질렀다.

사나이의 부르쥔 주먹 속에서 위스키 잔은 거의 보이지 않았다.

"어쨌든 5년은 지났어요. 이 친구가 벨마라는 여자를 알 까닭이 없지요. 아마 여기 있는 사람은 아무도 모를걸요." 하고 내가 말했다.

덩치는 내가 막 알에서 깨어난 것같이 바라보았다. 위스키 샤워도 그의 기분을 돋구어 주지 못한 것 같았다.

"쓸데없는 참견 말아." 그는 말했다.

나는 싱긋이 웃었다. 애써 온화한 웃음을 보이려고 했다.

"나는 자네하고 같이 들어온 사람이야, 알고 있겠지?" 그는 아무 뜻도 없는 웃음을 히죽 웃었다. "위스키" 하고 그는 바텐더에게 말했다. "꾸물대지 말고 빨리 술을 따라."

바텐더는 당황해서 눈을 희번덕거렸다. 나는 카운터에 등을 기대고 방 안을 둘러보았다. 안에는 손님이 하나도 없고 다만 바텐더와 덩치와 나, 그리고 벽에 동댕이쳐진 흑인 경호원뿐이었다. 경호원은 슬슬 몸을 움직이고 있었다. 고통을 참으며 조용히 움직이고 있었다. 한쪽 날개를 뜯긴 파리처럼 벽을 따라 가만가만 기어가는 것이었다. 갑자기 나이를 먹고 갑자기 환멸을 느낀 것처럼 탁자 뒤를 비참한 모습으로 기어가는 것이었다. 나는 꿈지럭대며 가는 그를 바라보고 있었다. 나는 카운터 쪽으로 돌아섰다. 덩치는 경호원이 기어가는 꼴을 힐끗 돌아보았으나 다시는 그에게 주의를 돌리려 하지 않았다.

"옛날 흔적은 조금도 없군. 밴드가 음악을 연주하던 작은 무대가 있었고 마음놓고 즐길 수 있는 밀실도 꽤 됐지. 벨마가 노래했어. 머리털이 빨갰지. 속옷에 붙어 있는 레이스처럼 사랑스런 여자였는데 우리가 결혼하려는 참에, 놈들이 나를 처넣었다구."

그는 투덜거렸다.

나는 두 잔째 위스키에 입을 댔다. 아무래도 나는 너무 깊이 말려든 것 같았다.

"처넣다니요?"

"8년 동안 내가 어디 있었다고 생각하나?"

"나비라도 잡고 있었나요?"

그는 바나나 같은 집게손가락으로 가슴을 쳤다.

"감옥이야. 나는 마로이라고 해. 덩치가 커서 큰 사슴 마로이라는 말을 듣고 있지. 그레이트 벤드 은행에서 4천 달러를 해치웠지, 혼자서 말이야."

"그 돈을 이제부터 쓰려는 거요?"

그는 나에게 날카로운 눈짓을 던졌다. 우리들 뒤에서 소리가 났다. 경호원이 일어나서 주사위 탁자 너머에 있는 문을 잡았다. 그는 그 문으로 해서 반쯤 뒹굴다시피하여 모습을 감추었다. 문이 소리를 내며 닫혔다. 열쇠가 걸리는 소리가 났다.

"어디로 갔지?" 큰 사슴 마로이는 고함을 질렀다.

바텐더의 눈이 그의 머리 한가운데로 들어 올려져 가까스로 경호원이 비치적거리며 나간 문에 초점을 맞추었다.

"몽고메리 씨의 사무실이 있답니다. 이 집 주인이지요."

"그자가 알고 있을지도 모르겠군." 몸집이 큰 사나이는 이렇게 말하고 위스키를 단숨에 들이켰다. "그 친구도 잘난 체 안하는 게 좋겠는데. 두 잔만 더 따르게."

그는 세상에 아무것도 걱정될 게 없다는 듯이 천천히 방을 가로질러 갔다. 큼직한 잔등 때문에 문이 안 보였다. 문에는 열쇠가 잠겨 있었다. 몸집이 큰 사나이가 손잡이를 쥐고 흔드니까 부속품이 빠져 달아났다. 그는 문 뒤로 모습을 감추고 문을 닫았다. 침묵이 흘렀다. 나는 바텐더를 보고 있었다. 바텐더는 나를 보고 있었다. 그의 눈이 이상스럽게 빛났다. 그는 카운터를 닦고 한숨을 쉬더니 오른손을 카운터 밑으로 내리려 했다. 나는 손을 뻗어 그의 오른팔을 잡았다. 야위어 연약한 팔이었다. 나는 그의 팔을 잡은 채 웃어 보였다.

"거기 뭐가 있지?"

그는 입술을 핥았다. 나에게 팔이 잡힌 채 아무 말도 하지 않았다. 검게 반들거리는 얼굴에 잿빛 그림자가 깃들었다.

"저 친구는 만만치 않아. 무슨 난동을 부릴지도 몰라, 술을 마셨으니까. 그리고 저 사람은 옛날 애인을 찾고 있어. 여기가 본디는 백인 집이었으니까. 내 말 알아듣겠나?" 나는 말했다.

바텐더는 또 입술을 핥았다.

"저 친구는 오랫동안 콩밥을 먹고 있었어. 8년 동안이나. 저자는 8년이라는 세월이 얼마나 긴지를 모르고 있어. 한평생처럼 생각되리라고 여겨졌는데. 여기 있는 사람이 애인 있는 곳을 아는 줄 알고 있어. 알겠소?"

"당신도 한패인 줄 알았지요!" 바텐더는 모깃소리 같은 음성으로 말했다.

"억지로 끌려왔지. 한길에서 붙잡혀 끌려들어 왔을 뿐이야. 생전 처음 만난 남자요. 하지만 별로 아무렇지도 않았어. 거기 뭐가 있지 ? "

"총입니다. " 바텐더는 말했다.

"안되겠군. 금지되어 있는 게 아닌가. " 나는 낮은 목소리로 말했다. "자네와 나는 한패거리야. 그거 말고는 뭐가 있나 ? "

"권총이…… 잎담배 상자에 들어 있지요. 팔을 좀 놓아 주시오. "

"좋아, 그쪽으로 물러서요. 무기 따위를 꺼낼 때가 아니니까. "

"적당히 해주시오. " 바텐더는 히죽 웃고 내 팔에 몸을 기대며 말했다. "나도……. "

그는 이렇게 말하다가 갑자기 말을 끊었다. 눈알을 굴리며 머리를 뒤로 젖혔다.

주사위 탁자 뒤 닫힌 문 너머에서 둔탁한 소리가 난 것이다. 문을 세게 닫은 소리일지도 몰랐다. 그러나 나는 그렇게 생각지 않았다. 바텐더도 그렇게는 생각지 않았다.

바텐더는 몸을 굳히고 입을 벌린 채 꼼짝도 하지 않았다. 나는 귀를 기울였다. 이제 아무 소리도 나지 않았다. 나는 급히 카운터 끄트머리로 갔다. 언제까지나 귀를 기울이고 있었던 것이 잘못이었다. 뒤쪽의 문이 확 열리며 큰 사슴 마로이가 달려나오더니, 창백한 냉소를 머금고 두 다리를 떡 벌리고 막아섰다.

45구경 자동권총을 그가 손에 쥐고 있었는데 장난감 권총같이 보였다.

그는 친숙한 투로 말했다. "이상한 짓 하면 못 써. 손을 카운터 위에 올려놔. "

바텐더와 나는 두 손을 카운터 위에 올려놓았다. 큰 사슴 마로이는 방 안을 한 바퀴 쓱 둘러보았다. 그의 얼굴에 냉소가 어려 있었다. 그리고 천천히 발을 옮겨 조용히 방을 가로질렀다. 이런 옷차림을 하고 있어도 혼자서 은행을 털 것 같은 인간으로 보였다.

그는 바 있는 데까지 걸어와서 "손 들어, 검둥이!" 하고 조용하게 말했다.

바텐더는 두 손을 들었다. 몸집이 큰 사나이는 내 등 뒤로 와서 왼손으로 내 몸을 더듬었다. 목덜미에 그의 따뜻한 숨결이 와 닿았다.

"몽고메리 씨도 벨마가 어디 있는지 모르더군. 그리고 이걸로 대답을 하려 들지 않겠나." 그는 권총을 손으로 가볍게 쳤다. 나는 조용히 돌아서서 그의 얼굴을 지켜보았다. "아무렴. 자넨 나를 잊어 버리지 않을 거야. 경찰놈들에게 분별없는 짓일랑 하지 말라고 전하게." 그는 권총을 아래위로 움직였다. "그럼, 잘 있게. 난 전차를 타야 하니까."

그는 계단을 향해 걸음을 옮겼다.

"계산이 안 돼 있는데요." 나는 말했다.

그는 발을 멈추었다.

"자네가 갖고 있지 않나. 자네 주머니를 몽땅 털 생각은 없네."

그는 말을 마치고 문 밖으로 사라졌다. 계단을 내려가는 소리가 차츰 멀어져 갔다.

바텐더가 몸을 구부렸다. 나는 카운터를 뛰어넘어 바텐더를 떠다밀었다. 카운터의 윗선반에 수건에 덮인 산탄총이 있었다. 그 옆에 잎담배 상자가 있었다. 그 속에 38구경 자동권총이 들어 있었다. 나는 그것을 집어 들었다. 바텐더는 글라스가 있는 선반에 몸을 찰싹 붙이고 있었다.

나는 카운터 끄트머리를 돌아서 방을 가로질러 주사위 탁자 위의 문을 열었다. 그곳은 L자 모양으로 되어 있는 복도인데, 거의 빛이 닿지 않았다. 흑인 경호원이 손에 칼을 움켜쥐고 실신하여 쓰러져 있었다. 나는 몸을 구부려 칼을 빼앗아 뒷계단 쪽으로 던져 버렸다. 흑인 경호원은 거친 숨을 몰아쉬고 있었다. 손에는 힘이 없었다. 나는 그를 타 넘고 칠이 벗겨진 검은 페인트로 '사무실'이라고 써 있는 문을 열었다.

삐뚜름히 열린 창 곁에 작은 책상이 있었다. 한 남자가 의자에 기대 있었다. 의자 등받이는 사나이의 목덜미에 닿는 높이였다. 사나이의 머리가 의자 등에서 뒤로 꺾여 있고 코가 열려 있는 창을 향하고 있었다. 돌쩌귀를 꼬부려 놓은 것 같은 모양이었다.

책상 오른편 서랍이 열려 있었다. 그 속에 신문지 한 장이 있고 그 가운데가 기름으로 더러워져 있었다. 권총이 거기 있었던 게 틀림없었다. 좋은 생각이었겠지만, 몽고메리 씨의 머리 위치로 볼 때 이 경우는 좋은 생각이 못된 것 같았다. 책상 위에 전화가 있었다. 나는 산탄총을 놓고 문을 잠근 다음 경찰에 전화를 걸었다. 그렇게 하는 것이 안전할 것 같았고, 그렇게 해도 몽고메리 씨가 불평을 할 까닭이 없었기 때문이다.

경찰관이 계단을 뛰어올라왔을 때는 경호원도 바텐더도 종적을 감추고 나 혼자만 남아 있었다.

3

　나르티라는 무뚝뚝한 얼굴의 사나이가 사건을 담당했다. 그는 나와 이야기하는 동안 내내 그 노르께한 손을 무릎 위에 깍지끼고 있었다. 이 사나이는 77번 거리 경찰서의 경감인데, 우리가 이야기를 한 곳은 작은 책상을 두 개 양쪽 벽에 붙여 놓은 좁은 방이었다. 바닥에는 지저분한 갈색 리놀륨이 깔려 있고 잎담배 꽁초 냄새가 방에 가득차 있었다. 나르티의 와이셔츠는 닳아서 떨어졌고, 윗도리 소매 끝이 커프스 있는 데서 접혀 있었다. 겉모습으로 보아 정직한 사나이라는 것은 알 수 있었으나, 아무래도 큰 사슴 마로이를 상대할 만한 사람으로는 보이지 않았다.

　그는 피우다 둔 잎담배에 불을 붙이고 성냥을 바닥에 던졌다. 바닥에는 버린 성냥개비가 잔뜩 흩어져 있었다. 그는 못마땅한 듯이 말했다.

　"또 검둥이 살해 사건이야. 18년 동안 이 경찰에 있지만, 이런 사건뿐이거든. 신문에도 나지 않고, 사진은 물론 4행 광고에도 나지 않는단 말이야."

나는 아무 말도 하지 않았다. 그는 내 명함을 집어 들고 다시 한 번 보았다.

"필립 마로우. 사립 탐정. 보아하니 꽤 배짱이 있음직한데, 그동안 무얼 하고 있었소?"

"어느 동안이오?"

"마로이가 그의 목을 부러뜨리고 있는 동안 말이오."

"그건 다른 방에서 일어난 일이오. 마로이는 그의 목을 부러뜨리겠다는 걸 예고해 주지 않았으니까요." 나는 말했다.

"나를 놀릴 작정이오? 얼마든지 놀리시구려. 다들 나를 놀리니까. 그래도 난 아무렇지도 않소. 늘 웃음거리가 되고 있으니까." 나르티는 내뱉듯이 말했다.

"나는 놀리고 있는 게 아닙니다. 사실을 말하고 있는 겁니다. 다른 방에서 일어난 일이라니까요."

"알고 있소." 나르티는 값싼 잎담배 연기를 내뿜으면서 말했다.

"나도 현장에 가 보았으니까. 그런데 당신은 권총을 갖고 있지 않았던가요?"

"권총이 필요한 일이 아니어서요."

"어떤 일이었는데요?"

"마누라를 두고 도망친 이발사를 찾으러 갔었지요."

"검둥이었소?"

"아니, 그리스 인이었습니다."

"그래……" 하고 나르티는 휴지통에 침을 뱉었다. "어떻게 해서 그 몸집 큰 사나이를 만났소?"

"방금 이야기한 대롭니다. 우연히 그 자리에 같이 있었을 뿐이지요. 그가 술집 플로리안에서 흑인 하나를 내동댕이치기에 가만히 있었으면 좋았을 걸 공연히 내가 얼굴을 내밀었다가 2층으로 끌려

간 거죠."

"권총을 들이대고 말인가요?"

"아니, 그때는 권총을 갖고 있지 않았어요. 적어도 나한테는 권총을 보이지 않았어요. 아마 그 권총은 몽고메리한테서 빼앗은 걸 겁니다. 이유 없이 끌려간 거지요. 가끔가다 내가 사람들 눈에 귀엽게 보이는 모양이죠."

"이상한데. 당신은 그런 사람이 아닐 텐데."

"아무렇게나 좋도록 생각하십시오. 이런 말 아무리 주고받아 봤자 소용이 없으니까. 나는 그를 만나 보았지만 당신은 그를 못 보았지요. 나나 당신을 시계의 메달 대신으로 쓸 수 있는 그런 위인이란 말입니다. 그가 살인을 저질렀다는 사실을 안 것은 그가 돌아가고 난 뒤였어요. 권총 소리는 들었지만 누군가가 겁이 나서 마로이를 쏘았고, 또 누가 쏘았든 마로이가 그 권총을 빼앗은 줄로만 알았거든요." 나는 말했다.

"어째서 그런 생각을 했지요? 은행을 털 정도의 사나이인데." 나르티가 되물었다.

"그때 그자의 복장을 한 번 생각해 보십시오. 그런 차림새로 사람을 죽이러 갈 바보는 없을 겁니다. 벨마라는 옛 애인을 찾으러 갔던 거예요. 플로리안이 아직 백인 가게였을 적에 거기서 일하던 여자지요. 하지만 은행 강도로 검거됐던 녀석이니까 곧 잡히겠지요."

"물론이지. 그런 큰 몸집에 그런 차림새를 하고 있다면……" 나르티가 동의했다.

"하지만 다른 옷을 가지고 있는지도 모르지요. 그리고 자동차도, 은신처도, 돈도, 동료도…… 그러나 결국은 잡히겠죠." 나는 말했다.

나르티는 또 휴지통에 침을 뱉었다.

"잡히겠지요. 내 머리가 백발이 될 무렵쯤에는. 이 사건을 몇 명이

맡고 있는 줄 아시오? 혼자요, 혼자. 왠지 아시오? 그것이 관례
랍니다. 언젠가 동쪽 84번 흑인 거리에 권총 소동이 벌어진 적이
있었는데, 내가 달려갔을 때는 벌써 하나가 죽어 있었어요. 가구와
벽은 물론 천장까지 피가 잔뜩 튀어 있었지요. 그때 난 그 집 앞에
서 클로니클 지 신문기자를 만났는데 막 차를 타려다가 나를 보고
뭐라고 했는지 아시오? '검둥이야, 시시해.' 이러면서 집 안에 들
어가려고도 하지 않더란 말이오."

"보석으로 나왔는지 모르지만." 나는 말했다. "기록을 조사해 보
면 알겠지요. 하지만 붙잡을 때 잘하지 않으면 생명이 위험할 거요."

"목숨이 없어지면 그런 사건은 안 맡게 될 것 아니오." 나르티는
씁쓰레하게 웃으면서 말했다.

책상 위에 있는 전화에서 벨이 울렸다. 그는 전화를 받고 슬픈 듯
이 웃었다. 수화기를 놓고 메모지에다 뭔가 적었다. 그의 눈에 희미
한 빛이 떠올라 있었다. 멀리 떨어진 먼지투성이 복도의 등불 빛이었
다.

"놈의 기록이 발견되었소. 방금 온 전화가 바로 그 전화였소. 지문
도 사진도 찍었다니까 어쨌든 단서는 잡힌 셈이오." 그리고 메모를
집어 들고 이렇게 말했다. "키 6피트 5인치, 몸무게 264파운드, 확
실히 덩치가 틀림없어. 라디오로 수배를 했답니다. 아마 도난 사건
리스트의 뒤가 되겠지. 그냥 기다리고 있는 수밖에 도리가 없겠군."
그는 이렇게 말하고 잎담배를 타구(唾具)에다 버렸다.

"여자를 찾아보는 게 좋지 않을까요? 벨마를 말입니다. 마로이는
그녀를 찾고 있어요. 사건은 거기서 발단된 거니까 벨마를 찾는 게
좋을 겁니다." 나는 말했다.

"당신이 찾는 게 좋을 거요. 나는 벌써 20년 동안 사창굴에 발을
들여놓지 않았으니까." 나르티가 말했다.

"좋소." 나는 이렇게 말하고 문 쪽으로 걸음을 옮겼다.

"잠깐" 하고 나르티는 말했다. "지금 한 말은 농담이었소. 바쁘지 않소?"

나는 담배를 꺼내고 그의 얼굴을 보면서 문 있는 데서 기다리고 있었다.

"말하자면 당신이 그 여자를 좀 찾아 주었으면 해서 그러는 거요. 확실히 좋은 생각이오. 뭔가 나올지도 모르지."

"그러면 나는 뭘 얻을 수 있지요?"

그는 노르께한 손을 슬픈 듯이 벌려 보였다. 싱긋 웃는 그의 웃음은 망가진 쥐덫처럼 교활해 보였다.

"당신은 경찰과 사이가 좋지 않을 텐데, 경찰에 친구가 있으면 손해는 안 되지 않겠소."

"그런 일로 내가 덕 볼게 있나요?"

"생각해 보오. 나는 대단한 사람은 아니지만, 어떤 사람이든 경찰에 친구가 있는 건 이로울 거요." 하고 나르티는 다시 말했다.

"단순한 호의인가요, 아니면 돈이 나오나요?"

"돈은 나오지 않소." 나르티는 노르께한 콧잔등에 주름을 잡으며 말했다. "그러나 난 뭔가 일을 해 두지 않으면 곤란해서 그러는 거요. 지난번 이동 때부터 입장이 좀 나쁘게 되어서 말이오. 난 잊지 않겠소. 언제까지나 신세를 잊지 않을 테니까."

나는 손목시계를 보았다.

"좋습니다. 그렇게 하지요. 내가 무엇인가를 알아낸다면 그건 당신 겁니다. 그리고 당신이 그놈을 잡는다면 범인 확인은 내가 맡기로 하지요. 점심 먹고 시작하기로 합시다."

나는 그와 악수를 나누고 지저분한 복도를 지나 계단을 내려와 경찰서를 나왔다.

큰 사슴 마로이가 군용 권총을 들고 플로리안을 나가고 난 뒤 2시간이 지나고 있었다. 나는 점심을 먹고 위스키를 한 병 사들고 자동차를 동쪽으로 몰아 센트럴 거리를 북으로 꼬부라졌다. 내 육감은 보도 위에서 춤추고 있는 뜨거운 물결처럼 한심스러운 것이었다.

이 일에서 호기심을 빼면 아무것도 남지 않는다. 그러나 솔직히 말해서 나는 한 달 동안 일을 하지 않았다. 돈이 되지 않는 일이라도 일이 없는 것보다는 그래도 나았던 것이다.

4

플로리안은 물론 닫혀 있었으나 가게 앞에 자동차 한 대가 멈춰 있고, 한눈에 사복 형사임을 알 수 있는 사나이가 한쪽 눈으로 신문을 읽고 있었다. 흑인 경호원도 바텐더도 아직 행방을 알 수 없었다. 동네 사람에게 물어도 아무도 몰랐다.

나는 가게 앞을 천천히 지나 모퉁이를 꼬부라진 곳에 차를 세우고, 플로리안에서 한길을 사이에 두고 대각선을 그은 지점에 있는 흑인 호텔을 바라보았다. 상즈 스시 호텔이라는 이름이었다. 나는 차에서 내려 한길을 건너 호텔로 들어갔다. 짙은 고동색 융단을 깐 양쪽에 조잡한 의자가 두 줄로 놓여 있었다. 그 막다른 곳이 프런트인데, 대머리 사나이가 눈을 감고 부드러워 보이는 갈색 손을 책상 위에 올려 깍지끼고 있었다. 앉아서 자고 있는지, 자고 있는 것처럼 보이는 건지 그 가운데 하나였다. 1880년에 맨 채로 그대로인 것 같은 넥타이에 큼직한 녹색 핀이 꽂혀 있었다. 단정치 못한 커다란 턱이 반쯤 넥타이에 묻혀 있고, 깍지낀 손의 손톱은 깨끗하게 다듬어서 잿빛 반달이 나타나 있었다.

그의 팔꿈치 옆에, 이 호텔은 인터내셔널 콘솔데이테드 에이젠시가 보호하고 있다고 기록된 금속제 표지판이 있었다.

프런트의 흑인이 한쪽 눈을 뜨고 내 얼굴을 보았다. 나는 그 표지판을 가리켰다.

"HPD에서 나왔는데, 별일없소?"

HPD란 에이젠시 속에 있는 호텔 담당 부문인데, 부도 수표로 지불을 하거나 계산을 하지 않고 벽돌이 든 헌 가방만 남겨 놓고 뒷문으로 뺑소니치는 손님을 뒤처리하는 곳이었다.

"별일 없는데요." 지배인은 카랑카랑한 목소리로 말하고 나서 음성을 낮추어 물었다. "이름이 어떻게 되시죠?"

"마로우. 필립 마로우요."

"좋은 이름이군요. 아주 듣기 좋아요. 오늘은 기분 좋은 모양이지요." 그는 또 음성을 낮추었다. "그렇지만 당신은 HPD사람이 아닙니다. HPD사람이 올 리 없으니까요." 그는 깍지꼈던 손을 풀고 손가락으로 표지판을 가리켰다. "고물상에서 샀지요. 경계(警戒)가 될 것 같아서 말입니다."

"하긴……" 나는 말했다. 그리고 카운터에 몸을 기댄 채 50센트짜리 은화를 뱅글뱅글 돌리기 시작했다. "오늘 아침 플로리안에서 일어난 이야기 들었소?"

"벌써 다 잊어 버렸습니다." 그는 말했다. 이때는 이미 양쪽 눈을 다 뜨고 카운터 위에서 돌고 있는 은화를 물끄러미 바라보고 있었다.

"주인이 살해되었지. 몽고메리라는 사람인데……" 하고 나는 말했다.

"불쌍하게 됐구먼. 명복이나 빌어 주시오." 여기서 그의 목소리가 또 낮아졌다. "경찰에서 오셨나요?

"사립 탐정이오. 폐는 끼치지 않겠소."

그는 나를 관찰하고 나서 눈을 감고 생각에 잠겼으나, 이윽고 천천히 눈을 뜨더니 돌고 있는 은화에 눈을 집중했다. 아무래도 보지 않고는 못 견디었던 것이다.

"누가 죽였나요." 그는 조용히 물었다. "누가 샘을 죽였나요?"

"감옥에서 나온 녀석이 거기가 백인 집이 아니니까 화가 난 거야. 전엔 백인 집이었던 모양인데, 당신은 기억이 없소?"

그는 아무 말도 하지 않았다. 은화는 광선을 반짝이며 멈추더니 카운터에 쓰러졌다.

"어느 쪽이 좋겠소? 성경을 읽어 줄까, 아니면 술을 살까?" 내가 물었다.

"성경은 가족들이 있는 데서 읽는 거지요." 그는 말했다. 그 눈은 거북이 눈처럼 조용히 빛나고 있었다.

"점심 식사는 끝났겠지." 나는 말했다.

"점심은 나 같은 몸과 기질을 가진 사람은 안 먹는답니다." 그리고 그는 목소리를 한층 더 낮추었다. "이쪽으로 돌아 오시오."

나는 카운터를 돌아 주머니에서 위스키 병을 꺼내어 카운터 밑 선반에 놓고 다시 본디 자리로 돌아왔다. 그는 몸을 굽혀 병의 상표를 살펴보더니 만족스러운 표정을 지었다.

"이걸 얻어먹어도 아무것도 할 말은 없지만, 어쨌든 함께 한 번 해 보십시다."

그는 위스키 병의 마개를 따서 카운터에 작은 술잔 두 개를 놓고 가득 따랐다. 그리고 그 가운데 하나를 집어 들어 주의 깊게 냄새를 맡더니 새끼손가락을 쳐든 채 단숨에 들이켰다.

그는 위스키를 맛보고 곰곰 생각하며 고개를 끄덕였다.

"이놈은 진짜로군요. 내가 도움이 될 수 있는 일이 있다면 힘이 돼 드리죠. 이 부근 일이라면 길가의 갈라진 틈바퀴 하나까지 샅샅이다 알고 있으니까요. 거짓말이 아닙니다. 이 술은 진짜로군요. "

그는 술잔에 새로 술을 따랐다. 나는 플로리안에서 일어난 일을 들려 주었다. 그는 나를 쳐다보며 벗어진 머리를 흔들었다.

"샘의 가게는 조용하고 좋은 집이었는데. 요 한 달 동안 싸움 같은 싸움도 없었고……. "

"6, 7년 전 플로리안이 백인 집이었을 때는 이름이 뭐였소? "

"네온사인을 바꾸는 것은 돈이 많이 들지요. "

나는 고개를 끄덕이며 "나도 같은 이름일 줄 알았소. 이름이 바뀌었다면 마로이가 뭐라고 했을 테니까. 그런데 그전 주인은 누구였소? " 하고 말했다.

"괴상한 것을 묻는군. 플로리안이라는 사람이지 누구겠소. 마이크 플로리안이오. "

"그 마이크 플로리안은 어떻게 되었소? "

흑인은 갈색 손을 큼직하게 벌려 보였다. 그의 목소리는 엄숙하고 슬프게 들렸다.

"죽었어요. 하느님의 부르심을 받은 거지요. 1934년인지 35년인지는 잘 모르지만, 말입니다. 생활에 질서가 없어서요. 듣자니까 간장병으로 죽었다더구먼요. 하느님을 두려워 않는 사람은 뿔이 잘린 사슴처럼 속절없이 죽고 마니까요. 그래도 하느님의 은총이 없는 것은 아니지만. " 그의 목소리가 일에 대한 이야기를 하고 있을 때처럼 낮아졌다. "왠지는 모르지만 말입니다. "

"가족은 어떻게 되었지요? 한 잔 더 드시오. "

그는 병 마개를 꼭 막아 나에게 돌려 주었다.

"두 잔만 마시기로 하고 있어요. 낮에는 말입니다. 고맙습니다. 정말 당신같이 말이 통하는 사람도 드물답니다. ……부인이 있었는데, 제시라는 이름이었지요. "

"그 여자는 어떻게 되었소?"

"거기까지는 모릅니다. 전화 번호부를 살펴보는 게 어떨까요."

전화실은 로비 한구석의 어두운 곳에 있었다. 나는 거기로 가서 사슬이 달린 너덜너덜한 전화 번호부를 뒤적였다. 플로리안이라는 이름은 없었다. 나는 프런트로 돌아왔다.

"없군."

흑인은 말없이 시민 명부를 집어서 내게 밀어 주었다. 그는 눈을 감고 있었다. 이제 흥미가 없어진 것이다. 시민 명부엔 제시 플로리안이라는 이름이 나와 있었다. 서 54번 거리 1644번지였다. 난 여태 머리를 어디다 쓰고 있었을까 하고 생각했다.

나는 종이쪽지에다 주소를 적고 시민 명부를 돌려 주었다. 흑인은 명부를 집어넣고 나와 악수를 하자 내가 들어올 때와 똑같이 두 손을 깍지꼈다. 두 눈이 조용히 감겼다.

그로서는 이제 볼일이 끝난 것이다. 나는 문 앞까지 와서 뒤를 돌아보았다. 그는 두 눈을 감은 채 편안하게 숨을 쉬고 있었다. 벗어진 머리가 반짝이는 것이 인상에 남았다.

나는 호텔 상즈 스시를 나와 자동차를 세워 둔 곳으로 돌아갔다. 일이 너무 쉽게 척척 잘 되어 가는 것 같았다.

5

서 54번 거리 1644번지는 집 앞에 바싹 마른 잔디밭이 있는 메마른 갈색 집이었다. 초라한 종려나무 둘레 한 군데 큼직하게 잔디가 벗겨진 부분이 있었다. 입구에 나무로 된 안락의자 하나가 있고, 작년 연말을 장식했던 방치된 포인세티아의 어린 가지가 오후 바람에 떠밀려 선명하게 금이 간 회벽을 두들겨 댔다. 집 옆 빈터에는 아직 덜 마른 노란 색 옷이 녹슨 철사줄에 걸린 채 흔들리고 있었다.

나는 그 집 앞을 지나쳐서 한길 반대편에다 자동차를 세우고 되돌아왔다.

벨이 울리지 않으므로 문의 나무 부분을 두드리자 둔중한 발소리가 나더니 한 여인이 코를 풀면서 나타났다. 기운이 없는 안색이었다. 갈색도 아니고 금발도 아닌 분명치 않은 색깔의 머리칼이 감지 않아서 지저분했다. 탄력 없는 몸에는 색깔도 모양도 유행에 뒤떨어진 플란넬 목욕 가운을 걸치고 있었다. 그냥 뭔가를 걸치고 있는 것뿐이었다. 큼직한 발가락이 남자용 갈색 슬리퍼에서 보였다.

"플로리안 부인입니까? 제시 플로리안 부인이시죠?" 하고 나는 물었다.

"네." 침대에서 일어난 병자 같은 목소리가 대답했다.

"센트럴 거리에서 바를 경영하던 마이크 플로리안의 부인이시죠?"

그녀는 큼직한 귀 뒤의 머리를 쓸어 올렸다. 그리고 눈을 빛내며 놀라는 표정을 지었다.

"뭐라구요?" 그녀는 목구멍이 막힌 것 같은 목소리로 말했다.

"사람 놀라게 하지 말아요. 마이크는 5년 전에 죽었어요. 대체 당신은 누구예요?"

문은 아직도 닫힌 채로 빗장이 걸려 있었다.

"탐정입니다. 조금 여쭈어 볼 게 있어서요."

그녀는 잠시 나를 보고 있더니 이윽고 빗장을 벗기고 문 옆에서 물러섰다.

"들어오세요. 아직 청소도 안했습니다만……" 그녀는 콧소리로 말했다. "경찰이군요."

나는 안으로 들어가서 문을 잠갔다. 근사한 대형 라디오가 방의 왼쪽 구석에서 소리를 내고 있었다. 가구다운 것은 그 라디오뿐이었다. 새 것 같았다. 그 밖의 것은 하나같이 잡동사니나 다름없었다. 입구에 있던 것과 똑같은 나무로 된 안락의자가 있었다. 식당의 탁자는 얼룩투성이였다. 부엌으로 통하는 문에는 손가락 자국이 가득 나 있었다. 전기 스탠드가 두 개 있었는데 예전에는 썩 근사했으리라고 여겨지는 램프의 갓이 영락한 거리의 여인처럼 닳아빠져 있었다.

여인은 안락의자에 앉아 슬리퍼를 덜렁거리면서 나를 쳐다보았다. 나는 라디오에 시선을 모으고 침대의자 끄트머리에 앉았다. 그녀는 라디오를 쳐다보고 있는 내 시선에 신경을 쓰는 것 같았다. 중국 차처럼 미덥지 못한 열의가 그녀의 표정에 떠올랐다.

"내 즐거움은 그 라디오밖에 없답니다. 하지만 마이크가 무슨 잘못을 한 건 아니겠지요? 탐정이 여기 올 리가 없는데……" 하고 그녀는 말했다.

그녀의 목소리에는 알콜 냄새가 어려 있었다. 나는 잔등에 뭔가 딱딱한 것을 느끼고 손으로 더듬어 보니 비어 있는 진 병이었다. 여자는 웃으면서 말했다.

"하기야 여자가 많았으니까 무슨 일이 있었는지도 모르지만……"

"내가 알고 싶은 것은 빨간 머리 여자에 대한 것인데요."

"빨간 머리 여자도 있기야 있었지요." 그녀는 그제야 겨우 눈빛이 또렷해졌다. "그냥 빨간 머리 여자라고 하면 어떻게 알아요, 이름이 뭐지요?"

"벨마라고 합니다. 물론 본명은 아니겠죠. 성은 모릅니다. 가족의 부탁을 받고 행방을 찾고 있어요. 센트럴 거리의 가게는, 이름은 그전대로이지만 흑인 집이 되어 있더군요. 거기서는 이름도 모르길래 부인에게 물어 볼까 하고 온 겁니다."

"이제 와서 그애의 행방을 찾다니 가족들도 정신 나간 사람들이군요."

그녀는 의미심장한 표정을 보이며 말했다.

"돈 문제가 얽혀 있습니다. 대단한 액수는 아니지만 그녀의 행방을 모르면 손을 댈 수가 없어서 그럽니다. 돈이란 기억을 불러일으키는 것이니까요."

"술도 그렇지요. 그런데 오늘은 참 덥군요. 당신은 탐정이라고 하셨지요?" 하고 여자는 말했다.

교활해 보이는 눈길, 침착한 표정. 남자용 슬리퍼를 신은 발은 전혀 움직이지 않았다.

나는 빈 술병을 들고 흔들어 보았다. 나는 그 빈 병을 버리고 뒷주머니에 있는 흑인 호텔 지배인과 함께 조금밖에 마시지 않은, 거의 새 병이나 다름없는 특제 버번 위스키 1파인트짜리 병을 꺼내어 무릎 위에다 놓았다. 여자의 눈이 빛나며 위스키 병을 보더니, 이내 새끼 고양이가 보이는 것 같은 의혹의 표정으로 변했다. 그렇지만 새끼고양이의 그것같이 순진한 표정은 아니었다.

"당신은 경찰이 아니군요. 경찰 같으면 이런 것을 사 오지 않아요. 무슨 뜻이죠?" 그녀는 부드러운 목소리로 말했다.

그녀는 또 코를 풀었다. 나는 그 손수건만큼 더러운 손수건을 본 적이 없었다. 그녀의 시선은 위스키 병에 집중되어 있었다. 의혹이 목마름과 싸워서, 목마름이 이겼다. 이 승부는 언제나 정해져 있었다.

"벨마란 여자는 가수였어요. 당신은 모르겠지요. 거기 자주 다닌 분 같지 않으니까."

해초 빛깔의 눈이 위스키 병에서 떠나지 않았다. 허옇게 가루가 핀 혓바닥을 핥았다.

"위스키는 오랜만이에요." 그녀는 한숨을 쉬며 말했다. "당신이 누구건 그런 건 상관없어요. 단단히 쥐고 계세요. 조금이라도 엎지르면 아까우니까."

그녀는 일어나 방을 나가더니 깨끗하지 못한 두꺼운 유리잔 두 개를 가지고 돌아왔다.

나는 그녀에게 위스키를 따라 주었다. 그녀는 게걸스럽게 잔을 들고 아스피린을 삼키듯 들이켜고는 병을 주시했다. 나는 또 한 잔 위스키를 따르고 내 잔에도 반쯤 따랐다. 그녀는 잔을 들고 안락의자로 돌아갔다. 이미 눈빛이 달라져 있었다.

"이것만 있으면 아무것도 필요없다오." 그녀는 앉으면서 말했다.

"그런데 무슨 말을 하다 말았지요?"

"센트럴 거리의 바에서 일하던 벨마라는 빨간 머리 여자 이야기
요."

"아참, 그렇지." 그녀는 두 잔째 위스키에 입을 댔다. 나는 그녀
곁으로 걸어가 위스키 병을 놓았다. 그녀는 곧 위스키 병에 손을 뻗
쳤다. "그런데 당신은 누구시죠?"

나는 명함을 꺼내어 그녀에게 건냈다. 그녀는 명함을 읽고 나서 옆
탁자에다 놓고 그 위에 빈 잔을 놓았다.

"사립 탐정이군요. 왜 여태 가만 계셨어요?" 이렇게 말하며 그녀
는 나를 손가락질하며 나무랐다. "하지만 이 위스키는 당신이 말이
통하는 사람이라는 증거예요. 범죄를 위해 건배해요." 그녀는 석 잔
째 손수 따라 마셨다.

나는 앉아서 담배를 손가락으로 만지작거리면서 기다리고 있었다.
그녀가 무엇을 알고 있는지, 아니면 아무것도 모르는지, 만일 알고
있어도 말해 줄 것인지 어떤지, 문제는 그것뿐이었다.

"귀엽게 생긴 빨간 머리 여자였지요." 그녀는 천천히 말했다. "잘
알아요. 노래를 부르고 춤을 추며 아름다운 다리를 서슴없이 드러내
곤 했었지요. 어디로 갔는지 뜨내기 일이라 행방은 모르지만……."

"나도 부인이 거기까지 알고 있으리라고는 기대하지 않습니다. 하
지만 달리 물어보러 갈 만한 곳도 없고 해서. 아무튼 이 위스키나
드십시오. 없어지면 또 사 올 테니."

"당신은 안 드시는군요" 하고 그녀가 불쑥 말했다.

나는 잔을 들고 위스키가 한 잔 가득 들어 있는 것처럼 시간을 들
여서 천천히 마셨다.

"그 여자의 가족은 어디 있지요?" 그녀는 대뜸 물었다.

"그까짓 것은 알아서 뭘합니까."

"하긴" 하고 그녀는 쓴웃음을 지었다. "경찰은 다 똑같아. 내가 알

게 뭐람. 술 사 주는 사람은 다 친구인걸."

　그녀는 술병을 들어 넉 잔째를 따르며 "이런 짓은 안 하는 게 좋을지 모르지만, 나는 한 번 마음에 들면 끝까지 마음에 들어 버리는 성미라서요" 하고 웃었다. 빨래통 쪽이 차라리 귀여울 것이다. "가만히 기다리고 있어요, 좋은 걸 보여 드릴 테니까!"

　그녀는 일어서서 재채기를 한 번 크게 했다. 그리고 부리나케 목욕 가운 앞자락을 여미더니 차가운 눈으로 나를 노려보았다.

　"내다보면 안 돼요." 이렇게 말하고 그녀는 어깨를 문에 부딪쳐 가며 또 방을 나갔다. 나는 집 뒤꼍으로 가는 그녀의 비틀거리는 발소리를 들었다.

　포인세티아의 어린 가지가 집 앞벽에 나른하게 부딪치고 있었다. 철사로 된 빨랫줄이 아련한 소리를 냈다. 아이스크림 장수가 방울을 흔들며 지나갔다. 방 안의 커다란 새 라디오가 댄스 음악을 나직하게 연주하고 있었다.

　이윽고 뒷방에서 부스럭거리는 소리가 나기 시작했다. 의자가 쓰러진 것 같았다. 홱 잡아 뽑은 서랍이 바닥에 나동그라지는 것 같은 소리가 났다. 그녀는 중얼중얼하면서 뒤적거리고 있는 모양이다. 나는 침대의자에서 일어나 발소리를 죽여 식당으로 가서 열린 문틈으로 뒷방을 들여다봤다.

　그녀는 트렁크 앞에 앉아서 속에 든 것을 끄집어 내며 이마로 흘러 내리는 머리를 성가신 듯 쓸어 올렸다. 예상 외로 취해 있었다. 그녀는 트렁크 속으로 몸을 구부리고 기침을 하더니 크게 숨을 내쉬었다. 그리고 투실투실한 무릎을 굽히고 앉더니 두 손을 트렁크 속에 집어 넣고 뒤적거렸다.

　그녀가 트렁크에서 끄집어 낸 것은 색깔이 바랜 분홍색 끈으로 묶은 사진 다발이었다. 그녀는 서투른 솜씨로 그 끈을 풀기 시작했다.

그리고 다발 속에서 봉투 하나를 빼내어 트렁크 오른편에 밀어 넣었다. 그런 다음 떨리는 손으로 끈을 고쳐 맸다.

나는 살그머니 본디 자리로 돌아와 앉았다. 그녀는 거친 숨을 토해내며 돌아와서 방문 앞에 서더니 몸을 비치적거렸다. 그리고 자랑스러운 듯 웃어 보이고는 들고 있던 사진 다발을 내 발치에 던지고 안락의자 있는 데로 비칠비칠 걸어가 위스키에 손을 뻗었다.

나는 그 사진 다발을 주워 올려 색이 바랜 분홍 끈을 풀었다.

"보세요, 사진이에요, 신문의 스틸 사진이지요, 그것들은 경찰 소동이라도 벌어져야지, 그렇지 않고는 신문에 나지 않아요, 그 사람이 남기고 간 것은 그 사진과 헌 옷뿐이었지요." 그녀는 무뚝뚝한 투로 말했다.

나는 자세를 잡은 남자와 여자의 사진들을 한 장씩 보았다. 남자들은 여우 같은 표정을 하고 있었는데, 경마장에서 볼 수 있는 옷을 입고 익살스럽게 분장을 하고 있었다. 모두 시골을 도는 댄서나 희극배우들이었다. 메인 거리 서쪽의 쓸 만한 극장에서 출연을 한 사람은 거의 없었다. 변두리의 가설 극장이나 스트립 극장에 나가는 이들뿐인데, 스틸 극장은 단속반에 곧잘 걸리는 쇼라서 이따금 처벌을 받는 바람에 그들도 법정에 끌려나갔다가는 얼마 있다가 또다시 쉰 땀내 같은 냄새를 흩뿌리며 엷은 웃음을 머금고 무대에 서곤 하는 것이었다. 여자들은 아름다운 다리를 가지고 있었는데, 영화 같으면 허락되지 않을 정도로 몸을 드러내 놓고 있었다. 그러나 그들의 표정은 샐러리맨의 윗도리처럼 지쳐 있었다. 금발, 밤색 머리, 커다란 황소 같은 눈, 꿩의 눈처럼 둔한 눈동자, 장난꾸러기 같은 작고 날카로운 눈, 그리고 빨간 머리 여자도 있겠지만 사진으로는 알 수 없었다. 나는 별 흥미 없이 대충 보고 나서 본디대로 끈을 묶었다.

"모르는 얼굴뿐이군요. 왜 이걸 나한테 보여 주는 겁니까?" 나는 말했다.

그녀는 오른손으로 병을 쥐고서 내 거동을 물끄러미 보고 있었다.

"벨마를 찾고 있는 게 아녜요?"

"이 속에 있나요?"

"사진을 얻어 오지 않았나요, 가족들한테서?" 그녀의 눈동자가 교활하게 빛났다.

"안 가지고 왔는데요."

이 대답은 그녀의 마음에 들지 않았다. 아무리 짧은 옷을 입고, 리본을 매고 있는 사진이라도 사진을 한 장도 가지고 있지 않는 여자는 없다. 나는 당연히 사진을 얻어 가지고 왔어야만 했다.

"여전히 내 맘에 안 드는 짓만 하는군요." 그녀가 침착한 목소리로 말했다.

나는 잔을 들고 일어나 그녀 곁으로 걸어가서 그것을 탁자 위에 놓았다.

"없어지기 전에 한 잔 따라 주실까요."

그녀는 잔을 들고 위스키를 따르려고 했다. 난 번개같이 몸을 날려 식당을 지나 뒷방 침실로 갔다. 뒤에서 그녀가 소리쳤다. 난 트렁크의 오른편을 더듬어 봉투를 꺼냈다.

내가 방으로 돌아왔을 때 그녀는 의자에서 일어나 있었다. 유리 같은 기분 나쁜 눈으로 나를 보고 있었다.

"앉아요. 큰 사슴 마로이같이 머리 나쁜 인간을 상대하고 있는 게 아니란 말이오." 나는 일부러 험상궂게 말했다.

나는 어둠 속에 대고 권총을 쏘아 본 셈이었는데 반응은 없었다.

그녀는 두 번 눈을 깜박깜박하더니 입술을 벌려 더러운 이빨이 나를 비웃고 있는 것처럼 보였다.

"큰 사슴? 큰 사슴이 어쨌다는 거지요?"

"나왔어요." 나는 말했다. "감옥에서 나와 45구경 권총을 갖고 돌아다니고 있어요. 오늘 아침, 벨마가 간 곳을 대지 않는다고 센트럴 거리에서 흑인 하나를 살해했지요. 지금쯤은 8년 전에 그를 경찰에 찌른 놈을 찾고 있을 거요."

그녀의 표정이 변한 것 같았다. 그리고 병을 움켜쥐더니 입을 대고 벌컥벌컥 위스키를 들이켰다. 쏟아진 액체가 볼을 타고 흘렀다.

"그리고 경찰이 그를 찾고 있겠군요." 그녀는 웃었다. "경찰이 말이에요!"

훌륭한 여자다. 나는 이 여자와 함께 있는 것이 기뻤다. 이 여자를 취하게 한 것은 목적에 알맞는 일이었다. 나도 꽤 솜씨가 좋은 사내였다. 앞으로 어떤 일에 부닥치게 되는지 짐작할 수 없지만 무슨 일이 일어날 것인지 약간 신경이 쓰이기 시작했다.

나는 봉투를 열어 사진 한 장을 꺼냈다. 다른 사진과 똑같은 사진이었지만 사진에 찍힌 모습이 훨씬 느낌이 좋은 여자였다. 위에는 어릿광대 옷을 입고 있었다. 검은 술이 달린 고깔모자 밑에 머리가 검게 보이지만 빨간 머리일지도 몰랐다. 얼굴은 옆을 보고 있었고 눈이 밝게 빛나고 있었다. 그러나 사랑스럽고 순진한 여자인지 어떤지 그건 모르겠다. 아름다운 것은 확실하니까 틀림없이 남자들 사이에 인기가 있었을 것이다. 그러나 그 아름다움은 평범한 아름다움이어서 오피스 거리의 점심 시간이면 얼마든지 볼 수 있는 얼굴이었다.

아래는 다리가 찍혀 있을 뿐인데, 아주 근사하였다. 오른쪽 밑 구석에 서명이 되어 있었다. '언제나 당신의 것, 벨마 발렌트.'

그녀는 거친 숨을 내몰았을 뿐 아무 말도 하지 않았다. 나는 사진을 봉투에 도로 넣어 그 봉투를 주머니에 넣었다.

"왜 숨겼지요?" 나는 다그쳐 물었다. "이 사진만 왜 안 보여 줬지요? 이 여자 지금 어디 있소?"

"죽었어요, 좋은 여자였는데 죽어 버렸어요. 이제 돌아가 주세요."

그녀는 말했다.

그녀의 손에서 위스키 병이 떨어져 바닥에 굴렀다. 나는 몸을 구부리고 병을 주우려고 했다. 그녀가 내 얼굴을 찼다. 나는 재빨리 몸을 비켜 그녀의 발길을 피했다.

"나를 발로 찬다고 해서 숨긴 이유의 설명은 되지 않습니다. 어디서 죽었지요? 왜 죽었지요?"

그녀는 괴로운 듯한 목소리로 말했다. "나는 불쌍한 병자란 말이에요, 이제 날 내버려 둬 줘요."

나는 말없이 그 자리에 서 있었다. 아무 말도 하려 하지 않았다. 그녀 곁으로 다가가서 거의 비어 버린 병을 탁자 위에 놓았다.

그녀는 양탄자를 내려다보았다. 라디오가 방 한구석에서 즐겁게 울리고 있었다. 자동차 한 대가 한길을 지나갔다. 파리가 창에 부딪쳤다. 이윽고 그녀는 아무 뜻도 없는 소리를 중얼중얼하다가 머리를 흔들며 소리내어 웃더니 오른손으로 병을 집어 들어서 입에 물었다. 병이 비자 그녀는 그것을 한 번 흔들어 보고 나서 나에게 집어던졌다. 병은 양탄자 위를 굴러 방 구석으로 갔다. 그녀는 또 한 번 나를 노려보고 나서 두 눈을 감고 코를 골기 시작했다.

연극이었는지도 모르지만 그런 것은 아무래도 좋았다. 나는 더 이상 여기 있을 필요가 없었다.

나는 모자를 집어 들고 문 있는 데로 걸어갔다. 방 한구석에서 라디오가 울리고 있었다. 여자는 조용히 코를 골고 있었다. 나는 그녀의 얼굴을 돌아다보고 나서 문을 닫았다가 다시 조용히 열고 또 한 번 보았다.

그녀의 눈은 아직도 감겨 있었지만 눈꺼풀 밑에서 뭔가 번쩍였다.

나는 계단을 내려가 한길로 나갔다.

이웃집 창문의 커튼이 열려 있고, 코가 뾰족한 백발 노파의 얼굴이 유리창에 바싹 붙어 있었다. 참견하기 좋아하는 노파가 옆집의 동태를 살피고 있는 것이었다. 어느 동네고 이런 사람이 있는 법이다. 난 그 노파에게 손을 흔들어 보였다. 커튼이 닫혔다.

　나는 차를 세워 둔 곳으로 되돌아가서 77번 거리 경찰서로 돌아가 2층 나르티의 방으로 올라갔다.

6

나르티는 여전히 의자에 몸을 묻은 채 우울한 표정을 하고 있었다. 재떨이의 잎담배 꽁초 두 개와 바닥에 버린 성냥의 수가 더 늘어나 있었다.

나는 빈 책상 앞에 앉았는데 나르티는 자기 책상에 엎어 놓았던 사진을 집어서 나에게 주었다. 정면과 옆으로 본 얼굴이 나란히 찍혀 있고 지문을 분류하여 표시해 놓은 것이었다. 분명히 마로이의 사진인데 강한 광선을 받고 찍었기 때문에 프랑스 빵처럼 눈썹이 없었다.

"틀림없는데요." 이렇게 말하고 나는 사진을 돌려 줬다.

"오레곤 주의 형무소에서 전보로 보고가 있었소." 나르티는 말했다. "복역중인 인물인데 그럭저럭 단서가 잡혔소. 7번 거리의 전차 차장이 마로이인 듯한 사나이를 보았다더군요. 3번 거리와 알렉산드리아 거리 모퉁이에서 전차를 내렸으니 아마 빈집에라도 숨어 있겠지. 상점가가 너무 멀어 세들 사람이 없는 낡고 큰 집들이 얼마든지 있으니까 말이오. 그가 그 가운데 하나에 들어가 있다고 한다면 독 안에 든 쥐지. 당신은 뭘 하고 있었소?"

"화려한 모자를 쓰고 흰 골프 공 단추를 웃저고리에 달고 있었다던 가요?"

나르티는 얼굴을 찡그리고 무릎에 깍지를 꼈다.

"아니, 푸른 옷이었소, 갈색인지도 모르지."

"회교도처럼 머리에 헝겊을 감고 있지는 않았겠죠?"

"뭐요? 농담이겠지, 재미도 없는."

"그는 큰 사슴이 아닙니다. 전차는 타지 않아요. 돈을 갖고 있었으니까. 그리고 그는 기성복을 입을 수가 없어요. 맞춤이 아니고는 입을 수가 없단 말입니다."

"딴은 그렇군." 나르티는 재미없다는 얼굴을 했다. "그런데 당신은 뭘 하고 왔소?"

"당신 대리 노릇을 하고 있었지요. 플로리안은 백인 가게였을 때도 같은 이름이었답니다. 부근의 흑인 호텔 지배인한테 들었는데, 네온사인은 돈이 들어서 그 가게를 인수한 흑인이 간판을 그냥 쓰고 있는 모양이오. 먼저 주인은 마이크 플로리안으로서 몇 년 전에 죽었지만, 마누라는 아직 살아 있더군요. 서 54번 거리 1644번지에 살고 있어요. 이름은 제시 플로리안. 전화 번호부에는 없어도 시민 명부에는 나와 있습니다."

"그래서 어떻게 하라는 건가요? 그 여자와 밀회라도 하란 말이오?"

"그것도 내가 대신 하고 왔지요. 위스키 병을 가지고 가서 말이죠. 진흙이 가득찬 양동이 같은 얼굴을 한 중년 여자요. 쿨리지가 대통령을 하던 때부터 한 번도 머리를 감아 본 적이 없는 모양이더군요."

"농담은 그만둡시다" 하고 나르티는 말했다.

"나는 그 플로리안 부인에게 벨마에 대한 걸 물어 보고 왔소. 아시

49

겠죠, 나르티 씨? 큰 사슴 마로이는 벨마라는 빨간 머리 여자를 찾고 있었단 말입니다. 내 말이 따분하다면 그만둬도 좋지만."

"왜? 뭐 신경에 거슬리는 일이라도 있소?"

"아니, 아무것도 아닙니다. 말해 봤자 당신은 모를 테니까. 플로리안 부인은 벨마라는 여자를 모른다고 하더군요. 초라한 집인데, 가구다운 거라고는 7, 80달러짜리는 됨직한 새 라디오뿐이더군요."

"당신은 단서가 될 만한 이야기는 아무것도 안 하고 있구려."

"플로리안 부인은——나는 제시라고 부르고 싶소만——남편이 남긴 건 헌 옷과 가게에서 일하던 사람들의 사진뿐이라고 말하더군요. 난 술로 낚아 보았지요. 나를 두들겨패서라도 위스키 병을 집으려는 여자였으니까요. 서너 잔쯤 마시더니 침실로 들어가 헌 트렁크에서 사진 뭉치를 가지고 나왔는데, 그때 내가 가만히 엿보았더니, 글쎄 뭉치 속에서 봉투 하나를 뽑아 숨기지 않겠소. 그래서 내가 그 봉투를 뺏어 왔지요."

나는 주머니에서 봉투를 꺼내 어릿광대 여자 사진을 그의 책상에 놓았다. 그는 사진을 집어들고 물끄러미 바라보더니 입술을 일그러뜨렸다.

"예쁜데. 고생해도 좋겠는걸. 벨마 발렌트라. 이 여자는 어떻게 되었답니까?"

"죽었다고 하더군요. 하지만 그것으로는 사진을 숨긴 설명이 되지 않아요."

"왜 숨겼을까?"

"그걸 말하지 않거든요. 마지막에 내가 큰 사슴이 출옥했다는 말을 했더니 경계하기 시작하더군요. 그럴 수가 있을까."

"그래서……."

"그것뿐입니다. 나는 사실을 죄다 털어놓고 증거를 당신한테 제공

한 겁니다. 지금부터는 당신이 단서를 잡을 차례지요."

"하지만 그것이 무슨 소용이 되오? 역시 사건은 검둥이 살해요. 큰 사슴이 붙잡힐 때까지 기다리는 수밖에 도리 없지. 어쨌든 여자와 8년 동안 만나지 못했으니까……"

"알았습니다. 좋도록 하시오." 나는 말했다. "하지만 잊어버리지는 마십시오. 그는 여자를 찾고 있어요. 그리고 집념이 강한 남자 같아요. 은행을 털고 붙잡혔다는데, 밀고한 녀석이 있겠죠? 그게 누구입니까?"

"모르겠소. 조사해 보면 알겠지. 그건 왜?"

"틀림없이 밀고한 놈이 있을 겁니다. 큰 사슴은 그걸 알고 있기에 그놈에게 보복을 하려고 하는 거예요." 나는 일어섰다. "그럼, 가겠습니다. 행운을 빌지요."

"나를 버려 두고 갈 참이오?"

나는 문 있는 데까지 걸어갔다.

"집에 가서 목욕을 하고, 양치질을 하고, 손톱에 매니큐어를 해야겠습니다."

"어디 몸이 불편한가요?"

"더러워져 있을 뿐입니다. 굉장히 더러워져 있어요." 나는 말했다.

"서두를 것 없지 않소. 자, 앉아요." 그는 엄지손가락을 조끼에 대고 몸을 뒤로 젖혔다. 얼마쯤 경관다워 보이긴 했지만, 그래도 위엄을 더하는 것은 아니었다.

"서두르지는 않습니다. 조금도 서두르지는 않아요. 이제 내가 할 일이 없지 않습니까. 플로리안 부인이 한 말이 사실이라면 벨마는 죽었어요. 그리고 현재로 봐서 그녀가 거짓말을 했다고 생각될 만한 이유가 없거든요."

"하긴……" 그는 직업 의식에서 오는 의혹을 얼굴에 나타내며 말했다.

"그리고 당신은 큰 사슴 마로이의 단서를 잡지 않았습니까. 난 집에 돌아가서 내 일이나 시작하겠어요."

"큰 사슴을 놓칠지도 모르지" 하고 나르티는 말했다. "아무리 몸집이 큰 사나이라도 안 잡히는 수가 있으니까." 그리고 그의 눈이 의심스럽게 빛났다. "얼마 받았소?"

"뭐요?"

"당신 입을 막는 데 그 여자가 얼마 주더냔 말이오."

"뭘 막는다는 거지요?"

"뭔지는 모르지만 당신이 지금 말하지 않은 것 말이오."

그는 조끼 앞에 두 손을 맞대고 싱긋 웃었다.

"무슨 소릴 하는 거요!" 나는 멍청해 있는 그를 남겨 두고 방을 뛰쳐나갔다.

문을 나와 1야드쯤 걸어갔을 때 나는 문득 다시 되돌아가 조용히 문을 열고 안을 들여다보았다. 그는 여전히 같은 자세로 조끼에 손을 대고 있었으나 웃음은 사라지고 없었다. 무언가 걱정이 되는 눈치였다. 입은 아직도 벌린 채로였다.

그는 몸을 움직이려고도 하지 않고 나를 쳐다보려고도 하지 않았다. 내가 문 여는 것을 알고 있었는지 어떤지도 알 수 없었다. 나는 다시 문을 닫고 복도를 걸어 나왔다.

7

그 해 달력에는 인쇄가 조잡한 렘브란트의 자화상이 실려 있었다. 더러워진 엄지손가락으로 지저분한 팔레트를 쥐고 역시 깨끗하지 못한 커다랗고 검은 모자를 쓰고 있는 자화상인데, 얼마쯤 미리 돈을 주는 사람만 있다면 일을 해도 좋다는 태도로 화필을 허공에 쳐들고 있었다. 늙은 얼굴에는 주름살이 보이고, 인생에 대한 혐오와 과음으로 수척해 있었지만 나는 그 명랑한 표정과 아침 이슬같이 반짝이는 눈이 마음에 들었다.

4시 반, 내가 사무실의 책상을 사이에 두고 그를 바라보고 있을 때 전화 벨이 울리더니 자신에 찬 차가운 목소리가 들려 왔다.

"사립 탐정 필립 마로우 씨입니까?"

"그렇습니다만……"

"당신을 믿을 수 있는 사람으로서 나한테 추천한 사람이 있습니다. 오늘 밤 7시에 우리 집으로 와 주시오. 용건은 그때 말하지요. 내 이름은 린제이 마리오, 몬테마 비스터 카브리로 거리 4212번지요. 장소는 알겠지요?"

"몬테마 비스터라면 압니다, 마리오 씨."

"하지만 카브리로 거리는 찾기 힘든 곳입니다. 한길에서 쑥 들어가 꼬부라져 있으니까요. 한길가에 있는 카페 뒤의 돌계단으로 올라오는 게 제일 좋을 겁니다. 세 번째 길이 카브리로 거리인데, 한 구획 중간쯤 되는 곳에는 우리 집밖에 없지요. 그럼, 7시입니다."

"어떤 목적으로 나를 고용하는 겁니까, 마리오 씨?"

"전화로는 말하고 싶지 않습니다."

"어떤 성질의 것인지 그것만 말해 주지 않겠습니까. 몬테마 비스터까지는 상당한 거리니까요."

"이야기가 결정되지 않더라도 비용은 물겠습니다. 일에 따라서 맡지 않기도 하나요?"

"법에 저촉되는 일만 아니라면 뭐든지 맡습니다."

전화의 목소리는 한층 더 차가워졌다.

"법에 저촉되는 일이라면 처음부터 당신한테 부탁하지 않습니다."

확실히 하버드 대학을 나온 사나이다. 가정법의 사용 방법이 문법에 들어 맞고 있다. 납득이 안 가는 점도 있긴 했지만, 은행 계좌의 돈도 다 되어 가고 해서 나는 애써 부드러운 말투로 대답했다.

"감사합니다, 마리오 씨. 가겠습니다."

전화는 여기서 끊어졌다. 렘브란트가 나에게 엷은 웃음을 던진 것 같았다. 나는 책상의 깊은 서랍에서 위스키 병을 꺼내 병째 한 모금 마셨다. 렘브란트는 부리나케 웃음을 거두었다.

햇빛이 책상 가장자리를 스쳐서 양탄자 위에 조용히 떨어져 있었다. 바깥 한길에서는 교통 신호의 벨이 울리고 전차 달리는 소리가 나고 있었다. 옆방인 변호사 사무실에서 타이프라이터 소리가 단조롭게 울리고 있었다. 나는 파이프에 담배를 채우고 불을 붙였다. 그때 또 전화 벨이 울렸다.

이번에는 나르티였다. 구운 감자 같은 목소리였다.

"내가 졌소."

그는 전화를 받고 있는 사람이 누군지 알고 나서 말했다.

"유감이오. 마로이는 그 플로리안 부인을 찾아갔었소."

나는 수화기를 꽉 움켜쥐었다. 갑자기 윗입술이 싸늘해졌다.

"그래서 어떻게 되었지요? 벌써 마로이는 잡혔을 줄 알았는데."

"사람을 잘못 본 거였소. 서 54번 거리에 참견하기 좋아하는 여자가 있어서 이리로 전화를 걸어 주었소. 플로리안의 집에 손님이 둘 찾아갔었다는 거요. 하나는 한 길 건너편에 차를 세우고 주위 동태를 살피고 나서 집 안으로 들어갔는데, 약 1시간쯤 있었던 것 같소. 키는 대략 6피트, 검은 머리에 보통 몸매. 별로 이상한 데도 없고 침착하게 집에서 나왔다는데……."

"술 냄새를 풍기고 있었겠지요?"

"그렇소. 그가 당신이겠지요. 두 번째가 큰 사슴이었소. 화려한 옷차림의 덩치였다고 해요. 그도 자동차로 왔다는데, 할머니는 차 번호를 읽을 수가 없었다는군요. 당신이 돌아가고 나서 약 1시간쯤 뒤의 일인데, 부지런히 집 안으로 들어갔다가 한 5분밖에 안 있었던 것 같소. 자동차로 돌아가기 전에 그가 커다란 권총을 꺼내 들고 있는 것을 할머니가 본 모양이지. 그래서 전화를 걸었던 거요. 하지만 집 안에서 총소리는 나지 않았다더군요."

"그거 안됐군요" 하고 나는 말했다.

"음, 그렇게 말할 줄 알았소. 웃는 건 나중에 하기로 하고, 그래서 순찰 경관이 곧 출동했는데 대답이 없더라는 거요. 문을 채우지 않아 집 안에 들어가 보았더니 아무도 죽지는 않았소. 아무도 없었던 거지. 플로리안 부인은 어디론가 가 버린 거요. 옆집 할머니한테 갔더니 할머니는 잔뜩 화가 나 있었는데, 왠고하니 할머니 모르는 동안에 플로리안 부인이 나가 버려서 그렇다는 거요. 그래서 그들은 돌아와서 일을 하고 있었는데, 그로부터 1시간, 아니 1시간 반쯤 될까, 또 할머니가 전화를 걸어 플로리안 부인이 돌아왔다고 말하는 거였소. 내가 전화를 받고 그게 어쨌다는 거냐고 했더니, 할머니는 화가 나서 전화를 끊어 버리더군."

나르티는 한숨 돌리며 내 비평을 기다렸다. 나는 아무 말도 하지 않았다. 이윽고 그가 또 입을 열었다.

"당신 의견은 어떻소?"

"별로 의견은 없어요. 큰 사슴은 물론 그 집에 갔겠지요. 플로리안 부인과 아는 사이일 게 틀림없습니다. 그리고 거기 오래 있을 리가 없어요. 플로리안 부인에게 경찰의 손이 뻗쳐 있는 것은 뻔한 일이니까요."

"내가 여자를 만나 보겠소." 나르티는 말했다. "어디로 갔었는지 조사해 오겠소."

"좋은 생각이오. 당신을 의자에서 들어올려 줄 사람이 있다면……" 하고 나는 말했다.

"아니, 또 놀리는 거요? 마음대로 하시오. 이제 난 아무렇지도 않으니까……."

"좋습니다. 그래, 마로이는요?"

그는 기쁜 듯이 웃으며 말했다.

"이젠 놓치지 않을 거요. 질라드에서 북으로 향했다는 것을 확인했으니까. 자동차는 세낸 거요. 주유소 소년이 경찰의 방송을 듣고 있다가 알려 주었소. 수수한 옷으로 바꿔 입은 것 말고는 다 들어맞는다고 그가 말했소. 그냥 북으로 가면 벤추라에서 잡히고, 릿지 가도로 꺾어지면 카스티크에서 비상선에 걸리게 되지. 비상선을 돌파한다면 가도를 폐쇄하기로 되어 있거든요. 경관을 다치게 만들고 싶지는 않으니까 말이오. 이젠 독 안에 든 쥐나 다름없소.”

“글쎄, 그가 정말로 마로이고, 우리 생각대로 움직여 준다면야 그렇겠지요.” 나는 말했다.

나르티는 목소리를 가다듬고 말했다.

“아무렴. 그런데 당신은 뭘 하고 있소?”

“아무것도 안 합니다. 첫째, 할 일이 없거든요.”

“하지만 당신은 플로리안 부인과 사이가 좋을 텐데. 그밖에도 알고 있는 게 있을 것 아니오?”

“술만 가지고 가면 누가 가든지 마찬가지입니다.”

“그 여자를 좀 더 알아보는 게 어떻겠소?”

“그건 경찰이 할 일 아닙니까.”

“그야 그렇지. 하지만 벨마에 대한 당신 의견은…….”

“없습니다. 그 여자가 거짓말을 했다면 문제는 다릅니다만.”

“여자란 거짓말을 잘하는 법이거든” 하고 나르티는 말했다. “그런데, 당신 지금 바쁘지 않겠지요?”

“일이 있습니다. 당신과 헤어지고 나서 일을 받았어요. 보수를 받을 수 있는 일이에요. 모처럼…….”

“나를 내버려 둘 셈이오?”

“그런 건 아니지만, 나도 일을 해야 빵을 먹지 않겠습니까.”

“알겠소. 당신 생각이 그렇다면…….”

“난 아무 생각도 없습니다! 난 경찰의 앞잡이 노릇을 할 생각은 없어요!” 나는 거의 고함을 지르다시피 말했다.

“좋소. 화를 내고 싶거든 마음대로 내시오!” 나르티는 이렇게 말하고 전화를 끊었다. 나는 소리도 통하지 않는 전화에다 대고 큰 소리로 외쳤다.

“이 시에는 경관이 1750명이나 있는데, 나를 앞잡이로 쓰려는 거요!"

나는 수화기를 놓고 위스키를 또 한 모금 마셨다.

그리고 나서 얼마 있다가 나는 저녁 신문을 사러 로비로 갔다. 나르티의 말대로 몽고메리 사건은 한 줄도 나 있지 않았다.

8

겨우 어둑어둑해졌을 무렵에 나는 몬테마 비스터에 이르렀다. 해면에는 아직도 아름다운 빛이 출렁이고 있고 곡선을 그린 해안선에 파도가 부서지고 있었다. 펠리컨 떼가 폭격기처럼 편대를 지어 날아갔다. 요트 한 척이 베이 시티 방향을 향해 돌아가는 것이 보였다. 그 너머 태평양은 보라색을 띤 잿빛으로 싸여 있었다.

몬테마 비스터는 온갖 크기와 형태의 집이 몇십 채 비탈길에 흩어져 있었는데, 큰 재채기만 해도 해안에 있는 라안치의 빈 상자 위로 집이 쏟아져 버릴 것 같았다.

해안선을 따라 이어지는 콘크리트 육교 뒤로 찻길이 달리고 있었다. 육교 밑은 보도로 되어 있었다. 육교 멍에목부터 콘크리트의 층층대가 곧바로 이어져 있고 거기에 나를 고용하려는 사람이 말한 카페가 있었다. 카페 안은 밝고 손님으로 붐비고 있었는데, 줄무늬 차양이 달린 테라스에는 철제 다리가 달리고 타일로 된 탁자가 줄지어 있을 뿐이었다. 바지를 입은 가무잡잡한 여자 하나가 맥주병을 앞에 놓고서 담배를 피우며 멍하니 바다를 바라보고 있었다. 폭스 테리어

한 마리가 철제 의자 하나를 전봇대 대신으로 쓰고 있었다. 내가 그 카페의 자동차 주차장에 차를 넣으려 하였을 때 여자가 공허한 목소리로 개를 꾸짖었다.

나는 언덕 쪽으로 층층대를 올라가기 시작했다. 카브리로 거리까지 층층대가 280개나 되었다. 쉴 새 없이 모래가 섞인 공기가 불어 대고 있어서 양쪽 난간의 손잡이가 두꺼비 배처럼 젖어 있었다.

내가 카브리로 거리까지 층층대를 다 올라갔을 때 바다는 이미 황혼빛이 스러지고 다리에 상처 입은 갈매기 한 마리가 바람을 거슬러 날고 있었다. 나는 층층대에 주저앉아서 신발 속에 든 모래를 털어 내고 맥박이 정상으로 돌아오기를 기다렸다. 숨차던 것이 가라앉자 와이셔츠 깃을 늦추고 목소리가 닿는 거리엔 단 한 채밖에 없는 불빛이 보이는 집을 향해 걸어갔다.

그 집 앞에는 바닷바람에 노출된 나선형 계단이 문으로 이어지고 마차 등을 본뜬 처마등이 입구를 비추고 있었다. 차고는 집 밑에 있었다. 차고문이 열려 있어 입구의 처마 등불이, 크롬 장식이 달린 라디에이터 캡 위 승리의 여신상에 늑대의 꼬리가 달리고 상표가 있어야 할 곳에 머릿글자가 새겨진 커다란 고급 차를 비추고 있었다. 운전대가 오른쪽에 있는 차는 집보다 더 값져 보였다.

나는 계단을 올라가서 호랑이 대가리 모양으로 되어 있는 초인종을 울렸다. 그 소리가 황혼의 안개 속으로 빨려들어갔다. 집 안에서는 발소리 하나 들리는 기적도 없었다. 셔츠가 축축해져서 잔등에 얼음 주머니를 짊어지고 있는 것 같았다. 소리 없이 문이 열리더니 흰 플란넬 옷에 보라색 공단 스카프를 목에 두른 키가 큰 금발 사나이가 나타났다.

흰 윗도리 옷깃에 수레국화 한 송이가 꽂혀 있고, 그것과 대조되어 푸른 눈이 둔하게 가라앉아 보였다. 목에 느슨하게 감긴 보라색 스카프 사이로 여자를 연상케 할 정도로 부드러워 보이면서도 늠름한 갈색 목덜미가 드러나 보였다. 넥타이는 매지 않았다. 좀 지나치게 다부지긴 했지만 어쨌든 호남이라고 할 수 있는 사람인데, 나보다 1인치쯤 키가 커서 6피트 1인치는 됨직했다. 금발은 손질을 해서 그런지 아니면 저절로 그런 것인지 계단처럼 셋으로 갈라져 있었다. 나는 그것이 마음에 들지 않았다. 이런 점들만 빼면 과연 흰 플란넬 옷에 보라색 스카프를 목에 감고 옷깃에 수레국화를 꽂을 만한 사람이었다.

그는 가볍게 기침을 하고 내 어깨 너머로 어두워져 가는 바다에 시선을 던졌다.

"무슨 일로 오셨습니까?" 그는 차가운 목소리로 말했다.

"7시인데요, 정확하게⋯⋯" 나는 말했다.

"그렇습니까? 그렇지, 당신은⋯⋯" 하고 이름을 생각해 내려는 것처럼 말을 끊었다. 중고 자동차 광고처럼 자연스럽지 못하고 효과 없는 몸짓이었다. 나는 그에게 잠시 그 몸짓을 즐기게 하고 나서 말했다.

"필립 마로우. 오후에 말씀드렸을 때와 똑같습니다."

그는 뭔가 하지 않으면 안 된다는 듯 나에게 날카로운 시선을 던졌다. 그리고는 한 발 물러서서 침착한 어조로 말했다.

"참, 그랬었지. 들어오십시오, 마로우 씨. 오늘 저녁에는 하인이 없어서."

그는 손가락 끝으로 문을 밀었다. 문에 닿기만 해도 몸이 더러워진다는 것 같은 거동이었다.

나는 그 옆을 지나가면서 향수 냄새를 맡았다. 들어간 곳은 나직한 발코니로 되어 있고, 큼직한 아틀리에 풍 거실의 세 면을 금속 난간이 둘러치고 있었다. 난간이 없는 한쪽에는 큰 난로와 두 개의 문이 있었다. 난로에는 불이 타고 있었다. 발코니 주위는 책장으로 되어 있고 금속으로 된 조각이 몇 점 있었다.

우리는 계단을 세 개 내려가 거실로 들어갔다. 융단은 복사뼈를 간지를 정도로 깊었다. 연주회용 그랜드 피아노는 뚜껑이 닫혀 있었는데, 그 가장자리의 분홍색 비로드 천 위에 키가 큰 은제 화병이 놓여 있고 노란 장미가 한 송이 꽂혀 있었다. 그밖에도 사치스러운 가구가 많이 있었다. 마루에는 여러 가지 아름다운 쿠션이 흩어져 있었다. 난동을 부리기엔 불편하지만 아주 아늑하고 기분 좋은 방이었다. 빛이 잘 안 드는 한쪽 구석에 무늬비단으로 덮인 폭 넓은 침대 의자가 있었다. 각설탕을 입에 넣고 압생트를 홀짝거리며 정열 어린 목소리로 이야기를 주고받기에 꼭 어울리는 방이었다. 일하기에는 알맞지 않지만 그밖에는 무슨 일이 생겨도 우습지 않은 방이었다.

린제이 마리오 씨는 그랜드 피아노의 곡선에 어울리게끔 자신의 위치를 잡고 노란 장미 향기를 맡고 나서 프랑스제 에나멜 담배 케이스를 열고 금색 물부리가 달린 길다란 갈색 담배에 불을 붙였다. 나는 분홍색 의자에 앉아 더럽히지나 않을까 염려하면서 카멜에 불을 붙여 콧구멍으로 연기를 내뿜으며 탁자 위에 검게 빛나고 있는 금속을 바라보았다. 그것은 완만하게 곡선을 이루고 있었는데 야트막하게 파인 곳이 한 군데 있고 두 군데 뾰족하게 도드라진 부분이 있었다. 나는 그것을 바라보았다. 마리오는 그것을 바라보고 있는 나를 보았다.

"재미있게 생겼지요?" 그는 아무런 생각도 없이 말했다. "바로 얼마 전에 발견했지요. 아스타 다이알의 '새벽의 영혼'이랍니다."

"나는 또 클롭슈타인의 '엉덩이에 난 두 개의 사마귀'인 줄 알았지요."

린제이 마리오 씨는 꿀벌을 삼킨 것 같은 얼굴을 했다. 여느 표정으로 다시 돌아오려고 애를 쓰는 것 같았다.

"당신은 기묘한 유머 감각을 가지고 있군요."

"기묘한 게 아니라 그저 남 생각을 못할 뿐이죠."

"그래요." 그는 냉담한 어조로 말했다. "그래요. 물론 그걸 의심하고 있는 건 아닙니다. 그런데 내가 당신을 부른 것은 사실인즉 아주 사소한 용건이라서 여기까지 오시게 한 것이 미안할 정도입니다. 나는 오늘 밤에 두 사람을 만나서 돈을 치르게 되는데 거기 누군가를 동반할까 해서 말입니다. 당신은 권총을 가지고 다니나요?"

"가지고 다닐 때도 있습니다만……" 하고 나는 말했다. 나는 그의 살집 좋은 볼우물을 보고 있었다. 구슬이 숨어 버릴 정도로 깊은 볼우물이었다.

"권총은 가져가지 말았으면 좋겠어요. 그런 종류의 용건은 아니니까. 사업에 관련된 지불이니까요."

"나는 권총을 쏘아 본 적이 없습니다만……" 하고 나는 말했다.

"공갈입니까?"

그는 엄숙한 얼굴을 하고 말했다.

"물론 아닙니다. 나는 남한테 공갈당할 일은 하지 않았으니까요."

"약점없는 사람도 공갈을 당하는 수가 있습니다. 약점이 없기 때문에 공갈을 당한다고도 할 수 있으니까요."

그는 담배를 쥔 손을 내저었다. 그의 청록색 눈이 생각에 잠기는 듯한 표정을 보였으나 입술은 미소를 짓고 있었다. 그리고 천천히 연기를 내뿜고는 머리를 뒤로 젖혔다. 부드러워서 인상에 남는 목의 선이 내 눈에 비쳤다. 그의 시선이 조용히 내려오더니 나를 관찰했다.

"나는 상대방 사람들과 호젓한 곳에서 만나기로 되어 있습니다, 아직 어딘지는 모르지만. 자세한 것에 관해서는 전화로 알려 주기로 되어 있지요. 곧 갈 수 있도록 준비하고 있어야 합니다. 장소는 여기서 멀지 않을 겁니다."

"전부터 있었던 이야기입니까?"

"실은 3, 4일 전부터 있던 이야기지요."

"이제 와서 경호원을 구하신다는 건 늦어도 한참 늦은 생각이군요."

그는 담배의 검은 재를 떨고 잠시 생각에 잠겨 있었다.

"맞아요. 결심이 서지 않아서 그랬던 거지요. 누군가를 데리고 가는 것에 대해 특별한 지시는 없었지만, 혼자서 가는 게 좋을지도 모르거든요. 하지만 난 그만큼 대담한 사람이 못 된단 말씀이오."

"상대방은 당신을 알고 있습니까?"

"그건 모릅니다. 나는 거액을 가지고 가는데, 내 돈은 아닙니다. 어떤 친구를 위해서 하는 일이죠. 물론 나는 그 돈을 넘겨 주기 싫어서 그러는 겁니다."

나는 담배를 끄고 분홍색 의자에 등을 기대어 엄지손가락을 마주댔다.

"돈은 얼마이고, 또 목적은요?"

"그것은……" 하면서 그는 아름다운 웃음을 보냈다. 그러나 나는 그 웃음이 마음에 들지 않았다. "그것은 말할 수가 없군요."

"그냥 당신을 따라가서, 당신 모자나 들고 있으라는 말씀인가요?"

그는 손을 세차게 저었다. 담뱃재가 흰 커프스에 떨어졌다. 그는 그 재를 털고 재 묻은 자국을 보았다.

"당신 태도가 마음에 안 드는데요" 하고 그는 말했다.

"그 소리는 처음 듣는 소리가 아닙니다. 하지만 대체 어떤 일을 시키려는 겁니까? 당신은 경호인이 되어 주기를 바라면서도 권총을 가져가선 안 된다고 하고, 힘을 빌려 달라고 하면서도 뭘 해야 하는지 말해 주지도 않습니다. 목적도 이유도 모르고 내 생명을 위험 앞에 내놓으라고 하시는데, 그래, 보수는 얼마나 주실 생각입니까?" 내가 말했다.

"그건 아직 생각해 보지 않았소." 그의 광대뼈가 탁한 붉은 빛이 되었다.

"하지만 생각해 보실 마음은 있습니까?"

그의 목에 붉은 기가 돌았다. 그는 몸을 앞으로 내밀고 흰 이빨을 드러내며 웃음지었다.

"한 대 얻어맞고 싶은가요?"

나는 쓴웃음을 짓고 일어나서 모자를 썼다. 그리고 입구 쪽으로 걷기 시작했다. 그러나 급히 걷지는 않았다.

그의 목소리가 등 뒤에서 들려 왔다.

"당신 시간을 몇 시간만 빌려 주면 1백 달러를 드리지. 부족하면 말하시오. 위험은 없습니다. 내 친구가 협박을 당하고 보석을 뺏겼는데, 그걸 도로 사려는 겁니다. 아무튼 앉아요. 그렇게 까다로운 얼굴을 할 것 없어요."

나는 다시 분홍색 의자에 앉았다.

"알겠습니다." 나는 말했다. "이야기나 들어 보십시다."

우리는 정확하게 10초 동안 얼굴을 마주보고 있었다.

"당신은 비취라는 보석에 대해 들은 적이 있습니까?" 침착한 목소리로 말하면서 그는 또 갈색 담배에 불을 붙였다.

"없습니다."

"경옥으로는 그것만이 진짜 가치가 있는 거지요. 다른 경옥은 그 자체에 가치가 없는 건 아니지만 주로 세공 때문에 가치가 생기고 있거든요. 비취는 옥 그 자체에 가치가 있어요. 몇백 년 전에 완전히 채굴되어 현재는 매장량이 있는지 없는지 모릅니다. 내 친구가 가지고 있던 것은 60개의 옥으로 만든 목걸이인데, 옥 하나가 6캐럿이고 60개 모두 정교하게 세공이 되어 있고, 8만 달러에서 9만 달러의 가치가 있어요. 중국 정부가 그보다 조금 더 큰 12만 5천 달러나 되는 것을 가지고 있지요. 며칠 전 밤에 내 친구는 협박을 당하여 그 목걸이를 뺏겼는데, 나도 그 자리에 있었지만 어쩔 도리가 없었어요. 나는 그 친구를 태우고 어떤 파티에 갔다가 트로카데로(카바레 이름)에 들러서 그녀의 집으로 돌아가려는 참이었는데, 자동차 한 대가 왼쪽 펜더를 스치더니 멈춰 서지 않겠습니까. 우리한테 사과하기 위해서 세운 줄 알았는데, 그게 협박을 하기 위해서였다는 말입니다. 내가 본 건 두 사람인데, 핸들을 잡고 있는 친구가 있었고 뒷자리에 또 하나 있었던 것 같았어요. 내 친구는 경옥 목걸이를 하고 있었는데 그들은 그 목걸이와 반지 두 개를 뺏고 두 목인 듯한 하나가 작은 손전등으로 유유히 뺏은 물건을 살펴보더니 반지 하나를 되돌려 주고서, 자기네가 어떤 종류의 사람인지 알았을 테니 경찰이나 보험회사에 신고하기 전에 전화를 기다리라고 하더군요. 그래서 우리는 그들의 지시에 따르기로 했던 겁니다. 그들의 요구에 따르지 않으면 보석을 되찾을 수가 없으니까요. 보험액이 충분하다면 상관 없는 일이지만, 물건이 희귀한 것일 경우는 요구하는 금액을 주는 수밖에 없거든요."

나는 고개를 끄덕였다.

"그리고 그 경옥 목걸이는 아무 데서나 살 수 있는 물건이 아니겠지요?"

그는 반들반들한 피아노의 표면을 손가락으로 어루만지며, 매끄러운 것에 닿는 쾌감을 느끼고 있는 듯한 표정을 띠었다.

"살 수 있기는커녕 세상에 둘도 없는 것입니다. 애당초 그녀가 걸고 간 것이 잘못이지요. 아무튼 그런 점에서는 좀 조심성이 없는 여자여서 말입니다. 다른 물건도 좋은 것이긴 하지만 특별히 아까운 건 아니었거든요."

"그래, 얼마를 줄 겁니까?"

"8천 달러. 너무 쌀 정도지만, 그녀가 같은 물건을 살 수 없는 것처럼 그들도 처분할 수가 없거든요. 아마 보석을 다루는 사람이라면 누구나 다 알고 있을 테니까요."

"그 친구분의 이름은 댈 수 없습니까?"

"지금은 말하고 싶지 않습니다."

"지불하는 방법은?……"

그는 푸른 눈을 가라앉히고 나를 보았다. 어쩐지 마음이 안정되지 않는 것 같았다. 그러나 나는 그를 잘 알지 못했다. 어제 마신 술기운에서 덜 깨어나 있는지도 모른다. 갈색 담배를 쥔 손이 끊임없이 움직이고 있었다.

"우리는 며칠 동안 내가 중간에서 전화로 교섭한 결과 완전히 조건이 정해졌는데, 나머지는 시간과 장소만이 문제가 되어 있어요. 오늘 저녁에 전화를 걸겠다고 했습니다. 장소는 멀지 않은 곳으로 하겠다는 약속이었으니까 전화만 오면 금방 나가야 합니다. 연락을 못하게 하기 위한 방법이겠지요. 경찰과 말입니다……"

"그 지폐에는 표를 했습니까? 지불할 돈은 지폐로 생각됩니다만……"

"물론 지폐입니다. 20달러짜리 지폐입니다. 표는 하지 않았습니다……"

"검은 광선으로 보지 않으면 모르도록 표를 할 수가 있습니다. 각별한 이유가 있는 건 아닙니다만, 경찰은 그런 친구들을 검거하고 싶어하거든요. 협력만 얻을 수 있다면 말이지요. 지폐의 일부를 전과자들이 쓰는 일도 생길 수 있으니까요."

"검은 광선이란 뭘 말하는 거지요?" 그는 뭔가 생각하는 것처럼 미간을 모았다.

"자외선입니다. 어둠 속에서 어떤 종류의 잉크만을 빛나게 하는 거지요. 표를 하고 싶으시다면 해 드리지요."

"이젠 시간이 없어요." 그는 흥미없는 것처럼 말했다.

"이것이 내가 마음에 걸리는 점 가운데 한 가지입니다." 내가 말했다.

"어째서요?"

"당신은 오늘 오후에야 나를 불렀습니다. 왜 나를 불렀지요? 나에 대한 말을 누구한테 들었나요?"

그는 웃었다. 소년의 웃음을 연상케 했으나 나이 어린 소년의 웃음은 아니었다.

"바른 대로 말해서 전화 번호부를 뒤적이다가 당신 이름을 알아 낸 겁니다. 처음에는 아무도 데리고 가지 않을 생각이었거든요. 오늘 오후에야 데리고 갈까 하는 생각이 난 겁니다."

나는 필 담배에 불을 붙이고, 그의 목 근육이 움직이는 것을 지켜보았다.

"그래, 어떻게 하는 거지요?"

그는 두 손을 벌려 보았다.

"그냥 일러 주는 장소에 가서 지폐 꾸러미를 건네 주고 목걸이를 받아 오는 거지요."

"흐음."

"그런 소리 하기를 좋아하는 모양이지요?"

"어떤 소리?"

"흐음, 하는."

"나는 어디 타는 겁니까, 뒷자리입니까?"

"그게 좋겠지요. 대형 자동차니까 숨는 건 문제없어요."

"하지만 당신은 나를 뒷자리에 숨기고 전화로 명령한 곳에 8천 달러의 지폐를 가지고 가서, 그 열 배나 열 두 배 가치가 있는 목걸이를 도로 사 오려는 것입니다. 상대방은 종이 꾸러미를 주고는 그 자리에서 펴 보지 말라고 할지도 모릅니다. 아무것도 안 줄지도 몰라요. 그냥 돈만 받고 목걸이는 소포로 보내겠다고 할지도 모릅니다. 그들이 당신을 배반해도 그걸 막을 방법이 없습니다. 나도 어쩔 수가 없습니다. 협박을 할 정도의 놈들이니까 당신 머리라도 한 대 갈겨 놓고 행방을 감출 시간을 벌려고 할지도 모릅니다."

"사실은 나도 그게 걱정이 됩니다. 누군가 데리고 갈까 마음 먹은 것도 실은 그 때문이었어요." 그는 조용히 말했다. "협박당했을 때 그들은 당신 얼굴에 손전등을 대던가요?"

그는 머리를 가로 저었다.

"하지만 어느 쪽이건 마찬가지겠지요. 요 며칠 동안에 당신 얼굴을 볼 기회는 얼마든지 있었을 테니까요. 아마 오래 전부터 당신에 대한 걸 죄다 조사해 두었을 겁니다. 본을 떠 두었겠지요. 치과의사가 금니의 본을 뜨듯이 한 치의 틈도 없이 본을 떠 두었을 겁니다. 당신은 그 여자분과 늘 만납니까?"

"아니, 늘 만나지는 않아요." 그는 퉁명스럽게 말했다.

"결혼한 여자입니까?"

"그녀를 문제 삼는 건 그만둡시다."

그는 입을 쑥 내밀었다.

"좋습니다" 하고 나는 말했다. "그러나 많이 알고 있는 편이 실수할 경우가 적으니까요. 바른 대로 말해서 나는 이 일을 거절하는 것이 마땅합니다. 상대가 약속을 지키면 난 필요가 없고, 상대가 약속을 지키지 않는다 하더라도 난 어쩔 수가 없으니까요."

"당신이 같이 있어 주기만 하면 그걸로 되는 겁니다." 그는 대답했다.

나는 어깨를 움찔하며 두 손을 벌렸다.

"좋습니다. 그러나 운전은 내가 하겠습니다. 돈도 내가 갖고 가고요, 당신은 뒷자리에 숨어 계십시오, 우리는 키가 비슷하니까요, 잘못되었을 때는 사실대로 말하면 되니까, 시험해 보는 것만큼 득이 되는 겁니다."

"글쎄……" 그는 입술을 깨물었다.

"나는 아무것도 하지 않고 1백 달러를 받는 겁니다. 머리를 얻어맞는다면 내가 맞아야 하겠지요."

그는 얼굴을 찡그리고 머리를 흔들더니 곧 밝은 표정을 되찾고 미소를 머금었다.

"그럼, 그렇게 합시다." 그는 쓴웃음을 짓고 말했다. "어떻게 하건 별차이는 없지요, 어차피 우리는 같이 가는 거니까. 브랜디를 들겠습니까?"

"마시지요, 그리고 1백 달러도 지금 지불해 주지 않겠습니까. 오랜만에 돈을 만져 보고 싶은데요."

그는 댄서처럼 피아노에서 떠났다. 허리 위로는 거의 움직이지 않는 걸음걸이였다.

그가 나갔을 때 전화 벨이 울렸다. 전화는 거실 밖 발코니에 마련된 작은 전화실에 있었다. 그러나 우리가 기다리고 있는 전화는 아니었다. 달콤한 대화였다. 그는 별이 다섯 개 그려진 마르텔 브랜디 병과, 다섯 장의 빳빳한 20달러짜리 새 지폐를 가지고 돌아왔다. 이것으로 오늘 밤은 더할 나위 없는 밤이 되었다. 적어도 이 시간까지는.

9

저택 안은 쥐 죽은 듯이 조용했다. 멀리서 들려 오는 건 철썩이는 파도 소리와 질주하는 자동차 소리와 소나무 우듬지를 불고 지나가는 바람 소리뿐인 것 같았다. 나는 그곳에 앉아서 귀를 기울이며 신중하게 궁리를 했다.

그로부터 한 시간 반 동안에 전화 벨이 네 번 울렸다. 문제의 전화는 10시 8분 조금 지나서 걸려 왔다. 마리오는 매우 낮은 목소리로 짤막하게 이야기를 끝내고서 소리가 나지 않도록 수화기를 내려놓고 조용히 일어섰다. 긴장된 표정이었다. 이미 거무스름하고 수수한 옷으로 갈아입고 있었다. 그는 거실로 돌아와서 유리잔에 찰찰 넘치도록 브랜디를 따랐다. 그리고 일그러진 웃음을 띠면서 유리잔을 불빛에 대고 바라보고 나서 단숨에 들이켰다.

"갑시다, 마로우 씨. 준비는 됐겠지요?"

"언제든지 좋습니다. 그 때문에 불려 왔으니까요, 어디로 가는 겁니까?"

"프리시마 캐니온이라는 곳입니다."

"들은 적이 없는데요."

"지도가 있어요."

그는 지도를 펴서 손가락으로 그 장소를 가리켰다. 베이 시티의 북부에서 구릉지대로 통하고 있는 길이 있다. 그 길에는 언덕 쪽으로 나 있는 옆길이 몇 개 있는데, 그 끝이 프리시마 캐니온이었다. 대강 짐작은 갔다. 카미노 데 라 코스타라는 도로의 끝에 해당하는 곳이었다.

"여기서 12분밖에 안 걸립니다." 마리오가 빠른 소리로 말했다.

"갑시다. 시간이 20분으로 제한되어 있으니까."

그는 내게 밝은 색 외투를 주었다. 아주 좋은 목표가 될 외투였다. 외투는 내게 꼭 맞았다. 모자는 내 것을 썼다. 나는 겨드랑이에 권총을 차고 있었지만 그에게는 잠자코 있었다. 내가 외투를 입는 동안 그는 신경질적으로 지껄여 대며, 8천 달러의 지폐가 든 다갈색의 질긴 종이로 만든 봉투를 손으로 만지작거리고 있었다.

"프리시마 캐니온 동네 끝에 납작한 선반처럼 된 곳이 있고 거기는 길에서 들어서지 못하도록 흰 울타리가 쳐 있지만, 끄트머리로 해서 들어갈 수가 있어요. 거기서부터 진창길이 내리막길로 되어 있는데, 우리는 그곳에서 불을 끄고 기다리면 되는 겁니다. 그 부근엔 집이 없어요."

"우리가……?"

"아니, 내가 말이죠, 이론으로는 말입니다."

나는 그에게서 봉투를 받아 안을 들여다보았다. 분명히 지폐 다발이 들어 있었다. 나는 지폐를 세어 보지 않고 다시 고무 밴드로 묶어서 외투 안주머니에 넣었다. 늑골에 묵직한 촉감이 와 닿았다.

우리는 입구 문 쪽으로 걸어갔다. 마리오는 전등을 죄다 끄고 살며시 문을 닫고서 안개 속을 내다보았다. 그런 다음 우리는 차고 쪽으로 나선형 계단을 내려갔다.

이 부근은 밤이면 공기가 습해서 안개가 끼는 곳이었다. 나는 잠시차 앞유리의 와이퍼를 움직여 앞을 똑똑히 살펴보지 않으면 안 되었다. 외국제 대형 자동차는 순조롭게 미끄러져 나가서 나는 그냥 핸들에 손을 대고 있기만 하면 되었다.

약 2분 동안 우리는 언덕 위를 피겨 스케이팅의 8자를 그리는 것처럼 왔다갔다한 끝에 겨우 아까 그 카페 옆으로 나갔다. 나는 마리오가 왜 계단으로 올라오라고 했는지를 알았다. 꼬불꼬불 꼬부라진 길을 몇 시간 달려도 깡통 속의 갯지렁이처럼 조금도 앞으로 나가지 않는 수가 있는 것이다.

한길에는 질주하는 자동차의 헤드라이트가 한 가닥 빛줄기가 되어서 달리고 있었다. 우리는 약 3분쯤 달리고 나서 큰 주유소 있는 데서 해안을 벗어나 산쪽으로 꼬부라져 언덕 기슭을 따라 자동차를 몰았다. 주위가 쥐 죽은 듯이 조용했다. 언덕 위에서 쑥 냄새가 흘러왔다. 여기저기 노랗게 불이 켜진 창이 따다 남은 오렌지처럼 보였다. 엇갈리는 자동차가 차가운 불빛으로 포장 도로를 어루만지며 어둠 속으로 사라져 갔다. 안개가 자욱하여 하늘의 별이 보이지 않게 되었다.

마리오가 컴컴한 뒷좌석에서 얼굴을 내밀었다.

"오른편 불빛이 벨베디아 비치 클럽이고 그 다음 도로가 라스 파르가스입니다. 그리고 그 다음이 프리시마니까 거기서 오른쪽으로 꼬부라져야 합니다."

그의 목소리는 낮았으며 긴장되어 있었다. 나는 핸들을 쥔 채 어깨너머로 말했다.

"머리를 드러내지 마시오. 우리는 쭉 감시당하고 있는지도 모릅니다. 이 차는 어디서 봐도 금방 알아요. 당신이 쌍둥이라는 것이 그들 마음에 들지 않을지도 모르니까요."

우리는 골짜기같이 낮은 곳으로 내려갔다. 다시 올라와서 얼마쯤 가다가 또 한 번 내려갔다가 다시 올라갔다. 마리오가 말했다.

"요 다음 도로요, 네모난 탑이 보이는 저택이 있는데, 거기를 꼬부라지면 됩니다."

"당신이 그곳을 택한 건 아니겠지요?"

"천만에." 그는 쓴웃음을 지으며 말했다. "난 다만 이 부근 지리를 잘 알고 있을 뿐입니다."

나는 네모난 탑이 있는 저택 있는 데서 오른쪽으로 꼬부라졌다. 헤드라이트가 흘러서 한순간 '카미노 데 라 코스타'라는 도로 표지가 눈에 비쳤다. 우리는 미완성 가로등이 늘어서 있는 넓은 도로를 미끄러져 갔다. 보도에는 잡초가 무성했다. 토지업자의 꿈이 실현되지 못한 모양이었다. 보도의 잡초 너머 어둠 속에서 귀뚜라미와 식용 개구리가 울고 있었다. 마리오의 자동차는 별로 소리가 나지 않았다.

대강 한 구획마다 한 채의 집이 있었다. 이윽고 두 구획에 한 채가 되었다. 그러다가 집이 완전히 없어졌다. 하나 둘 불빛이 새어 나오는 창도 있기는 했지만, 이 부근 사람들은 닭들과 함께 자 버리는 모양이었다. 갑자기 포장된 도로가 끊어지고 계속되는 가뭄 때문에 콘크리트처럼 단단해진 흙길로 접어들었다. 흙길은 차차 좁아져서 풀숲과 풀숲 사이를 완만하게 내려가고 있었다. 오른편으로 멀리 벨베디아 비치 클럽의 불빛이 보였다. 산쑥의 강렬한 냄새가 밤의 어둠 속에 자욱이 떠돌고 있었다. 이윽고 흰 페인트 칠을 한 목책이 흙길을 가로질러 서 있는 것이 보였다. 마리오가 또다시 내 어깨 있는 데로 얼굴을 내밀고 소곤거렸다.

"여기서 더 갈 수는 없는 모양입니다. 길이 너무 좁아서 못 갈 것 같은데요."

나는 차를 멈추고 불을 어둡게 한 뒤 귀를 기울였다. 아무 소리도 들리지 않았다. 나는 불을 모두 끄고 차에서 내렸다. 귀뚜라미 소리가 멎었다. 주위의 정적이 너무 완벽해서 1마일 떨어진 벼랑 밑 가도를 달리는 자동차 소리가 들릴 정도였다. 이윽고 다시 귀뚜라미 한 마리가 울기 시작하더니 이내 주위가 온통 귀뚜라미 소리로 휩싸였다.

"움직이지 마시오. 저리 내려가 살펴보고 오겠소." 나는 뒷자리에 대고 속삭였다.

나는 옷 위로 권총 총대를 만져 보고 나서 걸어갔다. 풀숲과 흰 목책 사이는 자동차에서 보고 상상했던 것보다 훨씬 폭이 넓었다. 풀숲이 쓰러져 있고 진흙 속에 자동차 바퀴 자국이 나 있었다. 아마 따뜻한 날 밤에 젊은 남녀가 밀회를 하러 왔던 모양이었다. 나는 목책 곁을 지나갔다. 길은 내리막이 되어 구부러져 있었다. 멀리서 바다의 파도 소리가 들려 오고 있었다. 한길에 자동차 불빛이 보였다. 나는 자꾸 걸어 나갔다. 길은 풀숲으로 둘러싸여 있는 좁은 분지에서 끝났다. 거기는 아무것도 눈에 띄는 것이 없었다. 거기로 들어가는 길도 내가 온 길 말고는 없었다.

조용히 시간이 지나갔다. 나는 무슨 소리가 나지나 않을까 하고 기다리고 있었으나 아무 소리도 나지 않았다. 거기 있는 것은 나뿐인 것 같았다.

나는 비치 클럽의 불빛을 바라보았다. 성능 좋은 야간 망원경으로 보면 클럽 창문에서 잘 보일 것이 틀림없다. 자동차의 왕래도, 자동차에서 내린 사람의 모습도, 그 인원수도 잘 보일 것이다. 캄캄한 방에서 성능 좋은 야간 망원경으로 바라보면 상상 이상으로 세밀하게 보이는 법이다.

나는 되돌아와 언덕길을 오르기 시작했다. 갑자기 풀숲의 귀뚜라미가 크게 울어서 나를 놀라게 했다. 나는 구부러진 길을 올라가서 흰 목책 옆을 지나갔다. 아직 아무런 이상은 없었다. 아주 캄캄하다고도 할 수 없고, 밝다고도 할 수 없는 잿빛의 흐린 빛 속에 검은 색 자동차가 어렴풋이 떠올라 있었다. 나는 자동차 곁으로 가서 운전대의 러닝보드에 한쪽 발을 들어올렸다.

"시험을 해본 겁니다." 나는 목소리를 낮추어서, 그러나 뒷자리의 마리오에게는 들리도록 말했다. "당신이 명령을 지키는지 어떤지 시험해 본 겁니다."

내 등 뒤에서 무엇이 약간 움직인 것 같았으나 마리오는 대답을 하지 않았다. 나는 풀숲 곁의 것을 보려고 그쪽으로 걸어갔다.

누구인지는 모르나 뒤에서 내 머리를 때린 자가 있었다. 겨냥이 빗나갈 리 없었다. 나중에 생각해 보니 나는 등 뒤에서 무슨 소리를 들은 것 같은 생각이 들었다. 언제나 나중이 되어서야 그런 것들을 생각했던 것이다.

10

"4분." 목소리가 말했다. "5분. 6분인지도 몰라. 그들은 재빠르게, 그리고 조용히 행동했을 게 틀림없어. 그는 소리 하나 내지 않았으니까."

나는 눈을 뜨고 싸늘한 별을 물끄러미 바라보았다. 나는 반듯이 누워 있었다. 몸에 힘이 없었다.

"좀 더 길었을지도 모르지. 8분쯤 지났을는지도 몰라. 그들은 자동차 옆 풀숲에 숨어 있었던 거야. 마리오를 위협하는 건 문제 없어. 조그만 손전등을 얼굴에 대면 공포로 까무러쳐 버릴 테니까. 문제 없는 일이야."

목소리가 말했다.

주위는 조용하기 이를 데 없었다. 나는 한쪽 무릎을 짚고 몸을 일으켰다. 아픔이 뒤통수에서 발목까지 뻗쳤다.

"그들 가운데 하나가 자동차를 타고 갔다가 돌아오기를 기다리고 있었던 거야. 다른 자는 다시 풀숲에 숨었지. 마리오가 혼자서 올 리 없다고 생각했던 거야. 어쩌면 전화로 통화할 때 수상하게 여겼는지도 모르지."

나는 두 손을 땅에 짚고 몸을 가누면서 귀를 기울였다.

"그래. 그랬던 거야." 하고 목소리는 말했다.

그것은 내 목소리였다. 나는 정신이 깨어났을 때부터 나 자신에게 말을 하고 있었다. 나는 무의식 상태에서 무슨 일이 일어났는지를 생각해 내려고 했던 것이다.

"조용히 하지 못해, 바보야." 그리고 나는 자신에게 말하는 것을 그만두었다.

멀리서 자동차 소리가 들리고 있었다. 가까이서 들리고 있는 것은 귀뚜라미 우는 소리, 청개구리의 꼬리를 길게 끄는 듯한 괴상한 소리였다. 어느 것이고 기분 좋은 소리는 아니었다.

나는 땅에서 손을 떼고 산쑥의 강한 냄새를 떨쳐 버리려고 옷에다 손을 문질렀다. 좋은 솜씨구나. 거기다가 너는 돈을 1백 달러나 받았어. 내 손이 외투 안주머니를 더듬었다. 물론 돈이 들었던 봉투는 없었다. 이번에는 양복 안주머니를 더듬었다. 지갑은 그대로 있었다. 하지만 1백 달러 지폐는 있을까? 아마 없을 것이다. 왼쪽 늑골에 무거운 것이 닿았다. 어깨에 멘 권총이었다.

기분 좋은 감촉이었다. 그들은 내 권총을 그냥 내버려 두었다. 칼로 찌르고 나서 눈을 감겨 주는 거와 같다.

나는 손으로 뒤통수를 만져 보려고 했다. 나는 아직 모자를 쓰고 있었다. 모자를 벗고 머리를 만져 보았다. 오랫동안 쓰던 머리다. 좀 어질어질했다. 그러나 대단한 것은 아니었다. 모자 때문에 살았던 것이다. 아직도 쓸 수 있는 머리다. 좌우간 앞으로 1년쯤은 더 쓸 수 있는 머리다.

나는 오른손을 또 한 번 땅에 짚고 왼손을 쳐들어 손목시계를 보려고 했다. 가까스로 눈 앞에 시계를 쳐들어 보니 야광침이 10시 56분을 가리키고 있었다.

전화가 걸려 온 것이 10시 8분. 마리오는 약 2분쯤 이야기를 했다. 우리가 집에서 나오는 데 4분은 걸렸다. 시간이란 실상 뭔가를 하고 있으면 매우 천천히 지나간다. 곧 매우 짧은 시간에 많은 일을 할 수 있는 셈이다. 내가 그러냐고? 내가 어떻든, 그런 것을 왜 내가 신경쓴단 말인가. 좋다. 나보다 재빠른 사람이라면 시간이 좀 덜 걸렸을 것이다. 말하자면 자동차가 출발한 것은 우선 10시 15분이라는 셈이다. 여기까지 12분 걸려 10시 27분. 나는 차에서 내려 분지에 가서 8분 가량 시간을 소비하고 뒤통수를 얻어맞기 위해 돌아왔던 것이다. 10시 35분이다. 내가 쓰러져서 얼굴을 땅에 처박는 데 1분은 걸렸을 것이다. 나는 턱이 벗겨져 있다. 눈에 보이지는 않지만 볼 필요도 없다. 내 턱이 아닌가. 벗겨진 것쯤은 보지 않아도 안다. 이 속에서 무엇인가를 끌어내고 싶은 것인가! 좋아, 잠자코 있어 다오, 생각을 하게 해 다오.

시계는 10시 56분을 가리키고 있다. 20분 동안 정신을 잃고 있었던 셈이다.

나는 20분이나 편안하게 자고 있는 동안에 일을 실패하고 8천 달러의 지폐를 잃었다. 특별히 이상한 일은 아니다. 20분만 있으면 군함을 격침할 수도 있고, 비행기를 서너 대쯤 격추할 수도 있고, 사형을 두 건 집행할 수도 있다. 죽을 수도, 결혼을 할 수도, 면직이 될 수도, 취직을 할 수도, 이를 뺄 수도, 편도선을 수술할 수도 있다. 20분만 있으면 아침에 일어날 수도 있다. 나이트 클럽에서 물 한 잔을 얻어먹을 수도 있다. ——아니다, 이것은 알 수 없다.

20분 동안 잔 잠은 짧은 것이 아니다. 특별히 서늘한 밤의 들판이었다. 나는 몸이 떨리기 시작했다.

나는 아직도 무릎을 꿇고 있었다. 산쑥 냄새가 참을 수 없도록 역

겨워졌다. 들벌이 그것으로 꿀을 찾아내는 끈적끈적한 분비물이다. 꿀은 달았다. 너무 달았다. 위 속이 뒤집혔다. 이를 꽉 깨물고 목구멍으로 치미는 것을 겨우 참았다. 식은땀이 이마에 번져나왔다. 나는 먼저 한쪽 발에 힘을 주고 일어섰다가 두 발을 디뎠다. 몸이 비치적거렸다. 발이 잘리고 없는 것 같았다.

뒤를 돌아다보니 자동차는 이미 없었다. 진흙길이 완만한 언덕을 올라가, 카미노 데라 코스타의 끝인 포장 도로에 뻗어 있었다. 왼쪽에 흰 페인트 칠을 한 목책이 어둠 속에 어렴풋이 보이고 있었다. 멀리 저편에 환하게 보이는 것은 베이 시티의 불빛일 것이다. 오른편의 좀 가까운 곳에 보이는 것은 벨베디아 비치 클럽의 불빛이다.

나는 자동차를 세워 둔 곳으로 가서 만년필 모양의 손전등으로 땅바닥을 비추었다. 토질은 붉은 옥토로서 건조할 때는 매우 단단하지만 공기가 안개로 습했기 때문에 타이어 자국이 희미하게나마 남아 있었다. 묵직한 보그의 타이어 자국을 볼 수 있었다. 나는 손전등 빛으로 타이어 자국을 더듬어 갔다. 약 12피트쯤 나아가서 왼쪽으로 꼬부라져 있었다. 자동차는 되돌아간 것이 아니었다. 타이어 자국은 흰 목책의 왼쪽에서 사라졌다.

나는 목책 부근의 풀숲을 살펴보았다. 잔가지들이 금방 꺾인 자국이 있었다. 나는 꾸불꾸불한 진흙길을 내려갔다. 타이어 자국이 이어져 있었다. 나는 조금 전의 분지로 내려갔다.

자동차는 그곳에 있었다. 광택 나는 차체가 어둠 속에서 어렴풋이 빛나고 있고 후미등의 빨간 유리가 손전등 불빛의 원 속에 떠올랐다. 불은 죄다 꺼져 있었다. 문도 닫혀 있었다. 나는 이빨을 덜덜 부딪쳐가면서 한 발 한 발 천천히 다가갔다. 나는 뒷문을 열고 손전등으로 비추었다. 아무도 없었다. 앞좌석도 비어 있었다. 시동은 꺼져 있었다. 열쇠는 가는 사슬로 자물쇠에 매달려 있었다. 난동을 부린 흔적도 없고, 유리도 성했다. 핏자국도 없고 시체도 없었다. 나는 문을 닫고 자동차 주위를 살펴보았으나 아무런 단서도 없었다.

갑자기 소리가 들렸다. 나는 몸에 찬물을 끼얹은 것처럼 긴장했다.

풀숲 끝에서 자동차 엔진 소리가 들렸던 것이다. 나는 손전등을 껐다. 어느 틈에 권총을 손에 쥐고 있었다. 헤드라이트가 공중으로 높이 올라갔다가 밑으로 내려갔다. 엔진 소리로 미루어 소형 자동차인 것 같았다. 헤드라이트는 다시 밑으로 내려와서 환해졌다. 한 대의 자동차가 진흙길을 3분의 2쯤 나와서 멎었다. 손전등 불빛이 진흙길을 비추다가 꺼지더니 자동차는 언덕길을 내려왔다. 나는 권총을 쥔 채 마리오의 자동차 뒤에 몸을 웅크렸다. 자동차는 흔해 빠진 작은 쿠페였다. 작은 쿠페는 분지로 내려와서 방향을 바꾸었다. 헤드라이트가 마리오의 세단을 비추며 흘러갔다. 나는 얼른 머리를 숙였다. 라이트가 내 머리 위를 칼처럼 가로질렀다. 쿠페는 멎었다. 엔진 소리가 멎었다. 헤드라이트가 꺼졌다. 정적. 이윽고 문이 열리고 가벼운 발소리가 땅을 밟았다. 또다시 정적. 귀뚜라미 우는 소리도 멎어 버렸다. 그리고 한 줄기 광선이 땅 위 몇 인치 되는 곳을 지면과 평행으로 흘렀다. 나는 발을 감추려 했으나 감출 겨를이 없었다. 광선은 내 발을 비추며 멎었다. 정적. 광선이 내 발에서 올라가 세단의 차체를 비추었다.

웃음 소리가 들렸다. 젊은 여자의 웃음 소리였다. 만돌린의 줄같이 긴장된 웃음 소리였다. 이런 곳에는 어울리지 않는 소리였다. 광선은 다시금 차체 밑으로 돌아와 내 발을 비추며 멎었다.

뜻밖에 부드러운 어조의 목소리가 들렸다.

"나와요, 손을 들고 이리로 나와요, 겨냥을 당하고 있으니까."

나는 움직이지 않았다.

광선이 조금 흔들렸다. 그리고 다시 한 번 차체 위를 천천히 흘렀다. 목소리가 또 나를 찔렀다.

"안 들려요? 난 10연발 권총을 갖고 있단 말예요. 솜씨에도 자신 있고요. 당신의 발은 양쪽 발 다 위험 앞에 있어요. 어떻게 할 테예요?"

"권총을 그대로 들고 있는 게 좋을 거요. 그렇지 않다가는 당신 손에서 떨어뜨리고 말테니까." 나는 소리쳤다. 내 목소리는 닭장에 조약돌을 집어던진 것처럼 울렸다.

"큰소리치시는군요." 그녀는 부드럽고 듣기 좋게 떨리는 목소리로 말했다. 그리고 목소리가 다시 매서워졌다.

"순순히 나오는 게 좋을 거예요. 내가 셋 세는 동안 말예요. 내가 당신을 겨누고 있는 데도 몰라요? 복사뼈는 좀처럼 잘 낫지 않아요. 한평생 낫지 않는 수도 있어요."

나는 천천히 몸을 일으켜 손전등의 불빛을 보았다.

"나는 무서울 때는 말이 많아지지요" 하고 나는 말했다.

"안 돼, 움직이지 말아요. 당신은 누구죠?"

나는 자동차 앞쪽을 돌아서 그녀에게 다가갔다. 그리고 늘씬한 키와 검은 머리의 여자로부터 6피트쯤 떨어진 곳에서 걸음을 멈추었다. 나는 정면으로 손전등 빛을 받았다.

"거기서 더 다가오지 말아요!" 그녀는 소리쳤다. "당신은 누구죠?"

"아무튼 그 권총이나 보여 주시오."

그녀는 광선 속으로 권총을 내밀었다. 총구는 내 배를 향하고 있었다. 소형 권총이었다. 조그만 자동권총이었다.

"난 또 뭐라고." 나는 말했다. "장난감을 가지고 그러는구먼. 그리고 그 권총에는 탄환이 열 발도 못 들어가요. 육발 총이지. 그걸로 쏠 수 있는 것은 나비 정도요. 속들여다보이는 거짓말은 안 하는 게 좋을걸."

"당신 돌았어요?"

"나 말이오? 사실은 강도를 만났으니까 아직 제 정신이 아닌지도 모르지."

"그거 당신 차예요?"

"아니."

"당신은 누구예요?"

"당신이 손전등으로 보고 있었던 건 대체 뭐요?"

"대답은 않고 질문만 하겠다는 거군요. 내가 본 건 풀숲에 누워 있는 사람이에요."

"웨이브가 진 금발의?"

"아니, 그렇지 않아요." 그녀는 침착하게 말했다. "본디는 웨이브가 졌을는지 모르지만……."

나는 허를 찔린 꼴이었다. 예기치 못했던 대답이었다. "이거 몰랐었소. 그냥 타이어 자국만 따라서 이리로 내려왔기 때문에…… 상처는 심하던가요?" 나는 그녀 쪽으로 한 발 다가섰다. 작은 권총이 꿈틀 하더니 전등 불빛이 멎었다.

"꼼짝 말아요, 당신 친구는 죽었어요."

나는 잠시 입을 다물고 있다가 말했다.

"같이 가 봅시다."

"그전에 여기서 당신은 누구이며, 어떤 일이 있었는지 그것부터 말해 주세요."

그녀는 또렷한 어조로 말했다.

"마로우, 필립 마로우. 탐정이오, 사립 탐정이오."

"그럴는지도 모르지. 증명을 하세요."

"지갑을 꺼내야지."

"그만둬요. 손을 움직이지 말아요. 무슨 일이 있었는지 말해 줘요."

"그는 안 죽었을지도 모르오."

"죽었어요. 머리가 엉망인걸요. 그보다도 당신 이야기나 먼저 들려 줘요."

"아냐, 안 죽었을지도 몰라. 먼저 가 보는 게 좋겠소."

나는 한쪽 발을 한 발 내디뎠다.

"움직이면 쏠 거예요." 그녀는 날카롭게 말했다.

나는 다른 한쪽 발을 앞으로 또 내디뎠다. 손전등 불빛이 춤을 추었다. 그녀는 한 걸음 뒤로 물러선 것 같았다.

"목숨을 무척 소홀히 여기시는군요. 좋아요, 같이 가 봐요. 당신이 앞장서요. 당신은 병자 같군요. 만일 그렇지 않았더라면……" 그녀가 말했다.

"나를 쏘았겠지. 줄곧 겁을 먹고 있거든. 눈 밑이 좀 시커먼데."

"농담을 하시는군요. 시체 안치소의 파수꾼처럼 말이에요." 그녀는 높은 목소리로 말했다.

손전등 불빛이 내 몸을 스쳐서 내 눈 앞에 땅을 비추었다. 나는 작은 쿠페 옆을 지나갔다. 흔한 소형 차로서, 안개를 통한 별빛으로 곱게 반짝이고 있었다. 나는 구부러져 있는 진흙길을 올라갔다. 여자의 발소리가 내 바로 뒤에서 따라왔다. 우리 발소리와 그녀의 숨소리 말고는 아무 소리도 나지 않았다. 내 숨소리는 내 귀에 들리지 않았다.

11

언덕길을 반쯤 올라간 오른편에 마리오의 발이 있었다. 그녀가 손전등으로 비추었다. 그의 몸 전체가 보였다. 내려올 때는 몸을 꾸부리고 있었는데다가 25센트짜리 크기의 불빛으로 타이어 자국을 더듬고 있었기 때문에 보지 못했던 것이다.

"손전등을 좀 빌립시다." 이렇게 말하고 나는 손을 내밀었다. 그녀는 말없이 나에게 손전등을 내밀었다. 나는 땅바닥에 무릎을 꿇고 몸을 구부렸다. 옷을 통해 축축한 땅바닥이 차갑게 느껴졌다.

마리오는 풀숲 가장자리에 반듯하게 누워 있었다. 그곳에 옷만 놓여 있는 것 같았다. 얼굴은 내가 알고 있는 얼굴과 달랐다. 아름다운 금발이 피에 흠뻑 물들어 웨이브는 사라지고 없었다. 원시시대의 점토 같은 잿빛의 끈적끈적한 것이 달라붙어 있었다.

여자는 내 뒤에서 크게 숨을 쉬고 있었지만 아무 말도 하지 않았다. 나는 마리오의 얼굴을 전등으로 비추었다. 머리를 얻어맞은 것이었다. 한쪽 팔을 뻗치고 있었는데 손가락이 꾸부러져 있었다. 쓰러지면서 몸을 굴렸는지 외투가 몸 밑에 비틀려 깔려 있었다. 무릎은 포개져 있었다. 입가에 시커먼 기름 같은 것이 묻어 있었다.

"전등을 좀 비춰 주시오." 손전등을 그녀에게 건네면서 나는 말했다. "기분이 나빠지지 않는다면 말이오."

그녀는 손전등을 받아들자 말없이 살인 사건 담당 경관처럼 태연히 시체를 비췄다. 나는 만년필 모양의 손전등을 꺼내어 시체가 움직이지 않도록 하며 주머니를 뒤졌다.

"안 돼요." 그녀는 진지한 어조로 말했다. "경찰이 올 때까지는 손을 대면 안 돼요."

"알고 있소. 그러나 순회 경찰이 와도 본서 담당이 올 때까지는 손을 못 대오. 본서 경찰도 검시가 끝나 현장 사진을 찍고 지문을 채취할 때까지는 손을 못 대오. 본서에서 경찰이 여기까지 와서 일을 끝내려면 두 시간은 걸리오."

"글쎄요. 당신한테 맡기겠어요. 어차피 마음먹은 대로 할 테니까요. 하지만 이렇게 머리를 묵사발을 만들다니, 어지간히 미움을 받았나 보죠?"

"미움을 받아서 그런 것도 아니겠지. 이런 짓 하기 좋아하는 놈들이 있으니까."

"난 무슨 소린지 알아들을 수가 없는데요" 하고 그녀는 말했다.

나는 마리오의 옷을 뒤졌다. 바지 한쪽 주머니에 은화와 지폐가 그대로 들어 있고, 또 한쪽 주머니에는 가죽으로 된 열쇠 케이스와 작은 주머니칼이 들어 있었다. 뒷주머니에는 지폐며 보험증서며 운전면허증 같은 것이 든 지갑이 있었다. 윗도리 안주머니에는 금으로 된 샤프펜슬이 꽂혀 있고, 쓰던 성냥과 마른 가루눈처럼 희고 아름다운 모시 손수건이 나왔다. 낯익은 갈색 금종이로 끝을 만 담배가 들어 있었다. 에나멜의 담뱃갑도 들어 있었다. 남아메리카 몬테비오의 제품이었다. 다른 한쪽 안주머니에는 처음 보는 담뱃갑이 들어 있었다.

모조품 별갑(鱉甲) 틀에 비단을 붙여서 양쪽에다 용을 수놓은 것이었다. 주머니에 넣어도 모를 정도로 얄팍했다. 그 속에는 가느다란 러시아 담배가 세 개비 들어 있었다. 나는 한 개비를 뽑아 보았다. 오래된 것인 듯 바짝 말라 있었다. 물부리가 달려 있는 담배였다.

"이 담배는 피우질 않았어" 하고 나는 어깨 너머로 말했다. "아마 여자에게 주려고 가지고 있었던 모양이지. 여자 친구가 많았던 것 같으니까……."

그녀는 내 목덜미에다 뜨거운 숨을 내쉬며 들여다보았다.

"모르는 사람이에요?"

"오늘 밤에 처음 만났소. 난 경호원으로 고용되었으니까."

"훌륭한 경호원이군요."

나는 뭐라고 할 말이 없었다.

"미안해요." 그녀는 나직한 목소리로 말했다. "사정도 모르면서 이런 말을 해서요. 그거 혹시 마리화나가 아닐까요. 좀 보여 주시겠어요?"

나는 그녀에게 수놓은 담뱃갑을 건네 주었다.

"내 친구 가운데 마리화나를 피우는 남자가 있었어요" 하고 그녀는 말했다. "하이볼 석잔에 대마초 석 대를 피우고 잠이 들면, 깨우는 데 스패너로 때려야 할 지경이었어요."

"전등이 움직이지 않도록 해주시오."

잠시 침묵이 흘렀다. 이윽고 그녀는 나에게 담뱃갑을 돌려 주었다. 나는 담뱃갑을 다시 양복 주머니에 넣었다. 결국 마리오의 몸에는 손을 댄 것 같지 않았다.

나는 일어나 안주머니의 지갑을 꺼냈다. 다섯 장의 20달러짜리 지폐는 그대로 있었다.

"배부른 놈들인데." 나는 말했다. "잔돈은 거들떠보지도 않았어."

나는 지갑을 집어넣고 만년필 모양의 손전등을 주머니에 넣고는 느닷없이 돌아서서 그녀의 손에서 권총을 빼앗았다. 그녀는 손전등을 땅에 떨어뜨리고 재빠르게 뒤로 물러섰다. 나는 손전등을 주워서 그녀의 얼굴을 비추었다가 금방 껐다.

"난폭하게 굴 것 없어요." 긴 외투의 호주머니에 손을 찌르면서 그녀는 말했다. "당신이 죽였다고 하진 않을 테니까."

나는 그녀의 냉담하고 조용한 목소리가 마음에 들었다. 침착한 태도가 마음에 들었다. 우리는 잠시 아무 말도 하지 않고 마주보고 있었다.

나는 다시 전등을 그녀 얼굴에 비추었다. 그녀의 눈이 깜박였다. 커다란 눈이었다. 작고 싱싱하고 야무진 얼굴이었다. 피부 밑의 뼈가 느껴지는 것 같은 강한 얼굴이었다.

"당신은 머리가 붉군." 나는 말했다. "아일랜드 계요?"

"성은 리아든이에요. 하지만 그게 어쨌다는 거예요? 전등을 꺼 줘요. 머리는 빨간 빛이 아니라 갈색이에요."

나는 전등을 껐다.

"이름은?"

"앤. 애니 따위로는 부르지 말아요."

"여기는 뭣하러 왔소?"

"그냥 드라이브했어요. 난 혼자 사는 고아거든요. 이 부근을 잘 알기 때문에 드라이브를 하고 있었는데, 불빛이 반짝거리지 않겠어요. 밀회하기엔 오늘 밤은 너무 쌀쌀하고, 첫째, 젊은 남녀 같으면 불은 안 켤 것 아니겠어요?"

"나 같으면 안 켜지요. 하지만 너무 위험한 짓이 아닐까요?"

"당신도 마찬가지지 뭐예요. 난 권총을 가지고 있었기 때문에 조금도 무섭지 않았어요. 여기 와서 안 된다는 법은 없지 않아요?"

"음, 하지만 자기 방위라는 법이 있지요. 자, 총을 돌려 주겠소. 오늘 밤에는 내가 졌어. 권총 허가증은 가지고 있겠지요?"

나는 총대를 앞으로 하고 권총을 돌려 주었다. 그녀는 권총을 받아 주머니에 넣었다.

"사람이란 참 이상한 짓을 하는 동물이군요. 나는 원고를 쓰고 있답니다."

"돈벌이가 되나요?"

"별 것 아녜요. 당신이 찾고 있었던 건 뭐지요? 주머니를 뒤지셨는데……"

"별로 특별한 기대는 하지 않았소. 난 항상 어딘가 돌아다니는 사람이오. 우린 어떤 여자를 위해 강탈당한 보석을 되사려고 8천 달러의 돈뭉치를 갖고 여기에 왔었는데, 보기 좋게 당한 거지요. 하지만 왜 이 사람을 죽였는지 그 까닭을 도무지 모르겠단 말이오. 어떤 소리를 해도 저항할 사람이 아닌데. 그리고 싸우는 소리도 들리지 않았어요. 난 분지로 내려가고 그는 자동차 안에 있었거든요. 우린 분지로 자동차를 몰아넣으라는 지시를 받았지만, 길이 좁아서 못 갈 것 같아 나 혼자 분지로 내려가 보았던 거지요. 그 사이에 그를 해치운 겁니다. 그리고 그들 가운데 하나가 차에 타고 있다가 나를 갈긴 거요. 물론 난 그가 아직 차에 타고 있는 줄로만 알았지요……"

"그렇다면 당신이 실수한 것도 아니잖아요."

"하지만 처음부터 미심쩍은 데가 있었소. 난 그것을 느끼고 있었지만 돈이 필요했거든요. 난 지금부터 경찰서에 가서 취조를 받아야 할 판인데, 몬테마 비스터까지 태워다 주지 않겠소? 거기다가 자동차를 두고 왔지요. 이 친구가 거기서 살고 있기 때문이오."

"그거야 쉬운 일이지만, 누가 남아 있어야 하지 않겠어요? 당신이 내 차를 타고 가든가, 아니면 내가 경찰을 부르러 가도 좋아요."

나는 손목시계를 보았다. 벌써 12시가 가까웠다.

"그건 안 되오."

"왜요?"

"왠지는 모르지만, 그냥 그런 생각이 드는군. 이 사건은 나만의 일로 해 두고 싶소."

그녀는 아무 말도 하지 않았다. 우리는 분지로 내려가 그녀의 조그만 쿠페에 올랐다. 그녀는 헤드라이트를 끈 채 방향을 돌려 진흙길을 올라가더니 흰 목책 곁으로 해서 한 구획쯤 나간 다음 헤드라이트를 켰다.

나는 머리가 아팠다. 우리는 처음으로 집이 보이는 지점에 이를 때까지 말을 하지 않았다. 먼저 입을 연 것은 그녀였다.

"술이라도 한 잔 하시는 게 좋지 않을까요? 우리 집에 안 가시겠어요? 경찰에는 우리 집에서 전화를 걸면 돼요. 경찰은 어차피 서(西) 로스앤젤리스에서 올 거예요. 이 부근에는 소방서밖에 없으니까⋯⋯."

"괜찮으니 해안으로 나가 주시오. 나 혼자만의 사건으로 하고 싶으니까."

"하지만 무엇 때문에 그러세요? 나는 경관 따위 무섭지 않아요. 내가 하는 말이 당신한테 도움이 될지도 몰라요."

"난 당신의 힘을 빌리고 싶은 생각은 없소. 좀 생각해 보고 싶어서 그러오. 잠시 혼자 있고 싶어서 그러는 거요."

"그래요. 그렇다면 하는 수 없지요."

우리는 해안 도로가에 있는 주유소에서 북으로 달려 몬테마 비스터 카페 앞에 차를 세웠다. 카페는 유람선처럼 밝았다.

나는 차에서 내려 지갑에서 명함을 꺼내 그녀에게 주었다.

"내 힘이 필요할 때가 있거든 연락하시오. 하긴 두뇌를 필요로 하는 일이라면 불러야 헛일이지만……."

그녀는 명함을 만지작거리며 침착하게 말했다.

"베이 시티의 전화 번호부에 내 이름이 나와 있어요. 25번 거리 819번지예요. 난 당신 일에 주제넘은 참견을 하지 않았으니까 칭찬해 줘도 좋을 거예요. 그리고 당신은 정말이지 아직 완전히 회복되지 않았어요."

그녀는 차를 돌려서 달려갔다. 나는 후미등이 어둠 속으로 사라져 버릴 때까지 그 자리에 서서 바라보고 있었다. 나는 길가의 카페 옆으로 해서 주차장에 가 차에 올랐다. 바로 앞이 바였다. 또 몸이 떨리기 시작했다. 그러나 지금의 나로서는 개구리처럼 차디찬 몸과, 1달러짜리 새 지폐의 뒷면처럼 창백한 얼굴빛을 한 채 서 로스앤젤리스 경찰서로 달려가는 것이 가장 현명한 일처럼 생각되었다.

12

그로부터 한 시간 반쯤 흘렀다. 시체를 수용하고, 현장 부근의 땅을 수사하고, 나는 같은 말을 서너 번 반복하게 되었다. 우리 네 사람은 서 로스앤젤리스 경찰서의 당직 경감실에 있었다. 유치장의 주정뱅이가 이따금 뭐라고 소리를 지르고 있을 뿐, 경찰서 건물은 조용하기만 했다.

반사경 안쪽의 강한 전등 불빛이 편편한 탁자를 비추고 있는데, 지금은 그 주인과 마찬가지로 죽어 보이는 린제이 마리오의 호주머니에 있던 물건들이 펼쳐져 있었다. 나와 마주보고 앉아 있는 사람은 로스앤젤리스 경찰 살인과에서 온 랜들이라는 사람이었다. 보드라운 잿빛 머리와 차가운 눈을 가진 50살 남짓한 깡마른 사람이었다. 검은 반점 무늬가 있는 담홍색 넥타이를 매고 있어 그 반점이 내 눈 앞에서 줄곧 춤을 추고 있었다. 그의 뒤에 경호원 같은 통통한 사나이가 두 사람 서 있었는데, 둘 다 내 한쪽 귀를 바라보고 있었다.

나는 담배에 불을 붙였으나 맛이 없었다. 나는 손가락 사이에서 담배가 타고 있는 것을 보고 있었다. 갑자기 80살이 된 것 같은 기분이었다.

"당신의 말은 들으면 들을수록 어처구니가 없소. 마리오라는 자는 대금 지불에 대해 쭉 교섭을 해 왔을 게 틀림없어. 그런데 드디어 그 날에 이르러서 갑작스레 초면의 사람을 경호원으로 고용하다니 우습지 않소." 랜들이 냉담한 목소리로 말했다.

"경호원으로 고용된 건 아니었지요. 마리오는 내가 권총을 가지고 있는 줄도 몰랐습니다. 그냥 같이 가 달랬을 뿐이었으니까요." 나는 말했다.

"어떻게 당신 이름을 알았지요?"

"처음에는 친구한테서 들었다고 하더니, 나중엔 전화 번호부에서 알아 냈다고 하더군요."

랜들은 책상 위에 물건을 뒤적거려 명함 한 장을 찾아 내더니 더러운 것이라도 만지는 것처럼 내 앞으로 던졌다.

"하지만 그는 당신의 명함을 갖고 있었소."

분명히 내 명함이었다. 다른 명함과 함께 지갑에서 나온 것이었다. 내가 지갑을 조사했을 때는 명함을 한 장씩 살펴보지 않았던 것이다. 그러나 마리오가 가지고 있던 명함치고는 좀 더러웠다. 한쪽 귀퉁이에 동그란 얼룩이 있었다.

"뭐, 이상할 거야 없지요. 난 기회만 있으면 아무에게나 명함을 주곤 하니까요."

"마리오는 당신한테 돈을 맡겼다면서요. 8천 달러나. 꽤나 신용했던 모양이지." 랜들은 말했다.

나는 천장으로 담배 연기를 내뿜었다. 전등 불빛이 아프도록 눈부셨다. 뒤통수가 욱신거렸다.

"그 8천 달러는 이제 가지고 있지 않소."

"당연하지. 만일 갖고 있다면 당신이 여기 올 리가 없으니까. 아니면 돈을 가지고도 여기 올 수 있단 말이오?"

그의 얼굴에 차가운 웃음이 떠올랐다. 억지로 만든 웃음이었다.

"8천 달러만 생긴다면 나는 뭐든지 할 거요. 하지만 만일 사람을 때려 죽이는 일이라면 두 번 이상은 안 때릴 겁니다." 나는 말했다.

그는 가볍게 고개를 끄덕였다. 뒤에 있는 형사 하나가 휴지통에다 침을 뱉었다.

"그 점이 아무래도 이상하거든. 서투른 인간의 소행같이 보인단 말이야. 하지만 일부러 그렇게 보이게 했는지도 모르지. 돈은 마리오의 것이 아니었지요?"

"그건 모릅니다. 그의 것이 아닌 것 같았지만 확인한 건 아니니까요. 강도를 만난 여자가 누구인지도 말하려 하지 않았으니까……"

"아직 마리오를 조사하지 않았지만……" 랜들은 천천히 말했다. "그가 8천 달러를 훔치려고 했는지도 모르지."

"네?" 나는 깜짝 놀랐다. 아마 놀란 표정을 보였을 것이다. 랜들의 안색에는 변화가 없었다.

"당신은 돈을 세어 보았나요?"

"아니, 세어 보지는 않았소. 그가 그냥 돈이 든 봉투를 주었는데, 상당히 많은 돈이 들은 것 같았고, 그가 8천 달러라고 했지요. 내가 나타나기 전부터 갖고 있었던 돈을 그가 훔칠 필요는 없겠지요."

랜들은 천장 한구석을 쳐다보며 입술을 일그러뜨렸다. 그리고 어깨를 흔들었다.

"다시 한 번 되풀이하지" 하고 그는 말했다. "마리오와 여자를 습격하여 목걸이를 뺏고 그걸로 돈을 만들려는 놈이 있소. 그놈은 목걸이의 값어치로 볼 때 너무 싼 값을 흥정해 왔소. 마리오가 돈을 치르게 되어 있었소. 그는 혼자 할 작정이었소. 상대방의 지시가 있었는지 어떤지는 모르지만. 보통 같으면 이런 경우 성가신 조건을 붙이는 법이거든. 그러나 마리오는 당신을 데리고 가도 무방하다고 생각했소. 당신들은 보석 갱 조직을 상대하고 있는 줄로만 알았소. 상대방의 말을 어느 정도 믿어도 된다고 생각한 거요. 마리오는 겁이 나서 누군가와 함께 가려고 마음먹었소. 당신을 동반자로 선택했소. 그런데 한 번도 당신을 본 적이 없소. 누군가에게서 얻은 명함으로 이름을 알고 있을 뿐이오. 그리고 막상 떠날 때 마리오는 당신한테 돈을 맡기고 자기는 뒷좌석에 숨어 당신더러 교섭을 하게 했소. 당신 의견으로 그랬다지만, 당신이 그 말을 꺼내기를 기다리고 있었는지도 모르오. 만일 당신이 그 말을 꺼내지 않았으면 그 쪽에서 꺼냈을 거요."

"하지만 처음엔 찬성하지 않았는데요."

랜들은 또다시 어깨를 흔들었다.

"그게 그의 연극이었던 거요. 전화가 걸려 와 장소가 정해졌소. 마리오만 알고 있는 장소란 말이오. 당신은 전화를 듣지 않았으니까. 가 보니 아무도 없었소. 분지로 내려오라고 했지만 대형 차로는 갈 수가 없소. 그래서 당신이 분지로 내려가 보았으나, 아무 소리도 나지 않는 거요. 잠시 기다려 보다가 자동차 있는 데로 돌아왔더니 차 안에서 당신 머리를 때린 녀석이 있었소. 그러면 어떻게 되겠소. 만일 마리오가 그 돈을 노리고 당신을 미끼로 삼으려 했었다면 그는 각본대로 행동한 것이 되지 않겠소?"

"과연 앞뒤가 맞는군요" 하고 나는 말했다. "마리오가 나를 때려 돈을 빼앗고 나서, 나쁜 짓을 했다고 후회를 하여 스스로 자기 머리를 부숴 버렸단 말인가요. 우선 돈을 풀숲 밑에 묻고 나서……."

랜들은 표정 없는 눈으로 나를 보고 있었다.

"물론 공범자가 있었던 거요. 당신들 둘을 때려눕혀 놓고 공범자가 돈을 가지고 달아날 계획이었던 거지요. 그런데 그가 마리오를 배신하여 죽여 버렸소. 당신한테는 얼굴이 알려지지 않았으니까 죽일 필요가 없었던 거요."

나는 '훌륭하신 생각입니다' 하는 표정으로 그를 쳐다보며, 재받이 유리가 없어지고 나무틀만 남아 있는 재떨이에 담배를 껐다.

"이렇게 생각하면 앞뒤가 맞잖소. 현재 상태로는 달리 생각할 도리가 없으니까." 랜들은 말했다.

"하지만 한 가지 모순되는 점이 있군요. 나는 차 안에서 맞았으니까 아무래도 마리오를 의심하지 않을 수 없게 되는데, 그러면 그의 입장이 나빠지지 않습니까?"

"그렇지 않소. 당신은 권총을 갖고 있고 마리오에게 말하지 않았지만, 그는 당신이 권총을 숨기고 있는 걸 알고 있었는지도 모르오. 그렇기 때문에 당신이 그를 의심하기 전에 해치워 버리려고 마음먹었던 거요. 그리고 차 안에서 맞았다고 해서 반드시 마리오가 때렸다는 증거는 되지 않소." 하고 랜들은 말했다.

"과연" 하고 나는 말했다. "당신의 승리로 해 두십시다. 돈은 마리오의 것이 아니고, 그가 그 돈을 훔치려 했던 것으로 하지요. 그리고 공범자가 있었던 걸로 가정한다면 당신의 말은 훌륭하게 들어맞습니다. 곧 마리오의 계획으로는 우리 둘이 머리를 얻어맞고 쓰러졌다가 깨어나 돈을 날치기당한 걸 알고 분해 하고서, 나는 나대로 이 사건을 잊어버린다는 이야기겠지요! 그는 그렇게 되기를 기대했을 테지요? 그로서는 그렇게 되는 것이 형편이 좋았을 테니까."

"그렇소" 하고 랜들은 교활하게 웃었다. "나도 별로 마음에 들진 않지만, 지금으로서는 달리 생각할 도리가 없군요."

"하지만 우린 아직 사실을 충분하게 조사하지 않았어요. 그가 한

말이 사실이고, 보석 갱 하나가 그에게 얼굴을 보이고 말았을지도
모릅니다."

"당신은 부스럭거리는 소리도 말소리도 못 들었다고 하지 않았
소?"

"그 사람 같으면 목을 움켜잡고 입을 다물게 하는 것쯤 문제 없어
요. 겁이 나서 소리가 안 나왔는지도 모르죠. 그들은 풀숲에 숨어
서 내가 언덕을 내려가는 걸 보고 있었는지도 모릅니다. 상당한 거
리여서 1백 피트는 되었지요. 내가 사라지고 나자 그들은 차 안을
들여다보고 마리오가 있는 것을 발견했소. 권총을 들이대고 차에서
내리게 했지요. 그리고 그는 머리를 얻어맞은 거요. 그러나 그가
한 말이나 그의 표정이 그들이 누구인지를 알아차린 것 같은 느낌
을 그들에게 주었소."

"어둠 속에서 말이오?"

"그렇습니다. 그랬을 게 틀림없어요. 마음속에 남아 있는 목소리라
는 게 있는 법이거든요. 어둠 속에서라도 사람을 알 수 있어요."
랜들은 머리를 내저었다.

"보석 갱 조직이라면 좀처럼 살인을 하지 않소." 그는 별안간 말을
중단하고 눈을 빛냈다. 그의 입이 굳게 다물어졌다. "납치를 하지"
하고 그는 덧붙였다.

나는 고개를 끄덕였다.

"나도 그렇게 생각합니다."

"그리고 또 한 가지 물어 보고 싶은 것이 있소" 하고 그는 말했다.

"당신의 차는 어디다 세워 두었었소?"

"몬테마 비스터의 주차장입니다."

랜들은 내 얼굴을 살폈다. 뒤에 있는 두 형사도 내 얼굴을 쳐다보
았다. 유치장의 주정뱅이가 요들을 부르려 했으나 소리가 깨지는 바

람에 부를 마음이 없어져 버린 모양이었다. 그는 울음을 터뜨렸다.

"한길까지 걸어서 나갔지요" 하고 나는 말했다. "지나가는 차를 세웠더니 젊은 여자가 혼자서 타고 있더군요. 그 여자가 몬테마 비스터까지 바래다 준 겁니다."

"신기한 여자인데." 랜들이 말했다. "밤도 늦은 쓸쓸한 길에서 용케 세워 주었구먼."

"그런 여자도 더러 있지요. 이름은 물어 보지 않았지만 얌전한 여자 같았습니다."

그들이 믿지 않는다는 것을 잘 알고 있었다. 나는 '무엇 때문에 거짓말을 했을까' 하고 생각했다.

"조그만 차였어요. 시보레의 쿠페였지요. 차 번호는 외지 못했어요."

"놀랐는데, 번호를 외지 못했다니." 형사 하나가 말했다. 또 휴지통에 침을 뱉었다.

랜들은 몸을 앞으로 내밀고 나를 찬찬히 훑어보았다.

"당신은 사실을 숨기고 있군. 이 사건을 직접 해결해서 선전하려는 것이겠지만, 당신의 그 진술이 마음에 들지 않아. 한 번 더 생각해 보도록 해요. 내일이면 선서 진술서를 받게 될지도 모르오. 단 이것만은 알고 있어야겠소. 이것은 살인 사건이오. 경찰의 일이란 말이오. 얼마쯤 도움이 되더라도 당신의 도움은 청하지 않겠소. 당신은 사실만을 말해 주면 되는 거요, 알겠소?"

"잘 알았습니다. 이제 돌아가도 되겠지요? 머리가 아파서요."

"돌아가시오."

나는 일어나서 문 쪽으로 걸어갔다. 네 걸음쯤 걸었을 때 랜들이 헛기침을 하며 천연스레 말했다.

"한 가지 더 참고 삼아 물어 둘 것이 있소. 마리오는 어떤 담배를 피웠지요?"

나는 뒤돌아보며 말했다.

"갈색 담배였습니다. 남아메리카 것으로, 프랑스 제 에나멜 담뱃갑
에 들어 있었습니다."

그는 테이블에서 비단에 수놓은 담뱃갑을 집어 들더니 내 쪽으로
내밀었다.

"본 일이 있소?"

"네, 방금 보고 있던 중입니다."

"전에 본 일이 있느냐고 말하고 있는 거요."

"그런 것 같은데요. 어디에나 굴러다니는 걸요. 왜 그러시지요?"

나는 말했다.

"시체엔 손대지 않았겠지?"

나는 거짓말을 해봐야 헛일이라고 생각했다.

"실은 호주머니를 조사했습니다. 그때 주머니에 들어 있더군요. 하
지만 직업상 호기심에서 조사했을 뿐이지, 아무것도 숨기진 않습니
다. 아무튼 마리오는 나에게 일을 의뢰한 사람이었으니까요."

랜들은 담뱃갑을 열었다. 속은 비어 있었다. 담배는 세 개비 다 없
어져 있었다.

나는 이를 꽉 깨물면서 표정을 바꾸지 않으려고 했다. 쉬운 일이
아니었다.

"마리오는 이 담뱃갑의 담배를 피우지 않았소?"

"그렇습니다."

랜들은 냉정하게 고개를 끄덕였다.

"이건 빈 갑이오. 그러나 당신도 알다시피 주머니에 들어 있었소.
가루가 남아 있으므로 지금 현미경으로 조사를 할까 하오. 장담은
못하겠지만 마리화나 같소."

"만일 그렇다면 오늘 밤에 두 개비쯤은 피웠겠죠. 흥분제가 필요했을 테니까요."

랜들은 담뱃갑을 닫아서 탁자 위에 놓았다.

"묻고 싶은 건 그뿐이오. 한 번 더 말해 두겠는데, 쓸데없이 참견하지 말기 바라오."

나는 밖으로 나왔다. 안개는 걷히고 검은 비로드 같은 하늘에 별이 크롬으로 만들어진 것 같이 반짝이고 있었다. 나는 한밤중인 거리로 차를 몰았다. 술을 마시고 싶었으나 바는 모두 닫혀 있었다.

13

이튿날 아침 눈을 떴을 때는 9시였다. 커피를 블랙으로 석 잔 마시고 찬물로 뒤통수를 씻고 나서 아파트 문에 던져 놓은 두 가지 조간을 훑어봤다. 큰 사슴 마로이에 대한 것은 조그맣게 실려 있었으나 나르티의 이름은 없었다. 린제이 마리오에 대한 기사는 한 줄도 없었다. 사교계 뉴스에는 뭔가 났을지도 모르지만.

나는 옷을 입고, 삶은 달걀을 두 개 먹고, 넉 잔째 커피를 마시고 나서 거울을 보았다. 아직도 눈자위에 그늘이 남아 있었다.

나가려고 문을 열었을 때 전화가 울렸다. 나르티였다. 냉담한 목소리였다.

"마로우 씨요?"

"그렇습니다. 잡혔나요?"

"잡혔소. 내가 말한 대로 벤추라 가도에서 말이오. 거구라는군. 6피트 6인치의 사나이가 차에다 위스키 다섯 병을 싣고 또 한 병의 위스키를 마셔 가며 속도를 70마일이나 내고 있었다고 하오. 이쪽은 시골 경찰관이 단둘이서 권총과 곤봉으로 그에게 대항했던 거요."

그는 잠시 말을 끊었다. 나는 한 마디 하고 싶었지만 적당한 말이 떠오르지 않았다.

"그 거구는 경관을 둘 다 두들겨패서 쓰러뜨리고, 경찰차의 라디오를 시궁창에다 던져 버리고서 위스키를 잔뜩 마시고 잠이 들어 버린 거요. 그러는 동안 경관들이 가까스로 일어나서 거구의 머리통을 곤봉으로 후려갈기고 수갑을 채운 거지요. 지금 유치장에 처넣어 두었는데, 술에 취해서 운전한 죄, 차 안에서 술을 마신 죄, 공무 집행 방해죄, 공유물 훼손죄, 탈옥 미수죄, 풍기 문란죄, 길가에 주차한 죄 따위요. 자, 어떻소, 유쾌하지 않소?"

"유쾌할 것 하나도 없는데요. 중요한 말은 한 마디도 없지 않습니까?"

"사람이 틀렸던 거요." 나르티는 불쾌한 듯이 말했다. "헤메트에 사는 스트야노프스키라는 사나이로, 쌩 잭 터널에서 일하고 있는 인부였소. 부인과 네 아이가 있는데, 부인이 노발대발하더군. 그런데 당신은 무슨 단서라도 있소?"

"없어요. 머리만 아플 뿐입니다."

"만일 틈이 있거든."

"감사합니다. 그 살인 사건의 심리는 언제 있습니까?"

"당신한테 볼일은 없을 거요." 나르티는 냉담하게 웃으며 전화를 끊었다.

나는 아파트를 나와 할리우드 부르바드의 사무실로 자동차를 몰았다. 차를 주차장에 세워 두고 사무실로 올라가 언제나 열쇠를 잠그지 않고 두는 대기실 문을 열었다.

앤 리아든이 읽고 있던 잡지에서 눈을 들고 웃음지었다.

갈색 슈트에 하이네크의 흰 스웨터. 낮에 보니 머리는 순수한 갈색으로서, 위스키 잔처럼 조그만 운두에 1주일치 세탁물을 담을 수 있을 만큼 큼직한 챙을 단 모자를 쓰고 있었다. 45도 각도로 쓰고 있었으므로 챙이 거의 어깨에 닿고 있었다. 그런데도 그 모자는 그녀에게 잘 어울렸다. 어쩌면 그렇기 때문에 더욱 어울리는지도 몰랐다.

나이는 28살 정도였다. 이마는 좁은 편이며 코는 작고 윗입술이 조금 길며, 입은 큰 편이었다. 잿빛 어린 푸른 눈. 애교 있는 웃음. 누구에게나 호감을 주는 용모였다.

"몇 시에 사무실 문을 여는지 몰라서…… 오늘은 비서가 쉬는 모양이지요?" 그녀가 말했다.

"비서는 없소."

나는 안쪽의 방문을 열고, 바깥 문 벨의 스위치를 넣었다. "안으로 들어갑시다."

그녀는 마른 백단 향기를 풍기며 내 앞으로 해서 안으로 들어가, 녹색의 서류 케이스와 초라하게 빛바랜 융단과 먼지를 뒤집어쓴 가구와 그다지 깨끗하지 못한 망사 커튼을 둘러보았다.

"전화 받을 사람이 있어야겠네요. 그리고 커튼도 종종 빨아야겠어요."

"성 스위진 절(7월 15일, 이날 날씨가 좋으면 40일 동안 갠 날이 이어진다고 한다)날 세탁소에 보낼 생각이오. 앉아요. 일을 조금 실수한 것 같소. 하지만 편안하게 쉴 수만은 없으니까."

"그러세요?"

그녀는 흥미 없는 듯이 말하고 큼직한 가죽 핸드백을 책상 유리 위에 조심스럽게 놓았다. 그리고 의자 등에 기대어 책상 위의 담배를 한 개비 집었다. 나는 종이 성냥으로 담배에 불을 붙여 주다가 손가락을 데었다.

그녀는 담배 연기를 내뿜고는 그 연기 속에서 웃음지었다. 아름다운 이였다.

"오늘 아침에 내가 오리라고는 생각지 않으셨겠지요? 머리는 어떠세요?"

"아직도 아프오. 전혀 생각 못했었소."

"경찰에서 많이 들볶였나요?"

"말했던 대로요."

"내가 방해되지 않으세요?"

"아니."

"하지만 환영하는 것 같지도 않군요."

나는 파이프에 담배를 채우고 불을 붙였다. 그녀는 그다지 싫은 기색을 보이지 않았다. 여자는 파이프를 피우는 남자를 좋아하지 않는 법이다.

"나는 당신을 끌어들이고 싶지 않소, 왜 그런지는 모르지만. 그러나 어차피 나와 관계없는 사건이 되고 말았소. 난 어제 실컷 들볶인 뒤 술을 마시고 자 버렸는데, 이젠 경찰의 사건이 되어 버렸소. 경찰은 나더러 참견 말라는 거요."

"당신이 나를 관련시키고 싶지 않다고 생각하신 것은, 만일 내가 우연히 거기 갔었다고 해도 경찰에서 믿지 않는다는 걸 알고 계시기 때문이에요. 그러면 나는 경찰에 호출되어 혼이 나게 될 테니까요."

"어떻게 당신이 내 마음을 알지?"

"탐정도 사람이니까요."

"본디는 나도 사람이었지."

"비꼬지 마세요." 이렇게 말하고 그녀는 방 안을 둘러보았다. "일은 어떠세요, 돈벌이는 잘 되나요? 그다지 훌륭한 방이라고는 말할 수 없지만……."

나는 씁쓰레하게 웃었다.

"쓸데없는 참견은 안하는 게 좋겠지요?" 그녀는 물었다.

"안할 수만 있다면."

"우린 두 사람 다 관련자예요. 당신은 왜 나를 감싸는 거지요? 내 머리가 붉고 몸매가 마음에 들었기 때문인가요?"

나는 아무 말도 하지 않았다. 그녀는 명랑하게 웃었다.

"그 목걸이의 주인을 알고 싶지 않으세요?"

나는 몸을 긴장시켰다. 순간 무슨 뜻인지 알지 못했으나 이내 그 말의 뜻을 알 수 있었다. 왜냐하면 나는 목걸이에 대해 그녀에게 한 마디도 한 적이 없었기 때문이다.

나는 성냥을 집어서 파이프에 다시 불을 붙였다.

"별로 알고 싶지 않소. 왜 그러오?"

"전 알고 있어요."

"그래요?"

"어떻게 해야 당신이 말하게 될까요? 발가락이라도 간질러야 하나요?"

"그렇군. 당신은 그 말을 하러 왔군" 하고 나는 말했다.

그녀의 푸른 눈이 커지더니 젖은 것 같았다. 그녀는 아랫입술을 깨물고 책상을 보았다. 그리고 나서 어깨를 흔들고 입술을 늦추어 숨김 없이 그대로 나에게 웃음지어 보였다.

"사실은 이런 짓 하고 싶지 않아요. 하지만 내 몸에는 사냥개의 피가 흐르고 있어요. 우리 아버진 경찰관이었거든요. 클립 리아든이라고, 7년 동안 베이 시티 경찰서장을 지낸 분이에요."

"알고 있소. 지금은 어떻게 지내고 계시오?"

"면직되었어요. 그래서 아버지는 실망을 했던 거예요. 도박장의 흑막인 레드 부르넷이 자신의 앞잡이를 시장으로 만들었을 때 기록과로 좌천되는 바람에 곧 사표를 내고, 그리고 나서 2년 뒤에 돌아가셨어요. 그리고 이내 어머니도 돌아가셔서 그 뒤 2년 동안 혼자 살고 있어요."

"거 안됐군."

그녀는 담배를 비벼 껐다. 꽁초에는 입술 연지가 묻어 있지 않았다.

"내가 이런 말을 하는 것은 아버지 대신 거들고 싶어서예요. 사실은 어젯밤에 당신한테 말을 했어야 옳았겠지요. 오늘 아침에 사건 담당자가 누군지를 알아 가지고 랜들을 만나고 오는 길이에요. 내가 어젯밤 이야기를 했더니 당신에 대해 화를 내더군요."

"그럴 테지. 하지만 사실대로 말했어도 믿지 않았을 건 마찬가지요."

그녀의 얼굴이 흐려졌다. 나는 일어서서 창을 열었다. 한길의 잡음이 들려 왔다. 머리가 무거웠다. 나는 책상 서랍에서 위스키를 꺼내어 유리잔에 따랐다.

그녀는 미간을 찌푸리고서 내 행동을 지켜보고 있었다. 나는 융통성 없는 사내는 아니었다. 나는 위스키를 들이켜고 병을 넣은 다음 다시 의자에 앉았다.

"나한테는 안 주시는군요." 그녀는 냉담하게 말했다.

"아직 11시밖에 안 되었고, 또 당신은 안 마실 줄 알았으니까요."

"그게 예의예요?"

"우리 동료들 사이에는."

그녀는 내가 한 말의 뜻을 생각하고 있었다. 아무 뜻도 없었다. 뜻 없는 말을 했다고 나도 생각했지만, 위스키를 마시고 얼마쯤 기분이 좋아진 것만은 사실이었다.

그녀는 몸을 앞으로 구부리고 장갑으로 책상의 유리를 닦았다.

"조수를 쓰실 생각은 없으세요? 가끔 다정한 말만 걸어 주시면 돼요."

"그럴 마음은 없는데요."

그녀는 고개를 끄덕였다.

"그러실 줄 알았어요. 난 할 말만 하고 돌아가겠어요."

나는 아무 말도 하지 않았다. 그리고 또다시 파이프에 불을 붙였다. 아무런 생각을 하고 있지 않아도, 뭘 생각하고 있는 것처럼 보이기 때문이다.

"그쯤 되는 목걸이는 박물관에 둘 만한 거니까 보석상이라면 누구나 다 알고 있을 거라고 생각했지요."

나는 타고 있는 성냥을 손에 들고, 불꽃이 손가락으로 가까워지는 것을 보고 있었다. 그리고 나서 성냥을 천천히 불어 끄고 재떨이에다 버렸다.

"나는 목걸이에 대한 걸 당신한테 말한 적이 없소."

"랜들한테서 들었어요."

"입이 가벼운 친구로군."

"아버지 친구예요. 내가 누설하지 않겠다고 약속했거든요."

"나한테 말하고 있지 않소?"

"당신은 이미 알고 계시잖아요."

그녀는 손으로 입을 누르려다가 그만두고 천천히 손을 무릎으로 내리더니 눈을 커다랗게 뜨고 빛냈다. 능숙한 연극이었지만 그녀에게는 어울리지 않았다.

"알고 계시죠?" 그녀는 조그만 소리로 말했다.

"아마 다이아몬드였을 거요. 그 밖에 팔찌 하나하고 귀걸이에 반지가 세 개인데, 그 가운데 하나는 에메랄드였어."

"소용없어요. 그렇게 시치미를 떼도……."

"비취 목걸이요. 굉장히 진귀한 물건인데, 세공한 6캐럿짜리 옥이 60개 이어져 있지. 8만 달러의 가치가 있소."

"그렇게 부드러운 갈색 눈빛을 하고서 사람을 속이다니, 지독한 분이야."

"그래, 목걸이는 누구 거요? 어떻게 알아 냈소?"

"간단했어요. 제일 큰 보석상에 가면 알 수 있을 것 같기에 브록에 가서 지배인한테 물어봤지요. 잡지사 기자라고 하고요. 희귀한 옥에 대한 걸 쓰고 싶다고……."

"그 친구는 당신의 빨간 머리와 균형 잡힌 몸매를 믿었던 모양이지."

그녀는 이마까지 새빨개졌다.

"아무튼 가르쳐 주더군요. 베이 시티 교외에 저택이 있는 부잣집 부인 거예요. 루인 로크리지 그레일 부인이라고 해요. 남편은 은행인지 어디에다 투자를 하고 있고, 2천만 달러 정도의 재산이 있다나 봐요. 비버리 힐즈에서 KFDK라는 방송국을 경영할 때에 거기 근무하던 부인과 알게 되어 5년 전에 결혼했대요. 부인은 굉장한 금발이라더군요. 그레일 씨는 노인이고, 거기다가 간장병으로 언제나 약을 먹고 있기 때문에 부인은 늘 밖으로만 쏘다닌다나 봐요."

"브록의 지배인이라는 친구도 꽤 쏘다니기를 좋아하는 모양이지!"

"그 사람한테서 다 들은 건 아니에요. 부인에 대한 건 기디 가티 어보거스트에게서 들었어요."

나는 또 위스키 병을 꺼냈다.

"탐정소설에 잘 나오는 주정뱅이 탐정이 되시는 건 아니겠지요?"

"그런들 어떻소. 그들은 항상 사건을 해결하고 있는데. 말을 계속해 봐요."

"기디 가티는 '클로니클'의 사교란 기자예요. 2백 파운드쯤 가지고 있고, 히틀러 수염을 기르고 있지요. 그레일 부인의 사진을 얻어 왔더군요."

그녀는 핸드백에서 사진을 꺼내 내 앞에 놓았다.

확실히 금발이었다. 목사가 교회 창문을 뚫고 튀어나가고 싶어질 정도의 금발이었다. 검은 색과 흰색의 옷을 입고 옷에 잘 어울리는 모자를 쓰고 있었다. 좀 거만해 보이기는 했지만 남자가 바라는 것은 뭐든지 지니고 있는 여자였다. 나이는 30살 정도였다.

나는 위스키를 따라서 단숨에 들이켰다.

"넣어 두시오. 보고 있으니까 마음이 이상해지는데."

"당신한테 드리려고 얻어 왔는걸요. 만나 보고 싶으시죠?"

나는 다시 사진을 보고 나서 압지 밑에 밀어 넣었다.

"오늘 밤 11시. 어떨까?"

"농담하고 있을 때가 아니에요. 부인에게 전화를 걸었더니 당신을 만나 보겠대요. 일 관계로 말이에요."

"처음에는 일 관계라도 좋아."

그녀는 신경질을 부리는 기색을 보였다. 나는 농담을 그만두고 진지한 얼굴을 지었다.

"부인은 무슨 일로 나를 만나려는 거요?"

"물론 목걸이 때문이죠. 좀처럼 대주지 않다가 겨우 전화를 받는 걸 보니 숙취로 누워 있었나 봐요. 할 이야기가 있으면 비서에게 해 달라기에, 비취 목걸이를 갖고 계시다던데…… 하고 말을 꺼냈지요. 한참 잠자코 있다가 갖고 있다기에 보여 주시겠느냐고 물었더니 무엇 때문에 보려는 거냐고 되묻지 않겠어요. 여러 가지 이유를 궁리해서 말했지만 먹혀들지 않기에 필립 마로우의 대리인이라고 했더니, 그게 어쨌다는 거냐고 말하지 않겠어요."

"알고 있소? 요즘 사교계에 천한 말이 오가고 있다오."

"몰랐어요." 그녀는 달콤한 목소리로 말했다. "아마 사교계 여자들 가운데에 돼먹지 못한 여자가 있나 보지요. 그래 내가 비밀 전화는 없습니까 하고 물었더니, 주제넘은 참견은 하지 말라는 거예요. 그러면서도 전화를 끊으려 하지는 않았어요."

"그녀는 비취를 생각하고 있었을 거고, 당신이 무슨 소리를 할 것인지 몰랐기 때문에 그랬을 거요. 혹은 랜들한테서 사건을 듣고 있었는지도 모르지."

미스 리아든은 머리를 저었다.

"아뇨, 랜들은 목걸이의 주인을 몰랐어요. 내가 알고 있다니까 깜짝 놀라던데요."

"곧 놀라지 않게 될걸. 그리고?"

"목걸이를 되찾고 싶지 않느냐고 물었더니 부인도 깜짝 놀라면서 비밀 전화를 가르쳐 주더군요. 곧 그 번호에다 대고 급히 만나고 싶다면서 사건을 이야기했더니, 마리오에게서 소식이 없어서 이상하게 생각하고 있던 참이었나 봐요. 돈을 가지고 남부로 간 줄 알고 있었는지도 모르죠. 결국 2시에 만나기로 했는데, 그리고 나서 당신 이야기를 했어요. 친절하고 정직하니까 목걸이를 되찾고 싶으면 아무래도 이분에게 부탁해야만 된다고…… 흥미를 느낀 모양이었어요."

나는 잠자코 그녀를 지켜보았다. 그녀는 재미없는 눈치였다.

"못 알아들었소? 난 경찰에서 손을 떼라는 말을 듣고 있어요."

"하지만 그레일 부인에겐 당신을 고용할 권리가 있어요."

"고용해서 뭘 시키려고?"

그녀는 신경질을 부리며 핸드백을 열었다 닫았다 했다.

"하지만 그만큼 돈이 있고 그만큼 예쁜 여자가……" 그녀는 이렇게 말하고 입술을 깨물었다. "마리오란 어떤 사람이에요?"

"징그러운 미남자이지. 난 그런 사람을 좋아하지 않소."

"여자에겐 매력이 있을까요?"

"매력을 느끼는 여자도 있겠지요."

"그레일 부인이 그런 사람인가 봐요. 같이 어울려 돌아다녔으니까요."

"부인에게는 남자친구가 많았겠지. 목걸이를 되찾을 기회는 거의 없을걸."

"왜요?"

나는 일어서서 손바닥으로 사무실 벽을 세게 쳤다. 옆방 타이프라이터 소리가 잠시 들리지 않더니 곧 다시 시작되었다. 나는 창가로 가서 맨션 하우스 호텔 사이에 있는 좁다란 빈터를 내다보았다. 식당의 음식 냄새가 물씬 코를 찔렀다. 나는 책상으로 돌아가 위스키를 서랍에 집어넣고 의자에 앉아 파이프에 여덟 번짼지 아홉 번째인지 불을 붙이고 미스 리아든의 진지한 표정을 보았다.

누구나 호감이 갈 얼굴이었다. 풍성하게 손질한 금발머리는 한 다스에 다임(10센트)이었는데, 이 얼굴은 달랐다. 나는 그 얼굴에게 웃음을 지어 보였다.

"알겠소, 앤? 마리오를 죽인 건 큰 과실이었소. 목걸이를 강탈한 일당이 그런 짓을 할 리는 없어. 그들이 만일을 위해 데리고 간 경호원이 그랬을 거요. 마리오가 버둥거리니까 성을 내어 해치워 버린 거야. 목걸이를 강탈한 것은 보석 임자의 행동을 잘 알고 있는 갱 조직이오. 적당한 보상은 요구하지만 속이지는 않아. 살인 사건은 그들 성미에 맞지 않거든. 아마 마리오를 죽인 범인은 이미 죽고 없을 거요. 발에 추를 달아서 태평양 바닥에 던져 버렸겠지. 목걸이는 그 범인과 함께 바닷속으로 가라앉아 버렸든가, 아니면 진짜 가치를 알고 있어서 몇 년 동안 내놓지 않을 양으로 어디다가 숨겨 놓았을 거요. 물론 그 보석 갱 조직이 대규모라면 외국으로 내보낼는지도 모르지만 말이오. 그러나 정말 가치를 알고 있었다면 8천 달러는 너무 싸단 말이야. 아무튼 확실하게 알고 있는 건, 그들은 결코 살인을 할 생각이 없었다는 사실이오."

앤 리아든은 반쯤 입을 벌리고 달라이 라마를 보고 있는 것 같은 황홀한 표정으로 듣고 있었다. 그러다가 천천히 입을 다물고 고개를 끄덕였다.

"당신은 머리가 좋으시군요. 하지만 영리하지는 못해요."

그녀는 일어나서 핸드백을 집어 들었다.

"만나러 가실 거예요?"

"랜들이 뭐라고 하건 그쪽에서 부르면 하는 수 없지."

"그럼, 가시는 거죠? 난 그레일 부부에 대해 좀 더 조사해 오겠어요. 부인의 연애 생활에 대해서 말이에요. 그레일 부인에게도 연애 생활이 있을 거 아녜요?"

갈색 머리로 둘러싸인 얼굴은 고민에 잠겨 있었다.

"누구에게나 다 있는 법이지."

"난 경험이 없어요. 정말로……."

나는 손을 들어 입을 가렸다. 그녀는 내게 날카로운 눈길을 던지고 문으로 걸어갔다.

"잊은 물건이 있는데." 나는 말했다.

그녀는 걸음을 멈추고 돌아다 보았다. "뭔데요?" 그녀는 책상 위를 보았다.

"알고 있을 텐데."

그녀는 책상 있는 데로 돌아와서 내 앞에 얼굴을 내밀었다.

"보석 갱이 살인을 하지 않는다고 한다면, 어째서 마리오를 죽인

자를 이미 죽여 버렸을 거라고 생각하세요?"

"체포되었을 때 마약 기운이 떨어지면 죄다 털어놓아 버리기 때문이지. 거래하는 상대를 죽이지 않는다고 말했을 뿐이오."

"어떻게 마약을 사용하고 있다는 걸 아시지요?"

"알고 있는 것이 아니라 그냥 머리에 떠올랐을 뿐이오. 그러나 그런 사람은 대개 마약 중독자거든."

"그래요?" 하고 그녀는 고개를 끄덕였다. "이런 거겠지요?"

그녀가 핸드백에서 얇은 종이에 싼 것을 꺼내 책상 위에 놓았다.

나는 그것을 집어 들어 고무 밴드를 풀었다. 종이 물부리가 달린 길다란 러시아 담배가 세 개비 들어 있었다. 나는 잠자코 그녀의 얼굴을 보았다.

"가져오면 안 된다는 건 알고 있었어요. 하지만 이내 대마초라는 걸 알았어요. 지금 베이 시티에서 유행하고 있는 모양이에요. 시체의 호주머니에 대마초가 들어 있어서는 안 된다는 생각이 들어서 가져온 거예요."

"담뱃갑도 같이 가져올 걸 그랬소." 나는 침착하게 말했다. "담뱃가루는 남아 있는데 빈 갑이라면 좀 이상하니까."

"그럴 수가 없었어요. 당신이 계셨기 때문에…… 되돌아가서 가져올까 했지만 용기가 나지 않더군요. 당신한테 폐가 되었나요?"

"아니." 나는 거짓말을 했다. "폐가 될 리야 없지요."

"그렇다면 괜찮지만……."

"왜 버리지 않았소?"

그녀는 챙 넓은 모자를 한쪽 눈이 가려질 정도로 기울이고서 생각에 잠겨 있었다.

"아마 내가 경찰관의 딸이기 때문에 그랬을 거예요." 그녀는 한참 있다가 덧붙였다. "아무리 조그만 증거라도 그것을 버리는 건 나쁜 일이에요." 그녀는 이렇게 말하고 웃음지었으나 어쩐지 자연스러운 것 같지 않았다. 볼이 붉게 물들었다.

나는 어깨를 추슬렀다.

"하지만⋯⋯" 그 말은 밀폐된 방 안의 연기처럼 온 방 안에 퍼졌다. "잘못했어요, 가져오지 말 걸 그랬나 봐요."

나는 잠자코 있었다.

그녀는 조용히 방을 나갔다.

14

나는 세 개비의 러시아 담배를 책상 위에 나란히 놓고 의자를 고쳐
앉았다. 그녀는 증거를 버려서는 안 된다고 말했다. 이것이 증거일
까? 무슨 증거일까? 대마초를 피우는 사람은 적지 않다. 갱도 피우
고 있다. 연주가도, 고등학생도 피우고 있다. 인도 대마잎으로 만드
는 것이다. 인도 대마는 어디든지 있다. 지금은 재배하는 것이 금지
되어 있다. 미국같이 넓은 나라에서 대마초를 단속하는 것은 어렵다.

나는 파이프를 피워 물고, 옆방의 타이프라이터와 할리우드 부르바
드의 잡음에 귀를 기울이고 있었다. 봄바람이 방 안 공기를 흔들었
다.

큼직한 담배였는데, 러시아 담배에는 큰 것이 많다. 그리고 대마초
는 굵게 썬 잎이었다. 인도 대마. 증거. 여자는 무엇 때문에 모자 따
위를 쓴담. 머릿속이 지끈거렸다. 도대체 어떻게 된 노릇인가.

나는 주머니칼을 집어 들고 잘 드는 작은 날을 빼냈다. 그 날은 파
이프를 청소하는 데 쓰는 날이 아니었다. 그리고 담배 한 개비에 손
을 뻗었다. 경찰에서 하는 방법이다. 복판을 쪼개서 속을 현미경으로

조사한다. 무슨 색다른 것이 발견될지도 모른다. 그런 일은 좀처럼 없지만 아무래도 좋다. 직업이니까. 나는 담배를 가운데서 세로로 쪼개기 시작했다. 물부리 부분이 조금 힘들었지만 그럭저럭 쪼갤 수가 있었다.

그러자 물부리 속에서 돌돌 뭉친 얇은 종이가 몇 개나 나왔다. 글자가 인쇄되어 있는 것 같았다. 나는 몸을 일으키고 손가락 끝으로 돌돌 뭉친 종이를 펴려고 했으나, 종이는 책상 위를 미끄러지기만 하고 잘 펴지지 않았다. 나는 또 한 개비 다른 담배를 집어 들고 물부리 부분을 들여다보았다. 그리고 나서 이번에는 주머니칼로 다른 작업을 시작했다. 물부리가 시작되는 데서 담배를 힘껏 꽉 눌러 나갔다. 종이는 얇아서 종이 뒤의 담배가 손가락에 느껴졌다. 나는 물부리를 조심조심 잘라 내고 다시 신중하게 세로로 쪼갰다. 또 종이가 뭉쳐져 있었다. 이번에는 완전했다.

나는 조용히 그 종이를 펴 보았다. 명함이었다. 연한 빛깔이 든 종이였다. 왼쪽 밑 구석에 스틸우드 하이츠의 전화번호가 적혀 있었다. 오른쪽 밑부분에는 '전화로 신청하시오'라고 적혀 있었다. 가운데는 좀 큼직한 글씨로 '죠르즈 아마서', 그 밑에 '신경과 의사'라고 적혀 있었다. 나는 세 개비째의 담배를 집어들고 귀찮은 일이긴 했지만 이번에는 물부리를 자르지 않고 얇은 종이를 꺼냈다. 역시 같은 것이었다. 나는 종이를 본디 대로 물부리 속에 집어넣었다.

나는 시계를 보고 나서 파이프를 재떨이에 놓았다. 그리고 시간을 알기 위해 또 한 번 시계를 보지 않으면 안 되었다. 나는 처음 두 개비의 담배와 잘게 찢은 얇은 종이를 본디 종이에다 싸서 책상 속에 넣고 쇠를 채웠다.

나는 책상 밑의 명함 같은 얇은 종이를 보았다. 죠르즈 아마서. 신경과 의사. 전화 번호는 적혀 있으나 주소는 없었다. 이 종이가 중국이나 아니면 일본 것이 틀림없는 비단 담뱃갑의 대마초 속에 들어 있었다. 그 담뱃갑은 동양 물건을 팔고 있는 가게에서 35센트 내지 75센트 정도만 주면 살 수 있는 흔한 물건이었다. 후이 푸이 신이라든가 롱신탄 같은 상점인데, 그런 가게에서는 '아라비아의 달'이라는 향기가 프리스코 세디의 방 뒤에 있는 여자 같은 냄새라고 말하면 점잖은 동양인이 이를 드러내고 웃었다.

그런 담뱃갑이 따로 값비싼 담배 케이스를 가지고 있는 죽은 사람의 주머니에 들어 있었다. 그가 피우던 담배는 그 값비싼 케이스의 담배였다.

그는 잊어 버리고 있었던 것이리라. 이치에 닿지 않는 말이다. 혹은 비단 케이스는 그의 것이 아니었는지도 모른다. 어느 호텔 로비에서 발견한 것을 깜박 잊고서 주인을 찾아 주지 못했는지도 모른다. 신경과 의사, 죠르즈 아마서.

전화 벨이 울렸다. 나는 기계적으로 수화기를 들었다. 랜들이었다. 침착한 목소리였다. 그는 조용히 말을 하는 성격이었다.

"당신은 어젯밤의 여자를 모른다고 했소. 한길까지 걸어나가서 차를 태워 달라고 했다는데, 새빨간 거짓말이 아니고 뭐요."

"당신한테 딸이 있다면, 딸의 얼굴에 뉴스 카메라맨들이 플래시를 들이대도 가만히 있겠소?"

"하지만 당신은 나한테 거짓말을 했단 말이오."

"무척 즐겁던데요."

그는 무엇인가 생각하는 것처럼 한참 잠자코 있었다.

"그건 좋다고 합시다. 그런데 나는 그녀를 만났소. 여기 직접 왔었는데, 내가 존경하고 있는 분의 따님이더군."

"그래, 무슨 이야기를 합디까?" 나는 물었다.

"조금 못을 박아 두었는데." 그는 냉담하게 말했다. "이유가 있어서 그렇소. 당신한테 전화를 건 것도 같은 이유요. 이번 사건은 비밀로 하겠소. 보석 갱을 소탕할 작정이오."

"아니, 이번에는 보석 갱이 되었습니까?"

"그런데 그 묘한 담뱃갑 속의 가루는 역시 대마초였소. 용을 수놓은 케이스 말이오. 마리오는 분명히 그 담배를 안 피웠겠죠?"

"틀림없습니다. 내가 보는 데서는 다른 담배를 피웠어요. 내가 보지 않은 시간도 있긴 했었지만요."

"음, 이야기는 그것뿐이오. 알겠소, 어젯밤에 한 말 잊지 마시오. 이 사건에 참견하지 말고 잠자코 있으면 되는 거요. 만일 이상한 짓을 하면……."

그는 여기서 말을 끊었다. 나는 전화에 대고 하품을 했다.

"다 들었소. 나에게 그런 권한은 없다고 말할 셈이었겠지. 크게 잘못된 생각이오. 조금이라도 이상한 짓을 하는 날엔 증인으로서 유치하겠소."

"신문에도 발표 안 합니까?"

"살인 사건은 발표하오. 하지만 이면의 일은 발표 않겠소."

"당신도 모르니까 그럴 수밖에요."

"이걸로 두 번 경고했소." 그는 커다란 목소리로 말했다. "세 번째는 용납 않겠소."

"말만은 잘하시는데요."

그는 전화를 탁 끊었다. 오케이. 그가 뭐라고 하든 나는 내 생각대로 할 뿐이다.

나는 머리를 진정시키려고 방 안을 서성거리며 위스키 한 잔을 마시고 또 시계를 보았으나, 역시 몇 시였는지는 잊어 버렸다. 나는 또 책상 앞에 앉았다.

죠르즈 아마서. 신경과 의사. 돈만 주면 피로에 지친 남편에서부터 메뚜기의 해(害)에 이르기까지 뭐든지 고쳐 주는 것이다. 식어 가는 사랑. 독수공방에 싫증이 난 여자. 집을 나간 채 소식이 없는 아들과 딸들, 부동산을 지금 팔아야 할 것인가 1년 더 기다려야 할 것인가 어떤 일이라도 의논 상대가 되어 주는 것이다. 남자도 의논하러 갈 게 틀림없다. 회사에서는 사자처럼 으르렁대면서도 조끼 속에서는 언제나 겁을 먹고 있는 사나이. 그러나 환자는 거의가 여자일 것이다. 한숨만 쉬고 있는 뚱뚱한 여자, 정열을 불태우고 있는 야윈 여자, 꿈을 꾸고 있는 나이 먹은 여자. 엘렉트라처럼 인과를 두려워하는 젊은 여자. 온갖 모습의 여자, 온갖 나이의 여자. 단 한 가지 모든 환자에게 공통된 것이 있다. 그것은 모두 돈을 가지고 있다는 사실이다. 죠르즈 아마서 선생에겐 외상이 통하지 않는다. 현금으로 지불하는 것이다. 우유 값 계산서에는 떫은 얼굴을 짓는 여자도 아마서에게는 기꺼이 돈을 치를 것이다. 곡절이 있는 의사. 명함을 말아서 대마초 속에 넣어 두고 있는 사내. 그 대마초가 죽은 사람에게서 발견되었다.

나는 수화기를 들고 시외 전화 담당에게 스틸우드 하이츠의 번호를 댔다.

15

"여보세요."

여자 목소리가 나왔다. 외국 사투리가 심한 목소리였다.

"아마서 씨 좀 바꿔 주십시오."

"죄송합니다만 아마서 씨는 전화를 받지 않으십니다. 제가 그분의 비서예요. 용건을 말씀하세요."

"장소를 가르쳐 주시오. 만나 뵙고 싶으니까요."

"아마서 씨는 기꺼이 만나 드리긴 합니다만, 너무 바쁘셔서요. 언제 만나시려는지요?"

"곧 만나고 싶소. 오늘 안으로."

"안 됩니다. 다음 주일 같으면 될지 모르겠어요. 신청서를 살펴볼까요?"

"아니, 신청서는 아무래도 좋아요. 연필 가지고 있소?"

"네."

"거기다 적어요. 이름은 필립 마로우. 할리우드 카헹거 빌딩 615호실. 할리우드 부르바드요. 전화는 그렌뷔우 7537번."

"다 적었어요, 마로우 씨."

"마리오라는 사람의 일로 꼭 아마서 씨를 만나고 싶소. 급한 일이오. 생사에 관계되는 문제니까요."

"이상한 말씀을 하시는군요."

"아니." 나는 전화통을 꼭 쥐고 흔들었다. "조금도 이상할 건 없어요. 아마서 씨는 나를 만나겠다고 할 겁니다. 나는 사립 탐정이오. 아마서 씨를 만나고 나서 경찰서에 갈까 하고 있어요."

"호오." 그녀는 카페테리아의 정식(定食)처럼 차가운 목소리로 말했다. "경찰 분이세요? 아니에요?"

"경찰이 아니오. 그렇지 않습니다" 하고 나는 말했다. "사립 탐정입니다. 하지만 급한 일에는 변함이 없어요. 전화로 답을 해주시오. 전화번호는 아시죠?"

"네, 적었어요. 마리오라는 분은 병이 났나요?"

"틀림없이 잘 있지는 못해요. 알고 계신가요?"

"아니요, 당신께서 생사에 관계되는 문제라고 하셨기에……. 아마서 씨라면 틀림없이 병을 고칠 수 있을 거예요."

"그런데 이 병만은 낫지를 않아요" 하고 나는 말했다. "전화 기다리고 있겠습니다."

나는 전화를 끊고 사무실용 위스키 병에 손을 뻗쳤다. 고기 다지는 기계 속을 지나는 것 같은 기분이었다. 10분이 지났다. 전화가 울렸다.

"아마서 씨는 6시에 만나시겠답니다."

"고맙소. 장소는 어디지요?"

"자동차를 보내 드리겠습니다."

"차는 있어요. 장소만 가르쳐 준다면……."

"자동차를 보내 드리겠습니다."

그녀는 냉담하게 말하고 전화를 끊었다.

나는 또 한 번 시계를 보았다. 점심 시간이 지나 있었지만 나의 위장은 아직도 술로 불타고 있었다. 조금도 시장함을 느끼지 않았다. 나는 담배에 불을 붙였다. 수도관 고치는 인부의 손수건 같은 맛이었다. 나는 렘브란트에게 인사하고, 모자를 쓰고 복도로 나갔다. 엘리베이터까지 걸어가는 도중, 갑자기 머리에 떠오르는 것이 있었다. 떨어져 내린 벽돌처럼 아무 이유도 없이 머리에 떠오른 것이다. 나는 발을 멈추고 복도 벽에 몸을 기대고 웃었다. 엘리베이터에서 내린 젊은 여자가 내 옆을 지나가면서 이상한 듯이 바라보았다. 나는 그녀에게 손을 흔들어 보이고는 사무실로 돌아가, 전화통에 매달렸다. 그리고 등기소의 가옥 대장 담당을 맡고 있는 친구를 불러 냈다.

"주소를 알면 그 가옥의 소유자를 알 수 있나?"

"알지. 어딘데?"

"서 54번 거리 1644번지. 누구 소유로 되어 있는지 좀 알아봐 주게."

"좋아, 다시 전화를 걸어 주지. 몇 번인가?"

3분 뒤에 전화가 걸려 왔다.

"연필을 들게." 그는 말했다. "메이플우드 제4지구의 11번지라고 했지. 대장상의 소유자는 제시 피어스 플로리안이라는 미망인인데, 사정이 조금 있네."

"어떤 사정이?"

"하반기의 세금, 도시 계획 부가세, 그리고 2천 6백 달러의 신탁 증서도 지불하지 않았네."

"사려고 마음먹으면 10분이면 이야기가 결정되겠군그래."

"그렇게는 안 되겠지만, 저당 잡히는 것보다는 빠르겠지. 이상한 건 금액일세. 신축한 것이 아닌 한, 그 부근으로서는 금액이 너무 크거든. ”

“오래된 집이야. 손질도 안 돼 있어. 1500달러만 내면 살 수 있을 걸세. ”

“이상한데. 4년 전에 증서를 새로 썼거든. ”

“어디에서 갖고 있는가? 신탁 회사인가? ”

“아냐, 개인일세. 린제이 마리오라는 독신 남자야. ”

나는 그에게 뭐라고 인사말을 하고 전화를 끊었는지 잊어 버렸다. 다만 벽을 보고 의자에 몸을 묻고 있었다.

갑자기 시장기를 느꼈다. 맨션 하우스 커피숍에 가서 점심을 먹고 주차장에서 차를 몰아 냈다.

곧바로 54번 거리로 향했으나, 이번에는 위스키를 갖고 가지 않았다.

16

그 부근 일대의 한길 광경은 어제와 다름이 없었다. 얼음가게의 트럭 한 대와 포드 두 대가 주차하고 있을 뿐이고, 거리 모퉁이에 모래먼지가 일고 있었다. 나는 1644번지를 지나면서 자동차를 세우고 양편 집들을 한참 동안 관찰하고 나서 목적한 집까지 걸어서 되돌아왔다. 초라한 종려나무도, 메말라서 물기가 없어진 잔디밭도 어제 그대로였다. 집 안에는 인기척이 없는 것 같아 보였는데, 아마도 언제나 그렇게 보이는 것이리라. 잔디밭 한쪽 끝에 광고 종이가 던져져 있었다. 나는 그 종이를 주워서 바지를 털었다. 옆집 커튼이 조금 움직였다.

수다쟁이 노파가 또 내다보고 있는 것이다. 나는 하품을 하고 모자를 고쳐 썼다. 수다쟁이 노파는 코가 납작해지도록 유리창에다 얼굴을 밀어붙이고 눈도 깜박이지 않고 이쪽을 보고 있었다. 나는 그 집 앞으로 걸어가서 나무 계단을 올라가 벨을 눌렀다.

금방 문이 열리며 토끼 같은 턱을 한 키 큰 노파가 얼굴을 내밀었다. 가까이에서 보니 그녀의 눈은 잔잔한 물에 비친 광선처럼 날카로웠다. 나는 모자를 벗었다.

"플로리안 부인의 일로 경찰에 전화를 거신 분이 댁입니까?"

그녀는 차가운 눈으로 나를 보았다. 아마 오른쪽 어깨의 점까지 꿰뚫어보았을 것이다.

"당신이 알 바 아니에요. 대체 당신은 누구요?"

오랜 세월에 걸쳐서 그렇게 된 듯한 찢어지는 음성이 듣기 싫었다.

"탐정입니다."

"뭐요? 왜 처음부터 그렇게 말을 하지 않는 거예요. 그 여자 집에서 무슨 일이 있었나요? 난 한시도 눈을 떼지 않았는데. 물건 사는 것도 모두 헨리에게 시켰지만, 아무 소리도 나지 않았어요."

그녀는 망을 친 문을 열고 나를 들어오게 했다. 홀에서는 가구의 기름 냄새가 풍기고 있었다. 예전에는 좋은 모양이었을 수수한 가구가 많이 있었다. 귀퉁이에 물결 무늬를 새긴 물건이다. 우리는 바깥 방으로 들어갔다. 가구라는 가구마다 모조리 면 레이스 덮개를 씌워 놓았다.

"당신을 본 적이 있어요." 그녀는 불쑥 말했다. "틀림없어요. 당신은 어제……."

"맞습니다. 그러나 탐정은 탐정입니다. 헨리는 누구죠?"

"심부름하는 흑인 소년이에요. 당신의 용건은 뭐지요?"

그녀는 빨강과 흰색 줄무늬 앞치마를 툭툭 치며 나를 보았다. 그리고 이를 두 번 딱딱 울렸다.

"어저께 관리들은 플로리안 부인 댁에서 나와 이 댁에 들렀던가요?"

"어떤 관리들이요?"

"제복을 입은 관리들 말입니다." 나는 꾹 참고 말했다.

"네, 잠깐 들렀어요. 아무것도 모르던데요."

"거구란 어떤 사내였던가요? 권총을 가지고 있던 자 말입니다."

그녀는 그 사나이의 인상과 풍채를 나에게 이야기했다. 확실히 마로이임에 틀림없었다.

"어떤 차를 타고 있습니까?"

"작은 차였어요, 겨우 몸이 들어갈 정도로……."

"그는 살인범입니다."

그녀는 깜짝 놀라 입을 딱 벌렸다. 눈이 흥미로 반짝거렸다.

"이야기해 드릴 수 있었으면 좋으련만, 차에 대한 것을 잘 몰라서요. 그가 살인범이었군요. 이 부근도 위험해졌는걸. 20년 전에 이리로 이사왔을 적에는 문도 잠그지 않았는데, 요즘은 갱이니 악질 경관이니 정치가들이 기관총으로 싸움질을 하니 말이에요. 정말이지, 세상이 고약해졌다오."

"그런데 플로리안 부인이란 어떤 여자지요?"

"서로 사귀지 않으니까 잘 모르지만, 매일 밤 라디오를 틀거나 아니면 노래를 부르고 있다오. 그리고 증거가 있는 건 아니지만, 아무래도 술을 마시는 것 같아요."

"손님들도 옵니까?"

"한 사람도 오지 않아요."

"틀림없겠지요? 저……."

"나는 모리슨이라고 해요. ──틀림없고말고요. 늘 창문을 내다보고 있으니까요."

"재미있겠지요. 쭉 이웃에서 사셨나요?"

"그럭저럭 10년이 돼요. 남편이 있었는데, 좋은 사람은 못 되었죠. 죽어 버렸지만, 뭐 이상하게 죽은 건 아닌가 봐요."

"돈을 남기고 죽었습니까?"

"술을 마셨군요?" 그녀는 턱을 쑥 내밀고 코를 벌름거렸다.

"이를 뽑았거든요. 치과의사가 한 잔 주어서요."

"해로워요."

"약으로 마셨는데요."

"약이라도 술은 좋지 않아요."

"확실히 좋지 않습니다" 하고 나는 말했다. "그래, 돈을 남겼던가요, 그 남편은?"

"모르겠는데요." 그녀의 입은 수밀도만큼 컸고 퉁명스러웠다.

"경관이 돌아가고 나서 찾아온 사람이 있었습니까?"

"없어요."

"고맙습니다, 모리슨 부인. 덕택에 많은 도움이 되었어요."

나는 노파에게 인사를 하고 문 있는 데로 걸어갔다. 그녀는 내 뒤를 따라와서 또 이를 딱딱 울리며 "전화는 몇 번에다 걸면 되지요?" 하고 물었다.

"유니버시티 4의 5천 번, 나르티 경감을 찾으시오. 그러나 그 여자는 대체 뭘 먹고 사는 걸까? 생활 구제 기금이라도 받고 있나요?"

"여긴 빈민굴이 아니에요." 그녀는 성난 것처럼 말했다.

"훌륭한 찬장이군요, 이건 아주 값진 건데." 식당에 들어가지 않아서 현관에다 놓아 둔 찬장을 곁눈질로 보면서 나는 말했다. 양끄트머리가 둥글고 가느다란 다리에 조각이 되어 있고 채색된 과일 바구니를 새긴 커다란 찬장이었다.

"이래봬도 예전에는 잘 살았다오, 자랑은 아니지만……."

나는 밖에 나와 또 한 번 고맙다는 인사를 했다. 노파는 기분을 돌리고 웃어 보였다.

"매달 초하루에 등기 우편이 온다오." 그녀가 불쑥 말했다.

나는 그녀 쪽으로 돌아서서 다음 말을 기다렸다. 노파는 내 곁으로 다가와서 목소리를 죽이고 말했다.

"우체부가 등기 우편을 가지고 오면, 잔뜩 꾸미고 나가서 밤늦게까지 돌아오지 않는다오. 그리고 돌아오면 한밤중인데도 언제까지나 노래를 불러 대지 뭐예요. 몇 번이나 경찰을 부를까 했는지 몰라요."

나는 그녀의 야윈 팔을 토닥거리며 인사를 하고 나서 모자를 고쳐 쓰고 한길로 나섰으나, 다시 생각이 나서 되돌아갔다. 노파는 아직 현관에 서 있었다.

"내일이 초하루인데" 하고 나는 말했다. "4월 1일입니다. 만우절이지만 등기 우편이 오는지 안 오는지 잘 지켜봐 주십시오."

노파는 눈을 빛내며 높은 소리로 웃었다.

"만우절이라고요? 그러면 틀림없이 안 오겠지요."

나는 노파의 웃음 소리를 뒤에다 남겨 두고 플로리안 부인 집으로 걸어갔다. 닭이 딸꾹질을 시작한 것 같은 웃음 소리가 언제까지나 들리고 있었다.

17

플로리안 부인 집에서는 벨을 울려도 대답이 없었다. 문을 두드려 보아도 마찬가지였다. 손잡이를 돌려 보니 자물쇠는 잠그지 않았다. 나는 집 안으로 들어갔다.

방 안은 어제 그대로였다. 진 냄새까지 그대로였다. 작은 탁자에 더러운 술잔이 하나 있고 라디오 소리는 나지 않았다. 나는 침대의자 있는 데로 가서 쿠션 뒤를 더듬어 보았다. 빈 술병이 하나 더 늘어나서 두 개가 있었다.

나는 그녀의 이름을 불러 보았다. 대답이 없었다. 침실에서 잠든 숨소리가 들리는 것 같았다. 나는 식당에 가서 안쪽의 침실을 들여다 보았다. 침실문은 반쯤 열려 있었다.

플로리안 부인은 목면 홑이불에 턱을 묻고 침대에서 자고 있었다. 홑이불에 달려 있는 술이 금방이라도 입에 들어갈 것처럼 되어 있었다. 여위고 누르스름한 얼굴에는 생기가 없었다. 더러운 머리카락이 베개 위에 흐트러져 있었다. 그녀는 천천히 눈을 뜨고 표정 없이 나를 보았다. 방 안에는 이상한 냄새가 가득차 있고, 69센트짜리 자명

종 시계가 칠이 벗겨진 선반 위에서 재깍거리고 있었다. 그 위에 있는 거울에 부인의 얼굴이 일그러져 비치고 있었다. 사진이 들어 있던 트렁크는 아직도 열린 채로였다.

"안녕하시오, 플로리안 부인, 몸이 불편하신가요?"

그녀는 천천히 입술을 움직여 혀를 내밀고 입 언저리를 핥았다. 이윽고 "잡았나요?" 하는 흠투성이의 레코드 같은 목소리가 그녀 입에서 새어 나왔다.

"큰 사슴 말인가요?"

"그래요."

"아직 못 잡았어요. 곧 잡히겠지요."

그녀는 눈을 깜박거려 눈 앞에 덮인 얇은 막을 없애려고 하는 것 같았다.

"문을 잠그도록 해요" 하고 나는 말했다. "그가 돌아올지도 모르니까요."

"내가 큰 사슴을 겁내고 있는 줄 아세요?"

"어제 내가 그의 이름을 댔을 때 안색이 달라지는 것 같던데요."

"술, 갖고 계세요?" 그녀는 내가 한 말을 잠시 생각하는 듯하며 말했다.

"오늘은 안 가지고 왔는데요. 주머니가 쓸쓸해서 말이오."

"진 같으면 싼데."

"사러 가도 좋습니다만…… 그럼, 마로이 따위는 무섭지 않단 말인가요?"

"물론이지요."

"그래요. 그럼, 무엇이 무섭소?"

한순간 그녀의 눈이 빛난 것 같았으나 그 빛은 이내 스러졌다.

"이제 그만 해 둬요. 경관은 딱 질색이니까."

나는 잠자코 있었다. 그리고 문 옆 기둥에 기대서서 담배를 물고, 담배 끝이 코에 닿게끔 움직이려고 했다. 이것은 쉬운 것 같으면서도 어렵다.

"경관에게 잡히다니, 어림도 없지." 그녀는 혼잣말처럼 중얼거렸다. "그에겐 돈도 있고 동료도 있으므로 추적해 봤자 헛일이에요."

"그러나 의무니까요." 나는 말했다. "어쨌든 정당방위였지요. 어디 있는 걸까?"

그녀는 소리내어 웃고는 "잡힐 것 같아요?" 하며 홑이불로 입을 닦았다.

"나는 큰 사슴을 좋아합니다" 하고 나는 말했다.

"알고 있나요?" 그녀의 눈이 흥미롭게 빛났다.

"어제 검둥이를 죽였을 때 그곳에 있었거든요."

그녀는 입을 크게 벌리고 웃었다. 눈에서 눈물이 넘쳐 볼을 타고 흘렀다.

"힘이 세어 보이는 몸집 큰 사내였어요. 그러면서도 상냥한 데가 있었지요. 어떻게 해서든지 벨마를 찾아 내고야 말겠다고 하더군요."

"찾고 있는 건 가족이라고 말하지 않았어요?"

"가족도 찾고 있었지요. 하지만 죽었다면 찾아봐야 소용없지. 어디서 죽었지요?"

"텍사스 주 덜하트. 감기가 도져서 죽었어요."

"같이 있었나요?"

"아니, 이야기를 들었을 뿐이에요."

"누구한테?"

"어떤 댄서한테서. 이름은 잊어 버렸어요. 한 잔 쭉 들이키면 생각이 날지도 모르지만, 죽음의 골짜기마냥 목이 타서 그래요."

"또 한 가지 이야기가 있소." 나는 말했다. "그리고 나서 진을 사러 가도 좋아요. 난 이 집 등기 서류를 조사했는데, 왜 그런 일을 했는지 모르겠거든요……."

그녀는 이불 위에서 몸을 긴장시켰다. 그리고 눈을 감고 숨을 죽였다.

"너무 액수가 많은 저당에 들어 있더군요. 린제이 마리오라는 이름이던데……."

그녀는 몸을 긴장시킨 채 말했다. "나는 그 사람 집에서 일을 한 적이 있었거든요. 하녀로 있었어요. 그래서 어느 정도 돌봐 준 거예요" 하고 말했다.

나는 불 붙이지 않은 담배를 입에서 떼어 목적도 없이 한참 보고 나서 다시 입에 물었다.

"어제 오후 여기서 돌아갔더니 마리오 씨가 내게 전화를 걸어 일거리를 주었소."

"어떤 일을?" 그녀의 목소리가 깨지기 시작했다.

나는 어깨를 추슬렀다.

"말할 수 없소. 남한테는 말할 수 없는 일이오. 어제 저녁 난 그를 만나러 갔었소."

"당신은 참 똑똑한 사람이군요." 그녀는 불쾌한 듯이 말하고 이불 밑에 손을 넣었다.

"잘 생각해 두시오."

나는 그녀를 잠자코 보고 있었다.

"경찰관처럼 말이에요." 그녀는 내뱉듯이 말했다.

나는 한 손으로 문을 어루만졌다. 그냥 손을 대기만 해도 목욕을 하고 싶은 생각이 들 만큼 더러웠다.

"이야기는 그것뿐입니다. 어떻게 해서 그렇게 되었는지, 우연인지는 모르지만 무슨 뜻이 있는 것 같아서 말이죠."

"그래서 싫다는 거예요, 탐정은" 하고 그녀는 악을 쓰듯이 말했다.

"이제 가 봐야겠습니다. 말이 난 김에 하는 말인데, 내일은 등기 우편이 안 올 겁니다."

그녀는 이불을 밀치고 벌떡 일어났다. 눈이 빛나고 있었다. 오른손에 번쩍거리는 것을 쥐었다. 조그만 권총이었다. 오래된 지저분한 권총이었다.

"말해요!" 그녀는 소리쳤다. "무슨 일로 왔지요?"

나는 권총을 보았다. 권총은 나에게로 향했다. 권총을 쥐고 있는 손은 떨리고 있었지만 눈은 아직도 반짝이고 있었다. 그녀의 입 가장자리에 거품이 보였다.

"당신과 나는 함께 힘을 합할 수가 있는데……" 나는 말했다.

권총과 그녀의 턱이 동시에 힘없이 떨어졌다. 나는 조금씩 조금씩 문에서 떠나갔다.

나는 얼른 식당과 거실을 지나 밖으로 나왔다. 뒤에서는 아무 소리도 나지 않았다. 잔등 근육이 뻣뻣해진 것 같았다. 그러나 아무 일도 일어나지 않았다. 나는 차에 올랐다.

3월 그믐인데도 한여름처럼 더웠다. 나는 차를 운전하면서 윗도리를 벗고 싶은 생각이 들었다. 77번 거리 경찰서 앞에는 순찰차의 경관 두 명이 떫은 표정을 짓고 있었다. 나는 회전문 안으로 들어가, 난간 저쪽에서 소장을 훑어보고 있는 제복 경관에게 나르티는 2층에 있느냐고 물었다. 그는 있을 거라고 하며 그의 친구냐고 물었다. 나는 그렇다고 말했다. 올라가도 좋다고 하므로 나는 더러운 계단을 올라가서 나르티의 방을 두드렸다. 안에서 대답하는 소리가 커다랗게 나고 나는 방으로 들어갔다.

나르티는 의자에 앉아 두 다리를 다른 의자에 얹고 이를 쑤시며 왼손 엄지손가락을 세우고 뚫어지게 보고 있었다. 손가락엔 아무 이상이 없는 것 같았으나 그의 눈빛은 우울하게 흐렸다. 이윽고 그는 손을 내리더니 두 발을 바닥에 내리고 엄지손가락 대신 내 얼굴을 보았다. 피우다 둔 잎담배가 책상 위에서 이빨 소제가 끝나기를 기다리고 있었다.

나는 또 하나 있는 의자의 펠트 시트 커버를 뒤집어 놓고 앉아서 담배를 물었다.

"당신이었군." 나르티는 이쑤시개를 손에 들고 보면서 말했다.

"단서는?"

"마로이 말이오? 수사는 중단했소."

"왜요?"

"이젠 잡히지 않아요. 지금쯤은 멕시코로 튀었겠지."

"그는 검둥이 하나를 죽였을 뿐 아닙니까. 그렇게 중대한 범죄는 아니겠지요."

"당신은 아직도 관심을 갖고 있소?" 그는 내 얼굴을 찬찬히 보면서 말했다. "달리 일이 생겼다고 하지 않았소."

"그런데 그 일이 없어져 버렸어요. 그 여자의 사진을 아직 갖고 계십니까?"

그는 압지 밑을 뒤적거려 사진을 꺼냈다. 여전히 아름다운 여자였다.

"사실은 이건 내 것이니까 필요없다면 가지고 가겠소."

"경찰이 보존하는 게 옳지만, 뭐 좋겠지. 갖고 가시오."

"그럼, 갑니다." 나는 사진을 가슴 주머니에 넣고 일어섰다.

"뭔가 곡절이 있을 것 같은데요." 나르티가 말했다.

나는 그의 책상 가장자리에 있는 밧줄 토막을 보았다. 그의 눈이 내 시선을 쫓았다.

그는 이쑤시개를 바닥에 팽개치고 물었던 잎담배를 입 안으로 밀어 넣었다.

"이건 아무것도 아니오." 그는 말했다.

"점 찍은 자가 있어요. 윤곽이 드러나면 당신을 잊지 않겠습니다."

"여러 모로 시달리고 있소. 뭐든지 검거를 해야겠는데 야단났소."

"당신처럼 열심히 일하는 사람에겐 보답이 있어야 할 텐데." 나는 말했다.

그는 엄지 손톱에다 대고 성냥을 그었다. 그리고 단번에 불이 붙은 것이 기뻤던지 만족스러운 표정을 보이며 맛있게 잎담배를 빨았다.

"나는 웃고 있어요." 내가 방을 나왔을 때 나르티는 말했다.

복도는 조용했다. 건물 전체가 쥐 죽은 듯이 조용했다. 경찰서 앞에서는 아직도 순찰차의 경관들이 꾸부러진 펜더를 바라보고 있었다. 나는 차를 몰아 할리우드로 돌아갔다.

내가 사무실로 들어서자 전화 벨이 울렸다. 나는 곧 수화기를 들었다.

"필립 마로우 씨입니까?"

"네, 마로우입니다만……."

"여기는 그레일 댁입니다. 루인 로크리지 그레일 부인께서 곧 뵈었으면 합니다."

"어디서?"

"베이 시티, 아스터 드라이브 862번지. 한 시간 안에 오실 수 있겠습니까?"

"당신은 그레일 씨입니까?"

"아닙니다. 하인입니다."

"곧 가지요."

18

그곳은 바다에 가까워 바다 냄새를 느꼈으나 해면은 보이지 않았다. 아스터 드라이브는 그 언저리에서 완만한 곡선을 이루며 바다 반대편으로 아담한 집들이 늘어서 있었는데, 바다에 가까운 것은 모두 거대한 저택으로 12피트나 되는 담을 둘러싸고 철문이 어마어마한 모습을 보이고 있었다. 그리고 저택 안에는, 안에 들어갈 수가 있다면 말이지만, 상류 계급들만을 위한 방음 장치의 용기에 든 특제 일광이 있었다.

그 저택의 반쯤 열린 대문 안에, 짙은 감색 루파쉬카를 입고 번쩍거리는 검은 가죽 각반을 친 사나이가 서 있었다. 어깨가 떡 벌어지고 머리가 반들반들한 몸집 좋은 청년이었다. 입가에 담배를 물고 연기가 코로 가지 않도록 머리를 약간 기울이고 있었다. 그리고 한쪽 손에 목이 긴 검은 장갑을 끼고 한쪽 손에는 장갑을 끼지 않았는데, 가운뎃손가락에 큼직한 반지가 반짝거리고 있었다.

문패는 붙어 있지 않았지만 이 집이 틀림없었다. 나는 차를 세우고 청년을 불렀다. 그는 나를 찬찬히 보면서 장갑 끼지 않은 손을 슬그머니 엉덩이로 가져가면서 다가왔다. 별일 없는 척, 교묘하게 내 주의를 끄는 것이었다.

그는 차에서 2피트쯤 떨어진 데서 발을 멈추었다.

"그레일 씨 댁을 찾고 있는데요" 하고 나는 말했다.

"여기가 맞습니다만, 아무도 안 계십니다."

"약속을 했는데요."

그는 고개를 끄덕이며 "성함이 누구시죠?" 하고 말했다.

"필립 마로우."

"여기서 잠깐 기다려 보십시오."

그는 느릿느릿 걸어서 대문 있는 데로 되돌아가 굵은 기둥에 달아놓은 철문을 열쇠로 열었다. 안에는 전화가 있었다. 그는 두서너 마디 전화로 주고받더니 문을 닫고 내 곁으로 돌아왔다.

"본인이라는 증거가 있습니까?"

나는 자동차 면허증을 보였다.

"그런 건 소용없어요. 당신의 차가 아닌지도 모르니까요." 그는 말했다.

나는 차에서 내려 그와 1피트쯤 떨어져서 섰다. 술 냄새가 풍겼다. 좋은 술이었다. 헤이그 앤드 헤이그 정도 되겠지.

"한잔했군요." 나는 말했다.

그는 웃으며 나를 보았다.

"집사와 전화로 이야기하게 해주시오" 하고 나는 말했다. "아마내 목소리를 알고 있을 겁니다. 아니면 당신을 때려눕히지 않고는 못들어간단 말입니까?"

"나는 여기서 일하고 있을 뿐입니다." 그는 조용히 말했다. "만일그렇지 않다면……" 그는 뒷말은 허공에 사라지게 하고 계속 웃음을짓고 있었다.

나는 그의 어깨를 치며 "나는 탐정입니다" 하고 말했다.

"탐정? 그러면 처음부터 그렇게 말씀하시지 않고."

우리는 서로 쓴웃음을 나누었다. 나는 삐뚜름히 열린 대문으로 해서 저택 안으로 들어갔다. 길은 곡선으로 되어 있고, 짙은 녹색의 높은 담이 이어져 있었다. 작은 문이 있었다. 그 문으로 들여다보니, 담 안 잔디밭에서 동양인 정원사가 일하고 있었다. 넓은 잔디밭의 잡초를 뽑으면서 동양인 정원사가 곧잘 그렇듯이 싱글벙글 웃고 있었다. 또 담이 1백 피트쯤 이어졌다. 담이 끝난 곳은 광장으로 되어 있고 자동차가 여섯 대 주차하고 있었다. 그 가운데 하나는 조그만 쿠페였다. 그리고 우편물을 싣기에 충분할 정도로 큰 최신형 츠토운의 뷔크가 두 대, 자전거 바퀴만큼 큰 니켈 방열공과 해브캡이 달린 검은 리무진이 한 대, 토프를 내려놓은 길다란 스포츠 페턴이 한 대 있었다. 주차장에서 폭 넓은 콘크리트 길이 저택 옆문으로 이어져 있었다.

주차장의 왼편은 네 귀퉁이에 분수가 있는 정원이었다. 정원 입구는 철문으로 되어 있고, 문 위에 큐핏의 조각이 있었다. 기둥 위에 흉상을 얹었고, 괴수 그리핀이 양쪽 가에 웅크리고 있는 돌벤치가 있었다. 정원 복판의 수영장에 돌로 만든 수련 잎이 떠 있고, 돌로 만든 커다란 개구리가 앉아 있었다. 정원 너머에는 장미가 피어 있는 길이 있었다. 그 길이 끝나자 양편에 울타리를 친 계단이었다. 울타리를 통해서 해가 계단에 당초 무늬를 그리고 있었다. 계단을 올라가니 온갖 수목이 울창한 뜰로 되어 있고 그 뜰 한구석에 해시계가 있었다. 곳곳에 아름다운 꽃들이 만발해 있었다.

저택 그 자체는 별것 아니었다. 버킹검 궁전보다는 작고, 캘리포니아치고는 색깔이 잿빛이고, 창문의 수도 클라이슬러 빌딩보다 적었다.

나는 저택 옆문으로 가서 벨을 눌렀다. 놀랍게도 교회에서처럼 부드러운 종소리가 흘러나왔다.

줄무늬 조끼에 금단추를 단 사나이가 문을 열고 머리를 숙이며 내 모자를 받았다. 그의 뒤에 줄무늬 바지에 검은 윗도리를 입고 잿빛 줄무늬 넥타이를 맨 사나이가 서 있었는데, 백발이 섞인 머리를 반 인치쯤 숙이며 말했다. "마로우 씨입니까. 이리로 오십시오" 하고 말했다.

우리는 복도를 걸어갔다. 복도는 아주 조용했다. 파리 한 마리 날고 있지 않았다. 바닥에는 동양식 융단을 깔았고 벽에는 그림을 여러 장 걸었다. 모퉁이를 돌아서니 또 복도가 있었다. 프랑스 식 창에 멀리 있는 푸른 물이 어려 있었다. 나는 불현듯 태평양 곁에 있다는 것과 이 저택이 해안 가까이에 있다는 생각이 났다. 집사는 어느 문 하나를 가볍게 두드리고 나서 나를 방으로 안내했다. 체스터필드 식의 큼직한 소파와 담황색 의자가 난로 앞에 있었다. 마음이 차분해지는 방이었다. 곱게 윤이 나는 마루에는 비단처럼 얇고 이솝의 아주머니 만큼이나 오래된 융단을 깔았다. 방 한쪽 구석의 낮은 탁자 위에 꽃이 그윽한 향기를 내뿜고 있었다. 벽지는 둔한 색깔의 양피지였다. 널찍해서 기분 좋은 방인데, 최첨단의 멋과 깊이 있는 느낌이 절묘한 조화를 이루고 있었다. 내가 방을 가로질러 가자 세 사람이 이야기를 하다가 갑자기 말을 멈추고 내 얼굴을 쳐다봤다.

그 가운데 하나는 앤 리아든으로서 몇 시간 전에 만난 그대로였는데, 호박색 액체가 담긴 유리잔을 쥐고 있었다. 또 하나는 야위고 키가 큰 사나이로서, 누렇고 건강하지 못한 안색을 하고 있었다. 아마도 예순을 넘었으리라. 수수한 색깔의 옷을 입고, 빨간 카네이션을 가슴에 꽂고 있었다.

세 사람째는 금발 여성이었다. 외출할 참이었던지 연녹색 외출복을 입고 있었다. 나는 그녀의 옷에 별로 주의를 기울이지 않았다. 그것은 여자를 생각하는 남자가 있어서, 그녀는 그 남자한테 가려고 차려입은 것이다. 그 옷은 그녀를 젊어 보이게 하며, 눈빛깔을 진한 푸른 색으로 보이게 하였다. 머리는 오래된 유화에서 볼 수 있는 금색 같은 색깔이었다. 몸의 곡선은 이 이상 더 매력을 줄 수 없다고 생각될 만큼 아름다웠다. 목에 다이아몬드가 빛나고 있었다. 손은 작지는 않았지만 모양이 좋고, 손톱은 진한 빨강으로 물들어 있었다. 그녀는 나에게 얼굴을 돌리고 웃음지었다. 아무 스스럼없이 보일 수 있는 웃음이었지만, 눈은 신중한 표정으로 나를 보고 있었다. 웃는 입은 육감적이었다. 그녀가 말했다.

"잘 오셨어요." 그녀는 말했다. "이쪽이 우리 남편이에요. 마로우 씨에게 위스키 소다를 좀 드리세요."

그레일 씨는 나와 악수를 나누었다. 손이 차갑고 좀 축축했다. 눈이 쓸쓸해 보였다. 그는 스카치와 소다를 섞어서 나에게 위스키 소다를 만들어 주었다.

그리고 그는 방 한쪽 구석에 앉아서 아무 말도 하지 않았다. 나는 마실 것을 반쯤 마시고 나서 미스 리아든에게 웃어 보였다. 그녀는 공허한 표정으로 나를 마주 쳐다보았다.

"도와주시겠지요?" 금발의 여자는 손에 든 유리잔을 내려다 보면서 내게 물었다. "힘이 되어주신다면 기쁘기야 하겠지만 그 때문에 갱들이나 어떤 일로 복잡한 일이 생긴다면 잃어버린 것(물건)은 어찌되든 상관없어요."

"힘이 될 수 있을지 어떨지 잘 모르겠군요." 나는 대답했다.

"아무튼 부탁하겠어요." 그녀는 마치 오랜 친구 사이처럼 웃음을 나에게 보였다.

나는 남아 있던 위스키 소다를 들이켜고 간신히 기분을 가라앉혔다. 그레일 부인은 소파의 팔걸이에 설치해 둔 벨을 눌렀다. 하인이 들어왔다. 부인은 소반을 가리켰다. 그는 한 바퀴 휘둘러보고 마실 것을 두 잔 만들었다. 미스 리아든은 아직도 잔을 만지작거리고만 있었고, 그레일 씨는 술을 마시지 않았다. 하인이 나갔다.

그레일 부인과 나는 유리잔을 손에 들었다. 부인은 좀 단정스럽지 못하게 다리를 포개고 있었다.

"내가 무슨 일을 할 수 있을는지 모르겠군요." 나는 말했다. "아무 것도 못 해낼 것 같은데요."

"할 수 있어요." 그녀는 또 웃음지었다. "린 마리오는 어느 정도까지 당신한테 털어놓던가요?"

그녀는 옆에 있는 미스 리아든을 보았다. 미스 리아든은 그 의미를 눈치채지 못하고 잠자코 앉아 있었다. 그리고 나서 그레일 부인은 남편 쪽으로 몸을 돌렸다.

"여기 안 계시면 안 되나요?"

그레일 씨는 일어나서 나에게 정중하게 허리를 굽히고, 기분이 좋지 않아 들어가서 눕고 싶은데 양해해 주겠느냐고 물었다. 말이 너무 정중하여 부축해서 데려가지 않으면 미안스럽게 느껴질 정도였다.

그레일 씨는 잠자는 사람을 깨우지 않도록 조심하는 사람처럼 조용히 문을 닫았다. 그레일 부인은 한참 동안 그 문을 바라보고 나서 웃음을 되찾고 나를 보았다.

"미스 리아든이 듣는 데서는 무슨 말을 해도 상관없어요."

"내가 알고 있는 일은 다 알고 있습니다."

"그렇더군요." 그레일 부인은 잔을 들어 마시고 옆에 있는 탁자에 놓았다. "우리 서먹서먹해 하지 말고 함께 의논합시다. 당신은 이런 직업을 가진 분같이 안 보이는군요. 젊고, 늠름하시고……"

"확실히 천한 직업이니까요" 하고 내가 말했다.

"그런 뜻으로 말씀드린 건 아니에요. 하지만 돈은 버시나요?"

"웬걸요, 즐거움은 있습니다만……. 어떤 큰 사건에 부딪칠지 모르니까요."

"왜 사립 탐정이 되셨을까? 상관없겠지요, 이런 것 여쭈어 봐도? 그리고 그 탁자를 이쪽으로 밀어 주시지 않겠어요? 술잔을 집을 수 있도록……."

나는 일어나서 은소반이 있는 탁자를 그녀 곁으로 옮겼다. 그녀는 마실 것을 두 잔 더 만들었다. 나는 두 잔째를 아직 절반이나 남기고 있었다.

"우리들은 대개 전직 경찰관이지요. 나는 얼마 동안 지방검사 밑에서 일을 했습니다. 그러다가 파면을 당했지 뭡니까."

그녀는 아름답게 웃었다.

"무능해서 그랬던 건 아니겠지요?"

"아니오, 말대꾸를 했기 때문이지요. 그 뒤로도 전화가 있었습니까?"

"거기에 대한 것은……."

그녀는 앤 리아든을 바라보았다. 그 눈초리는 무엇인가를 말하고 있었다. 앤 리아든은 일어섰다. 그녀는 아직도 가득찬 채로 있는 유리잔을 탁자 있는 데로 가져다 놓았다.

"이야기를 들려 주셔서 감사합니다, 그레일 부인. 원고로 만들진 않을 테니까 안심하세요."

"어머나, 돌아가시려고요?" 그레일 부인은 웃음을 머금은 채 말했다.

앤 리아든은 아랫입술을 깨물면서 입술을 물어뜯어 버릴까, 잠시 그대로 깨물고 있을까 결심을 하지 못하고 있었다.

"모처럼입니다만 돌아가야겠어요. 나는 마로우 씨를 위해서 일하고 있는 건 아니에요. 그냥 친구 사이예요. 안녕히 계세요, 그레일 부인."

"또 오세요. 언제든지 좋으니까요."

그레일 부인이 벨을 두 번 누르자 집사가 나타났다. 미스 리아든은 빠른 걸음으로 방을 나갔다. 부인은 잠시 문을 바라보고 나서 "이대로가 좋겠죠?" 하고 물었다. 나는 말없이 끄덕였다.

"미스 리아든이 어째서 여러 가지 일을 알고 있는지 이상하게 생각되시죠?" 하고 나는 말했다. "좀 색다른 여자예요. 당신이 목걸이 주인이라는 것도 그녀가 알아 낸 거랍니다. 어젯밤에 드라이브를 하다가 불빛을 보고 마리오가 살해된 장소로 왔던 겁니다."

그레일 부인은 글라스를 들면서 얼굴이 흐려졌다. "오, 생각만 해도 끔찍해요. 가엾게도, 린은 좋은 사람은 못 되지만 그런 죽음을 당하다니……."

그녀는 목을 흔들었다. 눈이 커다래져서 눈동자가 검게 빛났다.

"아무튼 미스 리아든에 대해서는 걱정없습니다. 아무 말도 하지 않을 겁니다. 아버지가 이곳 경찰서장이었지요" 하고 내가 말했다.

"나한테도 그렇게 말했어요. 술을 안 드시는군요."

"내 나름대로 마시고 있습니다."

"당신과 내가 힘을 합치도록 해요. 린은, 마리오 씨는 강도당한 광경을 이야기하던가요?"

"여기와 트로카데로의 중간 어딘가였는데, 서너 명의 패거리였다고 하더군요."

그녀는 금빛으로 빛나는 머리를 끄덕였다.

"맞아요. 하지만 어딘지 좀 이상한 점이 있어요. 반지 하나를 되돌려 주었는데, 그것이 상당히 값나가는 반지거든요."

"그것도 그는 말하더군요."

"그리고 나는 좀처럼 그 목걸이를 하지 않아요. 박물관에 있을 만한 물건이라 세상에 둘도 없는 것인데, 그들은 그것에 눈독을 들이고 있었던 것이지요. 가치를 알았던 것인지 어떤지는 모르겠어요."

"목걸이를 한 걸 알고 있었던 사람이 누굽니까?"

그녀는 가만히 생각에 잠겼다. 다리는 아직도 아무렇게나 포개고 있었다.

"여러 사람이 알고 있었어요."

"하지만 그날 밤에 걸고 온다는 건 몰랐을 게 아닙니까. 알고 있었던 게 누구지요?"

그녀는 좁은 어깨를 흔들었다. 나는 그녀의 다리를 바라보고 있었다.

"하녀는 알고 있었어요. 하지만 하녀 같으면 그런 짓을 하지 않아도 기회는 얼마든지 있었을 거고, 또 나는 하녀를 믿고 있어요."

"어째서요?"

"모르겠어요. 왠지 모르게 사람을 믿는 성질인가 봐요. 첫째, 당신을 믿고 있고……."

"마리오는?"

그녀의 표정이 굳어졌다. 눈에 경계하는 빛이 떠올랐다. "어떤 일로는 믿고 있지만 다른 일로는 믿지 않아요. 믿는다 해도 정도가 있어요." 그녀의 말투는 특징이 있고, 좀 비꼬는 기가 섞여 있었지만 그런대로 듣기 싫지는 않았다. 단어를 잘 선택해서 사용했다.

"그래, 하녀는 그렇다 치고 운전기사는?"

그녀는 머리를 저었다.

"그날 밤엔 린이 자기 차를 직접 운전했어요. 죠지는 없었던 것 같아요. 아마 목요일이 아니었던지 모르겠어요."

"마리오는 어젯밤부터 4, 5일 전이라고 말했어요. 목요일이라면 1

주일이 됩니다.”

“하지만 목요일이었어요.” 내 유리잔에 손을 뻗으면서 그녀는 말했다. 보드라운 손가락이 내 손가락에 닿았다. “목요일이어서 죠지가 쉬는 날이었어요. 이제 생각이 났어요.” 그녀는 내 유리잔에 좋은 빛깔의 스카치를 붓고 소다수를 따랐다. 아무리 마셔도 마음만 헤이해질 뿐인 음료였다. 그녀는 같은 음료를 자기 유리잔에도 만들었다.

“린은 내 이름을 말하던가요?” 아직도 눈에 경계하는 빛을 띤 채 그녀는 물었다.

“말하지 않았습니다.”

“그렇다면 날짜에 대한 것도 일부러 분명하게 말하지 않은 거예요. 그래서 하녀와 운전기사에게 혐의가 걸리지 않는다고 한다면…….”

“안 걸린다고는 하지 않았습니다.”

“나는 그냥 거들어드리고 있는 것뿐이에요” 하고 그녀는 웃었다.

“다음은 집사인 뉴튼인데, 뉴튼은 내가 목걸이 한 것을 보았는지도 몰라요. 하지만 그 목걸이 위에 길고 흰 여우털 외투를 입고 있었으니까…… 아니에요, 못 보았을 거예요.”

“아주 예뻤겠군요.”

“취하신 것 아녜요?”

“아니오, 술을 마시니까 점점 말똥말똥해지는데요.”

그녀는 머리를 뒤로 젖히고 큰 소리로 웃었다. 그런 태도를 해도 아름다움을 잃지 않는 여자를 나는 네 사람밖에 모른다. 그녀는 그 가운데 한 사람이었다.

“뉴튼은 염려없어요. 터무니없는 짓을 할 형이 아닙니다. 하인은 어떨까요?” 그녀는 잠시 생각하다가 머리를 저었다. “틀림없이 목걸이를 보지 않았어요.”

"누군가가 목걸이를 하라고 하진 않았습니까?"

그녀의 눈이 금방 경계의 빛을 띠었다. "나를 속이려 하지 마세요." 그녀는 말했다.

그녀는 내 유리잔을 집어 들고서 위스키를 따라 주려고 했다. 아직 술이 들어 있었지만 나는 잠자코 따르게 하며 그녀 목덜미를 바라보고 있었다.

그녀가 유리잔을 채우고 나서 우리가 다시 유리잔을 들었을 때 나는 말했다.

"기록을 정확하게 해 놓고 내가 이야기할 게 있습니다. 그날 밤 이야기를 해 주십시오."

"난 이제……" 그녀는 소매를 들치고 손목시계를 보았다.

"기다리게 해 두십시오."

그녀의 눈이 빛났다. 나는 그러한 그녀의 눈이 마음에 들었다.

"무척 염치가 없으시군요."

"내 직업은 염치 찾다가는 못해 먹지요. 그날 밤 이야기를 해주시든가, 나를 내쫓든가 둘 중 하나로 정하십시오."

"그렇다면 내 옆으로 와 앉으시는 게 좋지 않겠어요?"

"나도 그렇게 생각하고 있었습니다. 정확히 말하면 부인이 다리를 포갰을 때부터……"

"금방 쳐들리지 뭐예요……" 그녀는 흐트러진 스커트를 매만지면서 말했다. 나는 그녀의 옆자리에 앉았다.

"당신은 손이 빠른 모양이지요?" 그녀가 물었지만 나는 대답하지 않았다.

"항상 이런 식으로 하나요?" 그녀는 녹을 듯한 눈으로 나를 보며 말했다.

"천만에요. 틈이 있을 땐 나는 티베트의 승려랍니다."

"틈이 없을 뿐이겠죠."

"이야기를 돌리지 마십시오" 하고 나는 말했다. "우리의…… 아무튼 내 마음을 문제에서 돌리지 마시고, 대체 얼마 주시겠습니까?"

"그러면 목걸이를 찾아 주시겠어요?"

"나는 내 방법으로 하겠습니다. 즉" 나는 유리잔을 단숨에 들이켰다. 그리고 공기를 조금 빨아들였다. "살인범을 검거합니다" 하고 나는 말했다.

"그런 건 나하고 관계없어요. 경찰의 일 아닌가요?"

"하지만 마리오는 나에게 1백 달러를 주었습니다. 그런데 나는 경호원의 의무를 수행하지 못했습니다. 창피해서 울고 싶은 심정입니다. 여기서 울어도 괜찮겠습니까?"

"술을 드시는 편이 좋아요."

그녀는 우리들의 유리잔에 또 위스키를 따랐다. 그녀는 아무리 마셔도 취하지 않는 것 같았다.

"자, 이야기해 주십시오." 위스키가 쏟아지지 않도록 유리잔을 들면서 나는 말했다.

"하녀도 없고 운전기사도 없고 하인도 없다, 빨래도 손수 해야만 한다…… 들치기당했을 때에는 어땠습니까. 마리오가 이야기해 주지 않은 사실 가운데에 중요한 점이 있을는지도 모릅니다."

그녀는 두 손을 턱 밑에 받치고 몸을 앞으로 구부렸다. 심각한 표정이었다.

"우리는 브렌트우드 하이츠의 파티에 갔었어요. 그 뒤에 린이 춤추러 가자기에 트로카데로로 갔어요. 트로카데로를 나서서 산세트 부르바드까지 갔었는데 도로 공사를 하고 있기에 산타 모니카 부르바드로 돌아가서 인디오라는 지저분한 호텔 앞에 이르자 호텔 건너편에 맥주 홀이 있었는데, 거기 자동차가 한 대 서 있었어요."

147

"단지 한 대요? 맥주 홀 앞에?"

"네, 단지 한 대뿐이었어요. 작고 지저분한 집이었어요. 그런데 그 차가 우리 뒤를 쫓아왔던 거예요. 처음에는 아무렇지도 않게 생각했는데, 산타 모니카에서 알게르 부르바드로 꼬부라지려고 했을 때 린이 다른 길로 가자고 하면서 길이 꼬불꼬불한 주택 구역으로 들어갔는데, 그 차가 갑자기 우리 차를 추월하면서 펜더에 부딪치는가 싶자 급정거를 하지 않겠어요. 그리고 모자를 깊숙이 눌러쓰고 목에 스카프를 두르고 외투를 입은 사람이 차에서 내리더군요. 하얀 스카프였어요. 지금도 똑똑히 기억하고 있어요. 키가 크고 빼빼 마른 것과 그 스카프뿐이지만…… 나중에 생각해 보니 우리 차의 헤드라이트를 피해서 걸어왔나 봐요."

"그랬겠지요. 헤드라이트를 정면으로 보면서 오는 바보는 없을 테니까요. 드십시오. 이번에는 내가 권할 차례군요."

그녀는 몸을 앞으로 내밀고 있었다. 야하게 그리지 않은 아름다운 눈썹을 모으고 곰곰이 생각하고 있었다. 나는 술을 두 잔 만들었다. 그녀는 이야기를 계속했다.

"그는 린 곁으로 다가오더니 스카프를 코 위까지 쳐들고 권총을 들이대며 '손 들어, 순순히 말을 들으면 해치지는 않겠다'고 하더군요. 그리고 또 한 남자가 반대편의 나 있는 데로 왔어요."

"비버리 힐즈에서 말이오?" 나는 말했다. 캘리포니아에서 가장 경비가 철저한 곳인데……."

그녀는 어깨를 움찔했다.

"아무튼 강도였어요. 스카프를 한 사나이가 내 보석과 핸드백을 내놓으라고 했어요. 내 옆에 있던 남자는 끝까지 아무 말도 않고요. 린이 보석과 핸드백을 주니까 백과 반지 하나를 돌려 주며 경찰과 보험회사엔 알리지 말라, 적당한 금액으로 목걸이를 돌려 줄 테니

연락이 있을 때까지 기다리고 있으라 하더군요. 아주 침착했는데, 어느 정도 교양 있는 남자 같았어요."

"멋쟁이 에디라면 이미 시카고에서 살해되고 말았지만."

그녀는 목을 움찔하며 쓴웃음을 지었다. 우리는 위스키를 마셨다.

"린에게 아무 말도 못하게 해 놓고 기다렸더니 이튿날 전화가 걸려 왔어요. 전화는 둘 있어요. 내선에 연결되는 것과, 내 침실에 있는 내선이 없는 것이에요. 전화는 이쪽으로 걸려 왔어요. 물론 전화 번호부에 없는 전화지요."

"그런 건 5달러만 주면 알아낼 수 있습니다. 영화배우들은 매달 전화번호를 바꾸고 있지요."

우리는 또 위스키를 마셨다.

"나는 린에게 흥정을 하게끔 부탁해 놓고 적당한 금액이라면 지불해도 좋다고 말했어요. 하지만 그러고 나서 한참 동안 아무 말이 없었는데, 아마 우리의 동정을 살피고 있었던 모양이에요. 그래서 결국 8천 달러로 이야기가 정해졌다가 그렇게 된 거예요."

"만나면 얼굴을 알 수 있을까요?"

"얼굴은 몰라요."

"랜들은 이걸 죄다 알고 있습니까?"

"물론 알고 있지요. 이제 됐지요? 이런 이야기 자꾸 하고 싶지 않아요." 그녀는 이렇게 말하고 아름답게 웃었다.

"랜들은 뭐라고 합디까?"

그녀는 하품을 했다.

"잊어버렸어요."

나는 빈 잔을 들고 생각하고 있었다. 그녀는 그 잔을 나에게서 빼앗아 또 위스키를 따랐다. 나는 그 잔을 그녀의 손에서 받아 왼손으로 바꿔 들고 오른손으로 그녀의 왼손을 잡았다. 매끄럽고도 보드랍고 따뜻한 손이었다. 그 손은 내 손을 꼭 쥐었다. 근육이 단단했다. 몸매도 훌륭했고, 연약한 데라고는 없는 여자였다.

"무슨 생각이 있었던 모양인데, 나한테는 말하지 않았어요." 그녀는 말했다.

"아마 내가 생각하고 있는 것과 같을 겁니다."

그녀는 천천히 내 쪽으로 몸을 돌리며 고개를 끄덕였다.

"당신을 믿어도 되겠지요?"

"언제부터 마리오를 아셨습니까?"

"한 5년쯤 돼요. 주인이 경영하던 KFDK방송국의 아나운서였어요. 내가 마리오를 알게 된 것도 그 방송국이고, 주인을 알게 된 것도 그 방송국이에요."

"그건 알고 있습니다. 그러나 마리오는 상당히 사치스러운 생활을 하고 있던데요."

"돈이 생겼기 때문에 아나운서를 그만두었지요."

"정말로 돈이 생겼을까요, 아니면 입으로만 그렇게 말한 것뿐이었을까요?"

그녀는 웃으며 대답 대신 내 손을 꼭 쥐었다.

"대수롭지 않은 돈이어서 금방 탕진해 버렸는지도 모르죠." 이렇게 말하고 나도 그녀의 손을 꼭 쥐었다. "부인한테서 돈을 빌려 간 적도 있지요?"

그녀는 내가 쥐고 있는 손을 내려다보았다.

"당신이 하는 방법은 구식이군요."

"아직은 일을 하는 중이니까요. 그리고 위스키가 고급이어서 좀처럼 취하지 않는군요. 물론 취하지 않아도 좋지만 말입니다."

"알고 있어요." 그녀는 이렇게 말하고 내 손에서 자기 손을 빼내어 어루만지기 시작했다. "린 마리오는 여자를 협박해서 먹고 살았어요."

"부인도 협박당했습니까?"

"말을 안 하면 안 될까요?"

"말하는 게 좋겠지요."

그녀는 웃고 나서 말했다.

"좀처럼 없는 일이지만, 한 번 그의 집에서 곤드레가 된 일이 있어요. 그때 나체 사진을 찍혔지 뭐예요."

"지독한 놈이군. 그것을 보여 주실 수 없을까요?" 나는 말했다.

그녀는 내 손을 탁 쳤다. 그리고 부드러운 소리로 말했다.

"당신의 이름은?"

"필. 부인은?"

"헬렌. 키스해 줘요."

그녀는 천천히 내 무릎에 쓰러졌다. 나는 목을 구부리고 그녀의 얼굴로 가까이 다가갔다. 그녀는 속눈썹을 파르르 떨며 내 볼에 입을 맞췄다. 내가 입술을 가까이 가져가자 그녀의 입술은 반쯤 열려 불타고 있었다. 혀가 이빨 사이에서 뱀처럼 춤추고 있었다.

문이 열리고 그레일 씨가 조용히 방으로 들어왔다. 안고 있던 그녀를 놓을 겨를도 없었다. 나는 얼굴을 들고 그를 쳐다보았다. 온몸이 싸늘해지는 것 같았다.

내 팔 속에 있는 여자는 꼼짝도 하지 않았다. 입술을 오므리려고도 하지 않았다. 그리고 반쯤 꿈을 꾸고 있는 것 같은, 반쯤 아이러니컬한 표정을 띠고 있었다.

그레일 씨는 기침을 하면서 "실례했습니다" 하고 방을 나갔다. 그 눈에는 슬픔이 깃들어 있었다.

나는 그녀를 밀치고 일어나서 손수건으로 얼굴을 닦았다.

그녀는 나에게 밀쳐진 채 소파 위에 누워 있었다. 스커트가 스타킹

대님 위까지 처들려 흰 허벅다리가 보이고 있었다.

"누구였어요?"

"그레일 씨."

"신경쓸 것 없어요."

나는 그녀 곁을 떠나 처음에 앉았던 의자에 앉았다. 그녀는 몸을 일으키고 소파에 고쳐 앉아 나를 바라보았다.

"괜찮아요. 이해하고 있으니까, 잔소리 못하게 하겠어요."

"봤는데도요."

"신경쓸 것 없다니까요. 병자니까 잔소리할 권리도 없어요."

"나한테 화풀이 하지는 마십시오. 신경질 부리는 여자는 질색이니까요."

그녀는 핸드백에서 작은 손수건을 꺼내 입술을 닦고 거울을 들여다보았다.

"좀 과음한 것 같군요. 오늘 밤 벨베니아 클럽에서 10시." 그녀는 내 쪽을 보고 있지 않았다. 숨결이 거칠었다.

"어떤 곳입니까?"

"레드 부르넷이 하고 있어요. 내 친구예요."

"가지요." 나는 말했다. 그리고 가난뱅이의 돈을 훔친 것 같은 심정이 들었다.

그녀는 입술에 살짝 입술 연지를 바르고 나서 나를 곁눈질로 보며 거울을 던져 주었다. 나는 거울을 보며 얼굴의 입술 연지를 닦고 거울을 돌려 주기 위해 일어섰다. 그녀는 황홀한 눈으로 나를 쳐다봤다.

"왜 그러세요?"

"아무것도 아닙니다. 벨베니아 클럽 10시. 너무 화려하게 차려입지는 마십시오. 난 턱시도밖에 없으니까요. 어디서 만나지요? 바?"

그녀는 고개를 끄덕였다. 아직도 눈이 몽롱해 있었다.

나는 뒤를 돌아다보지 않고 방을 나왔다. 집사가 복도에서 모자를 건네 주었다.

19

나는 다시 높은 담 밑의 길로 해서 철문으로 나갔다. 문지기는 아까 그 남자가 아니고 분명히 경호원인 듯한 덩치 큰 사나이였다. 그는 거만하게 고개를 끄덕이며 나를 문에서 내보내 주었다.

자동차의 경적이 울렸다. 미스 리아든의 쿠페가 내 차 바로 뒤에 서 있었다. 나는 그리로 가서 차 안을 들여다보았다. 그녀는 냉담하고 아이러니한 표정을 띠고 있었다.

그녀는 장갑 낀 가느다란 손을 핸들에 얹고 앉아 있었다. 그녀는 웃음지었다.

"기다리고 있었어요. 내가 참견할 건 못 되지만, 그 여자, 어떤 여자 같애?"

"금방 치마 벗는 여자던데."

"왜 꼭 그런 식으로 말을 하세요." 그녀는 얼굴을 붉히고 불쾌한 듯이 말했다.

"난 이따금 남자가 싫어질 때가 있어요. 늙은 남자, 젊은 남자, 축구 선수, 오페라 가수, 빈틈없는 부르주아, 호남자인 지골로(남자

댄서 또는 남첩), 그리고 천한 사립 탐정."

나는 쓰게 웃었다.

"내가 입이 험하다는 건 알고 있지만, 그러나 그가 지골로라고 누가 말하던가요?"

"누구 말이에요?"

"시치미떼지 말아요, 마리오지 누구겠소."

"짐작이에요, 하지만 확실하다고 생각해요, 미안해요, 싫은 소리를 하려고 그런 건 아니니까요, 확실히 그 여자의 스커트를 벗기는 건 문제 없겠지만, 그래도 꼭 한 가지 알아 두셔야 할 게 있어요, 당신은 무대에 등장하는 것이 늦었어요."

널찍한 도로가 태양 광선 속에서 평화로운 잠을 자고 있었다. 아름답게 칠을 한 트럭이 길 건너 저택 앞에 멈추었다. 트럭의 옆구리에는 '베이 시티 어린이 서비스 회사'라고 써 있었다.

앤 리아든은 내 쪽으로 몸을 뻗고 파란 눈빛을 흐렸다. 조금 지나치게 긴 듯싶은 윗입술을 뾰로통하게 내밀었다가 이빨에 밀착시켜 오므라뜨렸다. 그녀는 짤막하게 날카로운 숨을 쉬었다.

"쓸데없는 일에 참견 말라고 하고 싶으시겠죠? 이래 봬도 내 딴에는 도와 드리고 있는 거예요."

"나는 누구의 도움도 원치 않소, 경찰도 내 응원 같은 것은 바라고 있지 않아요, 내가 그레일 부인을 위해 해 줄 수 있는 일은 아무것도 없소, 맥주 홀 앞에 서 있던 자동차 이야기를 해 주었지만, 그런 건 아무 도움도 되질 않소, 상대는 보석 전문의 고급 갱이오, 그 목걸이에 대한 걸 알고 있는 자도 섞여 있었을는지 모르지."

"미리 정보를 받고 있었는지도 몰라요."

"그럴지도 모르지." 나는 담배를 찾았다. "그러나 어쨌든 난 그다지 흥미가 없소."

"신경과 전문 의사에 대해서도요?"

나는 얼빠진 얼굴을 지어 보였다.

"신경과 전문 의사?"

"당신은 탐정이 아니었던가요?"

"섣불리 손을 내밀 수가 없어서 그렇소." 나는 말했다. "그레일 씨 댁에는 썩어나도록 돈이 있어요. 그리고 이 동네에선 돈으로 법을 살 수가 있소. 경찰의 묘한 움직임을 봐요. 신문에도 기사를 못 내게 하고 있소. 중대한 단서를 갖고 있을는지 모를 사람도 협력할 길이 없소. 손을 떼라는 경고뿐이오. 모든 게 마음에 들지 않아."

"입술 연지는 이제 다 지워졌어요." 앤 리아든은 말했다. "난 신경과 전문 의사라고 말했어요. 그럼, 안녕."

그녀는 이렇게 말하고 차를 몰고 가 버렸다. 나는 그 뒤를 바라보았다. '베이 시티 어린이 서비스 회사'라고 쓴 트럭의 남자가 흰 제복을 햇빛에 반사시키면서 저택의 옆문으로 나와 트럭에 올라탔다. 그는 무슨 상자를 안고 있었다. 트럭은 소리없이 도로를 미끄러져 갔다.

'그는 그저 기저귀를 갈아 준 것이겠지' 나는 생각했다.

나는 차에 올라 손목시계를 보았다. 5시가 가까웠다. 스카치 위스키는 할리우드에 다다를 때까지 내 몸 속에 남아 있었다.

"성격 좋은 여자가 있어" 하고 나는 스스로에게 말했다.

"성격 좋은 여자를 좋아하는 사나이라면 그냥 두지는 않을걸."

아무도 말이 없었다.

"그러나 난 그렇지 않아" 하고 나는 말했다.

그 말에 아무도 말이 없었다.

"벨베디아 클럽에서 10시에 만나는 약속이야" 하고 나는 말했다.

"바보같이" 하고 누군가가 말했다. 내 목소리 같았다.

내가 사무실에 당도한 것은 6시 15분 전이었다. 건물은 조용했다. 나는 파이프에 불을 붙여 물고 앉았다.

20

인디언은 사무실 가득히 고약한 냄새를 풍기고 있었다. 벨이 울렸을 때 이미 고약한 냄새가 흘러 왔다. 내가 대기실과의 사이에 있는 문을 열자 그는 동상처럼 그곳에 서 있었다. 상체가 특별히 거대한 사나이로, 가슴이 굉장히 두툼했다. 고동색 양복 윗도리도 바지도 다 작고, 모자도 사이즈가 2인치 가량이나 작았으며 그 사내보다 사이즈가 맞는 누군가가 먼저 써서 이미 땀으로 더러워져 있었다. 그는 모자를 정수리에 슬쩍 올려썼다. 칼라는 말고삐처럼 헐겁고 마찬가지로 갈색으로 더러워져 있었다. 검은 넥타이가 단추를 끼운 조끼 위에 늘어져 있었다. 더러운 넥타이의 우람한 목 둘레에, 나이 먹은 여자가 목에 교태를 보이려고 하는 것처럼 넓적하고 큼직한 리본을 매고 있었다.

크고 평평한 얼굴의 살집 많은 코가 순양함의 뱃머리처럼 보였다. 눈꺼풀이 없는 눈, 늘어진 턱, 대장장이 같은 얼굴, 그리고 짤막해서 움직임이 둔해 보이는 침팬지 같은 다리, 그러나 짧을 뿐이지 움직임이 둔하지 않은 것을 나중에 가서 알았다. 더러워진 곳을 세탁해서 흰 가운을 입히면 로마의 악질 대관으로 보였을 것이다. 그의 냄새는 도회지의 더러워진 냄새가 아니라 미개인의 냄새였다.

"빨리 가 해. 지금 가 해" 하고 그는 말했다.

나는 안쪽 방을 돌아가서 손가락으로 그를 불렀다. 그는 내 뒤에서 파리가 벽을 기는 것처럼 소리를 내지 않고 따라왔다. 나는 책상 앞에 앉아서 맞은편의 손님용 의자를 가리켰다. 그는 앉지 않았다. 작고 까만 눈에 적의가 나타나 있었다.

"어디로?" 나는 말했다.

"나, 세컨드 프란틴. 나, 할리우드 인디언."

"앉아요, 미스터 프란틴."

그는 코를 쿵쿵거렸다. 콧구멍이 크게 벌어졌다. 쥐구멍만큼이나 컸다.

"이름, 세컨드 프란틴, 이름, 미스터 프란틴 아닙니다."

"용건은?"

그는 목청을 한층 더 돋구었다.

"급히 가 해, 백인 나리. 그렇게 말했어. 불의 마차로 데리고 오라 했어."

"알았어. 서투른 라틴 어는 그만두게. 뱀춤을 구경하고 있는 것도 아닌데."

"흐음" 하고 인디언은 대답했다.

우리는 책상을 사이에 두고 서로 빙그레 웃었다. 그의 웃음 쪽이 더 능란했다. 그리고 불쾌한 듯이 모자를 벗어 뒤집더니 땀받이 밴드의 안을 손가락으로 더듬었다. 땀받이 밴드는 글자 그대로 땀으로 더러워져 있었다. 그는 밴드 안에서 얇은 종이에 싼 것을 꺼내 책상 위에 던지더니 성난 것처럼 손가락으로 가리켰다. 보드라운 머리카락이 모자를 눌러쓴 데서 층을 이루고 있었다.

나는 얇은 종이로 싼 것을 폈다. 명함이 한 장 나왔다. 러시아 담배 물부리 속에 들어 있던 명함과 같은 것이었다.

나는 파이프를 만지작거리면서 인디언의 얼굴을 주시했다. 그는 벽돌벽처럼 태연스러웠다.

"좋아, 그런데 용건은 뭐지?"

"빨리 가 해, 나리님 그렇게 말씀하셨어. 불의 마차를 타고……."

"흐음" 하고 나는 대답했다.

인디언은 그것이 마음에 든 모양이었다. 진지하게 한쪽 눈을 찡긋해 보이고는 빙그레 웃어 보였다.

"그리고 계약금조로 백 달러를 줬으면 좋겠는데."

5센트짜리 동전이라도 말하는 것처럼 나는 말했다.

"네?" 인디언은 또다시 아까와 같은 표정으로 돌아갔다.

"백 달러야. 돈 안 줘 하면 나 안 가. 알았어?"

나는 두 손으로 백까지 세기 시작했다. 그는 모자의 땀받이 밴드에서 또 하나 얇은 종이에 싼 것을 꺼내더니 책상 위에 던졌다. 종이에 싼 것을 주워서 펴보니, 손이 베일 듯한 백 달러 짜리 지폐였다.

인디언은 모자를 썼다. 모자의 밴드를 본디대로 고치려고도 하지 않고 썼다. 나는 입을 벌린 채 백 달러짜리 지폐를 보고 있었다.

"틀림없이 신경과 전문 의사겠지." 나는 말했다. "놀랄 만큼 머리가 좋군."

"해가 지겠어" 하고 인디언은 말했다.

나는 '수퍼 매치'라고 하는 38구경의 자동권총을 꺼냈다. 루인 로크리지 그레일 부인을 만나는 데 차고 갈 총은 아니었다. 나는 윗도리를 벗고 가죽 띠를 두른 다음 자동권총을 안쪽에 차고 끈을 묶고서 윗도리를 입었다. 그러나 인디언은 내가 잔등을 긁은 것만큼도 여기지 않는 것 같았다.

"자동차 있어." 그는 말했다. "큰 자동차 있어."

"내 자동차 써." 그는 위협하는 것처럼 말했다.

"알았어. 자네 차를 타지."

나는 책상에 쇠를 채우고 문을 잠근 다음, 언제나처럼 대기실문을 잠그지 않고 방을 나섰다. 엘리베이터 보이까지 인디언의 고약한 체취에 얼굴을 찌푸렸다.

21

그가 타고 온 차는 다크 블루의 7인승 패카드로서 카스탐 빌트의 최신형이었다. 진짜 진주를 달고 타는 차였다. 소화전 있는 데 서 있었다. 외국인인 듯한 운전기사가 핸들을 쥐고 기다리고 있었다. 인디언은 나를 뒷자리에 태웠다. 나는 그 자리에 혼자 앉았는데, 장의사 사람이 정중하게 다루고 있는 특별한 시체 같은 느낌이 들었다. 인디언은 운전기사 옆자리에 앉았다. 차가 움직이기 시작하여 도로 복판에서 방향을 바꾸었다. 길 건너편에 있던 경관이 작은 소리로 "이봐" 하고 소리를 지르다가 얼른 몸을 구부리고 구두끈을 맸다.

우리는 산세트 부르바드를 서쪽으로 향해 나아갔다. 인디언은 몸을 조금도 움직이지 않았다. 이따금 그의 체취가 뒷좌석으로 풍겨 왔다. 운전수는 반쯤 잠을 자고 있는 것 같았으나 컨버터블 세단의 속력을 즐기고 있는 친구들을 마치 로프로 끌려가는 차를 앞지르듯이 추월해 갔다. 모든 신호가 그를 위해 파란 불로 변하는 게 아닌가 싶을 만큼 차는 속력을 늦추지 않고 달려갔다.

이윽고 스트립 거리의 커브에 이르렀다. 유명한 영화배우 이름을 걸어 놓은 골동품 가게, 유명한 주방장과 고급 도박장으로 알려진 나이트 클럽, 할리우드의 인간 시장이라는 별명이 붙은 멋있는 근대 빌딩, 흰 실크 블라우스에 대롱 모양의 군인 모자를 쓴 여자들이 맨다리에 장화를 신고 서비스하는 드라이브 인 카페를 지나서 비버리 힐즈의 아름다운 길로 완만한 커브를 내려가, 안개 없는 밤에 일곱 가지 색으로 빛나는 불빛을 남으로 보며 북으로 검은 그림자를 떨어뜨리고 있는 맨션 건물들이 늘어선 언저리에서 비버리 힐즈를 지나자, 갑자기 땅거미가 짙어지며 바다에서 불어 오는 바람이 산들거렸다.

따뜻한 날이었으나 기온은 이미 내려가 있었다. 우리는 밝은 빌딩을 멀리 뒤로 하고 언덕 위의 꾸불꾸불한 길을 달리고 있었다. 도로에서 좀 떨어진 곳에 그 부근 저택의 불빛이 보이고 있었다. 큰 폴로 경기장을 한 바퀴 돌고 나자 길은 오르막이 되어 아름다운 콘크리트 도로가 오렌지 밭 속에 이어져 있었다. 그러나 이 부근은 오렌지 산지는 아니다. 부자들이 도락으로 하고 있는 오렌지 밭일 것이다. 이윽고 큰 저택의 불빛이 조금씩 줄어들더니 길이 좁아졌다. 이미 스틸우드 하이츠였다.

계곡에서 산쑥 냄새가 풍겨 와서 나에게 죽은 사람과 달 없는 하늘을 연상하게 했다. 석회벽으로 된 집들이 부조처럼 언덕 경사면에 흩어져 있었다. 그 집들도 이윽고 없어지고, 저녁 별이 하나 둘 반짝이고 있을 뿐인 조용하고 어두우며 작은 언덕에 접어들었다. 콘크리트의 리본 같은 도로 한편에는 관목이 우거져 있어서 자동차를 세우고 귀를 기울이면 메추라기 우는 소리가 들릴 것 같았다. 다른 한쪽은 둑으로 되어 있고, 군데군데 야생꽃들이 초저녁 잠이 없는 아이처럼 피어 있었다.

갑자기 차는 급하게 커브를 돌아서 야생 제라늄이 피어 있는 드라이브웨이로 접어들었다. 드라이브웨이를 다 올라간 곳에 희미하게 불빛이 새어 나오고 있는 회벽과 벽돌로 된 건물이 서 있었다. 간소한 근대식 건물로서 과연 신경과 전문 의사가 간판을 내걸 만한 집이었다. 첫째, 이 언덕 위라면 아무리 고함을 질러도 그 고함 소리가 들릴 염려가 없다.

자동차가 그 저택을 따라서 돌아갔다. 두꺼운 벽에 짜여진 검은 문이 보이고 그 위에 어슴푸레 등불이 켜져 있었다. 인디언은 뭔가 중얼대며 차에서 내리더니 뒷문을 열었다. 운전수가 전기 라이터로 담배에 불을 붙였기 때문에 밤 공기 속에 독한 담배 냄새가 떠돌았다. 나는 차에서 내렸다.

우리는 검은 문 있는 데로 갔다. 손으로 건드리지도 않았는데 문이 기분 나쁘게 소리도 없이 열렸다. 거기서부터 좁은 복도가 이어져 있었다. 광선이 벽돌벽에서 반짝이고 있었다.

"자, 들어가." 인디언은 퉁명스러운 투로 말했다.

"자네가 먼저 들어가게, 미스터 프란틴."

그는 싫은 얼굴을 하고 안으로 들어갔다. 문이 또 소리도 없이 닫혔다. 복도 끝에 자그마한 엘리베이터가 있었다. 우리는 엘리베이터를 타고 인디언이 버튼을 눌렀다. 우리는 소리나지 않게 조용히 올라갔다. 인디언이 하는 행동이 점점 이상해졌다.

엘리베이터가 멎자 문이 열렸다. 우리는 작은 집 같은 곳으로 나갔다. 아직 낮의 환한 기운이 어느 정도 남아 있었다. 창이 사방으로 열려 있고, 아득히 저 멀리에 바다가 반짝이고 있었다. 어둠이 조용히 언덕으로 기어오르고 있었다. 창이 없는 곳은 유리를 박은 벽으로서 바닥에는 부드러운 푸른색 융단이 깔려 있고, 오래된 교회의 부조를 훔쳐 온 것 같은 접수 책상이 있었다. 그 책상 너머에서 젊은 여자가 나에게 웃음을 보냈다. 건드리면 연기가 되어 사라져 버릴 것 같은 억지로 꾸민 웃음이었다.

그녀는 머리를 땋아 틀어 올리고, 아시아 인종인 듯한 가무잡잡한 얼굴을 하고 있었다. 귀에는 화려한 색채의 커다란 보석을 늘어뜨리고 손에는 굵은 반지를 몇 개나 끼고 있었다. 은에다가 월장석과 에머랄드를 박은 그 반지는 진짜였겠지만 어찌 된 셈인지 10센트짜리 가짜같이 보였다. 손은 검고 거칠거칠한 느낌이 들어 반지에 어울리지 않았다.

　그녀가 입을 열었다. 귀에 익은 음성이었다.

　"마로우 씨입니까? 잘 오셨습니다. 아마서 선생님이 기뻐하실 거예요."

　나는 인디언에게서 받은 백 달러짜리 지폐를 책상 위에 놓고 뒤를 돌아다보았다. 인디언은 이미 없었다.

　"호의는 알지만, 이건 받을 수 없습니다."

　"아마서 선생님이 당신한테 부탁이 있는 게 아닐까요?"

　이렇게 말하고 그녀는 또 웃었다. 입술에서 얇은 종이를 튕기는 듯한 소리가 흘러나왔다.

　"우선 어떤 일인지 들어 보지 않고서는……."

　그녀는 고개를 끄덕이고 일어섰다. 인어의 피부처럼 몸에 착 달라붙은 옷이 몸의 아름다운 선을 드러내고 있었다. 허리에서 엉덩이로 흐르는 선이 특히 매혹할 만하였다.

　"안내해 드리지요." 그녀가 말했다.

　그녀가 벽의 버튼을 누르자 문이 소리도 없이 열렸다. 문 저쪽 방은 얇은 우유빛 광선으로 비치고 있었다. 나는 그녀의 웃음을 다시 한 번 보고 나서 안으로 들어갔다. 문이 내 등 뒤에서 소리 없이 닫혔다.

　방에는 아무도 없었다.

　검은 벨벳으로 벽을 바른 팔각형 방이었다. 높은 천장에도 벨벳을 바른 것 같았다. 새까만 융단을 깐 마루 복판에 두 사람이 겨우 팔을 올려놓을 수 있을 만한 크기의 흰 팔각형 탁자가 있고, 그 복판의 까만 받침대 위에 유백색 공 모양의 물체가 빛나고 있었다. 방의 조명은 이 물체에서 나오는 빛에 의한 것이었다. 어떤 장치로 되어 있는지는 몰랐다. 탁자 양쪽에 탁자와 같은 팔각형 의자가 있었다. 한쪽 벽 있는 데에 또 하나의 같은 의자가 있었다. 창은 없었다. 그밖에는 아무 가구도 없었다. 벽에는 전등 스위치도 없었다. 내가 들어간 문 말고도 문이 있었을지 모르지만 나에게는 보이지 않았다. 뒤돌아보니 내가 들어온 문도 이미 보이지 않았다.

나는 누군가에게 감시를 당하고 있는 듯한 느낌이 들어 15초쯤 가만히 서 있었다. 어딘가에 들창이 있을 것이 틀림없겠으나 어디 있는지 알 수가 없었다. 나는 자신의 숨소리에 귀를 기울였다. 방이 너무나 조용해서 코에서 나오는 숨소리가 작은 커튼이 흔들리는 소리처럼 들렸다.

방 한쪽 끝의 눈에 보이지 않는 문이 조용히 열리더니 한 사나이가 방으로 들어왔다. 문은 이내 닫혔다. 그 사나이는 머리를 숙인 채 탁자 있는 데로 곧바로 걸어와서 팔각형 의자 하나에 앉더니 내가 처음 보는 것 같은 아름다운 손으로 나에게 가리켰다.

"앉으시죠, 나를 똑바로 보고 앉으십시오. 담배는 피우지 마십시오, 그런데 무슨 용건이지요?"

나는 의자에 앉아 담배를 물고, 불은 붙이지 않은 채 입술 사이에서 굴렸다. 그 사나이는 깡마르고 키가 크며 강철봉처럼 자세가 꼿꼿했다. 여태까지 한 번도 본 적이 없는 아름다운 백발이었다. 실크 거즈처럼 새하얗다. 피부는 장미꽃잎처럼 싱싱했다. 39살로도 보이고 65살로도 보였다. 바리모와 같은 멋있는 옆얼굴에다 머리를 모두 뒤로 넘겨 빗었다. 눈썹은 벽이며 바닥이며 천장과 마찬가지로 새까맸다. 몽유병자의 눈처럼 깊이를 알 수 없는 눈이 전에 읽은 적이 있는 우물 이야기를 생각나게 했다. 그것은 9백 년 전의 옛성에 있는 우물로서, 돌을 던져도 영 물소리가 들리지 않아 체념을 하고 돌아오려 할 때 아득히 먼 우물 밑바닥에서 아련한 물소리가 난다는 깊은 우물이었다.

그의 눈은 그처럼 깊었다. 그리고 또 그 눈에는 표정도 없고 영혼도 없었다. 사자가 사람을 잡아 찢는 광경을 보아도 조금도 변치 않을 눈이었다. 사람이 눈꺼풀이 찢겨 뜨거운 햇빛 속에서 고함지르고 있는 것을 보고도 그대로 있을 수 있는 눈이었다.

수수한 더블 브레스트 양복을 입고 있었는데, 화가가 디자인한 것처럼 몸에 꼭 맞았다. 그는 내 손가락을 멍하니 보고 있었다.

"손가락을 움직이지 말아 주십시오." 그는 말했다. "방 안 공기가 어지러워지면 정신 집중을 방해하니까요."

"얼음을 녹여 버터를 쏟고 고양이를 울린다." 나는 말했다.

그는 거의 알 수 없을 정도로 웃었다.

"무례한 말을 하기 위해 온 것은 아니겠지요?"

"연극은 그만두기로 합시다. 난 그 백 달러를 당신 비서한테 돌려주었는데, 사실은 어떤 담배에 대한 것을 알고 싶어서 온 겁니다. 마약이 든 러시아 담배인데, 물부리에 당신 명함이 들어 있어서요."

"그 담배에 왜 내 명함이 들어 있었는지를 알고 싶으신 모양이군요."

"그렇습니다. 내 쪽에서 백 달러를 내는 게 원칙이겠죠."

"그럴 필요는 없습니다. 세상에는 나도 모르는 일이 많습니다. 이것도 그 가운데 한 가지죠."

나는 하마터면 그를 믿을 뻔했다. 그의 표정은 천사의 날개처럼 온

화했다.

"그럼, 어째서 나에게 백 달러를 주셨습니까? 그리고 냄새나는 인디언과 그리고 차를? 말이 난 김에 말이지만 인디언은 냄새가 안 나면 안 되는 걸까요? 그가 당신을 위해 일하고 있다면 목욕쯤 시키는 게 어떨까요?"

"그는 매우 자연스러운 중개자입니다. 그들은 매우 드물어요, 다이아몬드처럼, 그리고 다이아몬드처럼 이따금 더러운 데서 발견되지요. 당신은 사립 탐정이지요?"

"그렇습니다."

"당신은 어리석은 사람이군. 어리석게 보여요. 어리석은 일을 하고 있고, 그리고 어리석은 용건으로 여기 왔어요."

"물론 하찮은 용건일는지도 모르지만……."

"그리고 이제 여기에서 볼일은 없을 겁니다."

"그런데 있습니다. 그 명함이 어째서 담배 속에 들어 있었는지, 그것을 알고 싶단 말입니다."

그는 보일 듯 말 듯 어깨를 흔들었다.

"나는 명함을 아무에게나 줍니다. 그러나 대마초를 준 일은 없어요. 당신 질문은 여전히 어리석군요."

"그렇다면 이런 일이 있는데, 어떻습니까? 담배가 중국 아니면 일본 것인 듯한 싸구려 담뱃갑에 들어 있었는데, 기억이 없습니까?"

"없습니다."

"그렇다면 좀 더 이야기하지요. 그 담뱃갑은 린제이 마리오라는 사람의 주머니에 들어 있었는데, 그 사람을 아십니까?"

그는 잠시 생각하고 나서 말했다.

"압니다. 카메라 공포증을 치료해 준 적이 있습니다. 영화배우가 되고 싶었는데 안 되었지요. 영화 회사 쪽에서 딱지를 놓았으니까."

"그렇겠지요." 나는 말했다. "그가 영화에 나가면 이사도라 던컨처럼 보일 테니까요. 그러나 당신은 무엇 때문에 나한테 백 달러를 보냈지요?"

"마로우 씨." 그는 냉담하게 말했다. "나는 어리석은 사람이 아닙니다. 나는 미묘한 직업에 종사하고 있어요. 나는 의사지만 보통 의사가 아닙니다. 나는 늘 당신 같은 사람의 놀림을 받고 있어요, 위험 앞에 있단 말입니다. 그래서 어느 정도 위험한지 시험해 보았을 뿐입니다."

"대단한 위험은 아니었다는 말씀인가요?"

"위험은 거의 없어요." 그는 조용히 말하고 왼손을 들어 이상한 동작을 해보였다. 그리고 그 손을 천천히 책상 위에 내리고 잠시 바라보더니 다시 눈을 들고는 팔짱을 꼈다.

"당신이 물은 것은……."

"냄새로 압니다." 나는 말했다. "인디언이 있었던 걸 까맣게 잊고 있었는데……."

나는 머리를 왼쪽으로 돌려 보았다. 벽 옆에 있는 의자에 인디언이 앉아 있었다. 흰 가운을 입고 눈을 감고 머리를 숙인 채 꼼짝도 하지 않았다. 1시간쯤 자고 있었던 것 같았다. 가무잡잡하고 다부진 얼굴에 많은 그림자가 떠올라 있었다.

나는 아마서를 돌아보았다. 그는 희미하게 웃음짓고 있었다.

"저런 모습을 보면, 돈 많은 미망인이라면 틀니까지 토해 낼 겁니다." 나는 말했다. "저 친구의 본직은 무엇입니까? 당신 무릎에 앉아서 프랑스 민요라도 부릅니까?"

그는 불쾌한 듯이 말했다.

"요점을 말하시오."

"어젯밤 마리오가 어떤 장소에 가서 돈을 치르는 데 나를 고용해서 같이 갔습니다. 난 머리를 얻어맞고 정신을 잃었는데, 정신을 차리고 보니 마리오가 살해돼 있더군요."

아마서는 표정을 바꾸지 않았다. 고함도 지르지 않았고 벽을 기어오르려고도 하지 않았다. 그러나 분명히 반응은 있었다. 팔짱을 꼈다 풀었다 하며 입을 꾹 다물고 있었다. 그러다가 그는 도서관 앞의 사진 석상처럼 꼼짝하지 않게 되었다.

"담배는 그의 몸에서 나왔습니다." 나는 말했다.

그는 차가운 표정으로 나를 보았다.

"그러나 경관이 발견한 건 아니겠죠. 경관은 여기 오지 않았으니까."

"그렇습니다."

"백 달러로는 모자라겠는데." 그는 조용한 목소리로 말했다.

"당신이 사고 싶은 물건에 따라서는."

"그 담배를 가지고 있습니까?"

"한 개비 가지고 있습니다. 그러나 아무런 증거도 되지 않습니다. 당신 말씀대로 당신의 명함은 아무나 손에 넣을 수가 있으니까요. 난 다만 어째서 마리오가 그 담배를 가지고 있었는지, 그걸 알고 싶은 겁니다. 모르시겠습니까?"

"당신은 마리오를 잘 아십니까?" 그는 조용히 물었다.

"전혀 모릅니다. 그러나 어떤 사람인지 짐작은 갑니다."

아마서는 흰 탁자를 가볍게 두드렸다. 인디언은 여전히 자고 있는 것 같았다.

"그런데 베이 시티에 살고 있는 그레일 부인이라는 돈 많은 여자를 아십니까?"

그는 표정 없이 끄덕였다.

"알고 있습니다. 발성법에 대해 치료해 준 적이 있지요. 언어 장애가 조금 있어서 말입니다. 그러나 완전히 치유되었어요. 나한테 지지 않을 정도로 잘 지껄이니까요."

그러나 그에게는 아무 흥미도 없는 일 같았다. 그는 여전히 탁자를 톡톡 치고 있었다. 나는 그 소리에 귀를 기울였다. 아무래도 마음에 들지 않았다. 무슨 암호 같았다. 그는 탁자 두드리던 것을 그만두더니 팔짱을 끼고 몸을 뒤로 젖혔다.

"이번 일에서 한 가지 다행한 일은 다들 서로 알고 있다는 점이지요. 그레일 부인도 마리오를 알고 있었습니다!" 하고 나는 말했다.

"어떻게 그걸 아셨지요?"

나는 대답을 하지 않았다.

"당신은 담배에 대한 걸 경찰에 알려야 하지 않을까요?"

그 말에 나는 어깨를 으쓱했다.

"내가 어째서 당신을 내쫓지 않는지 좀 이상하게 생각하겠죠?" 아마서는 즐거운 듯이 말했다. "세컨드 프란틴을 시켜서 당신 목뼈를 부러뜨리는 것쯤은 문제 없어요. 난 지금 어떻게 하면 좋은지를 생각하고 있어요. 당신은 무슨 생각이 있는 모양인데, 협박 같으면 난 한 푼도 내지 않겠소. 협박해 봤자 아무 소용 없습니다. 난 친구가 많아요. 물론 나를 함정에 빠뜨리려는 자도 많지만 정신분석 의사, 섹스 전문 의사, 신경과 의사처럼, 고무 망치를 들고 책상에 괴상한 문학 서적을 잔뜩 꽂아 놓고 있는 시시한 친구들이지요. 물론 그들은 모두 의사입니다. 내가 돌팔이 의사인 것처럼 말이지요. 어디 당신의 생각을 한 번 들어 볼까요?"

나는 그를 쳐다보려고 했으나 그럴 수가 없었다. 그냥 입술만 적시고 있었다.

그는 보일 듯 말 듯 어깨를 추슬렀다. "당신이 비밀을 혼자 간직하려는 것도 무리는 아닙니다. 이건 나도 잘 생각해 봐야 할 일이지요. 당신은 내가 생각했던 것보다 영리한 사람일지도 모르니까. 나도 실수를 저지르는 수가 있거든요. 일이란 다 의논하기에 달렸지만……." 그는 이렇게 말하면서 몸을 움츠리고 유백색 구체를 두 손으로 눌렀다.

"마리오는 여자를 미끼로 삼고 있었던 겁니다." 나는 말했다. "그리고 보석 갱의 앞잡이 노릇을 하고 있었습니다. 그러나 여자의 행동을 알고 있다가, 사랑을 속삭여 돈과 보석을 지니게 하여 밖으로 유인해서 그들이 일하기 좋도록 전화로 연락하게끔 그에게 시킨 것이 누굴까요?"

"그게……" 아마서는 단어에 신경을 쓰면서 말했다. "당신이 그리는 마리오와 내 모습이 난 좀 마음에 들지 않는데요."

나는 얼굴과 얼굴 사이의 거리가 1피트쯤 될 정도로 몸을 앞으로 내밀었다.

"당신 직업은 공개할 만한 직업이 못 됩니다. 아무리 외관을 꾸며도 나는 속지 못합니다. 그 명함은 보통 명함이 아니에요. 당신 말대로 누구나 그 명함을 얻을 수는 있습니다. 마약에 대한 것이 아닙니다. 그런 시시한 일에 당신이 손을 댈 사람은 아닙니다. 그 명함 뒤에는 아무것도 써 있지 않았지요. 그 아무것도 써 있지 않는 곳에 눈에 보이지 않는 글이 숨겨져 있는 겁니다."

그는 희미하게 웃은 것 같았으나 나에게는 똑똑하게 보이지 않았다. 그의 손이 유백색 물체 위에 덮였다.

불이 꺼졌다. 방은 캐리 네이션의 모자처럼 새까매졌다.

22

나는 의자를 박차고 일어나 옷 속에서 권총을 꺼냈다. 그러나 아무 소용 없었다. 옷에 단추가 채워져 있었기 때문이었다. 누군가를 쏘는 일이라면 난 이미 너무 늦었던 것이다.

공기가 일렁이며, 속이 뒤집힐 것 같은 악취가 코를 찔렀다. 어둠 속에서 인디언이 등 뒤에서 나를 때리고 두 팔을 틀어 올렸다. 그는 나를 쳐들려고 했다. 그래도 나는 아직 권총을 들고 있어서 방 안을 향해 마구 쏘아 댈 수가 있었다. 그러나 이젠 내 편에서 너무 멀어서 그다지 현명한 수법이라고는 생각되지 않았다.

나는 권총을 놓고 그의 손목을 잡았다. 기름기로 끈적거려서 쥐기가 힘들었다. 인디언은 거친 숨을 몰아쉬며 내 머리를 한 대 갈기고는 뒤에서 내 손목을 잡고 내 등에다 무릎을 갖다 댔다. 그리고 내 몸을 비틀었다.

나는 헛일인 줄 알면서도 소리치려 했으나 숨이 막혀 나오지 않았다. 인디언은 나를 내동댕이치고 눌러 댔다. 그의 손이 내 목을 죄어 왔다. 그 뒤로 나는 가끔 밤중에 눈을 떴을 때 그의 냄새와 손을 느끼는데, 그런 때면 거친 숨을 몰아쉬며 끈적거리는 손가락이 목을 죄는 것 같았다. 그러면 나는 언제나 일어나 술을 한 잔 마시고 라디오를 켠다.

내가 정신을 잃을 것같이 되었을 때 다시 등불이 핏빛처럼 빨갛게 반짝거렸다. 내 눈이 충혈되어 있었기 때문이리라. 얼굴이 하나 눈 앞에 어른거리더니 어떤 손이 내 몸을 더듬었다. 다른 또 하나의 손은 아직도 내 목을 조르고 있었다. 조용한 목소리가 들렸다.

"숨을 좀 쉬게 해 줘."

손가락이 느슨해졌다. 난 그 손가락에서 벗어났다. 뭔가 번뜩이는 것이 내 턱을 쳤다.

조용한 목소리가 "일으켜 세워 줘" 하며 다시 말했다.

인디언은 나를 일으켜 세워 벽에다 밀어붙였다.

"미숙한 자야." 침착한 목소리가 들리더니 단단하고 번뜩이는 것이 내 얼굴에 날아왔다. 뜨뜻한 것이 얼굴에 흘렀다. 핥아보니 쇠와 소금 맛이었다.

손이 내 지갑을 살펴보고 내 주머니를 뒤졌다. 얇은 종이에 싼 담배를 꺼내 종이를 폈다. 담배는 내 눈 앞에서 어디론가 없어졌다.

"담배는 세 개비 있었겠지?" 침착한 목소리가 말하고 번뜩이는 게 또 내 턱을 쳤다.

"세 개비요." 나는 숨찬 소리로 말했다.

"다른 두 개비는 어디 있지?"

"책상 안에…… 사무실의……."

번뜩이는 것이 또 나를 쳤다.

"거짓말을 하고 있는지도 모르지. 그러나 조사해 보면 금방 알게 돼." 열쇠가 내 앞에서 조그많고 괴상하고 빨간 빛을 보이며 반짝거렸다.

"좀 더 죄어!" 하고 목소리가 소리쳤다.

쇠 같은 손가락이 내 목에 파고들었다. 나는 견딜 수 없는 악취와 그의 단단한 배 근육에 거역하며 버둥거렸다. 나는 손을 뻗쳐 그의 손가락 하나를 잡아 비틀려고 했다.

"놀랐는데. 금방 배웠어." 부드러운 목소리가 말했다.

번뜩이는 것이 또 허공에서 날았다. 그것은 내 턱을 강하게 쳤다.

"놓아 줘. 이제 녹초가 되었어." 하고 목소리가 말했다.

커다란 팔이 내게서 떨어지자 나는 좀 비치적거렸다. 아마서는 희미하게 웃음을 보이며 눈앞에 서 있었다. 그는 여자처럼 아름다운 손으로 권총을 내 가슴에 들이대고 있었다. 그는 부드러운 목소리로 말했다. "당신한테 가르쳐 줄 수도 있었어. 하지만 가르쳐 준들 무슨 소용이겠나. 작고 더러운 세계의 더러운 조그만 사내야. 단 한 군데 밝은 곳이 생겨 본들 역시 마찬가지지. 안 그래?" 그는 웃음지었다, 아름답게.

나는 남은 힘을 쥐어짜서 그를 두들겨팼다. 확실히 반응이 없었다. 그는 뒤로 비틀거리며 코피를 흘렸다. 이윽고 그가 몸을 일으키더니 또다시 권총을 나에게 돌렸다. 그는 조용히 말했다.

"앉아. 곧 손님이 올 거요. 잘 때려 주었소. 쓸모가 있겠지."

나는 흰 의자를 손으로 더듬어서 앉자, 다시 부드럽게 빛나고 있는 젖빛 구체 옆의 흰 탁자에 머리를 댔다. 나는 얼굴을 탁자에 얹고 물체를 옆에서 바라보았다. 빛이 아름다웠다. 기분 좋은 빛, 기분좋게 부드러운 빛.

나는 그대로 피에 물든 얼굴을 탁자에 밀어붙이고, 내 권총을 손에 들고 웃음지으며 바라보는 악마의 시선 속에서 잠에 빠져 들었다.

23

"그만 일어나!"

덩치 큰 사나이가 말했다.

나는 눈을 뜨고 고쳐 앉았다.

"밖으로 나가."

나는 아직도 꿈을 꾸고 있는 듯한 기분으로 일어섰다. 나는 문으로 해서 방 밖으로 나갔다. 둘레에 창이 있는 대기실이었다. 밖은 이미 캄캄했다. 지나치게 커다란 반지를 낀 여자는 여전히 책상 저편에 앉아 있었다. 한 사나이가 그녀 곁에 서 있었다.

"여기 앉아."

그는 나를 밀어서 앉히려고 했다. 단단하지만 앉으면 기분이 좋은 의자였겠지만 나는 앉을 마음이 없었다. 책상 앞에 앉아 있던 여자는 노트를 펴고 큰 소리로 읽었다. 키가 작달막하고 잿빛 콧수염을 기른 표정 없는 중년 남자가 잠자코 듣고 있었다.

아마서는 등을 돌리고 멀리 부두의 등불이 비치는 쪽, 세계의 저편인 바다의 조용한 수평선을 보며 창가에 서 있었다. 내게로 얼굴을 돌렸을 때, 피는 이미 닦았지만 코가 두 배나 부어오른 것이 보였다. 나는 터진 입술을 일그러뜨리고 쓰게 웃었다.

"어때, 재미있었나."

나는 소리 나는 쪽을 보았다. 서커스의 관객을 끌어들이는 사람처럼 쩌렁쩌렁한 목소리였다. 이빨이 더러운, 2백 파운드는 됨직한 거한이 서 있었다. 매일 밤 기도하는 대신 곤봉에 침을 뱉는 타입의 경관이었다. 눈만은 붙임성 있게 반짝이고 있었다.

그는 내 지갑을 손에 들고, 그냥 물건에 상처를 입히는 것이 재미있는 것처럼 오른손 엄지손가락으로 가죽을 긁으며 내 앞에 다리를 떡 벌리고 서 있었다.

"탐지하러 왔겠지. 그러다가 내친 김에 협박을 하신 거겠지. 안 그런가?"

모자가 뒤통수를 미끄러져 내리고 있었다. 갈색 머리가 이마의 땀으로 거무죽죽하게 더러워져 있었다. 붙임성 있는 눈에 빨간 핏발이 보였다.

내 목은 주름살 펴는 기계 속을 지나온 것 같은 느낌이었다. 나는 손을 들어 만져 보았다. 그 인디언의 강철 같은 손톱을 가진 손가락 자국이 나 있었다.

여자는 노트를 다 읽었다. 잿빛 콧수염의 작달막한 사나이는 가볍게 끄덕이고 나서, 나에게 말을 하고 있는 자의 뒤에 와서 섰다.

"경찰이군요." 나는 턱을 쓰다듬으면서 물었다.

"당신 눈에는 어떻게 보이오?"

경관이 잘 쓰는 말투였다. 작달막한 사내는 한쪽 눈에 점이 있고, 그 눈은 반쯤 찌그러진 것같이 보였다.

"로스앤젤리스의 경관은 아닌데요." 나는 그를 보면서 말했다.

"로스앤젤리스 같으면 그 눈 가지고는 해내지 못하지요."

덩치 큰 사나이는 나에게 지갑을 주었다. 나는 안을 살펴봤다. 돈은 그대로 들어 있었다. 명함도 그대로였다. 아무것도 손댄 것은 없었다. 나는 놀랐다.

"말 좀 해 보지 그래. 우리가 당신을 좋아하게 될 만한 말을 한 마디 해 보는 게 어때." 덩치 큰 사나이가 말했다.

"권총을 돌려 줄 수 없겠소?"

그는 몸을 약간 앞으로 구부리고 고개를 갸우뚱했다. 무언가 생각하고 있는 눈치였다. 그리고 "권총이 필요한가?"한 다음 잿빛 콧수염의 사나이를 곁눈으로 보았다. "권총이 필요하다는데요." 그는 다시 나를 보며 말했다. "어째서 권총이 필요한가?"

"인디언을 죽여야겠소."

"인디언을 죽인다." 그는 또 콧수염의 사나이를 보고 말했다. "이 친구 만만치 않은데요, 인디언을 죽이겠답니다."

"이것 보시오, 헤밍웨이. 내가 하는 말을 일일이 반복하지 말아 줬으면 좋겠소."

"이 친구 돌았군. 나보고 헤밍웨이라니……" 덩치 큰 사나이가 말했다.

콧수염의 사나이는 잎담배를 물고 잠자코 있었다. 창가에 있던 키큰 사나이가 천천히 돌아서더니 조용한 목소리로 말했다.

"확실히 상식을 벗어나 있군요."

"왜 날 헤밍웨이라고 부르나? 내 이름은 헤밍웨이가 아냐." 덩치큰 사나이는 말했다.

중년의 사나이가 "권총은 없었소" 하고 입을 열었다.

그들은 아마서 쪽을 보았다. 아마서는 말했다.

"저쪽에 있어요, 줍시다, 브레인 씨." 덩치 큰 사나이는 허리와 무릎을 굽혀 몸을 구부리고 내 얼굴에다 숨결을 토했다.

"왜 나를 헤밍웨이라고 부르는 거지?"

"숙녀가 있소."

그는 몸을 일으켜 콧수염의 사나이 쪽을 보았다.

"이러니 된 것이 아니고 뭡니까."

콧수염의 사나이는 가볍게 끄덕이고 방을 나갔다. 아마서가 그 뒤를 따랐다.

잠시 침묵이 계속되었다. 가무잡잡한 여자는 책상 위에 눈길을 보내고 잠자코 있었다. 덩치 큰 사나이는 내 오른쪽 눈썹을 보고 연신 고개를 갸웃거리고 있었다.

콧수염의 사나이가 돌아왔다. 그는 모자를 내게 건네고 주머니에서 권총을 꺼내 내게 돌려 주었다. 총알이 들어 있지 않음을 무게로 알았다. 나는 권총을 집어넣고 일어섰다.

"나갑시다. 바깥 공기를 쐬면 머리가 좀 맑아지겠지." 덩치 큰 사나이가 말했다.

"좋소, 헤밍웨이."

"또 그러네." 덩치 큰 사나이는 슬픈 듯이 말했다. "여자 있는 데서 이유를 말 못하는 것은 무슨 상스런 의미라도 있어서 그러는 거요?"

콧수염의 사나이가 "자, 갑시다" 하고 옆에서 말했다.

덩치 큰 사나이는 내 팔을 잡았다. 우리는 엘리베이터 쪽으로 걸어갔다.

24

우리는 엘리베이터에서 내려 좁은 복도를 지나 검은 문을 열고 밖으로 나갔다. 나는 바다에 가까운 상쾌한 공기를 마음껏 들이마셨다.

덩치 큰 사나이는 아직도 내 팔을 잡고 있었다. 까만 세단이 한 대 서 있었다.

덩치 큰 사나이는 앞문을 열고 중얼댔다.

"당신 같은 친구한테는 과분한 거야. 하지만 바람을 조금 쐬는 것도 좋겠지. 당신은 괜찮을 거야. 마음 내키지 않는 일은 하기 싫으니까."

"인디언은 어디 있소?"

그는 머리를 흔들고 나를 차 안으로 밀어 넣었다. 나는 앞좌석 오른쪽에 앉았다.

"인디언 말이지? 그 친구는 활과 화살로 쏴야 해. 그게 규칙이지. 뒷자리에 있어."

나는 뒷자리를 보았다. 빈 자리였다.

"없군." 덩치 큰 사나이가 말했다. "누가 납치해 간 모양이지. 문을 잠그지 않은 차에는 아무것도 둘 수가 없다니까."

"서둘러 주게." 콧수염의 사나이가 차에 오르면서 말했다. 헤밍웨이가 핸들을 잡았다. 자동차는 야생 제라늄이 만발해 있는 길을 미끄러져 갔다. 찬바람이 바다에서 흘러왔다. 별이 멀리서 반짝이고 있었다. 그들은 한참 동안 아무 말도 하지 않았다.

우리는 드라이브웨이 끝까지 가서 콘크리트의 산길로 나가 차를 천천히 몰았다.

"왜 자동차로 오지 않았소?"

"아마서가 사람을 보냈더군요."

"왜?"

"내 얼굴을 보고 싶었던 모양이죠."

"이 친구, 머리가 좋은데." 헤밍웨이는 말했다. "다 알고 있군그래."

그는 창 밖으로 침을 뱉고 자동차를 거침없이 돌리면서 언덕길을 내려가기 시작했다.

"당신이 전화를 걸어서 묘한 말을 하길래 어떤 친군지 보아 두려고 그랬대. 그래서 그 사람이 차를 보낸 거요."

"어차피 경찰을 부를 작정이었겠지. 그러니까 내 차는 필요가 없었던 거죠" 하고 나는 말했다. "괜찮아요, 헤밍웨이."

"탁자 밑에 청취서가 있었소. 그 여자가 브레인 씨에게 읽어 준 게 바로 그거였소."

나는 고개를 돌려 브레인 씨를 보았다. 그는 슬리퍼라도 신고 있을 때처럼 태연히 잎담배를 피우고 있었다.

"뭘 읽었는지 알 게 뭐요. 미리부터 준비되어 있었던 건데."

"어째서 당신 얼굴이 보고 싶었는지 아오?" 헤밍웨이가 말했다.

"이런 꼴이 되기 전의 얼굴 말이오?"

"그만둡시다. 우리가 그런 것도 아닌데."

"헤밍웨이, 당신은 아마서를 잘 알고 있지요?"

"브레인 씨가 알아요, 난 명령을 실행하고 있을 뿐이지."

"누구요, 브레인 씨란?"

"뒤에 계신 분이지."

"그건 알지만 어떤 사람이냔 말이오."

"브레인 씨를 모르는 사람도 있나."

"흐음." 나는 갑자기 피로감을 느꼈다. 침묵이 계속되고, 콘크리트의 꾸불꾸불한 길이 계속되고, 어둠이 계속되고, 통증이 계속되었다. 덩치 큰 사나이가 말했다.

"이제 여자는 없어. 당신이 무엇 때문에 거기에 갔느냐 하는 것은 아무래도 좋아. 나를 헤밍웨이라 부른 이유는 도대체 무엇이오?"

"농담이오. 그저 장난으로 그런 거죠."

"그 헤밍웨이란 어떤 인간이지?"

"똑같은 소릴 자꾸 반복하여 나중엔 누구나 그 말을 옳다고 믿어버리게 되는 친구죠."

"그러면 시간이 걸리지 않소." 덩치 큰 사나이가 말했다. "사립 탐정치고는 시시한 생각을 하는군. 아직 이빨은 성한가요?"

"음, 몇 개는 해 박은 것도 있지만."

"운이 좋았군."

갑자기 뒷자리의 사나이가 "됐어, 여기서 다음 길을 오른쪽으로 틀어" 하고 말했다.

"오케이."

헤밍웨이는 세단을 좁은 흙길로 몰아넣고 언덕 기슭을 1마일 가량 나갔다. 산쑥 냄새가 코를 찔렀다.

"여기야." 뒷좌석의 사나이가 말했다.

헤밍웨이는 차를 세우고 손을 뻗어 내 옆의 문을 열었다.

"모처럼 알게 되었는데, 여기서 헤어져야겠군. 하지만 다시는 오지 말아요."

"걸어서 돌아가란 말이오?"

뒷좌석의 사나이가 "빨리 해" 하고 참견을 했다.

"그렇소. 여기서부터 걸어서 가요. 왜 불만이오?"

"아니오. 걸으면서 생각할 일이 있으니까. 예를 들면 당신들은 로스앤젤리스의 경찰이 아니다, 그러나 어느 한 사람은 경찰이다, 두 사람 다 경찰인지도 모른다, 베이 시티의 경찰이겠지, 그런데 어째서 베이 시티 밖까지 불려왔을까, 그런 걸 생각하는 거요."

"생각해도 모를걸."

"잘 가요, 헤밍웨이."

그는 대답하지 않았다. 두 사람 다 말을 하지 않았다. 나는 아직도 현기증을 느끼며 차에서 내리려고 발을 내디뎠다. 뒷좌석의 사나이가 번개처럼 몸을 움직였다. 갑자기 내 발 밑에 시커먼 구멍이 열렸다. 캄캄한 구멍이었다. 나는 그 속에 뛰어들었다. 구멍에는 밑바닥이 없었다.

25

방 안에는 연기가 가득차 있었다.

연기는 가는 실처럼 똑바로 피어오르고 있었다. 좁은 쪽 벽에 창이 둘 있는 것 같았으나 연기는 움직이지 않았다. 본 일이 없는 방이었다. 창에는 창살이 박혀 있었다.

나는 지쳐 있었다. 아무것도 생각할 마음이 나지 않았다. 1년이나 자고 있었던 것 같은 느낌이었다. 그러나 연기에 신경이 쓰여 견딜 수가 없었다. 반듯이 누운 채 연기를 생각했다. 깊숙이 숨을 들이쉬니 허파에 아픔을 느꼈다.

"불이야!" 하고 나는 소리질렀다.

소리를 지르고 나서 나는 웃었다. 무엇이 우스운지 몰랐다. 나는 침대에 누운 채 웃고 있었다. 내 목소리의 허전한 울림이 마음에 들지 않았다.

한 번 소리지른 것만으로 충분했다. 방 밖에 말소리가 들리고 열쇠 소리가 나더니 문이 거칠게 열렸다. 한 사나이가 몸을 비스듬히 하고 들어와서 잔등으로 문을 닫았다. 오른손을 허리에 대고 있었다.

키가 작고 몸집이 작은 사나이로 흰 옷을 입고 있었다. 눈이 야릇하게 반짝거리고 있었다. 그리고 눈 가장자리에 잿빛 피부가 처져 있었다.

나는 딱딱한 베개에 얹은 머리를 움직이며 하품을 했다.

"거짓말이오. 나도 모르게 입에서 나와 버린 거요." 나는 말했다.

그는 오른손을 허리에 댄 채 서 있었다. 창백한 얼굴. 쾽하고 검은 눈. 잿빛 피부. 조가비 같은 코.

"더 혼이 나고 싶어서 그러는 거요?" 그는 콧소리로 말했다.

"난 건강해요, 잭. 정말로 건강해요. 아주 잘 잤어." 나는 말했다.

"꿈도 꾸었지. 여기가 어디죠?"

"여기가 여기지 어디겠소."

"좋은 곳인데." 나는 말했다. "사람도 좋고 분위기도 좋아. 좀 더 자야지."

"좋지." 그는 이렇게 말하고 방을 나갔다. 문이 닫혔다. 문 잠그는 소리가 들렸다. 발소리가 사라져 갔다.

그는 연기를 어떻게도 하지 않았다. 연기는 여전히 방에 남아 있었다. 조금도 흔들리지 않고 천 마리의 거미가 친 잿빛 망처럼 피어오르고 있었다.

플란넬 잠옷. 무료 병원에서 입는 것과 같은 것이다. 앞뒤도 없고, 필요 이상은 한 바늘도 꿰매지 않았다. 꺼칠꺼칠해서 목 둘레가 아팠다. 나는 아직도 목에 아픔을 느끼고 있었다. 가까스로 기억이 되살아 왔다. 나는 손으로 목의 근육을 만져 보았다. 만지니까 아팠다. 단 한 명의 인디언. 오케이, 헤밍웨이. 뭐라고? 당신도 탐정이 되고 싶은가? 돈벌이가 좋지. 영업 허가 내는 것도 도와 주지.

목도 아직 아프고, 목을 만지는 손가락에 감각이 없었다. 열 개의 바나나 같았다. 나는 손가락을 보았다. 손가락임에는 틀림없었으나 소용이 있을 것 같지 않았다. 우편으로 주문할 수 있는 손가락이다. 배지와 함께 배달되어 온 거겠지. 증서와 함께.

밤이었다. 창 밖은 캄캄했다. 유리로 된 전등갓이 세 가닥의 놋쇠 사슬로 천장에 매달려 있고, 그 속에 불이 켜져 있었다. 작은 색전구가 빙 둘러싸여 있었는데 오렌지와 블루가 하나 건너씩 있었다. 나는 그것을 바라보았다. 연기에 염증이 났다. 내가 바라보고 있으니까 구멍이 뚫리더니 머리가 튀어나왔다. 조그만 머리였지만 살아 있었다. 작은 인형의 머리 같았으나 살아 있었다. 요트 모자에 조니 워커의 코를 한 사나이, 챙 넓은 모자를 쓴 금발 아가씨, 나비넥타이가 비뚤어져 있는 깡마른 사나이. 그는 해안 도시의 싸구려 레스토랑 급사 같았다. 그가 통명스럽게 말했다.

"스테이크는 작은 걸로 할까요, 중간 걸로 할까요."

나는 눈을 꽉 감아 세게 깜박이고 나서 다시 떴다. 역시 세 가닥의 놋쇠 사슬에 매달린 초라한 전등이었다. 연기는 아직도 똑바로 피어오르고 있었다.

나는 감각이 없어진 손가락으로 뻣뻣한 홑이불 자락을 쥐고 얼굴의 땀을 닦았다. 그리고 침대 위에 앉아 발을 마룻바닥에 디뎠다. 마루에는 아무것도 깔려 있지 않고 핀과 바늘이 있었다. 잡화 가게는 왼쪽이에요, 아주머니. 특대 안전핀은 오른쪽에 있어요. 발이 마루를 느끼기 시작했다. 나는 일어섰다. 힘들었다. 나는 쪼그리고 앉아 세게 숨을 들이쉬며 침대의 쇠붙이를 거머잡았는데, 침대 밑에서 나는 목소리가 여러 번 말했다.

"정신 착란이다…… 정신 착란이다…… 정신 착란이다."

나는 주정뱅이처럼 비틀거리면서 걷기 시작했다. 창과 창 사이 흰 에나멜칠을 한 자그마한 탁자 위에 위스키 병이 있었다. 아직 절반쯤 남아 있었다. 세상에는 아직 상냥한 사람이 있다. 조간 신문을 대충 훑어보고 영화관에 가서 옆자리 사내의 정강이를 걷어차고 기분이 울적해서 정치가를 미워해도, 그래도 세상에는 상냥한 사람이 있다. 여기 위스키 병을 놓아 둔 사람은 메에 웨스트(성적 매력으로 알려진 나이 먹은 여배우)의 허리같이 박애심 있는 사람인 것이다.

나는 말을 듣지 않는 손가락으로 병을 집어 입으로 가져갔다. 샌프란시스코의 골든 게이트 다리의 한쪽 끝을 쳐드는 것처럼 무거웠다.

나는 위스키를 천천히 마셨다. 그리고 병을 조심스럽게 닦았다. 나는 턱 밑을 핥으려고 했다.

그 위스키는 이상한 맛이었다. 위스키 맛이 이상하다는 것을 깨달았을 때 방 한쪽 구석의 세면대가 내 눈에 비쳤다. 나는 간신히 그리로 가서 토했다. 데이지 덴(유명한 속공 투수)도 이처럼 세게 공을 던진 적은 없었을 것이다.

시간이 흘러갔다. 고약한 취기의 고통과 비틀거리는 다리와 현기증과 세면대 가장자리를 잡은 손과 짐승 같은 소리로 도움을 청하는 손.

나는 가까스로 침대로 돌아가 벌렁 자빠졌다. 아직도 연기가 피어오르고 있었다. 그러나 진짜 연기 같지는 않았다. 그러다가 갑자기 연기가 보이지 않더니 전등 불빛이 환해졌다.

나는 다시 침대 위에 앉았다. 문 옆에 튼튼한 나무 의자가 있었다. 그 옆에 또 하나 문이 있었다. 거기는 벽장 같았다. 내 옷이 그 속에 있는지도 모른다. 마루는 녹색과 회색 리놀륨으로 덮여 있었다. 벽은 하얗게 칠했다. 깨끗한 방이었다. 침대는 병원에서 볼 수 있는 좁고 낮은 것으로 버클이 달린 두툼한 가죽끈이 두 군데 달려 있었다.

빨리 나가고 싶은 방이었다.

몸 전체의 감각이 되살아 왔다. 머리와 목과 팔에 심한 통증을 느

껐다. 왜 팔이 아픈지 기억이 없었다. 나는 파자마의 소매를 걷어붙이고 팔을 보았다. 팔꿈치에서 어깨에 걸쳐 불그스름한 반점이 생겼고, 25센트짜리 동전 크기로 피부색이 변해 있었다.

깊이 잠재우기 위한 주사였다. 내가 버둥거려서 그랬는지도 모른다. 혹은 말을 시키기 위해 스코폴라민 주사를 놓았는지도 몰랐다. 그것은 마약이다. 내 몸에 영향이 있었다. 몸에 따라서 영향이 달라지는 것이다. 마약.

연기도 그 때문이었다. 손가락의 마비도, 몸 전체의 피로감도, 침대에 설치된 가죽 끈도 그것으로 설명이 된다. 위스키도 아마 이와 같은 목적을 위해 사용된 것이리라. 내가 아무것도 간과하지 않도록 그들은 병을 남겨 두었던 것이다.

나는 일어서려고 했다. 하마터면 반대쪽 벽에 배를 부딪칠 뻔했다. 마루에 넘어져서 한참 동안 거친 숨을 몰아쉬고 있었다. 온몸에서 땀이 흘러내렸다. 작은 땀방울이 이마에서 코 옆을 타고 입가로 흘러들었다. 혓바닥을 내밀어 그 땀을 핥았다.

나는 또다시 몸을 일으키고 마루에 발을 디뎠다.

"좋아, 마로우." 나는 이빨 사이로 목소리를 냈다. "넌 튼튼하구나. 6피트, 190파운드, 근육도 발달돼 있고 약하지 않다. 두 번 호되게 맞고 목을 졸리고 권총 개머리판으로 두들겨 맞았지만 그래도 뻗지 않았어. 그러다가 주사로 잠을 자게 된 거야. 자, 이쯤에서 어떻게 해서든지 본때를 보여 주지 않겠나."

나는 또다시 침대에 누웠다. 시간이 흘렀다. 얼마나 흘렀는지 몰랐다. 시계는 없었다.

있어도 이런 시간을 시계로 잴 수는 없다. 나는 일어서서 걷기 시작했다. 걷는 것이 쉽지는 않았다. 누워서 자고 있는 편이 낫다. 한참 쉬어야 하겠다. 아주 쇠약해진 모양이다. 졌어, 헤밍웨이. 나는 지금 꽃병도 넘어뜨릴 수가 없어.

어떻게도 할 수가 없다. 나는 걷고 있다. 나는 튼튼하다. 나는 여기서 나가야만 한다.

다시 침대에 누웠다.

네 번째 일어섰을 때 어느 정도 기분이 나았다. 두 번 방 안을 오갈 수가 있었다. 세면대로 가서 양치질을 하고 손바닥에 물을 받아 마셨다. 간신히 기운이 났다.

나는 걸었다. 나는 걸었다. 나는 걸었다.

30분을 걷고 나니 무릎이 후들후들 떨렸지만 머리는 또렷해졌다. 나는 또 물을 마셨다. 실컷 마셨다. 거의 울다시피하며 마셨다.

나는 침대로 돌아갔다. 한참 걸은 뒤여서 누우니까 기분이 좋았다. 캐롤 론버드에서 사들인 물건 같았다. 그러나 지금은 잠자코 있을 때가 아니다. 어떻게 해서든지 이 방에서 빠져 나가야만 한다.

26

벽장은 쇠를 채웠다. 의자는 무거워서 들어올릴 수가 없었다. 나는 침대 시트를 벗기고 매트리스를 쳐들었다. 이중으로 된 철망 사이에 9인치쯤 되는 나선 모양의 강철 용수철이 달려 있었다. 나는 그 용수철을 망에서 떼내려고 했다. 이렇게 힘드는 일은 해 본 적이 없었다. 10분 뒤 나는 두 개의 손가락에서 피를 흘리며 가까스로 용수철 하나를 떼어 내 손으로 흔들어 보았다. 손에 적당한 반동과 적당한 무게를 느꼈다. 나는 또 물을 마시고서 시트가 벗겨진 침대가에 앉아 잠시 쉬었다. 그리고 문 있는 데로 가서 돌쩌귀 틈새로 목청껏 소리를 질렀다.

"불이야! 불이야! 불이야!"

이내 반응이 있었다. 복도를 달려오는 발소리가 들리고 열쇠 구멍에 쇠를 꽂는 소리가 나더니 난폭하게 돌렸다.

문이 확 열렸다. 나는 문 옆 벽에 몸을 찰싹 붙이고 있었다. 그는 이번에는 권총을 손에 들고 있었다. 그는 시트가 벗겨진 침대를 보고 눈이 휘둥그래지더니 내쪽으로 몸을 돌리려고 했다.

나는 손에 든 용수철을 쳐들어 그의 머리를 옆으로 내리쳤다. 그는 앞으로 고꾸라졌다. 나는 대뜸 뒤에서 덤벼들어 두 번 더 후려쳤다. 신음 소리가 났다. 나는 힘이 빠진 그의 손에서 권총을 빼앗았다. 그는 비명을 질렀다.

나는 무릎으로 그의 얼굴을 찼다. 무릎이 아팠다. 그는 얼굴이 아팠는지 어떤지 아무 소리도 하지 않았다. 아직도 끙끙대고 있는 그의 얼굴을 나는 권총으로 힘껏 갈겨 실신시켰다.

나는 열쇠 구멍에서 열쇠를 뽑아 안에서 문을 채워 놓고 그의 몸을 뒤졌다. 그것 말고도 열쇠가 있었다. 그 가운데 하나는 벽장 열쇠였다. 벽장 속에는 내 옷이 걸려 있었다. 양복 주머니를 뒤져 보니 지갑의 돈이 없어졌다. 나는 또 한 번 실신해 있는 남자의 몸을 뒤졌다. 분에 넘치는 돈을 가지고 있었다. 나는 내가 가졌던 액수만큼만 꺼내고 사나이를 침대에 눕혀 손목과 발을 가죽 끈으로 묶은 다음 홑이불을 반 야드쯤 뭉쳐서 그의 입 속에 틀어넣었다. 그리고 그가 숨을 쉬는 것을 확인할 때까지 한참 표정을 지켜보고 있었다.

나는 그에게 동정을 느꼈다. 주급으로 받는 보수를 못 받을세라 꾹 참고 일에 매달려 있는 평범한 인간. 분명 아내도 자식도 있을 것이다. 불쌍하다. 그를 구하는 것은 권총뿐이다. 공평하다고는 할 수 없었다. 나는 그가 손만 묶이지 않으면 집을 수 있는 곳에 마약이 든 위스키를 놓았다.

나는 그의 어깨를 두드렸다. 그를 위해 울고 싶을 정도의 심정이었다.

내 양복에는 이상이 없고, 권총도 그대로 있었다. 그러나 탄환은 없었다. 나는 말을 잘 듣지 않는 손가락으로 간신히 옷을 갈아입었다.

침대의 남자는 편안하게 자고 있었다. 나는 그를 남겨 두고 방을 나와 문을 잠갔다.

넓은 복도는 쥐 죽은 듯 조용했다. 문이 셋 있었지만 어느 문 안에 서고 아무 소리도 들려 오지 않았다. 포도빛 융단이 복도 한복판에 깔려 있었다. 복도가 끝나자 구식으로 된 널찍한, 내려가는 통로가 나왔고 복도는 거기서 직각으로 꺾여 있었다. 계단 밑은 침침한 복도 인데, 막다른 곳은 스테인드글라스를 끼운 문이었다. 문 밑으로 희미 한 빛이 복도로 흘러들었으나 아무 소리도 들리지 않았다.

아마 요즘은 아무도 짓지 않는 구식 건물인 모양이다. 조용한 거리 모퉁이에 온갖 꽃들이 만발한 잔디밭으로 둘러싸여 있는지도 모른다. 밝은 캘리포니아의 햇빛에 비쳐 고상하고 우아하고 차분하게 서 있을 것이리라. 그러나 건물 내부에 대해서는 아무도 모를 것이다.

내가 계단을 내려오려고 발을 내디뎠을 때 기침 소리가 났다. 나는 내디딘 발을 주춤하고 소리나는 쪽을 보았다. 계단으로 내려가는 통 로에서 직각으로 꺾어진 복도 막다른 곳에 삐죽이 문이 열려 있는 방 이 있었다. 나는 발소리를 죽여 거기까지 걸어갔다. 문 뒤에 몸을 숨 기고 동정을 살피고 있으니까 또 기침 소리가 났다. 두툼한 가슴에서 나온 기침 소리였다. 태평스럽고 편안한 기침 소리였다. 하기야 어떤 기침 소리건 내가 알 바는 아니다. 나는 이 건물에서 빠져나가야만 한다. 그러나 이 건물 안에서 문을 열어 놓고 있는 사람이 있다면 아 무래도 관심을 가지지 않을 수 없다. 나는 숨을 죽이고 문틈으로 방 안을 들여다보았다. 신문 펼치는 소리가 들렸다.

나는 방의 일부를 볼 수가 있었다. 쓸 만한 가구가 있는 여느 방으 로서, 내가 있던 유치장 같은 방은 아니었다. 낡은 장롱 위에 모자 하나와 잡지 몇 권이 있었다. 창에는 레이스 커튼을 쳤고 융단도 꽤 훌륭한 것이었다.

침대의 스프링이 삐걱거렸다. 기침 소리와 마찬가지로 덩치 큰 사나이였다. 나는 손 끝으로 문을 1인치쯤 밀어 보았다. 아무 일도 일어나지 않았다. 이 이상 더는 천천히 움직일 수 없으리라 여겨질 만큼 천천히 머리를 돌리고 들여다보았다. 한 사나이가 침대에서 신문을 읽고 있었다. 옆에 있는 탁자의 재떨이에는 담배 꽁초가 수북이 쌓여 있고 마루의 융단 위까지 쏟아져 있었다. 침대 위에 여남은 종류의 신문이 널려 있었다. 그 가운데 하나를 큼직한 손이 쥐고 큼직한 얼굴 위를 덮었다. 신문 끝으로 숱이 많은 머리가 보였다. 흰 피부가 약간 보였다. 신문이 움직였다. 나는 숨을 삼켰다.

수염을 깎을 필요가 있는 얼굴이었다. 언제나 그런 것이었다. 나는 전에 센트럴 거리의 플로리안이라는 흑인 전용 도박장에서 이 사나이를 만난 적이 있다. 그때는 흰 골프공 모양의 단추가 달린 화려한 옷을 입고, 위스키 잔을 큰 손에 쥐고 있었다. 그리고 그의 손이 쥔 군대용 자동권총이 장난감처럼 작게 보였다.

그는 또 기침을 했다. 그리고 침대 위에서 돌아눕더니 하품을 하고 탁자 위 구깃구깃한 담뱃갑에 손을 뻗었다. 그 속에서 한 개비를 꺼내 입에 물었다. 엄지손가락 끝에서 불꽃이 일었다. 연기가 콧구멍에서 나왔다.

그는 "아아." 하고 한숨을 쉬었다. 그리고 신문을 다시 눈 앞에 펼쳤다.

나는 그를 남겨 두고 계단 쪽으로 돌아갔다. 큰 사슴 마로이는 매우 안전한 곳에 있는 것이다. 나는 조용히 계단을 내려갔다.

막다른 방에서 나직한 말소리가 들려 왔다. 나는 문에 몸을 바싹 붙이고 귀를 기울였다. 전화로 말을 하고 있는 것이었다. 너무 소리가 낮아서 무슨 말을 하는지 짐작도 할 수 없었다. 그러다가 수화기 놓는 소리가 찰칵 났다. 이제 아무 소리도 나지 않았다. 지금 말고는 기회가 없다. 나는 문을 밀고 조용히 방으로 들어갔다.

27

그곳은 크지도 작지도 않은 그야말로 사무실의 전형이 되는 곳이었다. 두툼한 책이 꽉 들어찬 유리문 달린 책장, 벽의 약품 선반, 흰 에나멜이 빛나고 있는 소독 장치, 낮고 큰 책상이 있고 그 위에는 압지, 청동 페이퍼 나이프, 잉크 스탠드, 작은 노트가 있었고 또 두 손으로 얼굴을 감싸고 있는 사나이의 팔꿈치가 놓여 있다.

벌린 누런 손가락 사이로 젖은 모래 같은 빛깔의 머리칼이 보이고 있었다. 나는 천천히 세 걸음 나갔다. 그의 눈이 책상 너머로 내 구두가 움직이는 것을 보고 있었을 게 틀림없다. 그는 얼굴을 들고 나를 보았다. 표정 없는 생김새였다. 그리고 의자에 등을 묻은 채 잠시 아무 말도 하지 않았다.

이윽고 두 손을 펴고 난처한 표정을 짓더니 한쪽 손을 책상 귀퉁이에 놓았다. 나는 두 걸음 더 다가가서 손에 쥔 곤봉을 보였다. 그의 집게손가락과 가운뎃손가락이 조용히 책상 귀퉁이 쪽으로 움직이고 있었다.

"벨을 눌러도 오늘 밤엔 소용없어. 수위는 내가 재워 두었으니까."

나는 말했다.

"당신은 병자야. 아직 일어날 몸이 못 돼." 그는 졸린 것처럼 눈을 깜박거렸다.

"오른손을 치워!" 나는 이렇게 소리치면서 귀퉁이를 향해 곤봉을 휘둘렀다. 그의 손이 상처 입은 뱀처럼 오므라들었다.

나는 책상을 돌아가서 서랍을 뒤졌다. 물론 권총이 들어 있었다. 38구경의 자동권총인데, 내가 가지고 있는 것만큼 성능이 좋은 것은 아니었다. 그러나 탄환은 곧 소용이 된다. 서랍에 탄환은 보이지 않았다. 나는 그의 권총에서 탄환을 꺼내려고 했다.

그는 몸을 조금 움직였다. 여전히 생기 없는 표정이었다.

내가 말했다. "융단 밑에도 벨이 있을지 모르겠군. 경찰서장 방으로 통하고 있을지도 모르지. 하지만 쓰지 않는 게 좋아. 난 한 시간만 난폭한 인간이 되겠어. 저 문에서 들어오는 놈은 관 속에 들어가는 거나 같아."

"마루에 벨은 없어." 그는 말했다. 그의 말에는 외국 사투리가 조금 섞여 있었다.

나는 그의 권총 탄창을 내 빈 탄창과 바꾸었다. 그의 권총에 들어 있던 탄환을 내 권총에 장전하고 다시 책상 이쪽으로 돌아왔다.

문에 용수철 장치의 자물쇠가 달려 있었다. 나는 뒷걸음질쳐서 문을 세게 밀어 닫았다. 자물쇠 걸리는 소리가 났다. 빗장도 있었다. 나는 그것도 걸었다. 나는 책상 있는 데로 돌아가서 의자에 앉았다. 피로가 한꺼번에 몰려왔다.

"위스키" 하고 나는 말했다.

그가 두 손을 움직이기 시작했다.

그는 약품 선반에서 녹색 인지가 붙은 병과 유리잔을 하나 꺼냈다.

"유리잔은 둘을 꺼내요. 난 당신의 위스키를 마신 적이 있는데 하마터면 눈을 못 뜰 뻔했지. " 나는 말했다.

그는 작은 유리잔을 둘 가지고 와서 병 마개를 따고 위스키를 따랐다.

"먼저 마셔요. " 나는 말했다.

그는 히죽 웃으며 유리잔을 들었다.

"당신 건강을 축하하지. 아주 조금 남아 있는 건강을 말이야. " 그는 잔을 쭉 들이켰다. 나도 들이켰다. 그리고 위스키 병을 가까이 끌어당기고서 심장이 따뜻해지기를 기다렸다.

"나는 악몽을 꾸고 있었어. " 나는 말했다. "터무니없는 꿈이지. 침대에 묶여 마취제 주사를 맞고 방에 갇힌 꿈이지. 나는 완전히 기진맥진해 있었어. 그래서 잠을 잤지. 먹을 것도 없고, 나는 병자였어. 머리를 얻어맞고 끌려온 거야. 꽤 고생을 했던 모양인데, 난 그럴 만한 인물이 못 돼. "

그는 아무 말도 하지 않았다. 잠자코 나를 바라보고 있었다. 그 눈은 내 생명이 언제까지 계속될 것인지 지켜보고 있는 것 같았다.

"눈을 뜨니 방 안은 연기로 가득차 있더군. 착각이었어. 당신들이 볼 땐 시신경이 어떻게 되었던 거겠지. 나는 고함을 질렀어. 흰 옷을 입고 곤봉을 든 사내가 달려오더군. 놈의 곤봉을 빼앗는 건 예삿일이 아니었지. 난 놈의 열쇠를 뺏었고 내친 김에 그가 가졌던 내 돈도 빼앗았지. 그리고 나서 가까스로 여기까지 온 거야. 대체 어떻게 된 노릇인지 당신의 설명을 들어 보고 싶은데. "

"아무것도 할 말은 없어. "

"없을 리가 없어. 할 말이 있을 거야. 이것이. " 나는 곤봉을 슬쩍 휘둘러 보였다. "쓸모가 있겠는걸. 어떤 친구한테서 빌렸지 ? "

"그걸 나에게 돌려 주지 않겠나. " 그는 웃음을 머금고 말했다. 사형을 집행하는 자가 교수형 준비를 위해 죄수를 만나러 왔을 때와 같은 웃음이었다. 친밀감과 연민과 경계를 느끼게 하는 웃음이었다. 아직 살아 있을 수 있다면 물리칠 수 없는 웃음이었다.

나는 그의 손 안에 곤봉을 놓았다. 그의 왼쪽 손바닥에.

"권총도 이리 내." 그는 침착한 목소리로 말했다. "당신은 중태였소, 마로우 씨. 침대에 돌아가 누워 있어야만 해."

나는 그의 얼굴을 지켜보았다.

"나는 의사 존더보그요." 그는 말했다. "의사로서 진지하게 말하고 있는 거요."

그는 앞에 있는 책상 위에 곤봉을 놓았다. 그의 웃음은 냉동 물고기처럼 굳어 있었다. 그의 긴 손가락이 다 죽어 가는 나비처럼 움직였다.

"권총을 이리 내요." 그는 말했다. "나는 어디까지나……."

"지금 몇 시요, 간수?"

그는 조금 놀라는 것 같았다. 나는 손목시계를 되찾기는 했지만 이미 멈춰 있었다.

"12시쯤 되었겠지. 왜?"

"무슨 요일이오?"

"모르오? 일요일이지."

나는 책상에 손을 놓고 몸을 가누면서 생각하려고 했다. 그리고 그가 손을 뻗으면 닿을 정도의 거리에 권총을 놓았다.

"48시간 이상 지났으니 머리가 어지러운 것도 당연한 일이지. 누가 나를 이곳에 데려왔지?"

그는 나를 물끄러미 보고 있었다. 그의 손이 권총 쪽으로 조용히 움직이기 시작했다. 손을 잘 놀리는 사나이였다.

"난 성질이 급해. 내가 어째서 여기 있는지 가르쳐 달라니까."

그는 용기가 있었다. 손을 뻗어 권총을 쥐려고 했다. 그러나 권총은 거기에 없었다. 나는 의자에 앉아 권총을 무릎에 놓았다.

그는 얼굴을 붉히고 위스키 병을 집어 유리잔에 따라 단숨에 들이 켰다. 그리고 깊은 숨을 내뿜더니 몸을 떨었다. 술을 좋아하지는 않는 것 같았다. 마약을 사용하는 자는 결코 술을 좋아하지 않는 것이다.

"여기를 나가면 당신은 금방 체포돼." 그는 날카로운 어조로 말했다. "당신은 경관 손에 이끌려 이리로 끌려온 거요."

"경관이라면 그런 짓을 못해."

그의 비위에 얼마쯤 거슬린 것 같았다. 누런 얼굴의 표정이 변했다.

"말하는 게 좋을 거요!" 나는 소리쳤다. "누가 무엇 때문에 나를 여기로 데리고 왔는지. 나는 오늘 밤 화가 나 있어. 무슨 짓을 할지 모르니까, 빨리 말하는 게 좋을 거야!"

"당신은 마약 중독이었소." 그는 냉담한 어조로 말했다. "목숨이 위태로울 뻔했소. 디기탈리스 주사를 세 번이나 놓아야만 했지. 버둥대고 소리지르고 해서 진정시키느라 애를 먹었소." 그의 말씨는 무섭게 빨랐다. "지금 이 병원을 나가면 어떻게 될지 모르오."

"당신은 의사라고 했지요?"

"그렇소, 의사 존더보그요."

"마약 중독 환자가 버둥거리거나 소리지르거나 하는 일은 없어. 혼수 상태가 될 뿐이지. 속이려 해 봤자 소용없어. 나를 이 도깨비 소굴로 데려온 게 누구지?"

"그러나……"

"그러나고 뭐고 없어! 자꾸만 잔소리 하면 큰 마므지 포도주 통 속에 빠뜨려 버릴 테다. 아니, 내 쪽이 마므지 포도주 통에 빠지고 싶을 지경이야. 셰익스피어에 그런 대사가 있지. 그 친구는 술꾼이었으니까 말이야. 우리도 약이나 먹지 않겠나." 나는 두 개의 유리 잔에 위스키를 따랐다. "자, 말해 줘, 칼로프(보리스 칼로프, 괴기 영화 전문 배우)."

"경찰이 데려왔소."

"어디 경찰이?"

"물론 베이 시티의 경찰이지. 여긴 베이 시티니까."

"그 경찰의 이름이 뭐던가?"

"갈브레이스라는 이름이었지, 아마. 순찰 경관은 아니오. 갈브레이스와 또 한 경관이 금요일 밤에 한길을 몽유병자처럼 돌아 다니는 당신을 발견했던 거요. 이리로 데려 온 것은 여기가 제일 가까웠기 때문이지. 난 중독 환자가 마약을 너무 많이 복용한 줄 알았는데, 그러나 잘못 생각했는지도 모르겠군."

"말이 되니 나로서는 반박을 할 수가 없군. 그러나 무엇 때문에 나를 가두었지?"

그는 두 팔을 벌려 보았다.

"당신은 중태였다고 하지 않았소. 지금도 그렇소. 달리 방법이 있단 말이오?"

"그럼, 치료비를 내야겠구면."

"물론이지, 2백 달러요."

나는 의자를 조금 뒤로 물렸다.

"싼데. 받을 듯싶으면 받아 보시지."

"여길 나가면 당신은 금방 체포돼!" 그는 날카로운 목소리로 말했다.

나는 책상 위로 몸을 쑥 내밀고 그의 얼굴에 숨을 내뿜었다.

"여길 나가기만 하면 체포된다는 건 우스운데, 칼로프, 그 벽의 금고나 열어 봐!"

그는 조용히 일어섰다.

"말이 조금 지나치군."

"못 열겠단 말인가?"

"물론. 열 이유가 없으니까."

"내가 들고 있는 건 권총이야."

그는 희미하게 웃었다.

"굉장히 큰 금고인데. 그리고 새 것이군. 이 권총은 성능이 좋아. 그래도 못 열겠나?" 나는 말했다.

그는 조금도 표정을 바꾸지 않았다.

"모르는 친구로군. 권총을 들이대면 시키는 대로 하게 되어 있는데, 여기서는 안 통하는 모양이지?"

그는 웃음을 머금었다. 고통의 환희를 나타내고 있는 것 같은 웃음이었다. 나는 또 눈 앞이 어쩔어쩔해지는 것만 같았다. 책상에 한쪽 손을 짚고 간신히 몸을 가누고 있었다.

나는 잠자코 서 있었다. 나는 책상에 몸을 의지하고 그의 눈을 바라보았다. 그의 얼굴에서 웃음이 사라지고 이마에 땀이 번졌다.

"잘 있어요." 나는 말했다. "난 이대로 돌아가겠소. 손이 더러워질 테니까."

나는 문 있는 데까지 뒷걸음질을 해서 등 뒤로 손을 돌려 문을 열었다. 그리고 방을 나갔다.

바깥 문에는 쇠가 채워져 있지 않았다. 지붕이 있는 입구 앞에 화단으로 꾸민 앞마당이 있고 울타리는 흰색으로 칠했다. 안개가 낀 쌀쌀한 밤이었다. 달은 떠오르지 않았다.

거리 모퉁이의 표지에는 데스칸소 거리라고 써 있었다. 양쪽에 늘어선 집들에서 불빛이 새어 나오고 있었다. 나는 사이렌 소리에 귀를 기울였으나 경찰차가 오는 기색은 없었다. 길 하나의 도로 표지는 23

번 거리였다. 나는 25번거리까지 걸어가서 8백 번대의 번지를 찾았다. 819번지는 앤 리아든의 아파트였다. 거기보다 더 좋은 피난처는 없었다.

내가 아직도 권총을 가지고 있다는 것을 깨달은 것은 꽤 한참 걸어간 뒤였다. 사이렌 소리는 들려 오지 않았다.

쉬지 않고 계속 걸었다. 밤공기는 내 기력을 소생시켰다. 위스키에서는 이미 깨어났다. 한길에는 전나무 가로수를 심어 놓았고 벽돌 집이 즐비해서 캘리포니아 남부라기보다는 시애틀의 캐피톨 힐을 연상케 했다.

819번지에는 아직 불이 켜져 있었다. 키 큰 노송 울타리를 따라 하얗고 조그마한 차고가 있었다. 앞뜰에는 장미를 심었다. 나는 벨을 울리기 전에 한 번 더 귀를 기울였다. 역시 사이렌 소리는 들리지 않았다. 벨 소리가 나자 전기 장치로 된 인터폰에서 앤의 목소리가 들려 왔다.

"누구세요?"

"마로우."

대답은 없었다. 그녀가 놀라서 소리를 삼켜 버렸든가, 혹은 인터폰의 전류가 끊어졌든가 둘 가운데 하나이리라.

문이 활짝 열리더니 연한 녹색 옷을 입은 앤 리아든이 내 눈 앞에 나타났다. 그녀는 눈을 커다랗게 떴고 처마 등불에 비친 얼굴이 새파래졌다. 그녀는 목소리를 떨며 말했다.

"세상에! 꼭 햄릿의 아버지 같아요!"

28

거실에는 모피 깔개, 흰색과 장미색 의자, 놋쇠와 무쇠로 된 틀이 달린 키 높은 대리석 난로, 벽에 설치한 책장, 크림색 벽걸이가 있었다. 사람 키 만한 큰 거울 말고는 여자 냄새가 나는 가구라고는 하나도 없었다.

나는 난로 받침대에 다리를 뻗고 푹신한 의자에 반쯤 앉듯이 드러누워 있었다. 블랙 커피를 두 잔 마시고 나서 위스키를 한 잔 마시고, 계란 반숙 둘과 토스트 한 개를 먹고, 다음에는 커피에 브랜디를 넣어서 마셨다. 이것을 모두 식당에서 먹었는데, 어떤 방이었는지 조금도 기억이 없다. 먼 옛날 일같이 생각되었다.

나는 이미 기운을 되찾고 있었다. 거의 정상 기분으로 된 내 위는 센터의 깃대를 향하고 있는 것이 아니라 삼루타를 치려 하고 있었다.

앤 리아든은 그 아름다운 턱을 두 손으로 괴고, 붉은 기가 도는 갈색 머리카락 밑에 음영이 있는 검은 눈을 빛내며 내 쪽으로 몸을 구부리고 앉아 있었다. 연필 한 자루가 머리칼 사이에 꽂혀 있었다. 그녀는 나를 걱정하고 있는 것 같았다. 나는 금요일부터 있었던 일을 이야기했지만 모조리 다 이야기한 것은 아니었다. 특별히 큰 사슴 마로이에 대해서는 아무 말도 하지 않았다. 그녀가 말했다.

"술이 취하신 줄만 알았어요. 술을 안 마시고는 나를 만나러 못 오시는 줄로만 알았지요. 당신이 그 금발 여자와 놀러 가신 줄 알고 …… 내가 무슨 생각을 하고 있었는지 모르겠어요."

"원고를 써서 이걸 번 건 아닐 텐데." 나는 방 안을 둘러보고 말했다. "비록 당신이 생각하는 것이 돈이 된다 하더라도……."

"아버지가 뇌물을 받았던 것도 아니에요. 요즘 서장들은 모두 뇌물을 받고 있지만……" 그녀가 말했다.

"내가 알 게 뭐야."

"델 레이에 땅을 갖고 있었어요. 아버지가 속아서 산 거였지만, 그 땅에서 석유가 나왔지 뭐예요."

나는 고개를 끄덕이며 들고 있던 예쁜 유리잔을 입으로 가져갔다. 유리잔에 담긴 술도 그릇에 어울리는 고상한 맛이었다.

"여기라면 누구든지 마음이 가라앉겠군. 그냥 들어오기만 하면 되겠어. 모든 게 갖추어져 있으니까." 나는 말했다.

"그럴 마음이 될 수 있는 사람이라면 말이죠. 그리고 누군가가 그 사람을 진정시켜 주려고 한다면 말이죠." 그녀는 말했다.

"하인이 없군. 그렇다면 어려울까." 나는 말했다.

그녀는 얼굴을 상기시켰다.

"하지만 당신은 머리를 마구 얻어맞고, 팔에 마약 주사 바늘이 여러 대나 꽂히고, 턱이 바스켓볼의 백보드 대신으로 사용되는 편이 더 나아요."

나는 아무 말도 하지 않았다. 나는 너무나도 지쳐 있었다.

"아무튼 그 의사한테 부딪쳐 볼 마음만은 있었군요. 아스터 드라이브에서 이야기하는 눈치로는 사건을 잘못 보고 계시지나 않나 했었죠."

"그 명함은 아무런 의미도 없었소."

그녀는 눈을 동그랗게 뜨고 말했다.

"그자가 경찰에게 당신을 두들겨패게 해서 다시는 손을 못 내밀도록 이틀이나 잠을 재웠는데도 아직 그런 소릴 하세요? 훌륭한 증거예요. 이보다 더 명백한 건 없어요."

"그건 내가 할 말인데, 대체 당신은 어떻게 생각하고 있소?"

"그 잘난 척하는 신경과 의사는 고급 갱이에요. 먹이를 노리고 최면술을 써 놓고는 갱에게 정보를 알려 보석을 뺏게 하고 있는 거예요."

"당신은 정말로 그렇게 생각하고 있소?"

그녀는 잠자코 나를 보았다. 나는 유리잔을 쭉 들이켜고 또다시 피곤이 쏟아져 오는 것처럼 눈을 내리깔았다. 그녀는 그런 것에는 아랑곳하지 않았다.

"물론이에요. 당신도 그렇게 생각하고 계시잖아요."

"나는 좀 더 복잡하게 생각하고 있소."

그녀는 온화하게 웃음지었다. 동시에 비꼬는 웃음이기도 했다.

"미안해요. 당신이 탐정이라는 걸 잊고 있었어요. 사건은 복잡하지 않으면 안 되는 거겠지요? 단순한 사건 같은 건 경멸하시는 거죠?"

"아니, 훨씬 더 복잡한 일이오."

"알았어요. 이야기해 주세요."

"나도 그냥 그렇게 생각만 하고 있을 뿐이지만, 이걸 한 잔 더 주지 않겠소?"

그녀는 일어섰다.

"가끔은 물맛도 시험해 봐야 해요. 이게 마지막이에요."

그녀는 내 잔을 들고 부엌으로 들어갔다. 얼음덩어리가 부딪는 소리가 났다. 나는 눈을 감고 그 소리에 귀를 기울이고 있었다. 나는 여기 오지 말았어야 했다. 그들이 내가 상상했던 것처럼 내 행동을 샅샅이 조사하고 있다면, 여기도 찾아올 것이 틀림없다. 그렇게 되면 일이 번거로워진다.

그녀가 유리잔을 들고 돌아왔다. 얼음이 든 유리잔을 들고 있었기 때문에 차가워진 그녀의 손이 내 손에 닿았다. 나는 잠시 그 손을 잡고 있다가 아침 해가 얼굴에 비쳐 행복의 골짜기에 있던 꿈이 깨어졌을 때처럼 조용히 손을 놓았다.

그녀는 얼굴을 붉히고 의자로 돌아가 몸을 여러 번 움직여 고쳐 앉았다. 그리고 담배에 불을 붙이더니 내가 유리잔을 입으로 가져가는 것을 보았다.

"아마서는 확실히 옳은 인간은 아니야." 나는 말했다. "하지만 나로서는 아무래도 보석 갱의 앞잡이로는 생각되지 않소. 내 생각이 틀렸는지는 모르지만, 만일 그가 보석 갱과 관계가 있어 나한테서 뭔가 알아 낼 게 있다고 생각했다면, 난 그 도깨비 소굴에서 살아서 돌아올 수 없었을 거요. 그런데 그가 무슨 약점을 가지고 있는 것만은 분명해. 그가 태도를 바꾼 것은 내가 투명 잉크의 글씨에 대한 걸 말한 뒤거든."

그녀는 말끄러미 내 얼굴을 지켜보았다.

"뭔가 써 있었나요?"

나는 쓰게 웃었다.

"있었을는지 모르지만, 난 읽지 않았소."

"하지만 비밀 정보의 통신치고는 좀 우스운 방법이군요. 담배 물부리 속에서는 발견되지 않을 우려도 있어요."

"마리오가 뭔가를 겁내고 있었던 것과, 그에게 무슨 일이 생겼을 때 명함이 발견되게끔 장치하고 있었던 것은 사실이오. 경찰이라면 그냥 지나칠 리가 없지. 만일 아마서가 범인의 일당이라면 그런 걸 남겨 둘 턱이 없소."

"아마서가 그를 죽였든가, 아니면 누구를 시켜서 그를 죽였다고 한다면 그 말이 옳아요. 하지만 아마서와 마리오는 살인 사건에는 직접 관계가 없는 사이일지도 몰라요."

나는 의자 등받이에 등을 기대고 술을 쭉 들이켜고 나서, 그 일을 생각하고 있는 것처럼 태도를 꾸몄다. 나는 고개를 끄덕였다.

"그러나 보석 강도 사건은 마리오의 살인 사건과 관계가 있소. 그리고 우리는 아마서가 보석 강도 사건과 관계가 있는 것으로서 이야기하고 있는 거니까……."

그녀는 갑자기 화제를 바꾸었다.

"틀림없이 피곤하실 거예요. 침대로 가시지 않겠어요?"

"여기서?"

그녀는 귀뿌리까지 얼굴을 붉혔다.

"그래요, 난 어린아이가 아니에요. 내가 언제 어디서 무얼 하건 마음대로예요."

나는 유리잔을 놓고 일어섰다.

"내가 이런 기회에 거절한다는 건 드문 일이지만…… 당신, 피곤하지 않다면 택시 정거장까지 차로 바래다 주지 않겠소?"

"바보 같은 소리 말아요." 그녀는 안색을 바꾸고 말했다. "당신은 녹초가 되도록 얻어 맞은데다 영문 모를 마약 주사까지 여러 대나 맞았잖아요. 하룻밤 푹 쉬지 않으면 탐정노릇이고 뭐고 못한단 말이에요!"

"나는 오히려 너무 잤다고 생각하는데……."

"바른 대로 말한다면 입원하는 게 마땅해요!"

"글쎄, 들어 봐요." 나는 말했다. "오늘 밤에는 내 머리가 그다지 맑지 않을지도 모르오. 하지만 여기 오래 있어서는 안 된다고 생각해. 난 그들에 대해 아무런 증거도 잡지는 못했지만 그들은 내가 마음에 안 드는 모양이오. 내가 무슨 말을 하건 경찰을 상대로 하지 않으면 안 되거든. 그리고 이 동네 경찰은 믿을 수가 없어요."

"이곳은 좋은 동네예요." 그녀는 말투에 힘을 주어서 말했다. "한 번 그런 일이 있었다고 해서……."

"알았소. 확실히 좋은 동네요. 시카고도 그렇소. 시카고에서 오래 살아도 기관총을 보지 못한 사람이 있으니까. 여기도 마찬가지지. 로스앤젤리스 역시 별차이가 없어. 하지만 큰 도회지라면 그 일부분밖에 살 수가 없거든. 이 정도 도시쯤 되면 깡그리 다 살 수가 있지. 그 점이 다른 거요."

그녀는 일어서서 내 쪽으로 턱을 내밀었다.

"당신은 여기서 주무셔야 해요! 침실은 둘 있으니까, 지금 곧……."

"당신 침실을 잠그겠다고 약속하겠소?"

그녀는 점점 얼굴을 붉히고 입술을 깨물었다.

"난 당신처럼 멋있는 사람은 없다고 생각하는데, 이따금 세상에서 제일 싫은 사람이 돼요!"

"그 둘 가운데 어느 것이라도 좋으니까 택시 있는 데까지 바래다 주지 않겠소?"

"여기 계셔야 해요. 아직 몸이 성하지 않아요. 병자란 말이에요!" 그녀는 야무지게 말했다.

"그러나 자신의 일을 판단 못할 정도의 병자는 아니오!" 나도 응수했다.

그녀는 종종걸음으로 입구의 홀로 달려가서 긴 외투를 입고 돌아왔다. 모자를 쓰지 않아서 머리 색깔이 얼굴색과 같을 정도로 붉게 보였다. 그리고 옆문으로 해서 차고 쪽으로 뛰어가는 발소리가 나더니, 이내 차고문 열리는 소리가 나고 자동차의 엔진 소리가 나기 시작했다.

나는 의자 위에 있던 모자를 집어 들고 전기 스탠드를 끄고서 문 있는 데로 갔다. 밖으로 나가 문을 닫기 전에 나는 한 번 더 방 안을 뒤돌아보았다. 아늑한 방이다. 슬리퍼를 신고 있었더라면 얼마나 더 기분이 좋았을까.

나는 문을 닫고 자동차 뒤를 돌아서 좌석에 올라탔다.

그녀는 한 마디도 입을 열지 않고 나를 아파트까지 바래다 주었다. 내가 차에서 내리자 얼어붙은 듯한 목소리로 "안녕히 주무세요" 하고 곧 차를 돌려, 내가 주머니에서 열쇠를 찾고 있는 동안 가 버리고 말았다.

아파트의 입구 문은 11시면 잠갔다. 나는 열쇠로 문을 열고, 늘 곰 팡내가 풍기는 로비를 지나 엘리베이터를 탔다. 내 방이 있는 복도는 침침한 전등불이 비치고 있었다. 우유 병이 뒷문 앞에 있었다. 뒤의 비상구에 붉은 전등이 빛나고 있었다. 통풍 장치가 있었지만 부엌 냄새가 아무래도 빠지지 않았다. 나는 사람들이 잠들어 있는 세계로 돌아온 것이다. 잠자고 있는 고양이처럼 위해가 없는 세계로……

나는 방에 들어가 불을 켜기 전에 잠시 문에 기대서 방 안의 냄새를 맡고 있었다. 먼지와 담배 냄새. 남자가 살고 있는 방 냄새.

나는 옷을 벗고 침대로 들어갔다. 고약한 꿈을 꾸고 땀을 흘렸다. 그러나 아침에는 일단 어엿한 사람이 되어 있었다.

29

나는 잠옷을 입은 채 일어날까말까 망설이면서 침대에 걸터앉아 있었다. 온몸이 상쾌하다고는 할 수 없었지만 그만하면 정상에 가까웠다. 월급쟁이 같으면 이만하면 큰 고통을 느끼지 않고 출근할 수 있을 것 같다. 머리가 띵하고, 열이 있어 혓바닥이 까칠까칠하고, 목도 뻣뻣하고 턱도 흔들리는 기미가 있었지만, 이보다 더 기분이 좋지 않은 아침도 얼마든지 있다.

안개가 짙은 뿌연 아침이라 아직 온도는 오르지 않았지만 따뜻해질 기색이 있었다. 나는 침대에서 일어나 배를 쓸었다. 위스키를 토한 뒤 뱃속이 아직 신통치 않았다. 왼발은 괜찮았다. 아픔을 느끼지 않았다. 그래서 나는 그 발로 침대 귀퉁이를 차야만 했다.

그때 문 두드리는 날카로운 소리가 났다. 문을 2인치쯤 빠끔히 열고 아랫눈까풀을 까뒤집어 보이고 나서 확 닫아 버리고 싶어지는 무례한 두드림이었다.

나는 문을 2인치보다는 좀 더 크게 열었다. 랜들 경감이 고동색 개버딘 양복에 부드러운 펠트 모자를 쓴 산뜻하고 멋진 차림으로 서 있었다.

경감은 손가락으로 문을 가볍게 밀었다. 나는 한 발 뒤로 물러섰다. 그는 손을 등으로 돌려 문을 닫고 방 안을 둘러보았다. "이틀 동안 당신을 찾고 있었소." 그는 말했다. 그 눈은 나를 보고 있지 않았다. 방 안 표정을 살피고 있는 것이었다.

"병이 났었소."

그는 모자를 벗어 겨드랑이에 끼고 두 손을 주머니에 찌르고는 아름다운 백발을 빛내며 방 안을 서성거렸다. 경찰관치고는 몸집이 작은 편이었다. 이윽고 한쪽 손을 주머니에서 빼고 모자를 소중히 책상의 잡지 위에 놓았다.

"여기서 잔 건 아니구먼." 그는 말했다.

"병원에 있었지요."

"어디의?"

"가축 병원."

그는 나에게 따귀라도 맞은 것처럼 성난 기색으로 나를 향했다.

"아직 아침이오. 농담은 그만두시오."

나는 잠자코 담배에 불을 붙였다. 그리고 연기를 깊숙이 빨아들이고 다시 침대에 걸터앉았다.

"아무래도 그 버릇이 낫지 않는군." 그는 말했다. "유치장에 한 번 처넣어 줄까."

"난 병이 났었어요. 그리고 아직 커피도 안 마셨으니 기분이 좋지 않을 건 당연하지 않습니까."

"손을 떼라고 했었소."

"당신은 하느님이 아닙니다. 예수도 아니고요." 나는 또 한 번 담배 연기를 깊숙이 빨아들였다. 몸은 아직 완전히 회복되어 있지 않은 것 같았다.

"처넣으려고 마음만 먹으면 처넣을 수 있지."

"알고 있어요."

"왜 처넣지 않았는지 알고나 있소?"

"알지요."

"무엇 때문이겠소?" 그는 테리어 같은 눈으로 나를 빤히 보았다.

"나를 찾지 못했기 때문이죠."

그는 몸을 흔들며 밝은 표정을 보였다.

"딴 소릴 할 줄 알았지. 딴 소리만 나오면 입을 쥐어박아주려고 마음먹었었소."

"2천만 달러를 보여 줘도 당신은 놀라지 않을까? 하지만 명령이 있을지도 모르지."

그는 천천히 담배쌈지를 꺼내어 셀로판으로 싼 것을 뜯었다. 손가락이 가늘게 떨리고 있었다. 그는 담배를 입에 물고 조심스럽게 불을 붙인 다음 성냥을 바닥에 버리지 않고 재떨이에 버렸다.

"요 먼저 전화로 충고를 했었지." 그는 말했다. "목요일에."

"금요일이었어요."

"맞아, 금요일이야. 소용이 없었어. 왜 그런지 아오. 그때 당신이 증거를 숨기고 있었다는 걸 난 몰랐소. 다만 당신한테 유리하게 되도록 해 줄 마음으로 말했을 뿐이었지."

"무슨 증거인데요?"

그는 잠자코 나를 보았다.

"커피 안 마시겠소?" 나는 말했다. "조금은 사람답게 될 겁니다."

"안 마시겠소."

"난 마시겠습니다." 나는 일어나서 부엌으로 가려고 했다.

"앉아요." 랜들은 날카로운 소리를 냈다. "아직 이야기가 끝나지 않았소."

나는 아랑곳하지 않고 부엌으로 가서 주전자에 물을 부어 난로에 얹었다. 그리고 물을 두 컵 마시고 세 컵째 잔을 들고 부엌과 방 사이에 섰다. 그는 꼼짝도 하지 않고 마루를 보고 있었다.

"그레일 부인의 호출을 받고 만나러 간 게 뭐가 나쁘지요?" 하고 나는 물었다.

"그걸 말하고 있는 게 아니오."

"하지만 아까는 그걸 말하려 하지 않았습니까?"

"그녀가 당신을 부른 게 아니라, 협박 비슷한 소리를 해서 억지로 회견을 청했겠지."

"하지만 별 이야기는 없었어요. 단서가 될 만한 이야기라곤 아무것도 없었소. 물론 부인은 이미 당신한테 말했을 테지만……."

"들었소. 산타 모니카의 맥주 홀은 악당들의 소굴이었소. 하지만 그뿐이지, 아무런 단서도 잡지 못했소. 건너편 호텔도 수상쩍었지만 별 증거가 될 만한 것은 없더군."

"내가 협박을 했다고 부인이 말하던가요?"

그는 슬그머니 눈을 내리깔았다.

"그런 말은 하지 않았소."

나는 엷은 웃음을 머금고 말했다.

"커피, 어때요?"

"필요없소."

나는 부엌으로 돌아가서 커피 준비를 했다. 랜들은 내 뒤를 따라와서 이번에는 그가 부엌과 방 사이에 섰다.

"이번 보석 갱은 10년 전부터 할리우드 부근을 설치고 다니는 패거리오." 그는 말했다. "그런데 이번엔 실수를 했어. 살인을 했단 말이오. 왜 살인을 했는지 난 알고 있지."

"그 살인이 갱의 소행이고, 당신이 범인을 검거한다면 내가 이 동네에 살고부터 처음 범인이 검거되는 갱 살인 사건이지요. 내가 알고 있는 것만도 갱 살인 사건이 한 다스는 되었으니까."

"잘 알고 있군."

"틀렸다면 바로잡아 주십시오."

"비꼬지 마시오." 그는 말했다. "틀리지는 않소. 범인이 검거된 것이 두 건 기록에 남아 있지만, 조작한 거지."

"어떻습니까, 커피는?"

"커피를 마시면 남자 대 남자로서 진지하게 이야기해 주겠소?"

"그러지요. 하지만 내 의견을 모두 다 이야기할 수는 없소."

"당신의 의견을 묻는 게 아니오." 그는 냉담하게 말했다.

"좋은 양복을 입고 계시군요."

그는 얼굴을 붉혔다. "27달러 50센트 줬지." 그는 퉁명스럽게 말했다.

"성품이 좋은 경찰관이시군." 나는 이렇게 말하고 난로 있는 데로 돌아갔다.

"냄새가 좋은데. 어떻게 끓이오?"

"대강 빻은 커피인데, 거르지를 않지요." 나는 찬장에서 설탕을 꺼내고, 냉장고에서 크림을 꺼내어 그와 식탁에 마주앉았다.

"병원에 누워 있었다는 건 농담이겠지?"

"농담이 아닙니다. 베이 시티에서 두들겨 맞고 끌려들어간 거죠. 병원이었습니다만."

"베이 시티라고?" 그는 말했다. "당신 쪽에서 맞을 짓을 한 건 아니었소?"

"천만에. 그렇게 됐죠. 하지만 이런 변은 생전 처음 당했어요. 두 번째는 경관이었어요. 상대는 두 사람인데, 하나는 사복이더군. 내 권총으로 맞았지요. 인디언한테 목이 졸리고요. 정신을 잃었을 때 엉터리 병원에 끌려들어가서 감금을 당했죠. 아마 한동안은 침대에 묶여 있었을 겁니다. 증거를 대라면 물론 댈 수는 없지만 말이오. 온몸의 상처와 왼팔의 주사 자국뿐입니다."

그는 테이블 귀퉁이를 물끄러미 보고 있었다.

"베이 시티라고 했지." 그는 한 마디 한 마디 생각하는 것처럼 말했다.

"그 이름은 노랫소리처럼 들려요. 더러운 목욕탕 속의 노랫소리처럼."

"거기까지 뭐하러 갔소?"

"내가 간 게 아니오. 경관들이 데리고 간 거죠. 난 스틸우드 하이츠에 있는 사람을 만나러 갔었소. 거긴 로스앤젤레스지요."

"죠르즈 아마서라는 사람 아니오?" 그는 침착하게 말했다. "왜 그 담배를 숨겼소?"

나는 커피 잔에 눈을 떨어뜨렸다. 앤이 말한 것이리라.

"마리오가 담배 케이스를 두 개 가지고 있던 게 이상하더군요. 더구나 대마초가 들어 있었소. 베이 시티에서 만든 것 같았어요."

그는 빈 커피 잔을 밀어 보냈다. 나는 커피를 따랐다. 그동안 그는 셜록 홈즈가 확대경을 들여다보듯이, 혹은 손다이크 박사가 포켓 렌즈를 살펴보듯이 내 얼굴을 뚫어지게 바라보고 있었다.

"이야기해 주길 바랐지." 그는 불쾌한 듯이 말했다. 그리고 커피를 한 모금 마시더니 손수건으로 입을 닦았다. "하지만 사실 숨긴 것은 당신이 아냐. 그 아가씨가 죄다 이야기해 주더군."

"제기랄!" 나는 말했다. "이 나라에선 남자는 이제 아무짝에도 쓸모가 없어. 언제든지 여자가 튀어나온단 말이야!"

"그 여자는 당신한테 반해 있소." 랜들은 영화에 나오는 연방 경찰

같이 이해심 있는 어조로 말했다. "그 여자의 아버지는 대쪽 같은 경찰관이었지. 그 여자도 증거를 숨길 그런 사람은 아냐. 당신을 위해서 한 일이오."

"마음씨 고운 여잡니다. 하지만 내게 맞는 형은 아니죠."

"마음씨 고운 여자는 좋아하지 않소?" 그는 또 담배 한 대에 불을 붙였다. 그리고 얼굴 앞의 연기를 손으로 날렸다.

"좀 더 극성스러운 여자가 좋아요." 나는 말했다. "닳아서 약아 빠진 쪽이 더 좋소."

"그런 여자하고 사귀어 봤자 별수없을 텐데." 랜들이 말했다.

"알아요. 어차피 성실한 생활을 하고 있지 않으니까요. 그런데 사건 쪽은 어떻게 됐지요?"

그는 그날 처음으로 웃음을 지어 보였다. 아마 네 번 웃기로 정해 놓은 모양이었다.

"아직 당신 의견은 조금도 들어 보지 못했는데."

"이야기해도 좋겠지만, 당신 쪽이 더 세밀할 겁니다." 나는 말했다. "마리오라는 작자는 그레일 부인도 말했던 것처럼 여자를 등쳐먹고 살고 있었어요. 그러나 그것만이 그의 일은 아니었습니다. 보석갱의 앞잡이였던 겁니다. 사교계에 드나들며 희생자에게 아첨을 하여 무대를 만들고 있었던 거지요. 이번 사건도 그래요. 만일 마리오가 차를 운전하지 않았더라면, 그레일 부인을 트로카데로로 유인하지 않았더라면, 다른 길로 해서 맥주 홀 앞을 지나가지 않았더라면 강도는 당하지 않았을지도 모릅니다."

"운전기사가 운전했을 수도 있는 문제이지." 랜들은 당연한 일처럼 말했다. "하지만 그렇다고 사정이 별로 다를 건 없소. 운전기사가 강도들에게 한 달에 90달러나 받고 얼굴에 납총알을 쏘아 대지는 않을 테니까. 그러나 마리오가 늘 여자를 유인해 낸대서야 금방 소문이

나지 않겠소."

"그런데 이런 사건은 대개 드러나지 않아요. 도둑맞은 물건을 싸게 돌려 살 수 있다면 발설하지 않는 편이 득이니까요."

랜들은 몸을 뒤로 젖히고 머리를 흔들었다.

"그러나 여자란 말이 많거든. 뭐든지 말을 하고 싶은 게 여자의 생리이니까. 마리오와 사귀면 위험하다는 소문이 났을지도 모르지."

"아마 소문이 났겠죠. 그래서 그 친구를 잠재워 버린 겁니다."

랜들은 내 얼굴을 주시하며 빈 잔을 숟가락으로 내젓고 있었다. 내가 커피를 한 잔 더 따르려고 하자 손으로 말렸다.

"그 다음을 이야기하시오" 하고 그는 말했다.

"놈은 이용될 대로 이용되고 나서 이용 가치가 없어진 겁니다. 소문이 날 정도면 더 이상 쓸모는 없으니까요. 그러나 한 번 관계한 이상 손을 씻기란 어려운 거죠. 그래서 마지막으로 한탕할 생각이었던 겁니다. 사실 그 목걸이에 대해 요구된 금액은 뜻밖일 정도로 적어요. 마리오가 그 흥정을 맡기로 한 겁니다. 그러나 마리오는 어렴풋이 위험을 느끼고 있었죠. 그래서 드디어 그 날에 이르러서야 나를 데리고 가기로 작정했는데, 한 가지 더 계획을 꾸몄던 겁니다. 만일 자기 몸에 무슨 일이 생긴다면 갱 일당을 조종하고 있는 인물이 의심받게끔 그 담배를 가져갔던 거지요. 아이들 속임수 같은 트릭이지만 그게 효과를 나타낸 거요."

랜들은 고개를 저었다.

"갱의 소행이라면 송두리째 털어 버리지. 시체를 바다에 던져 버렸을지도 몰라."

"아니오, 일부러 어리숙하게 꾸민 겁니다. 완전히 그 세계에서 발을 뺀 건 아니니까요. 마리오를 대신할 사람을 이미 발견해 두었는지도 몰라요."

랜들은 그래도 머리를 저었다.

"그러나 아마서는 그런 일에 목을 디밀 유형이 아니오. 그런 짓을 안 해도 충분히 돈을 벌고 있으니까. 당신은 그를 어떻게 생각하오?"

그의 눈은 아무 표정이 없었다. 너무나도 표정이 없었다.

"나는 수상쩍게 생각합니다. 첫째, 돈은 아무리 있어도 지나친 게 아니니까요. 그리고 그의 직업은 오래 계속될 만한 것이 못 됩니다. 잘 될 때는 괜찮지만, 일단 안 되기 시작하면 아무도 거들떠보지 않아요. 영화배우와 같은 거죠. 직업을 이용해서 벌 대로 벌어 보겠다는 게 이상할 건 없지 않습니까."

"나도 좀 더 조사해 보겠소." 랜들은 말했다. "그러나 지금으로선 난 마리오를 조사해 보고 싶어요. 대체 당신은 그를 어떻게 알게 되었소?"

"상대편에서 전화를 걸어 왔지요. 내 이름을 전화 번호부에서 보고 알았다던데요."

"그러나 당신의 명함을 가지고 있었어."

나는 까맣게 잊고 있었다.

"참, 그랬었지. 깜박 잊고 있었군요."

"어째서 당신을 불렀는지 의심해 본 일은 없소? 당신이 기억력이 나쁘다는 건 그렇다고 해 두고."

나는 커피 잔 너머로 그를 보았다. 나는 랜들이 좋아졌다. 그의 조끼 밑에 있는 것은 셔츠만은 아니었다.

"당신이 온 건 그 일 때문이군요?" 하고 나는 물었다.

그는 끄덕였다.

"이제까지의 이야기는 여담이었지." 그는 온화하게 웃음지으며 내 말을 기다리고 있었다. 나는 또 커피를 따랐다.

랜들은 몸을 일으키고 내 눈을 보았다.

"이런 식으로 말을 꺼내지 않아도 좋았지만" 하고 그는 말했다.

"당신이 마리오에 대해 생각하고 있는 건 나도 옳은 줄 알고 있소. 금고에 현금으로 2만 3천 달러가 들어 있더군. 주식도 있었고, 서 54번 거리 가옥의 권리 증서도 갖고 있었소."

그는 커피 잔 받침 접시의 가장자리를 스푼으로 가볍게 두드리며 웃음지었다.

"어때요, 흥미를 느꼈소?" 하고 그가 나에게 물었다. "번지수는 1644번이오."

"으음." 나는 무거운 심정으로 말했다.

"그렇지, 그 밖에 보석도 있었소. 값진 것이었는데, 훔친 건 아닐 테고 아마 얻은 걸 거요. 그러나 팔기엔 겁이 났던 거요. 여러 가지로 생각될 테니까."

나는 고개를 끄덕였다.

"그의 심정으로는 훔친 거나 같았겠지요."

"그렇겠지. 그리고 서 54번 거리의 집은 처음엔 마음에 두고 있지도 않았소. 이것이 마음에 걸리게 된 건 이런 경위였소. 우리는 매일 사방의 경찰서에서 살인 사건이나 사망 원인이 의심스러운 시체에 대해 보고받고 있는데, 그 보고서는 그 날로 읽지 않으면 안되오. 규칙이 그렇게 되어 있지. 영장 없이 수색을 해서는 안 된다든가, 정당한 이유 없이 신체 검사를 해선 안 되는 것과 같은 규칙이지만, 그러나 우리는 가끔 규칙을 어겨요. 어기지 않을 수가 없으니까. 그런 까닭으로 지난 주 목요일 센트럴 거리의 흑인 살해 사건 보고를 오늘 아침에야 처음으로 읽었는데, 범인은 큰 사슴 마로이라는 전과자더군. 그리고 증인으로서 당신 이름이 써 있질 않겠소."

랜들은 잠시 말을 끊고 내 얼굴을 보고 있었다.

"어떻소, 흥미있소?"

"그 다음을 이야기해 주십시오."

"이건 오늘 아침 일이었소. 누가 보고했는지 보니 나르티였소. 이 사건은 영 틀렸다 생각한 모양이지. 나르티는 그런 친구요. 당신은 크레스트라인에 가 본 적이 있소?"

"있지요."

"크레스트라인 부근에 헌 화차를 캐빈으로 만들어 놓은 곳이 있는데, 나는 거기에 캐빈을 가지고 있소. 화차가 아니지. 화차를 트럭으로 실어다가 바퀴 없이 놓아 둔 거요. 나르티는 말하자면 그 화차의 브레이크 담당에 꼭 맞는 사나이요."

"지독한 말씀을 하시는군요." 나는 말했다. "동료가 아닙니까."

"아무튼 나는 나르티를 불러 수사의 경위를 물었소. 그랬다가 마로이에게 전에 벨마라는 여자가 있어, 당신이 그 여자에 대해 알아보기 위해 도박장 전 주인의 마누라를 찾아갔던 걸 알았소. 그게 서 54번 거리 1644번지로, 마리오가 저당잡고 있는 집이오."

"그래서요?"

"우연치고는 너무 우연이라서 말씀이야. 그저 그렇다는 말이오. 난 지금까지 무리한 짓은 하지 않았소." 랜들은 말했다.

"그러나 수확은 없었어요." 나는 말했다. "플로리안 부인의 말에 따르면 벨마라는 여자는 죽었답니다. 사진이 있었습니다만."

나는 거실로 가서 양복저고리에 손을 넣어 보고 빈 주머니인 것을 이상하게 여겼다. 그러나 사진은 그대로 있었다. 나는 사진을 꺼내 부엌으로 가져와서 어릿광대 모습의 여자 사진을 랜들에게 던져 주었다.

"처음 보는 얼굴인데." 랜들은 사진을 보면서 말했다. "그 사진은?"

"아니, 이건 신문사에서 얻어 온 그레일 부인의 사진입니다. 앤 리아든이 얻어 왔더군요."

랜들은 커다랗게 고개를 끄덕이며 말했다.

"이 여자라면 나도 결혼하고 싶어지는 여자지."

"그런데 얘기해 둘 게 있어요. 내가 봉변당한 병원은 베이 시티의 데스칸소 23번 거리에 있습니다. 존더보그라는 자가 경영하는데, 자기 말로는 의사라고 했지만 그는 범인 은신처를 부업으로 경영하고 있어요. 나는 거기서 큰 사슴 마로이를 보았지요."

랜들은 고쳐 앉으며 나를 쳐다보았다.

"정말이오?"

"정말이다마다요. 그놈을 잘 못 볼 사람이 어디 있겠소. 그런 도깨비 같은 덩치는 이 세상에 하나밖에 없는걸요."

그는 한참 동안 몸을 움직이지 않았다. 이윽고 천천히 일어서며 말했다.

"플로리안이라는 여자를 만나러 갑시다."

"마로이는 어떻게 하고요?"

그는 다시 한 번 앉았다.

"좀더 자세히 이야기해 주구려."

나는 상세히 이야기했다. 그는 내 얼굴에서 눈을 떼지 않고 듣고 있었다. 눈도 깜박이지 않았다. 그의 손가락은 탁자 끝을 조용히 두드리고 있었다. 내 이야기가 끝나자 그는 말했다.

"그 존더보그란 어떤 사람이었소?"

"마약 장사를 하고 있을 테지만……."

나는 될 수 있는 대로 자세하게 그의 인상을 이야기했다. 랜들은 옆방으로 가서 전화를 걸기 시작했다. 오랫동안 나직한 소리로 이야기를 하고 있었다.

나는 커피를 다시 끓이고, 계란 두 개를 삶아 토스트 두 장을 만들어 버터를 발랐다. 랜들은 나와 마주앉아 손으로 턱을 싸안고 얼굴을 내밀었다.

"위생과 마약 담당자에게 중독 환자로 가장하여 가 보도록 시켰소. 뭔가 탐지해 오겠지. 마로이는 이미 없을 거요. 당신이 돌아온 10분 뒤에 거기를 나왔을 거요. 이건 내기를 걸어도 좋소."

"베이 시티의 경찰은 이대로 내버려 둘 건가요?" 나는 계란에 소금을 치며 말했다.

랜들은 아무 말도 하지 않았다. 눈을 들어 보니 그는 온 얼굴이 벌겋게 되어 불쾌한 표정을 짓고 있었다.

"경찰관치고는 매우 신경이 날카로우시군요" 하고 나는 말했다.

"빨리 먹고 나갑시다."

"아직 멀었어요. 샤워를 하고 수염을 깎고 옷을 입어야 하니까요."

"잠옷으로는 못 가오?" 그는 쌀쌀하게 말했다. "이 동네는 그렇게 타락했소?"

"레어드 부르넷의 동네니까요. 시장을 당선시키는 데 3만 달러를 썼다더군요."

"벨베디아 클럽을 갖고 있는 친구 말이오?"

"그리고 도박선 두 척. 우리는 그 동네에 살고 있으니까요" 하고 나는 말했다.

그는 아름답게 빛나는 손톱을 보고 있었다.

"당신 사무실에 들러 나머지 담배를 얻어 가야겠소." 그는 말했다.

"없어지지 않고 아직 있다면 말이지만……" 그는 손가락을 울렸다. "열쇠를 빌려 주면 당신이 면도를 하고 옷을 입을 동안 내가 갖고 오겠소."

"같이 가십시다. 편지가 와 있을지도 모르니까. "

그는 고개를 끄덕이고 담배에 불을 붙였다. 나는 면도를 하고 옷을 입고 랜들의 차에 올랐다.

편지는 와 있었지만 읽을 필요가 있는 것은 없었다. 서랍 속에는 두 대의 담배가 그대로 있었다. 사무실을 수색당한 흔적도 없었다.

랜들은 담배 냄새를 맡아 보고 주머니에 넣었다.

"그는 당신한테서 명함 한 장을 되찾았어. " 그는 말했다. "명함에는 아무것도 써 있지 않았소. 그래서 나머지 두 개비를 되찾으려 하지 않았던 거요, 아마서는 별로 신경을 쓰고 있지 않아. 그저 당신이 무슨 짓을 하지나 않을까 생각했을 뿐이지. 갑시다. "

30

수다쟁이 노파는 입구 문에서 1인치 가량 코를 내밀고, 처음 핀 제비꽃 냄새를 맡는 것처럼 코를 벌름거리며 한길을 두리번거리고 나서 백발 머리를 끄덕였다. 랜들과 나는 모자를 벗고 인사를 했다. 이 근방에 오면 나도 발렌티노와 어깨를 나란히 할 수 있는 모양이다. 그녀는 나를 알아보는 것 같았다.

"안녕하세요, 모리슨 부인" 하고 나는 말했다. "잠깐 실례해도 괜찮겠습니까? 이분은 본서의 랜들 경감입니다."

"이를 어쩌나, 다림질을 해야 하는데……."

"잠깐이면 됩니다."

그녀는 문에서 한 발 물러섰다. 우리는 창에 레이스 커튼이 걸려 있는 산뜻한 거실로 들어갔다. 뒷방에서 다림질하는 냄새가 났다. 그녀는 뒷방 문을 살며시 닫았다.

오늘 아침 그녀는 파란색과 흰색의 고무로 된 앞치마를 두르고 있었다. 눈은 여전히 날카롭게 반짝였다. 그리고 나에게서 1피트쯤 떨어진 곳에 자리를 잡고, 얼굴을 앞으로 내밀고 내 눈을 보았다.

"오지 않았어요."

나는 고개를 끄덕이고 랜들을 보았다. 랜들도 머리를 움직여 끄덕였다. 그는 창가로 가서 플로리안 부인 집을 엿보고 소프트 모자를 겨드랑이에 낀 채 학생극의 프랑스 백작 같은 점잔뺀 태도로 돌아왔다.

"역시 안 왔군" 하고 나는 말했다.

"안 왔어요. 만우절이 진짜가 된 거죠." 그녀는 이렇게 말하고 기쁜 듯이 웃었다. 그리고 앞치마로 입을 닦으려다가 고무 앞치마임을 알고 계면쩍은 얼굴을 했다.

"우체부가 왔다가 그냥 지나가니까 그 여자가 불렀는데, 머리를 흔들며 가 버리더군요. 문을 요란하게 닫았죠. 문이 부서지는 줄 알았지 뭐예요."

"알겠습니다." 나는 말했다.

노파는 랜들을 보고 날카로운 어조로 말했다.

"배지를 보여 주셔야겠어요. 이 젊은 양반은 요전에 술 냄새를 풍기고 있었어요. 그래서 난 아직 믿지를 않는다오."

랜들은 금색과 청색으로 된 에나멜 배지를 주머니에서 꺼내 그녀에게 보였다.

"진짜 같군요." 그녀는 승인했다. "그래, 일요일에는 아무런 이상도 없었어요. 술을 사러 나가서 네모난 병을 두 개 안고 돌아왔을 뿐이에요."

"진이군." 나는 말했다. "아시지요? 태생이 좋은 사람은 진을 마시지 않지요."

"태생이 좋은 사람은 술 같은 거 마시지 않아요." 하고 그녀는 말했다.

"글쎄요." 나는 말했다. "월요일에도, 말하자면 오늘인데, 우체부는 그냥 지나가 버렸을 테니 이번에야말로 그녀는 정말로 화가 났겠군."

"안 들어도 안다는 말인가요? 어째서 그렇게 쓸데없는 말을 하고 싶어할까."

"미안합니다, 모리슨 부인. 중대한 일이어서 그만……"

"하지만 난 이렇게 가만히 있잖아요."

"결혼을 하셨기 때문이죠." 나는 말했다. "연습을 많이 했기 때문입니다."

노파의 얼굴이 제비꽃빛으로 변했다. "내가 경찰을 부르기 전에 어서 여기서 나가세요!" 하고 그녀는 소리질렀다.

"경찰은 바로 여기 있습니다, 아주머니. 걱정할 것 없어요." 랜들은 빠른 어조로 말했다.

"정말 그렇지." 그녀는 순순히 시인했다. "왠지 이 사람은 처음부터 좋지 않더라니까."

"아무튼 플로리안 부인 댁에 오늘도 등기 우편이 안 왔다는 말씀이로군요." 하고 랜들이 말했다.

"그래요."

그녀는 소리를 낮추어서 말했다. 비밀 이야기를 하고 있는 것 같은 눈초리였다.

"어젯밤에 손님이 있었다오. 모습은 못 봤지만 말이에요. 누가 영화구경을 시켜 주어서 갔다가 돌아왔을 적에. 아니, 그렇지 않아, 집까지 바래다 줘서 내가 집에 들어온 뒤였어요. 자동차가 한 대 옆집에서 나갔어요. 굉장한 속력으로 불도 켜지 않고 말이에요. 물론 번호는 보이지 않았지요……"

그녀는 비밀 이야기를 하고 있는 것 같은 눈초리를 한 채 나를 곁눈으로 흘겨봤다. 나는 그녀가 왜 그런 눈초리를 하는 것일까 생각했다. 창가로 가서 레이스 커튼을 쳐들었다. 잿빛이 도는 푸른 제복의 사나이가 다가왔다. 그 사나이는 어깨에 큼직한 가죽 가방을 메고 챙 있는 제모를 쓰고 있었다.

나는 싱글벙글 웃으며 창가에서 얼굴을 돌리고 그녀에게 말했다.

"솜씨가 좀 떨어졌군. 내년엔 C클래스의 마이너 리그 유격수쯤 되겠는데요." 나는 그녀에게 말했다.

"쓸데없는 소리 말아요." 랜들이 말했다.

"이 창문에서 한 번 내다보십시오."

그는 창가로 와서 내다봤다. 그의 얼굴 표정이 굳어졌다. 그는 모리슨 부인의 얼굴을 그윽이 바라보았다. 그리고 뭔가를 기다리고 있었다. 세상에 단 한 종류밖에 없는 소리를 기다리고 있는 것이었다.

이내 그 소리가 들렸다. 문의 우편함에 뭔가를 넣는 소리였다. 발소리가 문에서 한길로 멀어져 갔다. 랜들은 다시 창 밖을 내다봤다. 우편 배달부는 플로리안 부인 집 앞에서는 멈추지 않았다. 무거운 가죽 가방을 멘 블루 그레이의 뒷모습이 멀어져 갔다.

랜들은 그녀 쪽을 돌아보고 지극히 정중한 말투로 물었다.

"이 부근에서는 오전에 우편이 몇 번 배달됩니까, 모리슨 부인?"

"한 번뿐이에요." 그녀는 체념한 듯 말했다. "오전에 한 번, 오후에 한 번……."

침착하지 못한 눈초리였다. 토끼 같은 턱이 떨리고 있는 것 같았다. 그녀의 손이 고무 앞치맛자락을 꼭 움켜쥐고 있었다.

"오전의 배달은 지금 끝났소." 랜들은 말했다. "등기 우편도 같은 배달부가 가져오나요?"

"언제나 속달로 왔어요."

"그러나 토요일엔 우체부를 쫓아가서 묻고 있더라고 하지 않았소? 속달로 왔다는 말은 안 했는데요."

그가 일을 하고 있는 모습을 보고 있는 것이 즐거웠다. 나 아닌 다른 사람을 상대하고 있는 모습이.

그녀는 입을 벌린 채 잠자코 있었다. 이가 반짝거리고 있었다. 그러다가 갑자기 비명 같은 소리를 지르며 앞치마로 얼굴을 가리고 방에서 달려나갔다.

랜들은 그 뒷모습을 바라보며 쓰게 웃었다.

"훌륭했소." 나는 말했다. "하지만 유쾌하지는 않았소. 상대가 노파라서 말입니다."

그는 아직도 쓴웃음을 계속 짓고 있었다.

"뻔한 줄거리지." 하고 그는 어깨를 추슬렀다. "경찰은 항상 이래서 고생을 하는 거지. 처음에는 사실을 말하지만 아무것도 할 말이 없으면 아무렇게나 지껄여 대는 법이거든."

우리는 정면의 문을 조용히 닫고, 망을 친 문이 소리나지 않도록 조심해서 조용히 집 밖으로 나갔다. 랜들은 모자를 쓰고 한숨을 쉬었다. 그리고는 어깨를 추스르고 깨끗이 손질된 손을 과장되게 벌렸다. 뒤쪽 방에서 가느다란 울음 소리가 아직 들리고 있었다.

우체부의 뒷모습이 두 채 앞쪽의 집 앞에 보이고 있었다.

"이게 경찰의 일이지." 랜들은 작은 소리로 말하고 입술을 일그러뜨렸다.

우리는 플로리안 부인의 집 쪽으로 걸어갔다. 빨래가 아직 그대로 널려 있었다. 마를 대로 말라 누렇게 된 채 철사 줄에서 나부끼고 있었다. 우리는 벨을 울렸다. 대답이 없었다. 문을 두드렸다. 역시 대답이 없었다.

"요 먼저 왔을 땐 잠겨 있지 않는데." 내가 말했다.

랜들은 한길에서 보이지 않도록 몸 그늘에서 문을 건드려 보았다. 잠겨 있었다. 우리는 집 뒤로 돌아갔다. 뒷문은 덧문이 닫혀 있었다.

랜들은 그 문을 두드렸다. 반응은 없었다. 그는 페인트칠이 거의 다 벗겨진 나무 계단을 내려와서, 다니지 않기 때문에 잡초가 우거진 길을 목조 차고 쪽으로 걸어갔다. 차고 문이 삐걱거리는 소리가 났다. 차고 안은 잡동사니로 그득했다. 땔감도 되지 않을 것 같은 구식 트렁크가 몇 개, 잔뜩 녹이 슨 원예 기구, 수없이 많은 빈 깡통, 문 양쪽 벽에 큰 거미가 별로 신통치 않은 모양의 거미줄을 쳐 놓고 있었다. 랜들은 나무 토막을 주워서 거미를 잡았다. 그는 차고 문을 닫고 나와 수다쟁이 노파의 반대쪽 옆집 현관으로 걸어가서 벨을 눌렀다. 대답이 없었다.

그는 어깨 너머로 한길을 둘러보면서 천천히 돌아왔다.

"뒷문이 제일 쉽겠어." 하고 그는 말했다. "옆집 노파도 이젠 가만 있겠지. 거짓말을 너무 많이 했으니까."

랜들은 뒷문 고리를 주머니칼로 벗겼다. 그곳은 뒤쪽 입구였다. 빈 깡통이 사방에 흩어져 굴러다니고 파리가 잔뜩 들끓었다.

"지독한데!" 하고 그는 말했다.

현관에서 부엌으로 통하는 문의 자물쇠는 5센트짜리 기성품 자물쇠라 쉽게 열렸다. 그러나 또 빗장이 걸려 있었다. 나는 말했다.

"이상한데. 달아났는지도 모르죠. 이렇게 문단속을 엄중히 하는 여자가 아니거든요."

"당신 모자가 내 것보다 헐었군." 문의 유리를 바라보며 랜들은 말했다. "빌려 주시오. 유리를 깹시다. 아니면 부수고 들어갈까?"

"걷어찹시다. 그게 빠르겠어요."

"좋아, 어디." 그는 한 발 물러났다가 한쪽 발을 마루와 평행으로 쳐들고 문을 찼다. 쿵 하는 소리가 나더니 문이 조금 열렸다. 우리는 문을 비집어 열고 리놀륨에 어질러진 금속 조각을 주워서 석조 개수대에 차곡차곡 얹어 놓았다. 그 옆에 빈 진 병이 9개 있었다.

파리 여러 마리가 닫힌 창가에서 날고 있었다. 고약한 냄새가 코를 찔렀다. 랜들은 방 복판에 서서 방 안의 상태를 주의 깊게 둘러보았다. 그런 다음 발소리가 나지 않도록 살금살금 걸어가 스윙도어를 구두 끝으로 조용히 밀고 거실로 들어갔다.

거실의 모습은 내가 기억하고 있는 것과 다르지 않았다. 라디오 소리는 나지 않았다.

"근사한 라디오로군." 랜들이 말했다. "비쌀 텐데, 돈을 준 거라면. 아니, 이건⋯⋯."

그는 허리를 굽히고 라디오 옆으로 돌아가 바닥에 굴러다니는 코드를 발로 움직였다. 코드 끝의 플러그가 보였다. 그는 라디오 정면의 다이얼을 돌리는 손잡이를 살폈다.

"음" 하고 말했다. "매끄럽군. 그리고 커. 영리한 놈인데, 가는 코드에는 지문이 남지 않을 테니까."

"라디오가 켜 있는지 어떤지 플러그를 꽂아 보십시오."

랜들이 몸을 구부리고 플러그를 끼웠다. 이내 전기가 켜졌다. 둔한 소리가 들리더니 금방 커다란 소리가 스피커에서 흐르기 시작했다. 랜들은 곧 발로 플러그를 뻈다. 소리는 금방 사라졌다.

그의 눈이 날카롭게 빛났다. 우리는 급히 침실로 들어갔다. 제시 피어스 플로리안 부인은 구겨진 목면 실내복을 입고, 침대에서 머리를 늘어뜨리고 있었다. 침대 기둥에 파리가 좋아하는 것이 잔뜩 달라붙어 있었다.

죽은 지 이미 몇 시간이나 지나 있었다. 랜들은 그녀에게 손을 대지 않았다. 그는 오랫동안 그녀를 내려다보고 있다가 내 얼굴을 보았다.

"머리가 부서졌어." 그는 말했다. "이게 이 사건의 주제가인 모양이야. 다만 이건 맨손으로 했어. 아주 큰 손이야. 몸에 남은 손가락 자국의 크기를 좀 보구려."

"당신이나 보시지요, 난 보고 싶지 않으니까." 나는 말했다. "나르
티가 안됐는데요, 이젠 단순한 흑인 살해 사건이 아니게 되었으니
까."

31

붉은 반점이 있는 검은 벌레가 말끔히 청소된 랜들의 책상 위를 슬금슬금 기면서, 날기 위해 바람의 방향을 시험하고 있는 것처럼 더듬이 두 개를 꿈틀거렸다. 벌레는 노파가 물건을 너무 과하게 들었을 때처럼 몸을 비치적거리며 기고 있었다. 경관 하나가 다른 책상에 앉아 구식 송화기를 향해서 지껄여 대고 있었다. 터널 안에서 작은 소리로 지껄이고 있는 것 같은 목소리였다. 그는 눈을 반쯤 감고, 커다란 흉터가 남아 있는 손가락 사이에, 타고 있는 담배를 끼우고 있었다.

벌레는 책상 끝까지 가 거기서 마룻바닥에 발랑 나가떨어져서 가느다란 다리를 힘없이 꼬물거리더니, 이윽고 죽은 듯이 움직이지 않게 되었다. 그러나 아무도 아랑곳하지 않고 내버려 두자 다시 다리를 꿈지럭거리며 가까스로 몸을 일으키는 데 성공했다. 그리고 방구석을 향해 엉금엉금 기어갔다.

벽에 설치한 확성기가 남 샌페드로 44번 거리의 강도 사건을 알렸다. 진한 회색 양복을 입고 회색 펠트 모자를 쓴 중년 남자라는 것이었다. 44번 거리를 동쪽으로 달려가 두 채의 집 사이에서 종적을 감춘 것이었다. '충분한 경계를 요함'이라고 아나운서는 말했다. 그 사나이는 32구경 권총을 가지고 있어 남 샌페드로 거리 3966번지의 그리스 인이 경영하는 음식점을 털고 달아난 것이었다.

아나운서의 목소리가 사라졌다. 이내 다른 아나운서의 목소리가 들리더니 단조로운 어조로 도난 자동차의 리스트를 읽기 시작했다. 리스트는 두 번 되풀이되었다.

문이 열리더니 랜들이 타이프라이터로 친 종이를 들고 들어왔다. 그는 방을 가로질러 책상에 앉자 내 앞에 종이를 내밀었다.

"넉 장 복사되어 있으니까 모두 다 서명해 주시오." 그는 말했다.

나는 복사된 넉 장에 서명을 했다.

붉은 벌레는 방구석까지 기어가서 더듬이를 놀려 날아오를 장소를 찾았으나, 적당한 장소가 없는 데에 실망하고 다음 구석으로 기어가기 시작했다. 나는 담배에 불을 붙였다. 송화기에 대고 지껄여 대던 경관은 일어나 방을 나갔다.

랜들은 의자에 등을 기댔다. 여전히 냉정하고 침착해서, 필요하다면 준열해질 수도 있고 온화해질 수도 있는 태세였다.

"좀 이야기해둘 게 있소." 그는 말했다. "당신의 머리를 쉬게 해주기 위해서요. 이제 이 사건 때문에 골치를 썩이지 않아도 되도록 해주겠소. 우리도 당신이 그렇게 해주기를 바라고 있어요."

나는 그의 말을 기다렸다.

"지문은 없었소." 그는 말했다. "어느 장소를 말하는 것인지 알 거요. 라디오는 코드를 잡아당겨 꺼 놓았지만, 아마 켠 것은 그 여자였겠지. 이건 틀림없소. 주정뱅이는 라디오를 크게 켜는 법이거든. 장갑을 끼고 죽이면서 권총 소리나 무슨 소리를 지우기 위해 라디오를 켰다 하더라도 같은 방법으로 끌 수가 있지. 하지만 그렇지는 않았을 거요. 게다가 여자의 목뼈가 부러져 있으므로 머리를 부수기 전에 죽었을 거요. 하지만 무엇 때문에 그런 짓을 했을까?"

"난 그냥 듣고 있을 뿐인데요."

랜들은 쓴웃음을 머금었다.

"아마 여자의 목뼈가 부러진 걸 몰랐을 거요. 그만큼 그 여자에게 화가 났던 거야, 내 추측이지만."

나는 연기를 내뿜고 얼굴 앞의 연기를 휘저었다.

"그러나 왜 화가 났을까? 그가 오레곤 주의 은행 강도 사건으로 플로리안 가게에서 잡혔을 때 막대한 상금이 지불되었소. 상금을 탄 건 엉터리 변호사인데, 그 친구는 이미 죽었지만 아마 플로리안 부부도 분배받았을 거요. 마로이는 그걸 의심하고 있었던 거요. 알고 있었는지도 모르지. 그래서 여자에게 실토하게 하려고 그랬는지도 모르오."

나는 고개를 끄덕였다. 랜들은 이야기를 계속했다.

"그는 그 여자의 목을 한 번 쥐었을 뿐이오. 그리고 잘못 쥐진 않았어. 그를 체포하면 목에 난 손가락 자국의 크기로 사실이 증명될 수 있을지도 모르지. 의사는 어제 초저녁에 일어난 일이라고 하니까. 아무튼 아직 영화관이 끝나지 않았을 무렵이오. 현재로서는 마로이가 그곳에 갔는지 어떤지 판명되지 않았고, 적어도 부근을 조사한 바로는 판명되지 않았소. 그러나 틀림없이 마로이가 한 짓 같아."

"맞아요." 나는 말했다. "마로이가 틀림없어요. 하지만 죽일 마음은 없었을지도 모르오. 다만 힘이 너무 셌던 겁니다."

"그래도 살인임에는 틀림이 없소." 랜들은 냉담하게 말했다.

"알고 있어요. 난 그저 마로이가 살인을 할 유형의 인간이 아니라고 말하고 있을 뿐입니다. 물론 막다른 처지에 몰리게 되면 죽이겠지요. 그러나 도박이나 돈 때문에 살인을 하진 않을 겁니다. 특별히 여자를 죽이지는 않을 겁니다."

"그게 중요한 문젠가요?" 그는 천연스럽게 물었다.

"어떤 게 중요하고 어떤 게 중요하지 않는지는 당신이 더 잘 아시겠죠. 난 모릅니다."

그는 아무 말도 하지 않고 언제까지나 나를 바라보고 있었다. 그러는 동안에 아나운서가 남 샌페드로의 그리스 인 음식점의 강도 사건에 대해 그 뒤의 경과를 발표했다. 용의자가 체포되었다는 것이다. 나중에 안 일이지만, 그 용의자란 물총을 가진 14살 난 멕시코 소년이었다.

랜들은 아나운서의 보고가 끝나기를 기다렸다가 다시 입을 열었다.

"우리는 오늘 아침에 친한 벗이었소. 이대로 친구로 있고 싶소. 집에 돌아가서 편히 쉬도록 하구려. 꽤 지쳐 있을 거요. 마리오의 살인 사건도, 큰 사슴 마로이를 찾아 내는 일도 나와 경찰에 맡겨 두도록 하고."

"나는 마리오 사건에 대해서는 보수를 받고 있어요." 나는 말했다. "거기다가 난 실패를 했어요. 그레일 부인에게도 의뢰를 받고 있고요. 그런데 나더러 어쩌라는 겁니까, 은퇴해서 저금한 돈으로 살아가란 말입니까?"

그는 다시 나를 보았다.

"알아요, 나도 억지 소리는 않겠소. 당신들은 엄연히 인가를 받고 있으니까. 허가증을 사무실 벽에 매달아 놓고 구경하려는 것도 아닐 테니까 일하는 걸 잔소리할 권리야 아무도 없지. 하지만 경찰의 비위를 건드려서 좋을 건 없다는 걸 알아 두시오."

"그레일이 붙어 있으면 마음대로 행동할 수 없지 않겠습니까."

랜들은 뭔가 생각하고 있었다. 내가 한 말이 반만이라도 진실이라는 걸 인정하고 싶지 않았던 것이다. 그는 씁쓰레한 얼굴을 하고 손가락으로 책상을 두드렸다.

"우리는 서로를 잘 알고 있소." 그는 한참 있다가 말했다. "이 사건을 깊이 파고들면 당신은 틀림없이 거북한 입장에 놓이게 될 거요, 여태까지는 그럭저럭 해 온 모양이나, 앞으로 벌어질 일은 모르오. 점점 경찰의 미움을 받게 돼서 일을 못 하게 될걸."

"사립 탐정은 모두 그 문제에 부닥치고 있지요. 이혼 사건을 전문으로 다루고 있는 자 말고는 말이오."

"살인 사건을 다뤄서는 안 된다는 말이오."

"당신 말은 잘 압니다. 난 그렇다고 경찰이 못하는 큰일을 하려는 건 아닙니다. 내가 하려는 것은 사립 탐정에게 알맞는 조그만 일이란 말입니다."

그는 천천히 몸을 앞으로 내밀어 왔다. 포인세티아가 제시 플로리안 부인의 집 정면 벽을 두드리고 있는 것처럼 그의 가느다란 손가락이 책상을 가볍게 두드렸다. 그의 매끄러운 잿빛 머리가 빛났다. 그리고 냉정한 눈동자를 내 눈으로 돌렸다.

"아까 하던 이야기의 계속인데……." 하고 그는 말했다. "아마서는 여행을 떠났소. 부인인지 비선지 모르지만 여자가 행선지는 모른다고 하더군. 인디언도 보이지 않소. 당신은 그 친구들을 고발할 작정이오?"

"아니오, 증거를 굳히기가 어려워서요."

랜들은 한시름 놓은 것 같았다.

"여자는 당신 이름을 들은 적이 없다고 말하고 있소. 베이 시티의 경찰에 대한 것은, 만일 경찰이었다 하더라도 내 권한으론 어쩔 수 없소. 난 더 이상 사건을 어렵게 만들고 싶지 않소. 한 가지 내가 확신하고 있는 건, 아마서는 마리오 살해에 관계가 없다는 사실이오, 아마서의 명함이 들어 있던 담배는 아마 무슨 연극이었을 거요."

"존더보그는?"

그는 두 손을 벌렸다.

"삼십육계 줄행랑이오. 문이 잠기고 집은 비어 있소. 허둥지둥 떠난 모양인지 지문이 많이 남아 있었소. 조사하려면 1주일은 걸리겠지. 벽에 금고를 숨겼는데 지금 열고 있소. 보나마나 마약이 들어 있겠지. 그 밖에도 뭔가 있을는지 모르오. 존더보그는 분명히 어느 경찰서에 기록이 남아 있는 자일 거요. 낙태나 권총 상처의 치료를 했다든가, 지문 바꾸는 수술을 했다든가 마약을 부정하게 사용했던 일로 틀림없이 기록이 남아 있을 거요."

"개업의라고 하던데요."

랜들은 어깨를 추슬렀다.

"개업한 적도 있었겠지. 그러니까 검거되어도 아마 유죄로 된 적은 없었을 거요. 5년 전에 마약 밀매로 고발된 자로서 지금 팜스프링즈에서 개업하고 있는 의사를 난 알고 있소. 죄상이 명백한데도 확증을 잡지 못했던 거요. 그 밖에 뭐 알고 싶은 게 있소?"

"부르넷이란 어떤 잡니까?"

"노름꾼이오. 별로 힘들이지 않고 돈을 많이 벌었지."

"잘 알았습니다." 나는 일어나면서 말했다. "그러나 마리오를 죽인 보석 갱에 대해서는 여전히 잘 모르는군요."

"말 못할 것도 있소."

"그건 압니다." 나는 말했다. "그런데 제시 플로리안이 내가 두 번째 갔을 적에 마리오에게 고용된 적이 있었다고 말했소. 매달 송금하고 있었던 것은 그 때문인데, 그 증거라도 있었나요?"

"있었소. 금고 속에 그 여자가 보낸 인사 편지가 들어 있더군." 랜들은 차츰 초조해지는 모양이었다. "그만 하면 되었겠지? 어서 돌아가 쉬도록 해요."

"그런 편지를 간직해 두다니, 그 친구도 꽤 친절하군."

그는 눈을 들어 내 얼굴을 보는 체하더니 이내 눈꺼풀을 반쯤 감고 그대로 10초쯤 나를 보고 있었다. 그리고 웃음 지었다. 그가 이렇게 웃어 보이는 것은 드물다. 1주일치의 웃음을 하루에 다 써 버린 것 같았다.

"그 점에 대해 난 이렇게 해석하고 있다오." 그는 말했다. "묘한 일이지만 그게 사람의 습성이거든. 마리오는 항상 어떤 불안을 느끼며 살던 자요. 악인은 누구나 도박 정신을 갖고 있는데, 도박에는 미신이 따르기 마련이지. 제시 플로리안은 마리오의 행운의 부적이나 다름없었던 거요. 마리오는 그 여자를 돌봐 주고 있는 한 나쁜 일은 생기지 않으리라고 믿었던 거지."

나는 얼굴을 뒤로 돌려 대가리가 붉은 벌레를 찾았다. 벌레는 방의 두 군데 구석을 시험해 보고 지금 실망하여 세 번째 구석을 향해 기어가고 있었다. 나는 가서 손수건에다 벌레를 싸서 책상으로 가지고 왔다.

"보세요." 나는 말했다. "여기는 18층입니다. 이 작은 벌레는 오로지 친구를 만들고 싶은 나머지 여기까지 올라왔어요. 친구란 납니다. 이 벌레는 나의 부적입니다." 나는 벌레를 주의 깊게 손수건의 보드라운 부분에다 싸서 주머니에 넣었다. 랜들은 눈을 동그랗게 뜨고 내가 하는 행동을 보고 있었다. 입이 움직였으나 아무 말도 하지 않았다.

"마리오는 누구의 부적이었을까?" 하고 나는 말했다.

"당신 것은 아니오." 그의 목소리는 차갑고 비꼬는 투였다.

"당신 것도 아니지요." 내 목소리는 보통 목소리였다. 나는 방을 나와 문을 닫았다.

나는 급행 엘리베이터로 스프링 거리의 입구로 나가서 계단 밑에 있는 화단 수풀 밑에다 붉은 색 벌레를 조심조심 내려놓았다.

나는 집으로 돌아가는 택시 안에서 그 벌레가 다시 한 번 살인과까지 올라가려면 며칠이나 걸릴까 하고 생각했다. 나는 아파트 뒤의 차고에서 자동차를 꺼내 할리우드에서 점심을 먹고 베이 시티로 갔다. 해안은 활짝 개어 있고 바람이 시원한 아름다운 오후였다. 나는 3번 거리에서 알게르 부르바드를 구부러져 시청으로 차를 몰았다.

32

윤택한 동네인데도 그 건물은 형편없었다. 정면의 잔디밭이 한길로 쏟아져 나오지 않도록 떠받치고 있는 벽을 따라 부랑자들이 쫓겨나지도 않고 긴 줄을 짓고 있었다. 건물은 3층인데 옥상에 종루가 있고 종이 매달려 있었다. 예전에 이 종을 울려서 도탑고 친절한 마음의 소방대를 소집하였던 것이다.

쩍쩍 갈라진 포석 통로로 해서 계단을 올라가니 이중문이 좌우로 열려 있었다. 시청이면 어디나 있는 사건 브로커들이 몰려서 무언가 일어나기를 기다리고 있었다. 배를 내밀고 눈알을 굴리며 고급 양복을 입고 있는 축들인데, 모두 익숙한 태도였다. 그들은 4인치쯤 길을 트고 나를 보내 주었다.

안으로 들어가니 매킨리 대통령의 취임식 이래 청소를 한 적이 없는 것 같은 길고 어두운 복도였다. 나무로 된 화살표가 경찰의 접수구를 나타내고 있었다. 소형 실내 통화기를 설치한 더러운 책상 뒤에서 제복 차림의 경관이 자고 있었다. 윗도리를 벗은 사복 차림의 사나이가 석간에서 눈을 떼고 10피트 앞에 있는 타구를 덜그덕거리며 하품을 하고 나서, 서장실은 2층 뒤편이라고 말했다.

2층은 좀 밝고 깨끗했다. 그러나 깨끗해서 환한 것은 아니었다. 복도의 거의 막다른 곳인 바다 쪽의 문 하나에 '서장 존 왁스, 들어오시오'라고 써 있었다.

방 안에는 나지막한 나무 울타리가 있고, 제복 경관이 그 너머에서 손가락 두 개로 타이프라이터를 치고 있었다. 그는 내 명함을 받자 하품을 하고, 잠시 기다려 달라고 말한 다음 '서장 존 왁스, 무단 출입을 금함'이라고 써 놓은 문 너머로 들어갔다. 그리고 다시 나오더니 문을 연 채 손으로 누르며 나를 안으로 들여보냈다.

나는 그 문으로 해서 서장실로 들어갔다. 삼면에 창문이 있는 큰 방이었다. 무솔리니의 방처럼 멀찌감치에 책상이 있어, 거기로 가려면 푸른 융단 위를 상당히 걸어가야 하므로 걸어가는 동안 눈이 족제비 눈처럼 작고 동그래질 것이 틀림없었다.

나는 그 책상 앞으로 걸어갔다. 책상 위에 '서장 존 왁스'라는 패찰이 있었다. 이 이름은 욀 수 있을 거라고 생각했다. 나는 책상 너머에 있는 사나이를 보았다. 머리에 지푸라기는 꽂혀 있지 않았다. 책상 너머에 짧은 핑크색 머리카락 사이로 핑크색 머리 밑이 보이는 뚱뚱하고 왜소한 사나이가 앉아 있었다. 눈꺼풀이 처진 작은 눈이 벼룩처럼 침착함이 없이 움직이고 있었다. 연한 갈색 플란넬 양복에 커피색 와이셔츠와 넥타이를 매고, 다이아몬드 반지를 끼고, 다이아몬드가 박힌 클럽의 핀을 양복 깃에 찌르고, 가슴 주머니의 손수건 끝을 셋으로 뾰족하게 모를 내고 있었으나, 규정된 3인치를 조금 넘고 있었다.

살집 좋은 손가락 사이에 내 명함이 끼어 있었다. 그는 명함의 글씨를 읽고, 뒤집어서 아무것도 인쇄되어 있지 않음을 확인하고 다시 거죽의 글씨를 읽은 다음 책상 위에 놓고 원숭이 모양을 한 청동 문진을 그 위에다 얹었다.

그가 혈색 좋은 손을 나에게 내밀어 내가 악수를 하자 의자를 가리켰다.

"앉으시오, 마로우 씨. 무슨 용건인가요?"

"사소한 사건입니다. 별건 아닙니다만……."

"사건?" 그는 부드러운 목소리로 말했다. "사소한 사건이라고요?"

그는 의자 속에서 몸을 비스듬히 하여 굵은 다리를 포갠 뒤 창 하나로 시선을 보냈다. 손으로 뜬 양말과 포도주에 담갔다 꺼낸 것 같은 색깔의 영국식 날가죽 구두가 내 눈에 비쳤다. 지갑 속까지 보인 건 아니지만, 틀림없이 5백 달러는 들어 있을 것이다. 하기야 아내의 지참금이라면 문제는 없다.

"이 고장엔 사건이라는 게 거의 없다오, 마로우 씨." 그는 부드러운 목소리로 말했다. "우리 고장은 작기는 하지만 매우 깨끗한 곳이오. 첫째, 서쪽 창으로는 태평양이 보입니다. 이렇게 깨끗한 곳은 없을걸요."

그는 3마일 앞바다에 떠 있는 두 척의 도박선에 대한 것은 말하지 않았다. 나도 그 말은 하지 않았다.

"확실히 그렇군요" 하고 나는 말했다.

그는 말을 계속했다.

"북쪽 창으로 바라보면 알게르 부르바드의 번화가와 아름다운 캘리포니아의 구릉이 보입니다. 창 바로 밑에는 정연한 상업 지구가 있지요. 어느 고장에서나 볼 수 있는 건 아닙니다. 내가 지금 보고 있는 남쪽 창으로는 규모는 작지만 설비와 환경으로는 그 어느 곳에도 지지 않는 요트 정박항이 보이고, 동쪽엔 창이 없지만 만일 있다면 사람들이 선망하는 대상이 되고 이상에 맞는 주택지가 보이죠, 이 고장에 사건 같은 건 거의 없을 텐데요."

"그렇다면 내가 짊어지고 왔다는 말씀이군요." 나는 말했다. "서장님의 부하 가운데에 갈브레이스라는 경관이 있습니까?"

"있는 것으로 아는데……" 그는 잠시 생각하다가 말했다. 그가 어떻게 했습니까?"

"이런 사람은요?" 나는 내 머리를 후려친, 수염을 기르고 말수 적은 또 한 사나이를 설명했다.

"언제나 갈브레이스와 함께 다니는 것 같았는데. 브레인이라고 합니다만, 아마 잘못 본 거겠지요."

"아니, 잘못 본 건 아닙니다" 하고 서장은 말했다. "수사과장인 브레인 경감이지요."

"여기서 두 사람을 만나게 해 주실 수 없겠습니까?"

그는 다시 내 명함을 들고 바라보았다.

그리고 명함을 놓더니 조용히 손을 흔들었다.

"분명한 이유 없이 만나게 해 드릴 수가 없소." 그는 말했다.

"그래요?" 나는 말했다. "그런데 죠르즈 아마서라는 사람을 아십니까? 신경과 전문의사로서 스틸우드 하이츠의 언덕 위에 살고 있지요."

"모르겠는데요. 그리고 스틸우드 하이츠는 내 관할이 아닙니다."

서장은 이렇게 말하면서 다른 일을 생각하고 있는 것 같았다.

"그게 도대체 이상하단 말입니다." 나는 말했다. "나는 일 관계로 아마서 씨를 만나러 갔었지요. 아마서 씨는 내가 협박하러 온 줄 알았던가 봅니다. 아마 그 사람 같은 직업을 가진 사람들은 곧 그렇게 생각하는 모양이지요. 인디언 경호원이 있어 내가 그놈에게 붙잡히는 통에 아마서에게 권총으로 호되게 얻어맞았습니다. 그런 다음 그 친구는 경관 두 사람을 불렀는데, 그것이 바로 갈브레이스와 브레인 씨

였단 말씀입니다."

왁스 서장은 책상을 톡톡 치며 눈을 거의 감고 있었으나, 두꺼운 눈꺼풀 사이로 차가운 눈동자가 가느다랗게 빛나며 나를 보고 있었다. 이윽고 그는 눈을 뜨고 웃음지었다.

"그리고 어떻게 되었습니까?" 그는 스토크 클럽의 경호원처럼 정중하게 물었다.

"나는 자동차에 실려 캄캄한 길로 끌려나갔는데, 차에서 내릴 적에 호되게 얻어맞았습니다."

그는 당연한 이야기를 듣고 있는 것 같은 태도로 고개를 끄덕였다.

"그것이 스틸우드 하이츠의 사건이란 말인가요?"

"그렇습니다."

"내가 당신을 어떻게 생각하고 있는지 아시오?" 그는 몸을 앞으로 내밀었다. 그러나 책상에 배가 닿아 내가 앉아 있는 곳과 제법 거리가 있었다.

"거짓말을 하는 줄 아시겠지요" 하고 나는 말했다.

"문은 저쪽에 있소." 그는 왼손 새끼손가락으로 문 쪽을 가리키며 말했다.

나는 일어나지 않았다. 잠자코 그를 보고 있었다. 그는 성이 나서 벨을 울리려고 했다. 나는 그제야 입을 열었다.

"우리 서로 그러지 맙시다. 당신은 보잘것없는 사립 탐정이 건방지다고 생각하겠지만, 솔직히 말해서 난 잔소리를 늘어놓으러 온 건 아닙니다. 경관에게도 실수가 있기 마련이니까요. 난 아마서에게 빚을 갚아야 하겠기에 갈브레이스의 힘을 빌리려고 왔을 뿐입니다. 브레인 씨한테까지 수고를 끼칠 건 없습니다. 갈브레이스만으로 충분합니다. 그리고 난 내 힘만으로 여기 온 게 아닙니다. 어엿한 후원자가 뒤에 있지요."

"어느 정도의?" 하고 서장은 물으며 재미있는 것처럼 웃었다.

"아스터 드라이브 862번지에 루인 로크리지 그레일 씨의 저택이 있지요."

그의 안색이 갑자기 변했다. 아주 다른 사람이 된 것 같았다.

"난 그레일 부인에게서 사건을 의뢰받았습니다."

"문을 좀 잠가 주시오." 그는 말했다. "당신은 나보다 젊으니까. 빗장도 걸고, 처음부터 이야기를 다시 시작합시다. 당신은 정직할 것 같군, 마로우 씨."

나는 일어서서 문을 잠갔다. 내가 책상으로 돌아오니 서장은 아름다운 병과 유리잔 두 개를 책상 위에 내놓고 있었다. 그는 칼다몸 열매를 한 줌 노트 위에 내놓고 양쪽 유리잔에다가 술을 그득그득 따랐다.

우리는 마셨다. 그가 칼다몸 열매를 몇 개인가 까서, 우리는 서로의 눈을 보며 잠자코 그 열매를 깨물어 먹었다.

"맛이 좋군." 그는 말했다. 그는 또 유리잔을 채웠다. 이번에는 내가 칼다몸 열매를 깔 차례였다. 그는 껍질을 책상에서 바닥으로 쓸어내리고는 웃으며 의자에 등을 기댔다.

"어디 들어 봅시다. 당신이 그레일 부인에게 의뢰받은 일은 아마서와 관계가 있는 일인가요?" 그는 말했다.

"관계는 있습니다. 하지만 우선 내 말이 사실인지 어떤지 확인부터 하시는 게 좋지 않을까요."

"딴은." 그는 수화기를 들고 조끼 호주머니에서 작은 수첩을 꺼내 전화 번호를 찾기 시작했다. "선거 운동에 기부한 사람의 명부지요" 하고 한쪽 눈을 찡긋해 보이면서 그는 말했다. "시장에게서 되도록 편의를 도모하라는 부탁을 받고 있어서요."

그는 수첩을 놓고 다이얼을 돌렸다.

내가 걸었을 때도 그랬지만 집사가 좀처럼 바꿔 주지 않는 모양이었다. 서장은 귀를 새빨갛게 해 가지고 짜증을 내고 있었다. 가까스로 그녀가 나왔다. 귀는 붉은 채였다. 그레일 부인은 별로 기분이 좋지 않은 눈치였다. "당신한테 할 말이 있다오." 그는 수화기를 내 쪽으로 내밀었다.

"필립입니다." 서장에게 눈짓을 하면서 나는 말했다.

차분하고 도발적인 웃음 소리가 들렸다.

"그 뚱뚱보 있는 데서 뭘 하고 계시지요?"

"지금 술 마시고 있습니다."

"그런 데서 술을 마시지 않으면 안 되나요?"

"일 관계 때문이죠. 그런데 무슨 소식은 없습니까?"

"없어요. 당신, 나를 한 시간이나 기다리게 했다는 거 아세요? 그런 일 당하고 가만 있을 여잔 줄 아세요?"

"엉뚱한 일에 걸려서 못 갔습니다. 오늘 저녁은 어떨까요?"

"글쎄요. 오늘 저녁은. 대관절 오늘이 무슨 요일이죠?"

"내가 전화를 드리죠. 약속을 해도 못 갈는지 모르니까요. 오늘은 금요일입니다."

"거짓말쟁이." 그녀는 부드럽게 쉰 목소리로 웃었다.

"월요일이에요. 같은 시간에 같은 곳, 이번에는 꼭 와야 해요."

"전화하겠습니다."

"안 오면 안 돼요."

"갈 수 있을지 어떨지 모르겠습니다. 내가 전화를 걸지요."

"애를 태울 속셈이군요. 알았어요. 당신 같은 사람을 상대한 내가 바보였지."

"이제야 아셨군요."

"세상에!"

"난 하찮은 사람이지만 직접 일을 해서 먹고 삽니다. 당신처럼 놀며 다닐 수는 없으니까요."

"맙소사! 이번에 만나기만 하면……."

"전화를 걸겠습니다."

그녀는 체념한 듯이 말했다.

"남자는 다 똑같군요."

"여자도 마찬가지죠. 최초의 아홉 명 뒤는 말입니다."

그레일 부인은 중얼대며 전화를 끊었다. 서장은 눈을 둥그렇게 뜨고 놀라고 있었다.

"보통 사이가 아니군요." 그는 뭔가 생각하는 듯한 표정으로 말했다.

"그레일 씨는 아무렇지도 않게 생각하고 있어요." 나는 말했다.

"너무 신경 쓰지 마십시오."

그는 못마땅한 얼굴을 하고 유리잔의 술을 마셨다. 칼다몸 열매를 매우 천천히, 아주 주의 깊게 깠다. 우리는 서로 눈을 보며 마셨다. 그는 유감스러운 듯이 병과 유리잔을 치우고 나서 실내 송화기의 스위치를 눌렀다.

"갈브레이스가 있거든 곧 보내 줘. 없으면 곧 연락을 하도록 해."

나는 일어서서 문의 쇠를 열었다. 이윽고 문 두드리는 소리가 나더니 헤밍웨이가 들어왔다. 그는 똑바로 왝스 서장 앞으로 걸어가서 책상가에 서더니 자못 경찰관다운 표정으로 서장을 보았다.

"필립 마로우 씨야." 서장은 사무 보는 말투로 말했다. "로스앤젤리스의 사립 탐정이지."

헤밍웨이는 얼굴을 조금 앞으로 돌리고 나를 보았다. 내 얼굴을 알고 있는 표정은 아니었다. 나는 그가 내민 손을 잡았다.

"마로우 씨는 이상한 이야기를 갖고 오셨어." 서장은 벽걸이 뒤의 리슐리외처럼 교활해 보이게 말했다. "스틸우드 하이츠에 사는 아마서라는 사람에 관한 일이야. 점쟁이 같은 짓을 하고 있는 사람이더군. 마로우 씨가 그를 만나러 갔을 때 마침 자네와 브레인이 그 자리에 있었던 모양이야. 자세한 이야기는 잊어버렸지만." 그는 짐짓 자세한 것을 잊어버린 듯한 표정으로 창 밖을 보았다.

"뭔가 잘못되었겠지요." 헤밍웨이는 말했다. "전 이분을 본 적이 없습니다."

"아니, 사실 잘못된 일이 있었던 걸세." 서장은 말했다. "대수로운 일은 아니지만 과실은 과실이야. 그러나 마로우 씨는 그런 일에는 신경을 쓰지 않아."

헤밍웨이는 다시 나를 보았다. 역시 돌 같은 표정이었다.

"그런데" 하고 서장은 말을 이었다. "다시 한 번 아마서를 만나러 가야겠는데, 누군가 같이 가 줬으면 하는 거야. 그래서 자네더러 같이 가 줬으면 하는 걸세. 의지할 만한 사람이 필요하다는 거야. 아마서에게는 인디언 경호원이 있어서 마로우 씨 혼자서는 자신이 없다는군. 아마서의 집을 알고 있나?"

"알 수 있겠지요." 헤밍웨이는 말했다. "하지만 스틸우드 하이츠는 관할 밖입니다. 직무로써 가는 건 아니겠죠?"

"말하자면 그렇지." 서장은 왼손 엄지손가락을 보며 말했다. "물론 법에 저촉되는 짓을 해서는 안 되지만 말이야."

"알고 있습니다." 헤밍웨이는 말했다. "언제 가는 겁니까?"

서장은 점잖게 내 얼굴을 보았다.

"당장이라도 좋습니다. 갈브레이스 씨만 좋다면." 나는 말했다.

"저는 서장님의 명령대로 합니다" 하고 헤밍웨이는 말했다.

서장은 뭔가 탐색하는 듯한 눈초리로 헤밍웨이를 보았다. "브레인은 어떤가?" 그는 칼다몸 열매를 씹으면서 물었다.

"역시 맹장이었습니다. 중태인 것 같습니다."

서장은 얼굴을 흐리더니 머리를 흔들었다. 그리고는 팔걸이 의자를 붙잡고 일어서서 나에게 윤기가 번지르르한 손을 내밀었다.

"갈브레이스를 동행시키겠습니다."

"수고하셨습니다. 감사합니다." 나는 말했다.

"아닙니다, 당연하지요. 내가 아는 사람의 친구를 위한 일이니까요."

그는 이렇게 말하고 나에게 한쪽 눈을 찡긋해 보였다. 헤밍웨이는 서장의 표정을 살피고 있었으나 아무 말도 하지 않았다.

우리는 서장의 정중한 배웅을 받고 복도로 나왔다. 문이 닫혔다. 헤밍웨이가 복도를 한 바퀴 둘러보고 나서 나를 보았다.

"썩 잘했는데." 그는 말했다. "우리가 듣지 못한 걸 알고 있는 모양이죠?"

33

자동차는 주택가를 조용히 달리고 있었다. 길 양쪽에 가로수 잎이 머리 위에서 포개져 푸른 터널을 이루었다. 푸른 잎새 사이로 햇빛이 길 위에 그림자를 던지고 있었다. 거리 모퉁이 표지판에 18번 거리라고 표시되었다.

헤밍웨이가 운전을 하고 나는 그의 옆자리에 앉아 있었다. 그는 무거운 표정으로 뭔가를 생각하면서 천천히 차를 몰았다.

"어디까지 이야기했소?" 그는 겨우 결심한 것처럼 말했다.

"당신과 브레인이 나를 차에서 내려놓고 뒤에서 때렸다고 했지. 그 뒤의 이야기는 하지 않았소."

"데스칸소 23번 거리의 이야기는 안 했소?"

"안 했소."

"어째서?"

"그래야 당신 힘을 빌릴 수 있을 것 같아서."

"그래? 정말 스틸우드 하이츠로 가는 거요? 아니면 구실인가?"

"구실이지. 어째서 나를 그 도깨비 소굴로 데려갔으며, 어째서 감금했는지 그 이유를 알고 싶소."

헤밍웨이는 눈살을 찌푸리며 생각하고 있었다. 이윽고 그는 무겁게 입을 열었다.

"우리가 뭐 당신한테 원한이 있어서 그랬던 건 아니오. 하지만 우린 그 점쟁이 선생과 친구 사이거든. 노상 협박하러 오는 놈이 있기 때문에 가끔 우리가 가주고 있지요. 당신이 놀랄 만큼 협박하러 오는 놈들이 많아요."

"놀랐는데." 나는 말했다.

그는 나에게 머리를 돌렸다. 잿빛 눈이 얼음덩어리 같았다. 그리고 먼지 낀 차 앞 유리를 통해 한길의 경치를 퀭한 눈으로 바라보면서 또 뭔가 생각하고 있었다.

"경관이란 이따금 사람을 때리고 싶어지는 법이지." 그는 말했다.

"솔직히 말해서 난 놀랐어요. 당신은 시멘트 부대처럼 뻗어 있었거든. 난 브레인에게 불평을 했지. 존더보그한테 데리고 간 건 거기서 가까웠고 친절한 사람이라 잘 돌봐 줄 줄 알고 그런 거요."

"나를 거기 데려다 준 걸 아마서는 알고 있소?"

"몰라요, 우리 생각으로 데리고 갔으니까."

"거기 같으면 후환이 없으리라고 생각했기 때문이겠지. 내가 고소를 하고 싶어도 진단서를 써 줄 의사가 없으니까 말이오. 하기야 정식으로 고소를 했댔자 이 고장에서는 받아 주지도 않겠지만……"

"고소를 할 작정이오?" 헤밍웨이는 물었다.

"아니, 고소는 하지 않겠소." 나는 말했다. "하지만 당신 목이 가는 실에 걸려 있는 것도 잊지는 말아요. 서장의 눈빛으로 알았을 거요. 나에게는 유력한 후원자가 있으니까."

"알고 있소." 그는 말했다. 그리고 창 밖으로 침을 뱉었다. "다음은 뭐요?"

"브레인은 정말로 병이 난 거요?"

헤밍웨이는 고개를 끄덕였다. 그러나 어찌 된 일인지 조금도 동정하는 눈치를 보이지 않았다.

"그저께 갑자기 복통을 일으켜 맹장이라는 걸 알았지만 수술이 늦어 버렸소. 살아날 가망성은 있지만 확실하다고는 할 수가 없지요."

"죽이기는 아까운데." 나는 말했다. "어느 경찰이건 그 같은 친구는 얻기 어려운 인재야."

헤밍웨이는 내가 한 말을 잠자코 새겼다가 차창으로 침과 함께 내뱉었다.

"좋소, 다음 질문은?" 하고 그는 말했다.

"당신은 나를 존더보그한테 데려다 준 이유를 말해 주었소. 그러나 왜 48시간이나 감금을 하고 마약 주사까지 놓았는지 그 이유는 말해 주지 않았소."

헤밍웨이는 조용히 브레이크를 걸어 자동차를 길모퉁이에 세웠다. 그리고 큼직한 손을 핸들 밑에다 놓고 엄지손가락을 가볍게 비볐다.

"그건 나도 모르는 일이오." 그는 기운 없는 목소리로 말했다.

"내가 가진 물건을 조사하면 사립 탐정이라는 건 금방 알지" 하고 나는 말했다. "열쇠도 있었고 돈도 있었고 거기다가 사진까지 두 장 가지고 있었소. 만일 그 의사가 당신들과 연락이 없었다면 내가 머리를 얻어맞은 건 나를 그 병원에 집어넣어 동정을 살피게 할 트릭이라고 생각했을 거요. 그러나 결과를 보니까 그 의사는 당신들과 연락이 있었던 것 같은데, 그 점이 도무지 모르겠단 말이오."

"모르는 게 좋아. 그편이 안전하니까."

"그러나 직성이 풀리지 않는걸."

"이 사건에는 로스앤젤리스의 경찰이 관계하고 있는 거요?" 그가 물었다.

"어느 사건?"

"존더보그 사건 말이오."

"관계하고 있는 건 아니오."

"그걸로는 대답이 안 되잖소."

"내게는 그만한 힘이 없어." 나는 말했다. "그러나 손을 대려고 마음만 먹으면 언제든지 손을 댈 수 있겠지. 경찰이 방임하더라도 보안관이 있고 검사도 있으니까. 검사국에 내 친구가 있어요, 나도 검사국에 근무한 적이 있었거든. 그 친구는 바니 올즈라는 수사 주임이지."

"그자에게 이야기했소?"

"아니, 안 했소. 벌써 한 달이나 만나지 않았소."

"말할 셈이오?"

"내가 지금 하고 있는 일에 지장이 있을 것 같으면 안 하지."

"비밀이오?"

"그렇소."

"좋소, 또 뭐가 알고 싶소?"

"존더보그의 진짜 직업이오."

헤밍웨이는 또 창 밖으로 침을 뱉었다.

"이 부근은 썩 좋은 곳이지. 그럴싸한 저택들이 늘어서 있고 정원들도 근사해요. 공기도 좋고. 당신은 불량 경관에 대한 이야기를 들은 적이 있소?"

"가끔은 듣지." 나는 말했다.

"이런 데서 사는 경찰관이 몇이나 있을 것 같소? 난 너덧 명 알고 있는데, 다들 풍기담당 친구들이지. 맛좋은 국물은 그놈들이 다 빨아먹고 있단 말씀이야. 나 같은 친구들은 모두 지저분한 동네의 허술한 집에서 살고 있지. 내가 사는 곳을 한 번 구경시켜 드릴까?"

"본다고 알 수 있겠소?"

"아무튼 들어 봐요." 헤밍웨이는 진지한 얼굴로 말했다. "당신은 내 목이 가는 실에 매달려 있다고 했어. 가는 실이건 어쨌건 확실히 지금은 매달려 있긴 해요. 그러나 언제 끊어질지 모르지. 경관은 돈이 탐나서 나쁜 짓을 하는 게 아냐. 나쁜 짓을 시키는 건 돈이 아니라 조직이란 말이오. 명령한 걸 하지 않았다가는 목이 달아나니까. 그 명령이란 좋은 옷을 입고 그 커다랗고 좋은 방에 앉아 좋은 술냄새를 풍기며 열매를 깨물고 있으면 제비꽃 냄새가 나는 줄 알고 있는 사람이 내리는 것도 아니오, 알겠소?"

"이곳 시장은 어떤 사람이오?"

"어떤 고장이건 시장이란 자들을 봐요. 모든 명령을 그가 내리는 줄 아시오? 천만의 말씀. 지금 미국이 어떤 나라로 돼 있는지 아오?"

"동결 자본이 너무 많다고 들었소."

"정직하게 살고 싶어도 살 수가 없어." 헤밍웨이는 말했다. "그것이 이 나라의 병폐란 말이오. 손을 더럽히지 않고는 먹고 살 수가 없으니까. 풀이 빳빳한 셔츠를 입고 슈트케이스를 든 연방 경찰관이 9만 명 있으면 그걸로 무사 태평인 줄 아는 친구들이 수두룩하지만, 사실인즉 그렇지가 않아요. 그자들 역시 우리와 마찬가지 입장이 될 건 뻔하니까. 난 이렇게 생각하지. 세상을 다시 한 번 재건하지 않고는 도리가 없다고. 도덕으로 재무장이라도 하지 않고는 도리가 없다고."

"베이 시티가 그 견본이라고 한다면 난 아스피린이라도 먹고 있겠소."

"당신은 그런 말이라도 하고 있을 수 있지." 헤밍웨이는 한심한 듯이 말했다. "농담을 하고 있을 수 있다는 말이오. 난 골통이 나쁜 경관이라 명령 대로 움직이고 있어. 아내와 두 아이를 부양하기 위해 명령에 따라 움직이고 있어요. 브레인 같으면 좀 더 똑똑한 소리를 할 수 있을는지 모르지만, 난 그렇지가 못해."

"브레인은 틀림없이 맹장염이오? 세상이 싫어져 배에다 권총이라도 쏜 건 아닐까?"

"지독한 소리 말아요." 헤밍웨이는 불평을 했다. "가엾게시리."

"브레인 말이오?"

"그도 사람이오. 우리와 같은 사람이란 말이오. 나쁜 짓은 하지만 사람이란 말이오."

"존더보그의 직업이 뭐지요?"

"알았소. 지금 말하려던 참이니까. 내가 잘못 알고 있는지도 모르오. 당신은 말을 들어 줄 사람인 줄 알았지."

"그의 직업이 뭔지 모르는군" 하고 나는 말했다.

헤밍웨이는 주머니에서 손수건을 꺼내 얼굴을 닦았다.

"이런 말은 하고 싶지 않지만" 하고 그는 말했다. "알겠소? 나나 브레인이 존더보그를 수상쩍게 여겼다면 당신을 그곳에 데려가진 않았을 거요. 당신도 거기서 살아 나오진 못했을 거고. 그러나 여느 직업은 아니지만 수정알을 보고 노파의 운수를 점치는 그런 직업은 아니오."

"살려서 돌려보낼 마음은 없었겠지." 나는 말했다. "스코폴라민이라는 약이 있는데, 정신을 잃게 하여 말을 하게 만드는 약이지. 최면술 같은 것이니까 꼭 듣는다고는 할 수 없지만 그래도 듣는 수가 있지. 틀림없이 나한테서 알아 내고 싶은 게 있었던 거요. 그런데 비록 내가 그에게 불리하게 될지도 모르는 일을 하고 있었다 하더라도 존더보그는 어째서 나에게 눈독을 들였을까? 그 이유는 세 가지밖에 생각할 수 없소. 아마서가 그에게 말을 했던가, 큰 사슴 마로이가 내가 제시 플로리안을 만나러 갔던 것을 그에게 말했던가, 아니면 나를 떠메고 들어온 걸 경찰의 트릭이라고 생각했던가, 이 세 가지요."

헤밍웨이는 묘한 얼굴을 하고 나를 보았다.

"난 무슨 말인지 모르겠는걸." 그는 말했다. "큰 사슴 마로이가 대체 누구요?"

"며칠 전에 센트럴 거리에서 살인을 한 몸집 큰 사나이지. 인상서를 돌렸을 텐데."

"그놈이 어떻게 됐는데?"

"존더보그가 숨겨 주고 있더군. 나는 탈출하던 날 밤에 그가 침대에 누워 신문을 보고 있는 걸 봤지."

"어떤 방법으로 탈출했소? 감금되었을 텐데?"

"간수를 침대 스프링으로 갈겨 줬지. 말하자면 운이 좋았던 셈이오."

"그 몸집 큰 사나이는 당신을 보았소?"

"아니."

헤밍웨이는 갑자기 자동차를 출발시켰다. 그의 얼굴에 회심의 웃음이 떠올랐다.

"가 봅시다." 그는 말했다. "조리가 맞는군. 존더보그는 범인을 숨기고 있어. 돈있는 자만을 숨기고 있지. 그 병원은 사람이 숨기엔 딱 알맞으니까. 돈이 생길 테니 말이야."

자동차는 모퉁이를 돌아 속력을 더했다.

"여태껏 그 친구가 마약 장사를 하고 있는 줄만 알았지." 헤밍웨이는 불쾌한 듯이 말했다. "하지만 생각해 보면 그런 건 쩨쩨한 장사거든."

"물론 쩨쩨한 장사지. 그것만 한다면야."

헤밍웨이는 또 모퉁이를 돌고는 머리를 내둘렀다.

"그렇지. 핀볼도 빙고도 장외 마권 장사도 마찬가지야. 하지만 그
것을 지배하고 있는 게 한 사람이라고 한다면 굉장한데."

"그게 누구지요?"

그는 돌처럼 입을 다물어 버렸다. 입을 굳게 다물고 이를 꽉 깨물
고 있는 것 같았다. 우리는 데스칸소 거리를 동으로 달리고 있었다.
이미 저녁때가 가까웠으나 그래도 한길은 조용했다. 23번 거리 가까
이 가니 어쩐지 한길의 공기가 조용하지 못했다. 남자 둘이서 야자나
무를 바라보며 어떻게 움직일까 의논하고 있는 것 같은 태도로 서 있
었다. 자동차 한 대가 존더보그의 집 옆에 주차해 있었다. 그러나 사
람은 없었다. 반 구획쯤 앞에서 한 사나이가 수도 계량기를 검사하고
있었다.

낮에 보니 꽤 아름다운 집이었다. 한길로 향한 창 밑에 눈이 번쩍
뜨일 만한 베고니아가 만발해 있었다. 아카시아 나무 뿌리께를 팬지
가 빙 둘러싸고 있었다. 부채꼴의 쪽문에는 새빨간 줄장미가 반쯤 피
어 있고, 스위트피 화단에는 청동을 연상케 하는 녹색의 벌새가 앉아
있었다. 꽃을 좋아하는 노부부가 살고 있는 것 같았다. 저녁 나절 가
까운 태양이 조용하고 차분한 빛을 던지고 있었다.

헤밍웨이는 그 집 앞을 천천히 지나쳤다. 희미하고 딱딱한 웃음이
입가에 떠올랐다. 코가 벌름거렸다. 그는 그 다음 모퉁이를 돌아 백
미러를 들여다보더니 자동차의 속력을 가했다.

"로스앤젤레스의 경찰이군." 그는 말했다. "야자나무 곁에 있는
하나는 도넬리라는 친구요. 집을 감시하고 있는 거지. 당신은 경찰에
말 안 했다고 했지?"

"그렇소."

"서장이 화내겠군." 헤밍웨이는 말했다. "로스앤젤레스에서 와 검거를 하고서도 서에 인사도 하러 가지 않았으니."

나는 아무 말도 하지 않았다.

"그 큰 사슴 마로이라는 놈은 검거했소?"

나는 머리를 저었다.

"내가 아는 바로는 아직 검거되지 않았소."

"아는 바라니, 어디까지 알고 있단 말이오?"

"잘은 모르오. 아마서와 존더보그는 서로 연락이 있는 거요?"

"내가 알고 있는 바로는 없소."

"이 고장은 누가 지배하고 있소?"

침묵.

"난 레어드 부르넷이라는 노름꾼이 시장을 선거하는 데에 3만 달러 냈다는 말을 들었소. 벨베디아 클럽 주인으로, 도박선 두 척이 다 그의 것이라던데……."

"그럴는지도 모르지." 헤밍웨이는 흥미 없는 것처럼 말했다.

"어디로 가면 부르넷을 만날 수 있을까?"

"왜 나한테 묻는 거요?"

"이 고장에 숨을 곳이 없어지면 어디로 도망칠까?"

"멕시코."

나는 웃었다.

"과연…… 한 가지 부탁이 있는데 들어 주겠소?"

"아무렴."

"상가까지 돌아가 주지 않겠소."

그는 자동차를 출발시켜서 나무가 무성한 도로를 해안 쪽으로 향했다. 이윽고 자동차는 시청 앞에 이르러 경찰용 주차장으로 미끄러져 들어갔다. 나는 차를 내렸다.

"또 오시오. 난 재떨이 청소를 하고 있을지도 모르지만." 헤밍웨이는 이렇게 말하고 손을 내밀었다. "나쁘게는 생각지 마시오."

"도덕으로 재무장하는 것이오." 나는 이렇게 말하고 그의 손을 잡았다.

헤밍웨이는 기쁜 듯이 웃어 보였다.

내가 그와 헤어져 걸음을 옮기려 했을 때, 헤밍웨이가 등 뒤에서 나를 불렀다. 그는 주위를 조심스레 살펴보고 나서 내 귓가로 입을 가져왔다.

"도박선은 두 척 다 이 고장의 법이 미치지 않는 곳에 정박해 있소. 주(州)의 법도 미치지 않아요. 선적이 파나마에 있으니까. 만일 나 같으면……."

그는 여기까지 말하고 말을 더듬거렸다.

"알았소." 나는 말했다. "내 생각도 당신과 같소. 내 일은 걱정 말아요."

그는 고개를 끄덕였다. 그리고 "도덕으로 재무장하는 것이오" 하고 싱긋 웃었다.

34

나는 바다에 가까운 호텔 침대에 누워서 해가 지기를 기다렸다. 바다에 면한 작은 방인데, 침대도 딱딱하고 매트리스도 모포보다 조금 두꺼울 뿐이었다. 스프링이 망가져서 왼쪽 등이 아팠다.

빨간 네온사인이 천장에 반사되어 방 안 공기를 빨갛게 물들이고 있었다. 바로 앞 스피드웨이라는 길에서는 자동차 경적이 쉴새없이 들려 왔다. 통행인들의 발소리도 끊이지를 않았다. 공기가 줄곧 움직이고 있는 느낌이었다. 그 공기는 썩어 들어가는 기름 냄새를 머금고 녹슨 덧문 사이로 해서 방으로 흘러들어왔다. 멀리서 장사꾼의 외침 소리가 들리고 있었다. "자, 맛좋은 핫도그요, 핫도그! 핫도그 드세요!"

바깥이 컴컴해졌다. 나는 침대에 누운 채 생각하고 있었다. 입가에 시커멓게 엉겨붙은 피를 묻힌 채 달 없는 하늘을 쳐다보고 있던 생명 있는 두 개의 눈. 다 부서진 침대기둥을 피로 물들이고 무참하게 살해되어 있던 불결한 여자. 뭔가를 두려워하면서도 그것이 뭔지를 몰라 어떻게 해야 좋을지 갈피를 잡지 못했던 아름다운 금발의 사나이.

마음만 먹으면 못할 게 없는 미모의 부인. 그것과는 다른 의미의 말이지만, 이쪽 태도 여하에 따라서 역시 마음대로 할 수 있는 이상한 처녀. 헤밍웨이 같이 미워할 수 없는 불량 경찰관. 왁스 서장 같은, 경찰관이라기보다는 상업 회의소에 참여한 사람을 연상케 하는 경찰관. 랜들 같이 수완도 있고 직무에도 충실하면서 그 민완과 성실을 공유할 수 없는 경찰관. 모든 것을 체념하고 있는 나르티 같은 경찰관. 인디언. 신경과 전문 의사. 마약을 파는 의사.

나는 언제까지나 생각하고 있었다. 바깥은 점점 더 어두워졌다. 빨간 네온사인 빛은 방 안을 한층 더 붉게 물들였다. 나는 침대에 앉아 바닥에 발을 대고 목덜미를 긁었다.

나는 일어서서 방 한구석 세면대로 가서 찬물로 세수를 했다. 약간 기운은 났지만 마음속은 아직도 무거웠다. 술이 필요했다. 거액의 생명 보험이 필요했다. 휴가가 필요했다. 시골 별장이 필요했다. 그러나 내게 있는 것은 윗도리와 모자와 권총뿐이었다. 나는 그 세 가지를 지니고 방을 나갔다.

엘리베이터는 없었다. 퀴퀴한 냄새가 풍기는 복도로 해서 아래층으로 내려가 프런트에 열쇠를 던져 주고 나가겠다고 말했다. 왼쪽 눈꺼풀에 사마귀가 난 프런트 담당이 고개를 끄덕이자 닳아빠진 제복을 입은 멕시코 인 보이가 내 가방을 들어 주려고 달려나왔다. 나는 가방을 들고 있지 않았으므로 그는 그냥 앞쪽 문만 열고 웃음지었다.

호텔 밖은 좁은 도로였다. 길 건너편은 빙고 게임 집인데, 게임은 지금 최고조에 달해 있었다. 그 옆집인 사진관에서 여자를 동반한 해병 두 사람이 큰 소리로 지껄이며 나왔다. 낙타에 탄 사진이라도 찍었겠지. 핫도그 장사꾼의 외침 소리가 어둠 속에서 요란하게 울리고 있었다. 커다란 청색 버스가 본디 노면 전차의 종점이던 방향으로 달려갔다. 나는 그쪽으로 걷기 시작했다.

이윽고 희미하게 바다 내음이 풍겨 왔다. 겨우 알 듯 말 듯한 내음이었다. 마치 여기가 전에는 푸른 파도가 철썩이고 시원한 바람이 불던 아름다운 해안으로서, 뜨거운 숨결과 차가운 땀으로 좋은 냄새를 맡을 수 있었음을 상기시켜 주려는 듯한 아련한 내음이었다.

콘크리트로 된 폭넓은 산책길을 조그만 유람 전차가 덜컹거리며 왔다. 나는 그걸 타고 종점에서 내려 조용하고 시원한 벤치에 앉았다. 바로 발치에 갈색 해초가 수북이 쌓여 있었다. 바다 위의 도박선에 불이 켜졌다. 나는 다음 유람 전차를 타고 호텔 앞까지 돌아왔다. 나를 미행한 자가 있었다면 까딱하지 않고도 목적을 이룬 셈이다. 그러나 뒤쫓는 자는 없는 것 같았다. 이 온화한 고장에는 탐정이 은밀하게 움직일 정도의 범죄는 없는 모양이다.

어두운 부두가 탐조등에 비치어 그 길이를 보이고 나서 다시 밤의 물과 어두운 배경 속으로 모습을 감추었다. 아직도 싸구려 기름의 고약한 냄새가 남아 있었지만, 바닷물 냄새가 코를 찔렀다. 핫도그 장사가 여전히 외쳐 대고 있었다.

"시장한 분은 안 계십니까! 맛좋은 핫도그요!"

그 사나이는 하얗게 칠한 노점 안에서 긴 포크를 들고 소시지를 찌르고 있었다. 아직 봄인데도 장사는 꽤 번창하였다. 나는 손님이 없어질 때까지 한참 기다렸다.

"저기 저건 뭐라고 합니까?" 하고 코를 바다 쪽으로 내밀며 내가 말했다.

"몬테시트." 그는 내 얼굴을 물끄러미 보았다.

"돈만 있으면 놀러 갈 수 있나요?"

"어떤 놀인뎁쇼?"

나는 웃었다. 냉담하게 대담한 표정으로 웃었다고 나는 생각한다.

"자, 핫도그요!" 하고 그는 외쳤다. "핫도그 드세요, 핫도그!"

그리고는 소리를 낮추어 말했다. "여자 말입니까?"

"아니, 조용한 방에서 맛좋은 걸 먹으며 시원한 바닷바람을 쐬고 싶어서 그러오, 휴양하는 거죠."

그는 내 곁을 떠났다.

"손님이 하는 소리는 아무것도 안 들리는뎁쇼" 하고 그는 말했다. 그리고 또 목청을 돋구어 "핫도그!" 하고 외쳤다.

노점에는 또 손님이 있었다. 나는 왜 그에게 물었는지 스스로도 몰랐다. 핫팬티 차림의 젊은 한 쌍이 핫도그를 사더니, 남자가 여자를 한 손으로 끌어안고 서로 상대방의 핫도그를 먹으면서 걸어갔다.

핫도그 장사꾼은 내 쪽으로 넌지시 다가와서 나를 관찰했다.

"지금 '피카딜리의 장미'를 휘파람으로 불어야 하는데, 저기에 가려면……" 하고 그는 말했다.

"얼마나 들지요?"

"50달러, 그 아래로는 안 됩니다. 저쪽에서 손님에게 볼일이 있다면 별문제지만."

조용하고 차분한 고장이었다.

"이 고장은 좋은 곳이었소" 하고 나는 말했다.

"지금도 그렇습죠. 그런데 어째서 저한테 물으십니까?" 그는 말했다.

"별로 이유는 없소," 나는 말했다. 나는 1달러짜리 지폐를 카운터에 던졌다. "저금통에다 넣어 둬요, 안 그러면 '피카딜리의 장미'를 휘파람으로 불든가."

그는 지폐를 주워서 좁게 접어 카운터에 놓더니, 오른손 가운뎃손가락을 엄지손가락 안쪽에 대고 퉁겼다. 접힌 지폐는 내 가슴에 가볍게 부딪쳐 소리도 없이 땅에 떨어졌다. 나는 몸을 구부려 주워들고는 곧 뒤를 돌아보았다. 탐정 비슷한 사람은 아무도 없었다.

나는 카운터에 몸을 기대고 한 번 더 지폐를 놓았다. "아무도 나한 테 돈을 던지는 사람은 없었소, 누구나 다 손으로 주지. 그렇게 해줄 수 없겠소?" 나는 말했다.

그는 지폐를 집어 차근차근 펴서 앞치마로 닦았다. 그리고 금전 등 록기를 찰칵 열고 지폐를 던져 넣었다.

"돈은 더럽지가 않다지요, 가끔 이상하게 생각한답니다."

나는 말없이 보고 있었다. 손님 몇 사람이 핫도그를 사 가지고 갔 다. 밤 공기는 급격히 서늘해졌다.

"로열 크라운 호(號)에는 가서도 소용없어요," 그가 말했다. "저 배에 가는 사람은 보통 양반들뿐이거든요, 손님은 탐정이시죠? 로열 크라운 호에 볼일이 있을 리가 없어요, 그런데 헤엄치는 데는 자신이 있습니까?"

나는 무엇 때문에 이 사람에게 물어 보았을까 생각하며 카운터를 떠났다. 육감으로 부딪쳐 보는 거다. 눈을 감고 메뉴만 내밀어서는 커피를 주문할 수 없다. 육감으로 부딪쳐 보는 거다.

나는 그 부근을 서성거리며 내 뒤를 미행하는 자가 있는지 없는지 살펴본 뒤 아무도 미행하고 있지 않음을 확인하고 나서 기름 냄새가 나지 않는 음식점을 찾았다. 보라색 네온사인을 걸고 구슬발로 칸막 이가 된 칵테일 바가 있는 음식점이 있었다. 여자처럼 곱게 생긴 남 자가 그랜드 피아노를 치면서 힘없는 목소리로 '별로 가는 계단'을 노 래하고 있었다.

나는 드라이 마티니를 한 잔 마시고 식당으로 돌아왔다.

85센트짜리 식사는 버린 우편 가방 같은 맛이었다. 나에게 서비스 를 한 급사는 25센트로 나에게 권총을 쏘고, 75센트로 내 목을 찌르 고, 1달러 50센트로 나를 콘크리트 통 속에 넣어 바다에 던질 것 같 은 사나이였다.

35

25센트치고는 승객이 꽤 있었다. 헌 증기선에 새로 페인트칠을 하고 4분의 3정도 넓이의 유리로 된 방을 만든 수상 택시는 정박해 있는 요트 사이를 헤치며 부두의 튀어나온 부분을 돌아서 앞바다로 나갔다. 갑자기 큰 파도가 닥쳐와서 보트가 흔들렸다. 아직 시간이 일러서 승객은 나 말고 세 쌍의 남녀 뿐이었다. 인상이 좋지 않은 사내가 운전을 했는데 검정 권총집을 바지 오른쪽 주머니에 찔러 넣고 있어서 왼쪽으로 비스듬히 걸터앉아 있었다. 세 쌍의 남녀는 배가 기슭을 떠나기가 무섭게 서로 상대방 얼굴에 달라붙기 시작했다.

나는 베이 시티의 불빛을 돌아보며 식사에 너무 신경을 쓰지 않도록 애를 썼다. 흩어진 불빛의 점을 연결해 보니 밤의 쇼윈도에 장식된 보석 박힌 반지가 연상되었다. 이윽고 그 불빛이 약해져서 부드러운 오렌지색으로 변하더니 굽이치는 물결 위에 나타났다 사라졌다 하기 시작했다. 허옇게 거품이 일지 않는 완만한 물결이라, 나는 식사할 때 바의 위스키를 마시지 않기를 잘했다고 생각했다. 수상 택시는 코브라가 춤을 추듯이 그 물결 위를 거침없이 미끄러져 나갔다. 공기는 차고도 습했다. 로열 크라운 호의 빨간 네온이 새 유리구슬처럼 반짝이고 있었다.

멀리서 바라보니 아름다운 조망이었다. 아련한 음악 소리가 물 위를 흘러왔다. 물 위를 흐르는 음악은 언제나 아름다웠다. 로열 크라운 호는 부두처럼 우뚝 서 있었다. 트랩은 극장 입구처럼 전등으로 장식돼 있었다. 이윽고 불빛도 음악도 아득한 저편으로 멀어져 가고 낡고 작은 배가 또 하나 눈 앞에 나타났다. 그다지 보기 좋은 배는 아니었다. 갑판의 페인트가 벗겨져서 녹이 슨 헌 화물선을 개조한 것으로서 선체의 윗부분을 갑판 높이까지 깎아 버렸는데, 그 위에 그루터기 같은 돛대가 두 개 불쑥 튀어나와 라디오의 안테나 구실을 하고 있었다. 몬테시트 호도 불빛으로 빛나고 있어 음악이 어두운 바다에 흐르고 있었다. 서로 얼싸안고 있던 연인들은 상대방의 목을 놓고 배를 쳐다보며 기쁜 듯이 웃었다.

수상 택시는 큼직한 커브를 그려 승객에게 스릴을 맛보게 할 정도로 선체를 기울이며 몬테시트 호의 트랩에 가까이 갔다. 택시 모터가 안개 속에서 날카로운 소리를 냈다. 갑판의 탐조등이 50야드 가량의 수면을 환하게 비추고 있었다.

금단추 달린 청색 턱시도를 입고 눈길이 예리한 젊은이가 여자들을 도와 택시에서 끌어올렸다. 나는 맨 끝이었다. 그는 아무 생각 없이 나를 힐끔 보았다. 그의 눈초리가 마음에 들지 않았다.

"안 됩니다. 돌아가시지요." 그는 내 어깨를 가볍게 밀며 말했다. 온화하고 낮은 목소리였다. 그는 수상 택시의 사나이 쪽으로 턱짓을 하여 신호를 했다. 택시의 사나이는 트랩 기둥에 보트를 매고 내 뒤로 올라왔다.

"권총은 안 됩니다. 안됐지만 돌아가 주시오."
턱시도를 입은 젊은이가 말했다.

"맡기면 되지 않소. 부르넷 씨에게 볼일이 있어 왔소."

"그런 사람은 모릅니다." 그는 웃음지으면서 말했다. "돌아가 주십시오."

택시의 사나이가 내 오른팔을 잡았다.

"부르넷을 만나야 합니다." 나는 말했다. 내 목소리는 노파의 목소리처럼 가날팠다.

"말다툼은 그만둡시다." 눈이 예리한 젊은이가 말했다. "여긴 베이 시티가 아닙니다. 캘리포니아도 아니고 미국도 아닙니다. 돌아가 주시지요."

"배로 돌아가시오." 택시의 사나이가 뒤에서 말했다. "25센트 돌려 드릴 테니까 돌아갑시다."

나는 수상 택시로 돌아갔다. 택시의 사나이는 씩 웃으며 나를 보고 있었다. 나는 그 웃는 얼굴을 알아볼 수 없게 될 때까지 물끄러미 보고 있었다. 그 얼굴은 이윽고 얼굴도 아니게 되더니 마침내 그의 몸 전체가 하나의 검은 점이 되었다.

돌아가는 시간은 꽤 길었다. 나는 택시의 사나이에게 말을 걸지 않았고 그도 나에게 말하지 않았다. 부두에서 수상 택시를 내렸을 때 그는 나에게 25센트짜리 은화를 주었다.

"단념하시오." 그는 기운없는 목소리로 말했다. "이로울 것 없으니까요."

수상 택시를 기다리고 있던 손님 여섯 명이 이 말을 듣고 나를 쳐다보았다. 나는 그들 사이를 빠져 나와 초라한 대합실을 지나 해안으로 통하는 잔교(棧橋)를 건너갔다.

얄팍한 고무창 구두를 신고 낡아빠진 바지에 초라하고 푸른 선원 제복을 입은 빨간 머리의 인상이 좋지 않은 사나이가, 기대고 있던 목책에서 몸을 일으켜 나에게 몸을 부딪쳤다. 뺨에 큼직한 흉터가 있었다.

나는 발을 멈추었다. 나보다 3인치쯤 더 크고 30파운드는 더 무거워 보이는 몸집이 큰 사나이였다. 하지만 비록 팔이 저린 꼴을 당할망정 잠자코 있을 수는 없는 심정이었다. 침침한 불빛은 그의 등 뒤에 있었다.

"어떻게 된 겁니까?" 그는 느린 말투로 물었다. "지옥선에서 털렸습니까?"

"그만둬요. 당신이 알 바 아니니까." 나는 말했다.

"더 지독한 변을 당하는 수도 있지요."

"그게 당신한테 무슨 상관이오."

"아닙니다. 그냥 물어 봤을 뿐이오. 나쁘게 생각하진 마시오."

"그렇다면 부질없는 소리 말아요."

"알았소. 난 여기서 바람을 쐬고 있었을 뿐이니까요."

그는 생기 없이 웃는 얼굴을 지었다. 그의 목소리는 정답고 부드러워서 거구의 목소리 같지 않았다. 그리고 어찌 된 영문인지, 호의를 느끼지 않을 수 없는 목소리가 나에게 다정한 또 한 사람의 거구를 생각나게 했다.

"오해하지 마세요." 그는 슬픈 듯이 말했다. "나를 레드라고 불러 주십시오."

"비켜요, 레드. 아무리 훌륭한 사람이라도 잘못은 저지르는 법이지. 나도 잘못을 저지르고 있는 건지 몰라요."

그는 조심스러운 눈으로 그 부근을 둘러보았다. 그리고 내 앞을 막아섰다. 우리 말고는 아무도 없는 것 같았다.

"저 배에 가고 싶습니까? 애를 써 드려도 좋습니다. 물론 이유만 있다면 말이죠."

화려한 옷차림과 밝은 표정을 한 사람들이 우리 곁을 지나 수상 택시에 탔다. 나는 그들이 지나가기를 기다렸다.

"얼마요."

"50달러. 내 보트를 피로 더럽힐 땐 10달러 더 받겠어요."

나는 잠자코 걸어가려고 했다.

"25달러로 해 드리죠. 친구를 데려오시면 15달러면 됩니다." 그는 말했다.

"친구는 없어." 나는 말하고 걷기 시작했다. 그는 나를 붙잡으려 하지 않았다.

나는 거기서 오른쪽으로 꼬부라져 아기 밴 여자도 놀랄 것 같지 않은 빈약한 기적을 울리며 작은 전차가 덜컹덜컹 다니고 있는 길을 걸어갔다. 가노라니 손님이 붐비는 빙고 집이 있었다. 나는 안에 들어가서 벽을 등지고 섰다. 숱한 사람들이 나란히 서서 자리가 나기를 기다리고 있었다.

나는 전기 장치의 표시판에 몇몇 숫자가 나타나는 것을 보고, 남자 아나운서가 그 숫자를 큰 소리로 읽고 있는 것을 들으면서 속임수의 앞잡이가 없나 하고 둘러보았으나 어느 것이 앞잡이인지 알 수가 없어 그냥 거기서 나오려고 했다.

콜타르 냄새가 풍기는 푸른 제복을 입은 그 사나이가 내 곁에 와 있었다.

"돈이 없소, 아니면 돈을 내기가 싫소?" 조용한 목소리가 나에게 속삭였다.

나는 다시 그를 보았다. 그는 말로만 들었지 본 일이 없는 눈을 가지고 있었다. 제비꽃 빛깔의 눈이었다. 거의 보라색에 가까웠다. 예쁜 처녀의 눈 같았다. 피부는 비단처럼 보드라울 것 같았다. 약간 붉은 기를 띠고 있었지만 결코 볕에 탄 일이 없는 그런 피부였다. 헤밍웨이보다 덩치는 컸으나 나이는 훨씬 젊었다. 큰 사슴 마로이만큼 크지는 못했지만 뛰면 빠를 것 같았다. 머리칼은 금빛으로 빛나는 붉은 색이었다. 하지만 보라색 눈 말고는 평범한 얼굴이었지만 연극에서 보는 친근감 있는 용모는 아니었다.

"직업이 뭐지요? 사립 탐정입니까?" 그는 물었다.

"무엇 때문에 당신한테 그걸 말해야 하오?" 나는 거친 말투로 대꾸했다.

"그렇게 짚었을 뿐입니다." 그는 말했다. "25달러면 비싼가요? 실비는 따로 계산해 받지 않는가요?"

"안 받아."

그는 깊은 숨을 내쉬었다.

"부질없는 소린지는 모르지만, 거기에 가면 무사히 돌아오지 못합니다."

"그건 알고 있소. 당신 직업은 뭐요?"

"여기서 1달러, 저기서 1달러 하는 신세지요. 경찰에 근무한 적도 있었지만, 모가지가 잘렸지요."

"무엇 때문에 나한테 그런 말을 하는 거요?"

그는 놀라는 것 같았다.

"정말입니다."

"부르넷이라는 자를 아오?"

그는 말없이 웃음지었다. 연거푸 세 번 빙고에 졌다. 그들은 재빨랐다. 낡은 옷을 걸치고 키가 크며 뺨이 쑥 들어간 뾰죽한 얼굴을 한 사나이가 우리들 곁으로 다가와 벽에 기댔다. 그는 우리들 쪽을 보지 않았다. 레드는 슬그머니 그 쪽으로 몸을 기울이고 물었다.

"우리한테 무슨 볼일이 있나요?"

키가 크고 얼굴이 뾰죽한 사나이는 씁쓰레한 웃음을 머금고 그 자리를 떠났다. 레드는 히죽이 웃으며 또다시 벽에 등을 기댔다. 빙고의 건물이 흔들린 것 같았다.

"난 당신 못지않은 덩치를 만난 적이 있소" 하고 나는 말했다.

"덩치 큰 자가 더 많았으면 좋겠소." 그는 진지한 어조로 말했다.

"몸뚱이가 크니까 돈이 많이 들어요. 덩치 큰 자에게 맞게끔 돼 있는 물건이 하나라도 있어야지요. 밥을 먹는 데도 옷을 입는 데도 돈이 더 들고, 침대에 다리를 넣고 잘 수도 없으니까요. 아시겠습니까, 손님은 어떻게 생각하실지 모르지만 얘기하기엔 여기가 제일 좋지요. 형사는 내가 얼굴을 다 알고 있고 다른 놈들은 모두 빙고에 정신이 팔려 있으니까요. 그래서 말씀인데, 배는 내가 마련하겠습니다. 저기 불이 켜지지 않은 선착장이 있어요. 몬테시트 호의 짐 싣는 곳으로, 내가 열 수 있는 곳이 한 군데 있습니다. 가끔 거기 짐을 운반한 적이 있는데 선창에는 별로 사람이 없거든요."

"탐조등도 있고 감시원도 있을 텐데" 하고 나는 말했다.

"어떻게 될 겁니다."

나는 지갑에서 20달러짜리 지폐와 5달러짜리 지폐를 꺼내 작게 접었다. 보라색 눈이 천연스럽게 나의 거동을 지켜보더니 "가기만 할 겁니까?" 하고 물었다.

나는 고개를 끄덕였다. 콜타르가 밴 손이 지폐를 받았다. 그는 소리 없이 걸음을 옮겨 바깥 어둠 속으로 사라졌다. 코가 뾰죽한 사나이가 불쑥 나타나 나직한 소리로 말했다.

"저 선원옷 차림의 사나이는 본 일이 있는데, 친군가요?"

나는 대답하지 않고 벽에서 떨어져 밖으로 나갔다. 100피트 가량 앞에 커다란 머리가 걸어가는 것이 보였다. 그 뒤를 2분쯤 따라가다가 나는 건물과 건물 사이에 빈터로 꼬부라져 들어갔다. 코가 뾰죽한 사나이가 나타나 땅을 내려다보며 그 근처를 어슬렁어슬렁 걷기 시작했다. 나는 그 사나이의 곁으로 다가갔다.

"안녕하시오" 하고 나는 말했다. "25센트로 당신 체온을 맞춰 볼까?" 나는 몸을 그에게 밀어붙였다. 낡은 옷 밑에 권총이 있었다.

그는 감정 없는 눈으로 나를 보았다.

"붙잡아 가 줄까? 난 이 부근을 단속하러 와 있어."

"검거할 이유라도 있소?"

"저 당신 친구와 안면이 있지."

"그럴 테지요, 경찰관이니까."

"그래요?" 코가 뾰족한 사나이는 말했다. "그래서 안면이 있었군. 그럼, 실례."

그는 이렇게 말하고 오던 길로 되돌아갔다. 덩치 큰 사나이는 이미 보이지 않았다. 나는 아무것도 신경 쓰지 않았다. 저 자에 대해서는 아무 것도 걱정할 필요가 없겠지.

나는 천천히 걷기 시작했다.

36

작은 유람 전차의 종점을 지나고 나자 팝콘 냄새며 기름 끓는 냄새가 나지 않았다. 쨍쨍 울리는 아이들의 외침 소리며 극장 구경꾼을 불러들이는 외침 소리도 들리지 않고, 바다내음이 짙어지며 해변에 작은 거품이 되어 부서지는 파도 소리가 들려 왔다. 걷고 있는 것은 나 혼자뿐이라고 해도 좋았다. 소음은 아득히 먼 곳으로 사라지고 야한 불빛이 하늘을 붉게 물들이고 있을 뿐이었다. 이윽고 불이 켜 있지 않은 시커먼 선착장이 컴컴한 바다에 쑥 튀어나와 있는 것이 보였다. 나는 그 선착장을 향해 바다 쪽으로 걸어갔다.

빈 궤짝에 걸터앉아 있던 레드가 일어서며 말했다.

"요 앞에 가서 기다려 주시오, 모터보트를 이쪽으로 몰고 올 테니까요."

"형사가 미행을 했소. 빙고 집에 있던 친군데, 한참 이야기를 했지."

"올슨이라는 친구죠. 소매치기 담당인데 사람이 좋아요. 그러나 가끔 잔재주를 부려서 체포 기록을 떨어뜨리지 않으려고 기를 쓰지요, 이건 사람이 너무 좋아서 그럴까요."

"베이 시티라면 당연한 일이겠지. 갑시다. 바람이 일기 시작하는 군" 하고 나는 말했다. "안개가 걷히기 전에 출발합시다. 어느 정도 도움이 될 테니까."

"탐조등은 속일 수 있죠." 레드는 말했다. "하지만 보트 갑판에다 기관총을 싣고 있답니다. 그럼, 기다리고 계시오."

레드는 어둠 속으로 사라졌다. 나는 캄캄한 판자 위를 미끄러지며 걸어갔다. 더럽고 야트막한 난간이 있었다. 어둠 속에서 남자와 여자가 일어섰다. 남자가 욕을 하며 떠나갔다.

10분 동안 나는 파도 소리에 귀를 기울이고 있었다. 어둠 속에서 새소리가 나더니 잿빛 날개가 내 눈앞을 스치고 날아갔다. 먼 상공에서 비행기의 폭음이 들려 왔다. 이윽고 멀리서 발동기 엔진 소리가 들리며 한참 부르릉거리더니 갑자기 꺼졌다.

또 몇 분이 지났다. 나는 선착장 끝의 발판을 고양이가 젖은 마룻바닥을 걸을 때처럼 살금살금 내려갔다. 어둠 속에 시커먼 그림자가 움직여 무엇인가 쿵 부딪는 소리가 났다. 목소리가 들렸다.

"준비 다 되었습니다. 타세요."

나는 모터보트에 올라 레드 옆자리에 앉았다. 배는 물 위를 미끄러져 나갔다. 엔진은 규칙 있게 작은 소리를 내고 있을 뿐이었다. 또다시 베이 시티의 불빛이 멀어져 갔다. 또다시 로열 크라운 호의 호화찬란한 불빛이 해변에 비치는 게 보였다. 그리고 또다시 우리의 몬테시트 호의 모습이 태평양 속에서 나타나 해상을 어루만지는 탐조등 빛이 등대의 불빛처럼 보였다.

"겁이 나는데." 나는 불쑥 말했다. "난 겁이 나는걸."

레드는 파도가 일렁이는 대로 배를 몰았다. 배는 움직이지 않고 파도가 움직여 나가는 것 같은 느낌이었다. 그는 얼굴을 나에게 돌리고 물끄러미 쳐다보았다.

"나는 죽음과 실망이 두렵다오." 나는 말했다. "어두운 바다에 빠져 죽은 인간의 얼굴과 눈구멍이 뻐끔한 해골바가지가 무서워. 죽는 것과 모든 일이 허사가 되는 것, 부르넷이라는 자를 못 만나게 될 것이 두려워."

그는 웃었다.

"난 또 무슨 소리라고요. 혼자 독백을 하시는 거군요. 부르넷은 어디 있는지 모릅니다. 두 척의 배 가운데 어느 하나에 있을지도 모르고, 리노에 있거나 슬리퍼를 신고 집에서 유유자적하고 있을지도 모르지요. 손님 목적은 그를 만나는 일뿐인가요?"

"마로이라는 자를 찾고 있소. 은행 강도로 오레곤 주의 감방에서 8년 묵은 덩친데, 베이 시티에 숨어 있었지." 나는 마로이에 대한 것을 그에게 이야기했다. 말하지 말아야겠다고 생각했던 것까지 그에게 이야기했다. 그의 눈이 그렇게 만든 것이리라.

그는 내 이야기를 듣고 생각에 잠겨 있었다. 그리고는 천천히 말을 시작했다. 그가 하는 말은 수염에 묻은 물방울같이 가느다란 안개에 싸여 있었다. 그래서 그럴듯하게 들렸는지도 모른다. 또 그렇지 않았는지도 모른다.

"조리가 맞는 점도 있군요." 그는 말했다. "맞지 않는 점도 있고요. 알 만한 점도 있고. 만일 그 존더보그가 범인을 숨겨 주고 마약을 팔며 돈 많은 여자들의 보석을 노리고 있었다면 시의 높은 양반들과도 연락이 있었는지 모르지요. 하지만 그렇다고 해서 높은 양반들이 그가 하고 있는 짓을 뭐든지 다 알고 있었다곤 할 수 없으며, 모든 경찰관이 그와 당국의 관계를 알고 있었다고도 할 수 없지요. 브레인은 알고 있어도 손님이 말씀하시는 헤밍웨이는 모를지도 모릅니다. 브레인은 분명히 나쁜 짓을 하고 있을 겁니다. 다른 친구들은 그냥 얼굴만 사납게 생긴 경찰관일 뿐이거든요. 선량하다고까지는 말할 수 없어도 나쁜 인간들은 아닙니다. 정직하지는 못하다 해도 악질은 아닙니다. 승벽은 강하지만 나같이 머리가 돌대가리라 경찰에 붙어 있으면 밥줄은 끊어지지 않으리라 생각하고 있을 뿐이지요. 그 신경과 전문 의사라는 자에 대해서는 뭐라고 말을 할 수가 없군요. 베이 시티라는 편리한 곳에서 교묘하게 돈을 써서 세력을 만들어 필요할 때 그걸 이용하고 있었던 겁니다. 그런 놈들은 무슨 생각을 하고 있는지 짐작할 수가 없단 말씀이오. 무엇을 걱정하고 있는지, 무엇을 겁내고 있는지 우린 모르거든요. 놈도 인간이니까 환자에게 반하는 수도 있겠지요. 돈 많은 여자를 주무르는 건 종이인형 만들기보다도 더 쉬우니까요. 그리고 손님이 존더보그의 병원에서 감금당한 이유는 내가 생각하기엔 브레인이 존더보그를 위협하려고 그랬던 것 같군요. 손님의 신분을 알게 되면 존더보그는 쩔쩔매게 되지 않겠습니까? 쫓아내도 걱정이고 죽여 버려도 후환이 두려우니까요. 그러니까 브레인과 헤밍웨이가 존더보그에게 한 말은 존더보그가 손님한테 한 말과 같을 겁니다. 손님이 의식을 거의 잃고 비틀비틀했다고 하셨지요. 브레인은 얼마 뒤 그를 협박하러 갈 생각이었을 게 틀림없습니다. 아마 이것이 사실일 겁니다. 손님이 협박의 재료가 될 사람이었기에 재료로 썼을 뿐입니다. 마로이에 대한 것도 브레인은 보나마나 알고 있었을 거고요."

나는 그가 하는 말을 들으면서 탐조등이 천천히 해변을 어루만지고 있는 것을 바라보고 있었다. 수상 택시가 저 멀리 오른편 해상을 왕복하고 있는 것이 보였다.

"난 브레인 같은 경찰관이 어떤 걸 생각하고 있는지 잘 압니다." 레드가 말했다. "그들이 악질이건 돌대가리건 그런 건 별문제가 아닙니다. 경관 노릇을 하고 있으면 무슨 특권이나 있는 줄 알고 있는데,

그게 안 되는 겁니다. 예전에는 그랬는지도 모르죠. 하지만 이젠 그런 건 없어요. 더 머리 좋은 놈에게 지배를 받고 있으니까요. 말하자면 부르넷 같은 놈들이죠. 부르넷이 시의 정치를 하고 있는 건 아니지만, 그가 하는 일에 잔소리하는 놈은 아무도 없으니까요. 시장 선거 때 거금을 썼기 때문이지요. 그가 하는 말이라면 뭐든지 안 통하는 게 없어요. 얼마 전에 그의 친구인 변호사가 술이 곤드레가 되어 차를 몰다가 걸렸는데, 부르넷이 한 마디 하니까 그냥 속도 위반으로 끝나 버리더군요. 모든 게 그런 식이죠. 부르넷의 직업은 도박인데, 요즘은 암거래상들과 모두 연락이 닿고 있으니까 마약도 취급할는지 모르고, 누군가에게 마약 장사를 시켜서 배당을 받고 있는지도 모릅니다. 존더버그하고도 연락이 있을는지 모르죠. 하지만 보석 강도질을 할 리는 없어요. 기껏해야 8천 달러 때문에 부르넷이 그런 번거로운 짓을 하겠습니까. 그렇지는 않을 겁니다."

"맞아. 거기다가 사람도 하나 살해되었으니 말이야." 나는 말했다.

"그 살인도 그가 한 게 아닙니다. 그가 시킨 것도 아닐 겁니다. 부르넷이 한 짓이라면 시체는 발견되지 않아요. 옷 속에 뭘 꿰매 둘지 모르는데 시체를 그냥 둘 성싶습니까? 어림도 없지요. 나도 25달러 받고 이 정도 일을 하고 있는데 부르넷이 돈을 쓰면 무슨 짓인들 못하겠어요."

"살인을 시킬까?"

레드는 잠시 생각하다가 말했다.

"그런 일도 있겠지요. 지금까지 살인한 일이 있었는지도 모르죠. 하지만 그는 그런 유형의 인물이 못 됩니다. 부르넷뿐만도 아니겠지만, 그들을 옛날 갱처럼 생각하는 건 잘못입니다. 그들은 모두 비겁자라 여자건 아이건 마구 죽이고, 경관만 보면 겁을 먹고 살려 달라고 빌붙는 줄 아는데, 그건 경찰이 국민에게 그렇게 알도록 오도하고 있기 때문입니다. 비열한 경관도 있듯이 미련하고 비겁한 갱도 있지요. 하지만 수로 따지면 몇 안 되겠지요. 그런데 부르넷 같은 작자는 사람을 죽이고 세력을 만든 건 아닙니다. 배짱과 머리로 성공한 겁니다. 경관이 가지고 있는 집단의 용기는 없지요. 무엇보다도 그들이 하고 있는 건 기업입니다. 실업가들의 사업과 마찬가지로 돈을 벌기 위해 하고 있는 겁니다. 물론 방해되는 인물이 나타나는 수도 있어, 잠재워 버리는 경우도 있겠지요. 하지만 그런 일은 좀처럼 없습니다. 내가 이런 설교할 자격은 없지만 말입니다."

"부르넷 같은 위인이 마로이를 숨길 리가 없지. 마로이는 두 번이나 살인을 했어."

"손님 말씀이 맞아요. 돈 말고 무슨 딴 이유라면 모르지만요. 돌아가시겠습니까."

"아니, 돌아가지 않겠소."

레드는 모터보트의 속력을 더했다.

"내가 그들 편을 든다고는 생각지 마시오. 난 그놈들의 배짱을 싫어하니까요."

37

탐조등은 안개 낀 해면을 1백 피트쯤 되는 곳까지 완만하게 쓰다듬
으며 회전하고 있었다. 장식으로서 그냥 회전하는 것이다. 장식일 뿐
이지 다른 뜻은 없었다. 특별히 초저녁의 이 시각에는 그랬다. 도박
선을 털려면 많은 인원이 필요할 뿐더러, 손님이 줄고 승무원이 지쳐
빠진 새벽 4시 전후를 택할 게 틀림없다. 그렇게 해도 그다지 얻을
게 많은 것은 못 된다. 한 번 시험해 본 자가 있다.

수상 택시가 트랩에 선체를 붙이고 손님을 내린 다음 육지로 되돌
아갔다. 레드는 그 모터보트를 탐조등 빛의 원 바로 밖에 멈추었다.
만일 어쩌다가 탐조등이 몇 피트만 쳐들리면, 그러나 그런 일은 없었
다. 시커먼 물에 빛의 원을 그리면서 느릿하게 흘러가 버려, 모터보
트는 빛이 지나간 뒤의 시커먼 수면을 몬테시트 호를 향해 곧바로 미
끄러져 나갔다. 그곳은 굵은 닻줄이 두 가닥 늘어져 있는 고물 부분
이었다. 선체의 기름투성이 철판이, 호텔의 경비원이 강도질 하러 온
자를 로비에 들여놓지 않으려는 것처럼 우리들 바로 눈 앞에 있었다.

눈을 들자 이중 철문이 보였다. 거기는 손이 닿지 않을 만큼 높았

다. 비록 닿는다 하더라도 열기에는 너무 무거울 것 같았다. 보트가 몬테시트 호의 선체 옆에 이르니 파도가 느릿하게 선체에 철썩이고 있었다. 내 옆에 거대하고 시커먼 그림자가 일어섰나 싶자 한 가닥 밧줄이 머리 위로 높이 던져져 선체에 부딪쳐 걸리더니 그 한끝이 바닷속에 떨어지며 물보라를 일으켰다. 레드는 갈고리 달린 장대로 그 밧줄을 끌어올려 단단히 쥔 다음 엔진 한 부분에 꽁꽁 동여맸다. 안개가 끼어 있어서 모든 게 현실이 아닌 것처럼 보였다. 습한 공기가 식어 가는 사랑처럼 차가웠다.

레드가 내 곁에 바싹 붙어 서서 그의 숨결이 내 귀를 간지럽게 했다.

"배가 수면에 너무 많이 나와 있군요. 파도가 크면 스크루가 수면에서 나와 버리겠는데요. 하지만 우린 어떻게 해서라도 이 철판을 기어 올라가야 합니다."

"한 번 올라가 볼까." 나는 떨면서 말했다.

그는 내 손에 키를 쥐게 하여 방향을 정하고 나서 드로틀을 조절하여 키를 그대로 잡고 있으라고 나에게 말했다. 철판에는 선체를 따라 곡선을 그리고 있는 쇠사다리가 달려 있었다. 분명 기름질을 한 장대처럼 미끄러지기 쉬울 것이다. 빌딩의 벽을 기어오르는 거나 다름없다. 레드는 두 손을 콜타르가 묻은 바지에다 쓱쓱 문지르고 쇠사다리를 가로대로 잡더니 소리도 내지 않고 몸을 허공에 띄웠다. 고무창 구두가 가로대에 걸렸다. 그리고 손에 더욱 힘이 들어가는 것처럼 몸을 직각으로 떠받쳤다.

탐조등이 우리들에게서 멀리 떨어진 해면에 원을 그렸다. 해면에 반사된 빛이 내 얼굴을 환하게 비췄다. 그러나 아무 일도 일어나지 않았다. 머리 위에서 돌쩌귀가 삐걱거리는 듯한 둔한 소리가 났다. 노란 불빛이 안개 속에 희미하게 흐르더니 이내 사라졌다. 거기는 짐을 실어 나르는 곳이었다. 안에서 문을 잠그지 않은 것이 분명하다. 어째서 잠그지 않았는지 나로서는 알 수가 없었다.

나직한 목소리가 들렸다. 뜻을 알 수 없는 단순한 소리였다. 나는 쇠사다리를 오르기 시작했다. 마치 한 시간은 족히 걸린 것처럼 힘들었다. 고통스러운 숨을 몰아쉬며 가까스로 올라가니, 포장용 상자와 통과 밧줄과 녹슨 사슬이 너저분하게 있는 갑판 밑의 창고였다. 고약한 냄새가 코를 찔렀다. 광선이 닿지 않는 한구석에서 쥐가 찍찍거렸다. 노란 빛은 오른편 막다른 곳의 좁은 문에서 흘러나오고 있었다.

레드는 내 귀에 입을 갖다댔다.

"여기서 기관실까지 곧장 갈 수 있습니다. 디젤 엔진이 없기 때문에 보조 기관 하나에 불을 때고 있는데, 아마 밑에 있는 건 한 사람뿐일 겁니다. 승무원은 윗갑판 담당과 급사를 겸해서 한 사람이 여러 가지 일을 맡고 있지요. 기관실에서 보트 갑판으로 빠지는 환기 장치가 있는데, 거기는 창살이 없습니다. 보트 갑판은 출입 금지지만, 거기까지만 가면 어떻게 될 겁니다. 그때까지 목숨이 붙어 있다면 말입니다만……."

"이 배에 친척이라도 타고 있는 것 같군." 나는 말했다.

"더 기묘한 일도 얼마든지 일어나지 않습니까." 그는 웃었다. "곧 돌아오시겠지요?"

"보트 갑판에서 무사히 나갈 수만 있다면……" 나는 이렇게 대답하면서 지갑을 꺼냈다. "약속한 돈으로는 너무 싸니까, 이 속에서 필요한 만큼 집어요."

"계산은 이미 끝났지 않습니까."

"돌아가는 뱃삯도 내겠소. 못 돌아갈는지도 모르지만…… 어서 집어요. 내가 울음을 터뜨려 당신 셔츠를 더럽히기 전에 어서 집어요."

"혼자서 괜찮겠습니까?"

"혓바닥만 있으면 돼. 하지만 자신은 없는데."

"겁이 나서 그러는 거 아닙니까? 돈은 그냥 넣어 두세요." 레드는 말했다.

그가 내 손을 잡았다. 딱딱하고 따뜻하고, 억세어 보이는 손이었다.

"정말 겁을 먹고 있는 것 같은데요" 하고 그는 소곤거렸다.

"걱정 말아요." 나는 말했다. "어떻게 되겠지."

레드는 이해할 수 없는 눈초리를 보이며 나보다 앞서 걸었다. 빛이 어두워서 나는 그의 눈을 읽을 수가 없었다. 나는 그의 뒤를 따라 통이며 상자들이 쌓여 있는 사이를 빠져 나와 배 냄새가 물씬 나는 어두컴컴한 긴 통로를 걸어갔다. 통로를 벗어난 곳은 기름으로 미끌거리는 강철 바닥인데, 우리는 거기서 쇠다리를 내려갔다. 중유 타는 소리가 그 밖의 모든 소리를 지웠다. 우리는 강철의 숲 사이를 헤치고 소리나는 쪽으로 걸어갔다.

모퉁이를 돌아가니 자주색 셔츠를 입은 지저분하고 작은 사나이가 철사로 만든 의자에 앉아 갓 없는 전등 밑에서 할아버지 때부터 물려받은 것 같은 쇠테 안경을 끼고 석간을 읽고 있었다.

레드는 살금살금 그의 뒤로 다가가서 온화한 목소리로 말했다.

"안녕하시오, 어떻습니까, 오늘의 레이스는?"

그 이탈리아 인은 깜짝 놀라 입을 벌리며 순간 한 손을 자주색 셔츠 속으로 가져 갔다. 레드는 번개같이 그의 턱을 후려쳤다. 그리고 기절한 사나이를 조용히 바닥에 뉘이고 자주색 셔츠를 잘게 찢기 시작했다.

"머리를 때리기보다 이편이 효과가 있지요." 그는 작은 소리로 말했다. "통풍 장치 사다리를 올라가면 밑에서 소리가 나니까 위에서는 아무것도 안 들리죠."

그는 이탈리아 인을 말 못하도록 재빠르게 묶고 그의 안경을 접어 안전한 곳에 놓았다.

우리는 창살이 끼어 있지 않은 통풍 장치 있는 데로 걸어갔다. 나는 그 속을 들여다보았으나 캄캄해서 아무것도 보이지 않았다.

"그럼, 가겠소." 나는 말했다.

"정말 혼자서도 괜찮겠습니까?"

나는 물에 젖은 개처럼 몸을 부르르 떨었다.

"실은 해병대 한 중대쯤 있으면야 좋겠지만 혼자서 하지 않는다면 처음부터 시작하지 않았을거요. 잘 가시오!"

"얼마나 걸릴까요?" 그의 목소리는 아직도 내 몸을 걱정하고 있는 것 같았다.

"한 시간도 안 걸릴 거요."

그는 내 얼굴을 보며 입술을 깨물었다. 그리고는 고개를 끄덕이며 말했다.

"시간이 있으면 빙고 집에 들러 주시오."

그는 조용히 돌아서서 네 걸음쯤 떼었다가 되돌아왔다.

"짐 싣는 곳 입구가 열려 있습니다. 도움이 될지도 모르니까 사용해 보세요."

레드는 이렇게 말하고 떠나갔다.

38

차가운 공기가 통풍 장치 속으로 밀려 들어왔다. 꼭대기까지 꽤 거리가 있는 것처럼 느껴졌다. 한 시간이나 된 것 같은 3분이 지난 뒤, 나는 나팔 모양을 한 구멍으로 조심조심 머리를 내밀었다. 캔버스로 덮인 보트가 바로 눈 앞에 보였다. 어둠 속에서 조그맣게 소곤거리는 소리가 들렸다. 탐조등이 느릿하게 회전하고 있었다. 보트 갑판보다도 높은 곳에서 비추고 있었다. 아마도 돛대 꼭대기에서 비추고 있는 것이리라. 거기에는 틀림없이 기관총을 겨눈 젊은이가 있을 것이다. 다루기 좋은 권총도 갖고 있겠지.

싸구려 라디오에서 흘러나오는 것 같은 음악이 어렴풋이 들려 왔다. 머리 위에는 돛대의 불빛이 보이고 안개 속에 희미한 별이 몇 개 반짝이고 있었다.

나는 통풍 장치에서 기어 나와 어깨에서 권총을 풀어 소매 속에 감추었다. 나는 발소리가 나지 않게 세 걸음 앞으로 나가 귀를 기울였다. 아무 일도 일어나지 않았다. 조그맣게 소곤거리던 목소리는 이제 들리지 않았다. 그 목소리는 두 척의 구명정 사이에서 들린 것 같았다. 그리고 밤이 어둡고 안개가 잔뜩 끼어 있는데도 그곳에 기관총 한 대가 설치되어 총구가 바다로 향한 것이 보였다. 그 옆에 두 사나이가 꼼짝도 하지 않고 서 있었다. 담배도 피우지 않았다. 또다시 조그맣게 속삭이는 소리가 들려 왔다. 그러나 무슨 말을 하는지 알 수 없었다. 나는 그 소리에 너무 오래 귀를 기울이고 있었다. 다른 목소리가 내 뒤에서 또렷하게 말했다.

"보트 갑판에 손님이 올라와서는 안 되게 돼 있는데요."

나는 얼른 뒤돌아보며 그의 손을 보았다. 아무것도 갖고 있지 않았다.

나는 고개를 끄덕이며 보트 뒤로 몸을 피했다. 그는 조용히 내 뒤를 따라왔다. 습한 갑판에는 구두 소리도 나지 않았다.

"길을 잃은 모양이오." 나는 말했다.

"그렇겠지요." 그가 젊은 목소리로 말했다. "그러나 계단 승강구에는 문이 있고 그 문은 잠겨 있어요. 아주 엄중하게 자물쇠를 채워서 말입니다. 본디는 사슬이 달려 있어 거기다 표지판을 걸어 두었었지요. 그런데 그 표지판도 막무가내인 사람들이 있었답니다."

그는 손님으로서 대하고 있는 것인지, 뭔가를 기다리고 있는지 한참 동안 이야기를 하고 있었다. 어느 쪽인지는 알 수 없었다.

"누가 열었다가 닫는 걸 잊어 버린 모양이죠" 하고 나는 말했다.

어두운 그림자가 고개를 끄덕였다. 키는 나보다 작았다.

"그러나 우리들 입장도 좀 생각해 주셔야죠. 만일 누군가가 잊어버리고 닫지 않았다면 두목이 가만 있지 않습니다. 그렇지 않다면 어디로 해서 여기에 올라오셨는지, 그걸 알고 싶습니다. 제 말뜻 알아들으시겠죠?"

"알아요, 밑에 가서 두목에게 이야기하지요."

"친구분하고 오셨습니까?"

"그렇소."

"떨어지시면 안 되죠."

"흔히 있는 일 아니오. 내 여자친구가 딴 남자의 술을 얻어먹고 있소."

그는 온화하게 웃었다. 그리고 눈에 띄지 않을 정도로 얼굴을 아래위로 움직였다.

나는 몸을 움츠리고 옆으로 펄쩍 뛰어 물러섰다. 곤봉이 바람을 가르고, 헐떡이는 듯한 숨찬 목소리가 조용한 공기 속에 울렸다. 키 큰 사나이가 뭐라고 욕질을 했다.

나는 소리쳤다.

"올 테면 와라!"

나는 권총의 안전 장치에 손을 대고 찰칵 소리를 냈다.

서투른 연출 장면이라도 관객의 인기를 모으는 수가 있다. 키 큰 사나이는 꼼짝 못 하고 서 있었다. 곤봉을 손에 쥔 채 흔들리고 있었다. 나와 말을 주고받던 사나이는 침착하게 뭔가를 생각하고 있었다.

"떠들어 봐야 소용없어." 그는 싸늘하게 말했다. "어차피 배에서 내릴 수는 없으니까."

"그건 알고 있어. 어떻게 나오는지 한 번 시험해 보고 싶었을 뿐이야."

이것도 잘한 연출은 아니었다.

"도대체 어떻게 하려는 거지?" 그는 조용히 말했다.

"난 권총을 가지고 있어." 나는 말했다. "그러나 쏠 필요는 없겠지. 난 부르넷한테 할 말이 있으니까."

"볼일이 있어서 샌디에이고에 갔어."

"그렇다면 그의 대리자에게 이야기하지."

"상당한 배짱인데." 그는 말했다. "밑으로 가자구. 문을 지나가기 전에 권총을 맡겨야 해. ”

“틀림없이 문을 지나간다는 걸 알면 맡기지. ”

그는 가볍게 웃었다.

“제자리로 돌아가도 좋아, 슬림. 나한테 맡겨 둬. ”

키 큰 사나이는 어둠 속으로 사라졌다.

“따라와. ”

작은 사나이는 부드러운 목소리로 이렇게 말하고 걷기 시작했다. 우리는 갑판을 가로질러 미끄러운 놋쇠 계단을 내려갔다. 다 내려가니 두꺼운 문이 있었다. 그는 문을 열어 자물쇠를 살펴보고 나서 웃음지었다. 그리고 한 손으로 문을 떠받치고 나를 지나가게 해주었다. 나는 권총을 주머니 속에 넣고 문을 지나갔다.

우리 뒤에서 문이 닫히고 자물쇠 거는 소리가 났다.

“여태까지는 무사한 밤이었지. ” 그는 말했다.

우리들 눈 앞에 전등불로 장식된 입구가 있고 그 너머가 도박장이었다. 그다지 붐비지는 않았다. 그다지 색다른 데가 없는 여느 도박장이었다. 막다른 곳에 작은 스탠드가 있고 의자가 몇 개 있었다. 방 복판에서 계단이 아래 층으로 통해 있어서 음악이 밑에서 들려 오고 있었다. 룰렛 돌아가는 소리가 들렸다. 한 사나이가 단 한 명의 손님을 상대로 포커 카드를 나누어 주고 있었다. 모두 60명 정도의 손님이었다. 포커 테이블에 은행을 차릴 수 있을 만큼 돈 뭉치가 쌓여 있었다. 포커 손님은 백발 노인인데, 물주가 카드를 나누는 손을 찬찬히 바라보고 있었다.

턱시도를 입은 두 사나이가 도박장에서 나오더니 천연스러운 태도로 우리들 쪽으로 걸어왔다. 나와 나란히 선 작은 사나이는 그들을 기다리고 있었던 것이다. 그들은 우리들 곁으로 다가오더니 오른손을 주머니 속에 넣었다. 물론 담배를 찾고 있던 것이다.

"이 두 사람도 와 줘야겠어." 작은 사나이는 말했다. "괜찮겠지."

"당신이 부르넷이군?" 나는 대뜸 말했다.

그는 어깨를 추슬렀다.

"맞았소."

"갱으로 안 보이는데" 하고 나는 말했다.

턱시도 차림의 두 명이 조용히 나에게 다가섰다.

"이리로 들어오지." 부르넷은 말했다. "조용히 이야기를 할 수 있으니까."

부르넷은 옆에 있는 문을 열었다. 나는 그 방으로 들어갔다.

그 방은 선실 같으면서도 선실이 아닌 것 같았다. 플라스틱 같은 검은 책상. 나뭇결이 드러나 있는 침대는 상하 두 단으로 되어 있는데, 하단에는 침대가 마련돼 있었으나 상단에는 몇 권의 레코드 앨범이 얹혀 있었다. 방 한구석에 큼직한 라디오와 레코드의 콤비네이션 세트가 있었다. 붉은 가죽을 씌운 의자, 붉은 융단, 재떨이, 전기 스탠드, 담배와 물 주전자와 컵이 있는 낮은 탁자, 침대와 반대쪽 구석 벽에 붙박이로 설치한 작은 스탠드 세트.

"앉아요."

부르넷은 이렇게 말하고 책상 저쪽으로 돌아갔다. 책상 위에는 계산기로 계산된 숫자가 잔뜩 적힌 종이가 여러 장 있어, 사무실 같은 분위기를 만들었다. 그는 키 높은 중역 의자에 앉아 몸을 약간 뒤로 젖히고 내 얼굴을 보았다. 그러다가 갑자기 벌떡 일어서더니 윗도리와 스카프를 벗어 한 옆에 던지고 다시 고쳐 앉았다. 그리고 펜대를 집어 들어 귓불을 찔렀다. 그가 웃는 얼굴은 고양이 같았다. 그러나 나는 고양이를 좋아한다.

그는 젊지도 않고 늙지도 않았다. 뚱뚱하지도 않고 깡마르지도 않았다. 바닷가 바람을 쐬는 일이 많아서 얼굴색은 건강해 보였다. 머리털은 호두색으로 자연스럽게 굽슬굽슬했으며, 이마는 좁고 눈 속에 날카롭게 빛나는 것을 지니고 있었다. 어딘지 모르게 노리끼리한 빛이었다. 손은 아름답게 손질이 되어 있었지만 너무 지나칠 정도는 아니었다. 턱시도는 까맣게 빛나고 있어 분명 미드나이트 블루일 거라고 생각되었다. 반지의 진주가 너무 큰 것 같았는데, 이건 내 질투심이 그렇게 느끼게 했는지도 모른다.

부르넷은 한참 동안 나를 바라보고 있다가 말했다.

"권총을 갖고 있었을 텐데."

같이 방으로 들어온 자 가운데 하나가 내 잔등에 몸을 밀어붙였다. 분명히 낚시끝은 아닌 것이 잔등에 닿았다. 그는 내 권총을 빼앗고, 또 갖고 있지 않는지 몸을 뒤졌다.

"그리고요?" 목소리가 물었다.

부르넷은 고개를 저었다.

"지금은 그걸로 됐어."

앞잡이 하나가 내 권총을 책상 위로 밀어 주었다. 부르넷은 펜대를 놓고, 페이퍼 나이프를 집어 들더니 압지 위에서 권총을 만지작거리기 시작했다.

"모르겠나?" 그는 내 어깨 너머로 시선을 보내면서 말했다. "어떻게 하라고 꼭 설명을 해야만 되겠어?"

앞잡이 하나가 황급히 방을 나가 문을 닫았다. 또 한 사나이는 너무도 조용해서 없는 거나 다름없었다. 침묵이 흘렀다. 사람들의 말소리가 작은 속삭임처럼 멀리서 들리고 음악이 은은하게 울리고 있을 뿐이었다.

"마시겠나?"

"그러지."

앞잡이가 작은 스탠드로 가서 하이볼을 만들었다. 유리잔을 손으로 감추는 짓은 하지 않았다. 그는 유리잔을 검은 유리 쟁반에 얹어 가지고 와서 책상가에 놓았다.

"담배는?"

"피우지."

"이집트로 괜찮을까?"

"좋군."

우리는 담배에 불을 붙였다. 하이볼을 마셨다. 고급 스카치 위스키인 듯했다. 앞잡이는 마시지 않았다.

"내가 할 말이란……" 나는 입을 열었다.

"잠깐. 이야기는 나중에 해도 되겠지?"

고양이처럼 부드럽게 웃는 얼굴. 나른한 듯이 반쯤 감긴 노오란 눈.

문이 열리더니 앞잡이 하나가 턱시도 차림의 젊은이를 데리고 돌아왔다. 트랩에 있던 사나이였다. 그는 나를 보더니 얼굴이 굴처럼 하얘졌다.

"이자를 태운 적은 없는데요." 그는 입가를 일그러뜨리며 빠른 어조로 말했다.

"권총을 가지고 있었어." 부르넷은 권총을 페이퍼 나이프로 밀면서 말했다. "보트 갑판에서 내가 이걸로 위협을 당했지."

"저는 태운 기억이 없는데요." 턱시도 차림의 사나이 역시 빠른 어조로 말했다.

부르넷은 노오란 눈을 넌지시 들어 나를 보며 "어때?" 하고 웃었다.

"파면시키는 게 좋겠지." 나는 말했다.

"수상 택시를 모는 자에게 물어 보시오." 턱시도 차림의 사나이는 불만스러운 눈치였다.

"5시 반 이후, 트랩을 떠난 적이 있지?"

"1분도 떠난 적이 없습니다."

"그래서는 안 돼. 1분 동안에 나라가 망하는 수도 있어."

"1초도 떠나지 않았습니다."

"하지만 타 버리고 나면 결국 마찬가지 아닌가." 나는 말하고 웃었다.

턱시도 차림의 사나이는 권투 선수처럼 재빠르게 발을 움직였다. 그의 주먹이 채찍을 휘두르는 것 같은 소리를 냈다. 하마터면 나는 머리를 얻어맞을 뻔했다. 둔한 소리가 났다. 내 머리를 때리려던 주먹이 허공에서 녹는 것처럼 헤엄쳤다. 그의 몸이 비스듬히 쓰러지며 손끝이 책상 모서리를 잡나 했더니 벌렁 나가자빠졌다. 가끔은 나 아닌 자가 얻어맞는 걸 구경하는 것도 볼 만한 것이다.

부르넷은 여전히 나에게로 얼굴을 돌리고 웃음지었다.

"당신이 이자에게 애매한 누명을 씌우고 있다면 안됐지만……." 부르넷은 말했다. "그러나 아직 계단 문의 문제가 남아 있어."

"우연히 열렸던 거요."

"달리 이유가 생각나지 않는가?"

"사람이 많은 데서는 생각할 수가 없어."

"그렇다면 당신과 단둘이서 이야기하지." 부르넷은 빤히 내 얼굴을 쳐다보면서 말했다.

앞잡이 하나가 자빠진 사나이의 팔을 움켜잡아 질질 끌고 갔다. 또 다른 앞잡이 하나가 안쪽의 문을 열었다. 세 사람 다 문으로 사라졌다. 문이 닫혔다.

"들어 볼까." 부르넷은 말했다. "당신은 누구요? 그리고 용건은 뭐지?"

"난 사립 탐정이야. 큰 사슴 마로이라는 자와 말을 하고 싶어서 그래."

"사립 탐정이라는 증거를 보여 주실까."

나는 증거를 보여 주었다. 그는 지갑을 책상 위로 휙 던졌다. 바닷바람에 물든 입술은 아직도 웃음짓고 있었다. 그 웃음은 무대 위의 웃음을 연상케 했다.

"난 어떤 살인 사건을 수사하고 있어." 나는 말했다. "지난주 목요일 밤, 당신의 벨베디아 클럽 부근의 벼랑에서 마리오라는 자가 살해되었지. 이 살인 사건은 은행 강도 전과자인 마로이가 어떤 여자를 죽인 사건과 관련이 있어."

그는 가볍게 끄덕이고 나서 말했다.

"나는 아직 그 일이 어째서 내게 관련이 있는지는 묻지 않았어. 뭐, 그거야 당신이 말해 주겠지. 그러나 어떻게 내 배에 올라왔는지, 그것부터 말해 주는 게 좋겠군."

"그건 이미 말했어."

"당신이 말한 건 사실이 아냐." 그는 온화하게 말했다. "이름이 마로우라고 했지? 그건 사실이 아냐, 마로우. 당신은 잘 알 거야. 트랩의 젊은 친구는 거짓말을 안 해. 난 부하를 신중하게 선택하니까."

"당신은 베이 시티의 일부분을 자기 것으로 만들고 있어." 나는 말했다. "어느 정도까지 마음대로 되는지는 모르지만, 적어도 당신에게는 자유롭지 못한 일이란 없을 거야. 존더보그라는 자가 베이 시티에서 전과자 숨겨 주는 걸 직업으로 삼고 있었지. 그는 마약도 팔고 강도질에도 관계하며 전과자를 숨겨 주었던 거야. 물론 무언가 특수한 관계가 없이는 이런 짓을 못하지. 난 당신의 배경 없이는 못한다고 봤어. 마로이는 그의 집에 숨어 있었지. 그러나 어딘가로 달아나 버렸어. 7피트 가까운 거인이니까 어지간해서는 숨기가 어려워. 하지만 도박선 같으면 숨기에 아주 알맞거든."

"당신은 모든 일을 너무 간단하게 생각하는군." 부르넷은 잔잔한 목소리로 말했다. "비록 내가 그를 숨겨 줄 마음이 있었다 하더라도 위험을 무릅써 가면서까지 여기다 숨겨 줄 이유는 없지 않은가." 그는 하이볼에 입을 갖다댔다. "나는 여기서 영업을 하고 있는 거야. 수상 택시를 지장 없이 왕복시키는 것만도 여간 힘드는 일이 아니야. 전과자가 숨을 데라면 세상에 얼마든지 있어. 돈만 있으면 말이지. 달리 좀 더 좋은 생각은 안 떠오르나?"

"생각할 마음이 없어."

"나한테 말해 봤자 헛일이지. 그런데 어떻게 해서 이 배에 올랐지?"

"말할 필요는 없어."

"말하지 않는다면 말하게 해 보이지. 말하게 만드는 방법은 얼마든지 있으니까."

"만일 어떻게 배에 올랐는지 내가 말하면 마로이에게 말 좀 전해 주겠는가?"

"어떤 말인데?"

나는 책상 위의 지갑에서 명함 한 장을 꺼내어 그 뒤에다가 연필로 다섯 글자를 써서 그의 눈 앞에 놓았다. 부르넷은 명함을 집어 들고 내가 쓴 글을 읽었다.

"난 무슨 뜻인지 모르겠는걸."

"마로이가 읽으면 알지."

그는 몸을 의자 등에 붙이고 내 얼굴을 쳐다봤다.

"난 도무지 당신 심정을 모르겠군. 당신은 목숨을 걸고 이 배에 왔어. 그리고 내가 알지도 못하는 전과자에게 명함 한 장을 전해 달라고 하는구먼. 도무지 제 정신으로 하는 짓이 아니야."

"당신이 그를 모른다면 그 말이 옳아."

"어째서 권총을 두고 당당하게 트랩으로 올라오지 않았지？"

"처음에 올 때 권총을 두고 오는 걸 깜박 잊어 버렸지. 다음엔 권총을 두고 와도 안 태워 줄 게 뻔하지 않겠어？ 그래서 우연히 다른 방법을 알고 있는 친구를 만난거야."

그의 노란 눈에 새로운 불꽃이 타기 시작했다. 그는 나에게 웃음을 보였지만 아무 말도 하지 않았다.

"그 친구는 악당은 아니지만 해변을 서성이며 일거리를 구하고 있었지. 이 배의 화물 싣는 곳에 문이 잠기지 않은 곳이 있더군. 통풍 장치의 축에 창살이 없는 곳이 있고, 하긴 보트 갑판에 나가기 전에 한 녀석을 때려눕히긴 했지만, 승무원 명단을 잘 살펴보는 게 좋을 거야."

그는 입술을 천천히 움직여 아랫입술과 윗입술을 번갈아 포개며 생각했다. 그리고 내 명함을 내려다보았다.

"마로이라는 자는 이 배에 없어." 그는 말했다. "그러나 짐 싣는 곳이 그렇다는 게 사실이라면 당신 힘이 되어 주지."

"한 번 가 보고 오는 게 어떻겠어."

그는 아직도 명함을 내려다보고 있었다.

"마로이에게 말을 전할 방법이 있으면 전해 주겠어. 방법이 없으면 하는 수 없고."

"짐 싣는 곳을 보고 오지 그래."

그는 한참 동안 가만히 몸을 움직이지 않았다. 그런 다음 몸을 일으켜 권총을 나에게 밀었다.

"내가 하고 있는 일이……" 그는 혼잣말처럼 중얼거렸다. "동네를 마음대로 움직이고, 시장을 뽑고, 경찰을 매수하고, 마약을 팔고, 전과자를 숨겨 주고, 보석에 묻힌 노파를 협박하고, 이런 일들을 혼자서 하고 있다는 말인가？" 그는 희미하게 웃었다. "무척 바쁘겠는

걸."

나는 권총을 집어 윗도리 안주머니에 넣었다.

부르넷은 일어섰다.

"난 아무것도 약속 않겠어." 그는 나를 물끄러미 보며 말했다. "그러나 당신을 믿지."

"물론 약속해 주리라고는 생각하지 않아."

"단지 이 말을 들으려고 그토록 위험을 무릅썼단 말이로군?"

"그쯤은 각오하고서 하는 일이니까."

"그럼……" 하고 그는 뜻도 없이 몸을 움직여 손을 내밀었다.

"마음 좋은 사람과 악수나 해 주시지."

나는 그의 손을 잡았다. 작고 딱딱하고 지나치게 따뜻한 손이었다.

"그 짐 싣는 곳을 당신이 어떻게 알았는지, 그건 말해 주지 않을 테지?"

"그건 말할 수 없어. 하지만 그걸 나에게 가르쳐 준 자는 나쁜 인간이 아니야."

"말하게 만드는 방법은 있지." 그는 이렇게 말했으나 이내 머리를 내저었다. "아니지, 난 당신을 믿었던 거니까 한 번 더 믿기로 하지. 술이나 마시며 기다리고 있게."

그는 벨을 눌렀다. 안쪽 문이 열리고 앞잡이 하나가 들어왔다.

"잠시 여기 있어. 술을 달라거든 부어 주고 난폭한 짓을 해서는 안 돼."

앞잡이는 의자에 앉아서 내 쪽을 향하여 웃음지었다. 부르넷은 방에서 나갔다. 나는 담배에 불을 붙였다. 유리잔의 하이볼을 쭉 들이켰다. 앞잡이는 또 하이볼을 만들어 주었다. 나는 그것도 들이켜고 두 대째 담배에 불을 붙였다. 부르넷이 돌아와 방 한구석에서 손을 씻고는 다시 책상 너머에 앉았다. 그리고 앞잡이 쪽으로 턱짓을 했다. 앞잡이는 조용히 나갔다.

노오란 눈이 나를 관찰했다. "당신이 이겼어, 마로우. 배에 탄 사람은 모두 164명이었는데……" 하고 그는 어깨를 추스르며 말했다.

"택시로 돌아가 주게. 아무도 방해는 않을 테니까. 전할 말에 대한 건 짐작이 안 가는 바도 아니니까, 부탁해 보지. 오늘 밤 일은 내쪽에서 고맙다고 해야 할지도 모르겠는걸."

"그럼."

나는 일어서서 방을 나왔다.

트랩에는 다른 사나이가 서 있었다. 나는 아까 것과 다른 수상 택시로 해안에 돌아왔다.

그리고 빙고 집에 들어가서 벽에 나란히 서 있는 사람들 사이에 섰다.

몇 분 지난 다음 레드가 와서 나와 나란히 벽에 등을 기댔다.

"잘 된 것 같군요." 레드는 빙고의 숫자를 읽어 대는 높은 목소리 속에 숨어 말했다.

"당신 덕분이지. 당신이 생각했던 대로더군. 짐 싣는 곳에 대해 신경을 쓰고 있었어."

레드는 조심스럽게 두리번거리고 나서 내 귓가에 입을 가져왔다.

"찾던 자를 만났습니까?"

"아니, 하지만 부르넷이 전해 주겠지."

레드는 다시 얼굴을 정면으로 돌리고 빙고 테이블을 보며 하품을 했다. 코가 뾰족한 사나이가 또 왔다. 레드는 그 곁으로 다가갔다.

"재미좋은가, 올슨?" 그리고는 거의 밀어서 자빠뜨리다시피하며 그 옆을 지나 밖으로 나갔다.

올슨은 오만상을 찡그리고 레드를 보며 모자를 고쳐 쓰고 불쾌한 듯이 침을 뱉었다.

나는 그곳을 나와 주차장에서 내 차를 몰아 내어 할리우드로 돌아갔다.

나는 아파트에 이르자 곧 구두를 벗고 발가락 끝으로 마루를 밟으면서 온 방을 돌아다녔다. 아직도 발가락 끝에 감각이 없는 데가 있었다.

그런 다음 나는 침대에 걸터앉아 시간을 재려고 했다. 내가 하려는 것은 불가능한 일일지도 모른다. 마로이를 찾으려면 여러 시간 걸릴지도 모른다. 며칠이 걸릴지도 모른다. 경찰의 손이 뻗칠 때까지 찾아 내지 못할지도 모른다. 만일 경찰의 손으로 체포할 수 있다 할지라도 그때는 죽었을지 모르는 것이다.

39

내가 베이 시티의 그레일 저택에 전화를 건 것은 10시쯤이었다. 그녀를 붙잡기에는 너무 늦었을 줄 알았는데 그렇지 않았다. 언제나처럼 하녀와 집사를 상대로 한참 실랑이를 한 끝에 나는 겨우 그녀의 목소리를 들을 수가 있었다. 기분이 좋은지 환하게 밝은 목소리였다.

"전화를 걸겠다고 약속을 해서요." 나는 말했다. "좀 늦었지만, 여러 가지로 볼일이 있어서……."

"또 바람맞히는 거 아녜요?" 그녀의 목소리가 차가워졌다.

"이번에는 염려 없어요. 늦었는데, 운전기사를 부릴 수 있을까요?"

"내가 말만 하면 아무리 늦어도 운전해 줘요."

"내 아파트에 들러 주셨으면 합니다. 그 동안에 옷을 갈아입고 있을 테니까요."

"당신 마음대로군요." 그녀는 응석부리는 목소리로 말했다. "기어이 들러야 하나요?" 아마서는 확실히 그녀의 발성법을 능란하게 교정했다. 물론 교정할 필요가 있었다고는 생각되지 않지만.

"내 판화를 보여 드리지요."

"한 장?"

"아파트 방은 하나뿐이지만."

"그런 아파트도 있다더군요." 그녀는 또 한 번 달콤한 목소리로 말하고는 갑자기 말투를 바꾸었다. "너무 그렇게 뽐내지 말아요. 당신이 여자들한테 호감을 산다는 건 알고 있어요. 다들 정신 없이 열중하는 모양이죠?…… 한 번 더 번지수를 가르쳐 주세요."

나는 번지와 아파트의 호수를 그녀에게 가르쳐 주었다.

"입구 문이 잠겨 있지만 열어 두지요" 하고 나는 말했다.

"부탁해요."

그녀는 전화를 끊었다. 나는 실재하지 않는 사람과 이야기를 한 것 같은 괴상한 기분을 느꼈다.

나는 로비에 내려가서 문의 자물쇠를 열어 놓고 방으로 돌아와, 샤워를 한 다음 잠옷으로 갈아입고 침대에 누웠다. 그대로 자려고 마음만 먹으면 1주일이라도 잘 수가 있었다. 나는 다시 지쳐 빠진 몸을 일으켜서 잊어버렸던 방문의 자물쇠를 열어 놓고, 휘몰아치는 진눈깨비 속을 걷고 있는 것 같은 무거운 발을 이끌고서 부엌으로 가 유리잔 두 개와 특별한 때를 위해 간직해 두었던 스카치 위스키 병을 준비했다.

나는 다시 침대에 누웠다.

"기도나 하자." 나는 큰 소리로 말했다. "기도하는 것 말고는 이제 할 일이 없어."

나는 눈을 감았다. 방의 네 벽이 모터보트 엔진 소리를 전해 주고 있는 것 같았다. 움직이지 않는 조용한 공기가 안개에 젖어 바닷바람 소리를 울리게 하고 있는 것 같았다. 나는 인기척 없는 갑판 밑 창고의 코를 찌르는 듯한 악취를 맡았다. 엔진의 기름 냄새를 맡고 할아버지 때부터 물려받은 안경을 쓰고 갓전등불 밑에서 신문을 읽고 있는 자주색 셔츠의 사나이를 보았다. 나는 통풍 장치의 관 속을 한없이 올라갔다. 히말라야 꼭대기를 오를 정도의 노력으로 올라가고 보니 기관총을 든 사나이들이 나를 에워쌌다. 그리고 어딘가 인간미가 있는 노오란 눈의 작달막한 사내와 이야기를 했다. 사회의 이면에서 일하고 있는 사내였다. 내가 알고 있는 것 말고도 여러 가지 나쁜 짓을 거듭하고 있는 게 틀림없었다. 나는 빨간 머리에 보라색 눈을 한 덩치 큰 사나이를 머리에 떠올렸다. 이 친구는 아마도 내가 만난 이들 가운데에서 가장 아름다운 마음을 가진 사람이었을 것이다.

나는 생각하기를 그만두었다. 감은 눈꺼풀 속에서 오만 가지 빛이 움직였다. 내 몸이 허공에 떴다. 나는 헛된 모험에서 돌아온 사람 좋은 얼간이였다. 나는 전당포 주인이 1달러짜리 시계를 보고 있을 때와 같은 정떨어지는 소리를 내며 폭발한 쩨쩨한 다이너마이트였다. 나는 시청의 벽을 기어 올라가는 붉은 반점이 있는 벌레였다.

나는 잠에 떨어졌다.

천천히 눈을 떴다. 뜨고 싶지 않은 눈을 떴다. 내 눈은 천장에 반사하고 있는 전등 불빛을 보았다. 방 안에서 무엇인가가 조용히 움직였다.

그 움직임은 은밀하고 조용하고 무거웠다. 나는 귀를 기울였다. 그리고 천천히 머리를 돌려 큰 사슴 마로이의 모습을 보았다. 방 안에 그늘이 된 부분이 있어, 마로이는 전에 내가 보았을 때처럼 소리를 내지 않고 그 그늘 속에서 몸을 움직였다. 손에 든 권총이 검게 번쩍거리며 표정 없는 광택을 보이고 있었다. 검은 곱슬머리 뒤통수 쪽으로 모자가 젖혀져 있고 코가 사냥개처럼 벌름거렸다.

그는 내가 눈을 뜬 것을 보았다. 그리고 내 침대 곁으로 천천히 걸어와서 나를 내려다 보았다.

"자네 편지를 보았지." 그는 말했다. "수상한 점은 없는 것 같더군. 밖에 경찰관도 없었고, 만일 나를 함정에 빠뜨리기 위한 연극이라면 자네 목숨도 없어."

　나는 침대 위에서 약간 몸을 움직였다. 그의 손이 재빨리 내 베개 밑을 더듬었다. 여전히 대범한 표정을 띠었고 안색은 창백했으며 퀭한 눈의 어딘가에 부드러운 빛이 깃들어 있었다. 마로이는 오늘 밤 외투를 입고 있었다. 그에게는 너무 작은 외투였다. 한쪽 소매의 솔기가 터져 있었다. 아마 팔을 꿰다가 터진 것이 틀림없다. 제일 큰 치수의 외투였겠지만 마로이에게는 어림도 없이 작았던 것이다.

　"기다리고 있었지. 경찰은 아무것도 몰라. 그냥 내가 당신을 만나고 싶었던 거야." 나는 말했다.

　"이야기를 들어 볼까." 그가 말했다.

　그는 몸을 내 쪽으로 돌린 채 탁자 있는 데까지 물러가서 권총을 거기다 놓고 외투를 벗은 다음 제일 좋은 의자에 앉았다. 의자가 삐그덕거렸다. 그러나 망가지지는 않았다. 그는 편안하게 의자 등에 기대고 권총을 오른손이 바로 닿는 곳으로 끌어당겼다. 그리고 주머니에서 담뱃갑을 꺼내 손으로 흔들어서 담배에는 전혀 손을 대지 않고 한 대 뽑아 물었다. 큼직한 엄지손톱 위에서 성냥불이 켜졌다. 독한 담배 냄새가 방 안에 떠돌았다.

　"병이 났나?" 그가 물었다.

　"하루 일을 했더니 피곤하군."

　"문이 잠겨 있지 않던데, 누가 오기로 되어 있나?"

　"여자지."

　그는 내 얼굴을 빤히 쳐다보았다.

　"안 올지도 몰라." 나는 말했다. "오더라도 쫓아 버리겠어."

　"어떤 여자지?"

"하찮은 여자야. 쫓아 버릴 테니까 신경쓰지 말아요. 난 당신과 이
야기를 하고 싶으니까."

그의 얼굴에 희미하게 웃음이 떠올랐다. 입은 거의 움직이지 않았
다. 서투른 솜씨로 담배를 잡고 연기를 내뿜었다. 손가락이 너무 커
서 담배가 지나치게 작아 보였다.

"어째서 내가 몬테시트 호에 타고 있으리라고 생각했지?" 그는
물었다.

"베이 시티의 경찰한테서 들었지. 이야기를 하자면 길어지는데. 그
경찰도 확실한 정보를 갖고 있었던 건 아냐."

"베이 시티의 경찰이 나를 찾고 있나?"

"신경이 쓰이는가 보구면?"

그는 또다시 희미하게 웃었다. 그리고 고개를 조금 흔들었다.

"당신은 여자를 죽였더군. 제시 플로리안. 그건 잘못이었어."

그는 내가 한 말을 한참 생각했다. 그리고 고개를 끄덕였다.

"그 이야기는 집어치우게." 그는 조용히 말했다.

"그러나 그 살인은 중대한 과실이었어." 나는 말했다. "난 당신을
겁내고 있진 않아. 당신은 살인을 범할 위인이 아냐. 그 여자만 하
더라도 죽이려고 그랬던 건 아니었지. 또 하나의 살인, 센트럴 거리
의 살인 사건뿐이라면 어떻게 되었을지도 모르지만, 여자의 머리를
침대 기둥에다 들이받아 묵사발을 만들어 버렸으니, 이젠 피할 수가
없어."

"그런 소리 자꾸 지껄이는데, 목숨이 필요없나?" 그는 온화한 목
소리로 말했다.

"이 사건에 발을 디밀고부터 몇 번 죽을 뻔했는지 몰라. 새삼스레
목숨이 아깝다고는 생각지 않아. 당신은 그 여자를 죽일 마음이 없
었던 거야, 안 그런가?"

그의 눈에 침착함이 없어졌다. 그는 심각한 태도로 고개를 끄덕였다.

"당신은 자신의 힘을 깨달아야만 해."

"이미 늦었어." 그는 말했다.

"당신은 그 여자에게 물어 보고 싶은 것이 있었어." 나는 말했다.

"당신은 그 여자의 목을 움켜잡고 힐책했지. 그 여자의 머리를 침대 기둥에 부딪쳤을 땐 이미 그 여자는 죽어 있었던 거야."

그는 내 얼굴을 물끄러미 바라보고 있었다.

"당신이 그 여자에게 무얼 묻고 싶었는지 난 알고 있어." 나는 말했다.

"말해 봐."

"그 여자의 시체가 발견되었을 때 난 경찰과 같이 있었지. 난 내가 알고 있는 걸 경찰에게 말하지 않으면 안 되게 되었지."

"어떤 말을 했나?"

"여러 가지 말을 했지만, 그러나 오늘 밤의 일은 경찰이 몰라."

그는 내 얼굴에서 눈을 떼지 않았다.

"그런데 내가 몬테시트 호에 있다는 걸 어떻게 알았지?"

그는 이 질문을 이미 한 번 했다. 그런데 벌써 잊어 버린 모양이었다.

"알고 있었던 건 아니야. 바다로 달아나는 게 제일 안전하니까. 당신은 베이 시티에 은신처를 갖고 있었어. 거기 숨어 있을 정도라면 도박선에도 숨을 수 있다고 생각했지. 그리고 더 안전한 곳으로 달아날 수도 있어. 힘이 되어 주는 사람이 있으니까."

"레어드 부르넷이 좋은 사람이라는 말은 들었지." 그는 혼잣말처럼 중얼거렸다. "그러나 만난 적은 없어."

"내 편지를 전해 주지 않았는가."

"그가 갖다 준 건 아니야. 그런데 그 명함에 썼던 일은 언제 할 건가? 난 어쩐지 자네를 믿어도 좋을 것 같은 생각이 들더군. 그렇지 않다면 여기까지 오지 않았을 거야. 지금부터 어디로 가는 거지?"

그는 담배를 비벼 끄고 내 얼굴을 주시했다. 커다란 그림자가 벽에 비쳤다. 거인의 그림자였다. 실제 인간으로 생각되지 않을 만큼 거인이었다.

"어째서 내가 제시 플로리안을 죽였다고 생각하나?" 그가 불쑥 물었다.

"여자의 목에 손가락 자국이 남아 있었지. 그 여자한테서 알아 내고 싶은 게 있었던 거야. 그리고 당신은 죽일 의사가 없어도 살인을 저지를 정도로 힘이 세거든."

"경찰에서도 나를 범인으로 단정하고 있는가?"

"그건 나도 몰라."

"내가 그 여자한테 묻고 싶었던 게 뭐지?"

"그 여자가 벨마 있는 곳을 알고 있는 줄 알았던 거지."

그는 말없이 고개를 끄덕였다.

"그러나 그 여자는 몰랐어. 벨마는 그 여자에게 꼬리가 잡힐 그런 여자가 아니니까." 나는 말했다.

문을 가볍게 두드리는 소리가 났다. 마로이는 몸을 조금 앞으로 구부리고 웃음을 지으며 권총을 손에 들었다. 문의 손잡이를 돌려 보고 있는 소리가 들렸다. 마로이는 천천히 일어나 등을 둥그렇게 구부리고 귀를 기울였다. 그리고 내 얼굴에서 지그시 눈길을 보냈다.

나는 침대에서 벌떡 일어나 마루에 발을 디디고 일어섰다. 마로이는 움직이지 않고 나의 일거일동을 지켜보고 있었다. 나는 문 있는 데로 걸어갔다.

"누구요?" 나는 문에다 입을 대고 물었다.

분명한 그녀 목소리가 문 너머에서 들렸다.

"열어 줘요, 윈저 공 부인이에요."

"잠깐만 기다리십시오."

나는 마로이를 돌아보았다. 그는 엄숙한 얼굴을 하고 서 있었다. 나는 그의 곁으로 다가가서 목소리를 낮추고 말했다.

"달리 출구는 없어. 침대 뒤에 벽장이 있으니까 거기 들어가서 기다려 줘. 곧 쫓아 버릴 테니까."

큰 사슴 마로이는 내 말을 듣고 생각하고 있었다. 읽을 수 없는 표정이었다. 현재의 그는 어떤 짓을 하더라도 더 이상 잃을 것이 없는 인간이었다. 공포라는 것을 모르는 인간이었다. 그 거구의 어디에도 공포의 그림자는 없었다. 이윽고 그는 말없이 고개를 끄덕이고 모자와 외투를 들고 침대를 돌아 뒤의 벽장에 들어갔다. 벽장문이 닫혔다. 그러나 꼭 닫히지는 않았다.

나는 그가 있었던 흔적이 남아 있지 않나 하고 방 안을 둘러보았다. 담배 꽁초가 재떨이에 남아 있을 뿐이었다. 아무나 피우는 담배였다. 나는 천천히 문으로 걸어갔다. 자물쇠를 열었다. 잠그지 않았는데, 아마 마로이가 들어오면서 잠근 모양이었다.

나는 조용히 문을 열었다. 루인 로크리지 그레일 부인은, 언젠가 내가 말한 적이 있는 깃이 높은 백여우 외투에 몸을 감싸고, 반쯤 웃음짓고 있는 것 같은 표정으로 복도에 서 있었다. 에머랄드 귀걸이가 양귓불에서 늘어져 부드럽고 하얀 털 속에 묻혀 있었다. 내 모습을 보자마자 부인의 얼굴에서 웃음이 걷혔다. 그녀는 내 모습을 머리에서 발 끝까지 훑어보았다. 그녀 눈에 차가운 표정이 떠올랐다.

"역시 이런 각본이었군요." 그녀는 내뱉듯이 말했다. "잠옷 차림으로 가운만 걸치고서 판화를 보여 준다는 걸 믿었던 내가 바보지."

나는 한 발 물러서서 문을 눌렀다.

"아니, 그런게 아닙니다. 옷을 갈아입으려는데 경찰이 와서 지금 막 돌아갔습니다."

"랜들?"

나는 고개를 끄덕였다. 그냥 끄덕이기만 했어도 거짓말에는 틀림이 없었다. 하지만 힘들지 않는 거짓말이었다. 그녀는 잠시 망설이다가 털가죽 냄새를 남기면서 내 앞을 지나 방으로 들어갔다.

나는 문을 닫았다. 그녀는 천천히 방을 가로질러 우두커니 벽을 보고 있다가 갑자기 나를 향해 돌아섰다.

"우리 서로 오해 없도록 해요." 그녀는 말했다. "난 이런 거 별로 좋아하지 않아요. 다짜고짜 침대라니, 너무 하군요. 그걸로 좋았던 시대로 있긴 하지만 새삼스럽게 그런 시절을 생각하고 싶진 않아요. 불장난도 로맨스 냄새가 풍기는 게 좋거든요."

"나가기 전에 한잔 어떻습니까?" 나는 아직 문에 몸을 기댄 채로였다.

"나가실 거예요?"

"이 방이 마음에 안 드시는 모양이니까."

"한 마디 해 두고 싶었을 뿐이에요. 아무에게나 몸을 맡기는 여자로 여기는 게 싫었던 거예요. 몸을 맡기는 건 상관 없지만, 안기만 하면 언제든지 말을 듣는 여자로 여기는 게 싫었던 거예요. 네, 술 한잔 주세요."

나는 부엌에 가서 하이볼을 두 잔 만들었다. 손이 떨리고 있었다. 나는 하이볼을 들고 방으로 돌아와 그녀에게 주었다.

벽장 속에서는 아무 소리도 나지 않았다. 숨쉬는 소리조차 들리지 않았다.

그레일 부인은 유리잔에 살짝 입술을 댄 다음 정면의 벽으로 시선을 보냈다.

"난 잠옷 차림으로 나를 맞는 사람은 싫어요." 그녀는 말했다. "왠지는 모르지만, 난 당신이 좋아졌어요. 못 견디게 좋아졌어요. 하지만 잊으려고 마음먹으면 잊을 수는 있어요. 전에도 그런 일이 있었죠."

나는 고개를 끄덕이고 위스키를 마셨다.

"남자란 하나같이 모두 시시한 동물이군요." 그녀는 말했다. "애당초 세상이 시시하긴 하지만."

"돈이 있으면 다르겠지요."

"돈이 없으면 누구나 그렇게 생각하죠. 하지만 돈이 있으면 새로운 고생이 생기게 마련이에요." 그녀는 수수께끼 같은 웃음을 머금었다. "그리고 돈없을 때 하던 고생이 얼마나 괴로웠던지를 까맣게 잊어버리고 마는 거예요."

그녀는 핸드백에서 금담배 케이스를 꺼냈다. 나는 그녀 곁으로 다가가서 성냥을 그었다. 그녀는 조용히 담배 연기를 내뿜고, 눈을 좁히고서 연기의 행방을 바라보고 있었다.

"내 옆에 앉으세요." 그녀가 불쑥 말했다.

"그전에 이야기할 게 있소."

"무슨 이야기? 목걸이에 대한 이야기?"

"살인 사건입니다."

그녀는 조금도 표정을 바꾸지 않았다. 그리고 다시 담배 연기를 내뿜었다. 조용히, 천천히.

"기분 나쁜 이야길 하시는군요. 하지 않으면 안 되나요?"

나는 어깨를 추슬렀다.

"린 마리오는 결코 훌륭한 사람은 아니었어요. 하지만 난 그 사람 이야기는 하고 싶지 않아요." 그녀는 말했다.

그녀는 언제까지나 냉정한 표정으로 나를 보고 있었다. 그리고 열려 있던 핸드백에 손을 넣어 손수건을 꺼냈다.

"나도 그가 보석 갱의 앞잡이 노릇을 했다고는 생각하지 않습니다." 나는 말했다. "경찰에선 그렇게 알고 있는 것 같았지만, 사실은 어떻게 생각하고 있는지 모르죠. 경찰이 하는 소리는 늘 믿을 수가 없으니까요. 나는 그가 여자를 등쳐먹었다고도 생각지 않습니다. 이런 소리 하면 부인께선 놀라실지도 모르지만!"

"놀랄까요?" 매우 냉랭한 목소리였다.

"아니죠, 부인께선 이런 일로 놀랄 분이 아니죠." 나는 고개를 끄덕이고 유리잔에 남은 위스키를 단숨에 들이켰다.

"그레일 부인, 부인께서 여기까지 와 주신 건 고마웠습니다. 그러나 우리는 저마다 다른 걸 생각하고 있었던 것 같습니다. 이를테면 나는 마리오가 갱에게 살해되었다고는 생각지 않는 거죠. 프리시마 캐니온에 간 것도 목걸이를 되찾기 위해서가 아니었어요. 아니지, 목걸이를 강도에게 빼앗긴 일조차 나로선 믿어지지 않아요. 내 추리에 따르면, 그는 살해되기 위해서 거기로 간 겁니다. 물론 그 친구 자신은 살인을 도울 생각으로 갔겠지요. 하지만 마리오는 능숙하게 살인을 할 수 있는 위인이 못 되었습니다."

그녀는 앞으로 조금 몸을 구부리고 생기 없는 표정으로 웃음지었다. 갑자기, 아무 데도 변화가 나타난 건 아닌데 그녀의 아름다움이 사라졌다. 1백 년 전이라면 보통의 위험한 여자, 20년 전이라면 그냥 대담할 뿐인 여자, 현재라면 할리우드의 B급 영화에 나오는 평범한 여성이 되어 버렸다. 그녀는 아무 말도 하지 않았다. 그리고 오른손으로 핸드백의 쇠붙이 장식을 가볍게 톡톡 두드리고 있었다.

"살인을 돕게 하기에는 아주 솜씨가 서투른 사람이었지요." 나는 말했다. "셰익스피어의 《리처드 3세》에 나오는 제2의 살인자 같은 친구였어요. 아직은 어느 정도 양심이 남아 있었던 겁니다. 하지만 돈이 필요했지요. 그러면서도 결국 죽일 결심은 서지 않았어요. 그런 자에게 살인을 돕게 한다는 건 매우 위험한 일이지요. 그런 자는 쇠몽둥이로 때려죽여 버리지 않으면 마음을 놓을 수가 없어요."

그녀는 싱긋이 웃었다.

"그래, 그가 죽이려던 사람은 누구였지요?"

"나지요."

"그런 말은 믿어지지가 않아요. 당신이 그토록 미움을 받다니, 그리고 당신은 목걸이를 강도에게 빼앗긴 게 믿어지지 않는다고 하셨죠? 증거가 있나요?"

"증거가 있다고는 말하지 않았소. 그냥 믿어지지 않는다고 말했을 뿐입니다."

"증거가 없다면 말해 봐도 소용없잖아요?"

"증거라는 것은 언제나 상대적인 것이죠." 나는 말했다. "개연성이 어느 쪽으로 기울어 있느냐에 따라서 증거의 가치가 정해집니다. 증거를 들이댔을 때 얼마만큼 효과가 있는가는 사람에 따라서 달라지죠. 나를 죽이려 한 동기는 오히려 박약한 것입니다. 큰 사슴 마로이가 출옥하여 센트럴 거리의 나이트 클럽에서 노래를 부르던 어떤 가수를 찾기 시작했을 때, 나도 그녀의 발자취를 찾기 시작했다는 단지 그것뿐이었으니까요. 어쩌면 내가 손을 대기 시작하는 바람에 마로이가 그녀를 찾아 내는 결과가 될지도 모르죠. 그녀를 찾아 내는 일은 분명히 가능했으니까요. 그렇지 않고서는 마리오에게 나를 죽여야만 한다고 말해 봐야 효과가 없지요. 아무튼 그녀를 찾아 내는 일이 가능했기 때문에, 마리오는 나를 죽이지 않으면 안 된다는 말을 믿었던 겁니다. 하지만 마리오를 죽이려는 동기가 더 강했지요. 그랬는데 그는 허영 때문이었는지, 애정 때문이었는지, 탐욕 때문이었는지, 혹은 그 세 가지가 뒤섞인 감정 때문이었는지 그걸 이해할 수가 없었던 겁니다. 그는 확실히 공포를 느끼고 있었습니다. 그러나 자신의 생명에 대한 위험을 짐작하고 겁을 먹었던 건 아니었지요. 그 자신도 한 역할을 맡고 있는 범행이 무서웠고, 또 범행이 드러나면 그도 책임을 져야 한다는 것이 두려웠던 겁니다. 그러나 그러는 반면, 생활에 대한 것을 생각하지 않을 수가 없었소. 그래서 위험을 무릅쓰고 해 볼 마음이 되었던 겁니다."

나는 여기서 말을 끊었다. 그녀는 고개를 끄덕이며 말했다.

"흥미있는 이야기로군요. 당신이 하는 말을 알고 있는 사람에게는요."

"아는 사람이 있을 겁니다."

우리는 서로 얼굴을 쳐다보았다. 그녀는 또다시 오른손을 핸드백 속에 넣었다. 그녀의 손이 무엇을 쥐고 있는지 나는 알고 있었다. 그러나 핸드백에서 꺼낼 기색은 없었다. 일에는 차례가 있는 법이다.

"우리 서로 연극을 그만둡시다" 하고 나는 말했다. "여긴 우리 둘뿐이오. 어떤 말을 해도 들을 사람은 아무도 없으니까 서로 자기가 한 말에 책임을 지지 않아도 돼요, 나중에 취소해 버리면 되니까. 신분이 천한 한 여자가 부자한테 시집가서 부호의 부인이 되었지요. 그런데 예전의 그녀를 알고 있는 여자가 있었소. 몸을 함부로 굴렸던 그런 노파였지요. 아직 라디오에서 노래를 부르던 무렵에 그 노래를 듣고서 방송국으로 만나러 갔었는지는 모르지만, 어쨌든 그 노파의 입을 봉해야만 했었소. 그러는 데 큰돈은 들지 않았소. 상세한 것은 몰랐기 때문이오. 그러나 그 노파와 중간에 서서 매달 생활비를 치러주고, 노파네 집의 저당권을 갖고 있던 사내는 모든 걸 죄다 알고 있었고 돈도 많이 들었소. 물론 알고 있는 자가 이 두 사람뿐이라면 아무리 돈이 들어도 걱정할 건 없었겠지요. 그런데 큰 사슴 마로이라는 전과자가 감옥에서 나와 옛날 애인을 찾기 시작했습니다. 이 사내는 그 여자한테 홀딱 반해 있었던 것이오. 지금도 그녀를 찾고 있지요. 이것이 일을 번거롭게 만들어 버렸소. 그리고 설상가상으로 사립 탐정 하나가 주제넘게 고개를 디밀었지요. 이렇게 되니 마리오라는 사람을 불안하게 느꼈습니다. 어떤 계기로 무슨 말을 할지 모르는 그런 친구였거든요. 뜨거워지면 녹아 버리는 친구니까요. 그래서 녹기 전에 살해된 거지요. 부인한테 맞아 죽은 겁니다."

그녀는 핸드백에서 손을 꺼냈다. 그 손에는 권총이 쥐어 있었다. 그녀는 권총을 나에게로 돌리고 싱긋이 웃었다. 나는 그냥 묵묵히 서 있었다.

그러나 그때 일어난 일은 그뿐이 아니었다. 큰 사슴 마로이가 커다란 털북숭이 손에 장난감같이 보이는 45구경 권총을 쥐고 벽장에서 튀어나왔던 것이다. 그는 나를 거들떠보지도 않고 그레일 부인 쪽으로 몸을 구부리고 싱긋이 웃으면서 부드럽게 말했다.

"네 목소리를 아직도 기억하고 있었지. 8년 동안 그 목소리가 끔찍이도 듣고 싶더군. 그리고 그 빨간 머리에도 견딜 수 없는 추억이 있지. 정말 오랜만인데."

그녀는 권총의 방향을 바꾸었다.

"가까이 오면 그냥 두지 않겠어."

큰 사슴 마로이는 순간 멈칫하며 권총 든 손을 축 늘어뜨렸다. 그녀와 2피트의 거리가 남아 있었다. 마로이의 숨결이 거칠어졌다. 그는 조용히 말했다.

"그랬었군. 지금 알았어. 네가 나를 경찰에 찔렀군. 벨마, 네가……."

나는 베개를 던졌다. 그러나 소용없었다. 그녀는 마로이의 배를 향해 연거푸 다섯발을 쏘았다. 손가락을 장갑에 집어넣을 정도의 소리밖에 나지 않았다.

그리고 나서 그녀는 나를 향해 권총을 쏘았다. 그러나 이미 총알은 없었다. 그녀는 곧 마루에 떨어진 마로이의 권총을 주우려고 했다. 나는 또 베개를 던졌다. 이번에는 실수를 하지 않았다. 나는 침대를 돌아서 얼굴에 맞은 베개를 치워 버리려는 그녀를 힘껏 떠밀었다. 그리고 권총을 주워 다시 침대를 돌아 본디 자리로 돌아왔다.

큰 사슴 마로이는 아직 서 있었다. 커다란 몸뚱이가 힘없이 건들거리며, 맥없이 입을 벌린 채 두 손으로 몸을 쥐어뜯고 있었다. 그러다가 무릎을 후들후들 떨며 침대 위에 장승처럼 쓰러졌다. 고통스러운 숨소리가 방 안 가득히 울려 퍼졌다.

그레일 부인이 다음 행동을 하기 전에 나는 수화기를 들고 있었다. 그녀의 눈은 반쯤 얼어붙은 물처럼 잿빛으로 가라앉아 있었다. 그녀는 문 쪽으로 달려갔으나 나는 붙잡으려 하지 않았다. 그녀는 문을 열어젖힌 채 복도로 뛰어나갔다. 나는 전화를 다 걸고 나서 문을 닫으러 가야만 했다. 나는 침대가로 돌아와 엎어져 있는 마로이의 머리를 옆으로 돌려 숨을 쉴 수 있도록 했다. 아직 숨이 있었다. 그러나 아무리 큰 사슴 마로이라 해도 배에 다섯 발이나 총을 맞고서야 그리 오래 살지는 못할 것이다.

나는 다시 수화기를 들어 랜들은 불러 냈다.

"마로이가 여기 있어요. 내 아파트입니다. 그레일 부인에게 배를 다섯 발 맞았습니다. 병원에는 전화를 걸었습니다. 부인은 달아났어요."

"결국 나를 속였었군." 그는 이렇게 말했을 뿐 이내 전화를 끊었다.

나는 침대가로 돌아갔다. 마로이는 침대 곁 마루에 무릎을 꿇고, 한 손으로 탁자를 움켜잡고서 일어나려고 버둥거리고 있었다. 얼굴에 땀이 번지고 있었다. 눈꺼풀이 씰룩거리고 귓불이 거무죽죽해져 있었다. 구급차가 왔을 때까지도 그는 마루에 무릎을 꿇고 일어나려고 애쓰고 있었다. 들것에 그를 싣는 데 남자 네 명의 힘이 필요했다.

"어쩌면 살 수 있을지도 모릅니다." 구급차에 따라온 의사가 방을 나가면서 말했다. "45구경 권총이라면 살 가망이 있습니다. 내장의 어디를 맞았는지가 문제이긴 하지만 가망은 있습니다."

"살고 싶은 생각은 없을 겁니다." 나는 말했다.

역시 가망은 없었다. 그는 그날 밤 안으로 죽었다.

40

"파티를 열 걸 그랬어요." 하고 앤 리아든은 갈색 융단 너머에서 나를 보며 말했다. "번쩍거리는 은 그릇, 촛불, 깨끗하고 새하얀 식탁보. 하기는 파티를 여는 그런 장소에서 아직도 식탁보를 사용하고 있는지 어떤지는 모르지만, 아무튼 거기에 보석으로 단장한 여자들과 하얀 나비 넥타이를 한 남자가 늘어앉아 있는 거예요. 냅킨으로 싼 포도주 병을 들고 점잖게 손님들 사이를 왔다갔다하는 시중꾼들. 빌려 입은 턱시도로 답답해 보이는 모습을 하고 있는 경관들. 억지로 웃는 얼굴을 하거나 신경질을 부리며 손을 움직이고 있는 용의자들. 그리고 길다란 탁자의 윗자리에 당신이 앉아 매력 있는 웃음을 띠면서 파이로 번스(반 다인의 소설에 나오는 탐정)와 같이 적당한 영국식 액센트로 조금씩 조금씩 사건의 수수께끼를 풀어 나가는 거예요."

"좋겠지. 그런데 당신의 대사는 얼마든지 듣겠는데, 그 동안에 내 손에 뭐 좀 쥐어 줄 수는 없겠소?" 나는 말했다.

앤은 부엌으로 들어가 한참 동안 얼음 소리를 내고 있더니 키 높은 유리잔 둘을 가지고 와서 다시 앉았다.

"당신을 상대하는 여자는 무척 술을 많이 사야 할 거예요, 그렇죠?"

그녀는 이렇게 말하고 유리잔에 입술을 조금 댔다.

"그리고 갑자기 하인 하나가 졸도한다" 하고 나는 말했다. "물론 그가 살인범이었던 것은 아니지. 재치있는 연극으로 그랬던 거요."

나는 위스키를 마셨다.

"그런 줄거리는 아니었소." 나는 말했다. "그처럼 교묘하지도 않거니와 그처럼 소설 같은 사건도 아니오. 어둡기만 하고 더 피비린내가 나지."

"그래, 부인은 종적을 감춰 버렸나요?"

나는 고개를 끄덕였다.

"현재로는 행방불명이 돼 있지. 집에는 돌아가지 않았소. 아마 복장을 바꾸거나 얼굴 모양을 바꿀 수 있는 은신처를 어딘가에 갖고 있었던 모양이오. 늘 신변의 위험을 느끼며 살고 있었으니까. 나를 만나러 왔을 땐 혼자였소. 운전기사는 없었지. 작은 자동차를 타고 왔는데, 그 차는 2마일쯤 떨어진 곳에 버렸더군."

"하지만 꼭 잡힐 거예요. 경찰에서 잡을 마음만 있다면."

"비꼬지 마시오. 와일드 검사는 착실한 사람이오. 나는 그 사람 밑에서 일을 해 본 적이 있지. 그런데 체포하면 어떻게 되는지 알기나 하오? 2천만 달러의 재산과 아름다운 얼굴과 리파렐이나 레넨캄프(둘 다 유명한 변호사) 둘 가운데 하나를 상대하지 않으면 안 되게 되지. 그녀가 마리오를 죽였다는 증거를 잡는 건 어려워. 살인의 동기가 될 만한 것과 그녀의 과거에 의지하는 수밖에 없는데, 그 과거도 어디까지 더듬어 나갈 수 있을지 모르오. 아마 경찰 신세를 진 일은 한 번도 없을걸. 경찰에 기록이 남아 있다면 이런 줄거리를 쓸 리가 없지."

"마로이에 대한 건 어때요? 당신이 그에 대한 걸 나에게 말해 주었더라면 난 부인의 과거를 알았을 거예요. 그건 그렇고, 당신은 어떻게 아셨어요? 그 두 장의 사진은 같은 여자 사진이 아니던데."

"물론 틀리지. 플로리안 부인도 사진이 바뀐 걸 모르고 있었던 거야. 내가 벨마 발렌트라고 사인한 사진을 들이댔을 때 깜짝 놀라는 눈치였으니까. 하기야 마리오가 바꿔 놓은 사진인 줄 알면서 뒤에 나한테 팔아먹으려고 사진을 숨겼는지도 모르지만 말이야. 아무것도 아닌 사진인 줄 알면서, 다시 말해서 마리오가 바꿔치기한 다른 여자 사진인 줄 알면서 말이지."

"그건 상상에 지나지 않아요."

"그렇게밖에 생각할 수가 없소. 마리오가 날 불러 목걸이를 찾아야 한다고 허무맹랑한 말을 늘어놓은 건 내가 플로리안 부인을 찾아가 벨마에 대한 걸 꼬치꼬치 물었기 때문이오. 그리고 마리오가 살해된 건 그를 살려 둬서는 위험했기 때문이지. 플로리안은 벨마가 루인 로크리지 그레일 부인이 되었다는 건 모르고 있었소. 거기까지 알고 있을 리는 없지. 그레일은 일부러 유럽까지 가서 결혼했다더군. 그리고 그녀는 본명으로 결혼을 했소. 어디서 언제 결혼했는지에 대해서 그레일은 밝히지 않는데, 아마 절대로 말하지 않을 거야. 그녀의 본명도 말하지 않겠지. 그녀가 지금 어디 있는지도 그에게선 알아 내지 못할 거야. 사실 그도 모를 거라고 생각되는데, 경찰에선 그걸 믿지 않소."

"왜 말하지 않는 걸까요?" 앤 리아든은 아름답게 깍지낀 손등에 턱을 괴고 그림자 어린 눈으로 나를 보았다.

"그녀가 누구의 무릎에 안기건 개의치 않을 정도로 그녀에게 빠져 있기 때문이지."

"당신 무릎에도 안겼지요." 앤 리아든은 놀리는 투로 말했다.

"그건 연극이었소. 내가 두려웠던 거요. 그러나 나를 죽이려고 하진 않았어. 왜 그런지 아오? 경찰과 통하는 직업을 가진 자를 죽이는 일은 현명하지 못하기 때문이지. 하기야 막판에 가면 죽이려 했겠지만. 마로이가 죽이지 않는다면 제시 플로리안도 그녀가 죽였을 거야."

"아름다운 금발 여자를 상대한다는 건 즐거울 거예요, 그렇죠? 조금쯤 위험이 있더라도, 불장난에는 으레 위험이 따르기 마련 아니에요?" 앤 리아든은 말했다.

나는 아무 말도 하지 않았다.

"마로이를 죽인 건 죄가 되지 않겠네요. 마로이는 권총을 들고 있었으니까."

"되지 않지. 그 정도로 유력한 배경이 있으면 유죄가 될 리 없지."

금빛으로 빛나는 눈이 내 표정을 진지하게 탐색했다.

"정말로 마로이를 죽일 작정이었을까요?"

"부인은 마로이가 무서웠던 거요. 그녀는 8년 전에 그를 밀고했었소. 마로이는 그걸 눈치챘소. 하지만 그는 용서할 작정이었겠지. 그만큼 그녀를 사랑하고 있었던 거요. 물론 그녀는 죽일 마음이었소. 죽이지 않으면 안 될 자는 누구든 죽여 버릴 작정이었던 거요. 그럴 만한 이유가 있었으니까. 하지만 그런 짓을 언제까지나 계속하고 있을 수는 없었지. 그래서 그녀는 내 아파트에서 나를 쏘았어. 하지만 이미 총알이 없었지. 애당초 마리오를 죽일 적에 나도 죽였어야 옳았는데."

"끔찍이도 그녀를 사랑했군요. 마로이 말이에요. 8년 동안 편지를 하지 않아도, 감옥에 한 번도 면회를 가지 않아도 그녀를 사랑하는 마음에는 변함이 없었던가 보지요. 그러니까 그녀가 상금을 타기 위해 밀고했던 것도 용서해 줄 마음이었던 거예요. 그래서 출옥하기가 무섭게 아름다운 옷을 사 가지고 그녀를 찾기 시작했는데, 오랜만에 만난 그녀의 인사가 다섯 발의 총알이었군요. 마로이도 그녀 때문에 두 사람이나 죽였지만, 끝까지 그녀를 사랑하고 있었던 거예요. 세상이란 참 이상하군요."

나는 위스키를 쭉 들이켜고 아직도 목이 마르다는 표정을 지어 보였다. 앤은 내 표정을 무시하고 말을 이었다.

"그녀는 그레일에게 자신의 신분을 죄다 털어놓았지만, 그는 그런 것에는 개의치 않았던 거예요. 유럽에 가서 다른 이름으로 결혼을 하고, 그녀를 아는 자가 나타날까 두려워 그걸 피하기 위해 방송국을 남한테 넘겨 버렸을 거예요. 그는 돈으로 살 수 있는 것이라면 뭐든지 그녀에게 주었어요. 그런데 그녀가 그에게 준 건 무엇일까요?"

"어려운 질문이군." 나는 이렇게 말하고 유리잔 밑에 남은 얼음덩어리를 굴려 덜그럭거렸다. 역시 반응은 없었다.

"그녀가 그레일에게 준 것은, 이미 노인이라고 해도 좋을 그가 젊고 아름답고 정력적인 아내를 가졌다는 자기 만족이 아니었을까. 그레일은 그만큼 그녀를 사랑하고 있었던 거요. 대관절 우린 무슨 얘기를 하고 있는 거요? 별로 신기할 것도 없는 걸 가지고 이러고 있군. 그녀가 전에 어떤 여자였건, 과거에 어떤 남자가 있었건 그런 건 조금도 문제될 게 없소. 그레일은 그만큼 그녀를 사랑하고 있었으니까."

"큰 사슴 마로이처럼." 하고 앤은 조용히 말했다.

"드라이브 안 가겠소?" 하고 나는 말했다.

"하지만 부르넷에 대한 것이며 대마초 속의 명함에 대한 것, 아마서에 대한 것, 존더보그 의사에 대한 걸 아직 듣지 않았는걸요. 어떻게 해서 단서를 잡았는지 중요한 대목을 듣지 않았어요."

"나는 플로리안 부인에게 명함을 주었지. 그녀는 그 명함 위에 젖은 유리잔을 놓았소. 마리오의 주머니에서 나온 명함은 더러워진 명함이었고, 젖은 유리잔 자국이 나 있었지. 마리오는 뭐든지 단정히 하는 사람이었으므로, 그것도 하나의 실마리였지. 실이 한 가닥 풀리면 여러 가지 일을 알게 되는 법이오. 마리오가 플로리안 부인의 집을 저당잡고 돈을 융통해 준 건 그녀를 눌러 두기 위해서였소. 아마서는 나쁜 놈이었소. 뉴욕 호텔에서 체포되었소. 국제적인 마약 장사를 하고 있었다더군. 스코틀랜드야드(런던 경찰청)에 지문이 있었소. 파리에도 있었고. 증거를 잡은 게 어젠지 그저껜지 잘 모르겠군. 경찰이 본격적으로 움직이기만 하면 눈부신 활동을 보이니까. 짐작건대 랜들은 내가 참견하지 못하도록 비밀리에 수사를 진행시켰던 모양이오. 그런데 아마서는 살인 사건에는 관련되지 않은 것 같소. 존더보그와도 관계는 없어. 존더보그는 아직 체포되지 않았소. 경찰에선 전과자로 보고 있는데, 확실한 건 체포해 봐야 알 것 같소. 부르넷에게는 아무도 손을 대지 못하겠지. 법정에 끌어 내 봤자 헌법의 권리를 주장하며 아무 대꾸도 않을 것이 뻔하니까. 이름이나 지위를 걱정할 필요가 없거든. 그러나 베이 시티에선 반가운 인사 이동이 벌어졌지. 서장은 휴직이 되고 형사의 반수가 평순경으로 떨어졌소. 그리고 나를 몬테시트 호로 데려갔던 레드 노가드라는 훌륭한 남자가 복직하게 되었고. 다 시장이 한 짓이야. 잘못이 드러날까 봐 한 시간마다 바지를 갈아입는 형편이거든."

"그런 말까지 할 필요가 있을까요?"

"셰익스피어의 필법이지. 드라이브나 갑시다. 한 잔씩만 더 마시고."

"내 것을 드리지요."

앤 리아든은 일어서서 거의 그대로 있는 위스키 잔을 손에 받쳐 들고 내 앞에 와서 섰다. 커다란 눈이 아름다웠다.

"정말 멋있는 분이에요. 용기 있고, 어떤 일이 있어도 결코 뒤로 물러서지 않고, 얼마 안 되는 보수로도 목숨을 거는 일을 하시는군요. 머리를 얻어맞고 목이 졸려도, 턱이 부서지고 몸에 마약 주사를 맞고도 상대가 지쳐서 항복할 때까지 태클과 안드 사이를 몇 번이든 돌파하려 하시는군요 (축구의 포워드 라인을 돌파한다는 뜻). 정말 멋있는 분이에요."

"알았소. 칭찬하고 있는 거요, 놀리고 있는 거요?" 나는 큰 소리로 말했다.

앤 리아든은 침착한 목소리로 말했다.

"모르세요? 나 키스를 받고 싶어서 그래요."

41

벨마의 행방은 그로부터 석 달 이상이나 알 수 없었다. 경찰에서는 그레일이 그녀의 행방을 모른다는 것을 믿지 않았다. 그레일이 그녀를 어딘가에 숨겨 놓은 것으로 알고 있었다. 그래서 경찰도 신문기자도 돈으로 그녀를 숨길 수 있을 만한 곳을 이 잡듯이 수사했다. 그러나 그녀는 돈의 힘으로 숨어 있었던 것이 아니었다. 그녀가 몸을 숨기고 있었던 곳은 한 번 알고 보면 누구에게나 상상이 가는 곳이었다.

어느 날 밤, 분홍색 얼룩말같이 비상한 시력을 가진 볼티모어의 한 형사가 어느 나이트 클럽에 들어가서 밴드의 음악 소리에 귀를 기울이다 멋진 목소리로 노래를 부르고 있는, 머리도 눈썹도 새까만 아름다운 가수에 눈독을 들였다. 곰곰이 그녀의 얼굴을 보고 있는 동안 무엇인가가 그의 육감의 실에 와 닿았다. 실은 곧 떨리기 시작했다. 그는 당장 서로 돌아가 수사 중인 인물의 수배 사진을 한 장씩 조사하기 시작했다. 이윽고 찾던 사진이 발견되었다. 그는 한참 동안 그 사진을 들여다보고 있었다. 그런 다음 모자를 고쳐 쓰고 나이트 클럽으로 돌아가서 매니저를 붙잡았다. 그들은 분장실로 가서 분장실 문을 두드렸다. 문은 잠겨 있지 않았다. 형사는 매니저를 밀치고 방 안으로 들어가 문을 잠갔다.

그는 이내 대마초 냄새를 알아챘을 것이다. 그녀는 그때 대마초를 피우고 있었기 때문이다. 그러나 형사는 그런 것에는 신경을 쓰지 않았다. 그녀는 삼면경 앞에 앉아서 머리카락과 눈썹을 들여다보고 있었다. 머리카락도 눈썹도 그녀 자신의 것이었다. 형사는 웃음을 머금고 곧장 그녀 가까이 걸어가 수배 사진을 건넸다.

형사가 경찰에서 그 사진을 보고 있었을 때처럼 그녀도 한참씩 수배 사진을 들여다보며 생각에 잠기는 적이 여러 번 있었던 것이다. 형사는 의자에 앉아 다리를 포개고 담배에 불을 붙였다. 그는 좋은 눈을 가지고 있었다. 그러나 그는 그 눈을 한 가지 목적을 위해 지나치게 써 버렸다. 여자를 보는 눈으로는 충분하지 못했던 것이다.

이윽고 그녀는 희미하게 웃고 나서 말했다.

"젊은 분이 수완이 좋으시군요. 내 목소리는 한 번만 들으면 잊어버리질 않는답니다. 라디오에서 듣기만 하고도 나라는 걸 알아차린 친구들이 있었으니까요. 그런데 여기서 벌써 한 달이나 노래를 불렀고, 한 주일에 두 번씩 라디오에 중계되는데도 내 목소리를 알아챈 사람은 아직 한 명도 없었어요."

"난 당신의 노래를 들어 본 일이 없었소."

형사는 이렇게 말하며 계속 웃음을 짓고 있었다.

그녀는 말했다.

"당신하고는 이야기가 안 되겠지요. 만일 이야기가 될 수만 있다면 돈을 아끼지 않겠어요."

"상대가 틀려요. 안됐지만." 형사는 말했다.

"그럼, 나갈까요." 그녀는 이렇게 말하며 의자에서 일어나 핸드백을 들고 옷걸이에서 외투를 벗겼다. 그리고 형사 곁으로 가 외투를 내밀며 입혀 달라고 했다. 그는 신사답게 일어서서 그녀 뒤에서 외투를 입혀 주려고 했다.

별안간 그녀는 뒤돌아서며 핸드백에서 권총을 꺼내 그가 두 손에 들고 있던 외투를 통해 세 발 쏘았다.

권총 소리를 듣고 사람들이 문을 부수고 방에 뛰어들어갔을 때, 그녀는 아직 권총에 총알을 두 발 남기고 있었다. 사람들이 가까이 달려가기도 전에 그녀는 그 총알을 사용했다. 두 발 다 사용했는데, 두 발째 총알은 그냥 반사적으로 사용되었을 뿐이었다. 사람들은 그녀가 바닥에 쓰러지기 전에 안아서 부축했다. 그러나 그녀의 머리는 이미 힘없이 축 늘어져 있었다.

"그 형사는 이튿날까지 살아 있었지." 랜들은 나에게 이야기하며 말했다. "말을 할 수 있는 동안에 그는 사정 이야기를 죄다 하더군. 모든 사정은 그를 통해서 알았던 거요. 어째서 그가 경계를 게을리했는지 난 도무지 납득이 안 가. 여자와 흥정을 하려고 마음먹었는지도 모르지. 흥정할 속셈이 없고서는 경계를 게을리할 리가 없거든. 물론 그런 식으로 생각하고 싶진 않지만."

"나도 같은 의견입니다." 나는 말했다.

"그 여자는 멋들어지게 심장을 쏘았어. 두 번씩이나. 사격 전문가의 말을 들어 보면 그런 일은 있을 수 없다는 거야. 그리고 또 뒷이야기가 있지" 하고 랜들은 말했다.

"무슨 이야긴데요?"

"그 여자는 형사를 쏘고 바보 같은 짓을 한 거요. 그 아름다운 얼굴과 돈과 일류 변호사의 응원만 있으면, 어떤 일이 있어도 유죄로는 되지 않지. 조그만 술집에서 고생하던 소녀가 거부의 아내가 되자 옛날 일을 알고 있는 콘도르들이 너나할것없이 몰려들어 그녀를 먹이로 삼으려 했다는 식의 줄거리를 만들어 동정을 구하는 거요. 레넨캄프는 스트립 할망구들을 반 다스 가량 법정에 끌어 내어, 몇 년 동안 그녀를 등쳐먹었다고 울면서 고백하게 만들겠지. 할망구들이 유죄가 되지 않도록 각본을 쓰는 방법은 얼마든지 있소. 배심원을 눈물 전술로 설득하면 되는 거니까. 그 여자는 그레일에게 폐가 되지 않도록 자기 힘으로 종적을 감추었소. 거기까지는 능란하게 행동했다고 할 수 있겠으나, 잡히면 그레일한테 돌아오면 되었던 거요."

"당신은 그녀가 그레일에게 폐를 끼치지 않으려 했다고 생각하시는군요."

그는 고개를 끄덕였다. 나는 말했다.

"그녀의 그런 심정에는 무슨 특별한 이유가 있었다고 생각합니까?"

랜들은 물끄러미 나를 보았다. "어떤 이유였건 난 그렇게 믿고 싶소."

"그녀는 살인범입니다. 그러나 마로이도 살인범입니다. 그리고 마로이는 그다지 악인이 아닙니다. 볼티모어 경찰의 형사는 기록이 나타내고 있는 것만큼 정직한 사람이 아닐지도 모르죠. 이건 내 상상입니다만, 그녀는 하나의 기회를 발견했던 겁니다. 도망칠 기회는 아니죠. 더 이상 사람의 눈을 피해 다니는 데도 지쳤을 겁니다. 그녀에게 진정한 기회를 준 유일한 사람에게 보답을 하는 기회 말입니다." 나는 말했다.

랜들은 입을 벌린 채 나를 보았다. 그 눈은 내가 한 말에 승복하지 못하겠다는 듯이 빛나고 있었다.

"하지만 경찰은 안 죽여도 되지 않소." 그는 말했다.

"나는 그녀가 훌륭한 여자라곤 말하지 않아요. 선량한 여자라고도 말하지 않습니다. 여태까지도 말한 적은 없습니다. 더 이상 달아날 곳이 없기 전까진 자살도 하지 않는 여자니까요. 하지만 그녀가 자살을 해 버린 것은 여기서 재판을 열 필요를 없애버렸습니다. 이 점을 한 번 잘 생각해 보시오. 여기서 재판이 열린다면 누가 제일 타격을 받겠습니까? 가장 고통을 당할 사람이 누구겠습니까? 재판 결과 이기건, 지건, 무승부로 끝나건 가장 크게 희생을 당할 사람이 누구겠습니까? 사랑하는 방법은 현명하지 못했지만 그녀에게 가장 깊은 사랑을 바치고 있던 노인입니다."

랜들은 날카로운 목소리로 내뱉듯이 말했다.

"그건 감정에 사로잡힌 사고방식이오."

"맞습니다. 내가 말하면 더욱 감정에 치우친 것으로 들리겠지요. 아마 내 생각이 잘못 되었는지도 모릅니다. 그럼, 난 갑니다. 내 빨간 벌레는 아직 이 방까지 못 올라왔나요?"

랜들은 내가 무슨 말을 하는지 몰랐다. 나는 엘리베이터로 1층까지 내려가 시청의 정면 계단에 섰다. 구름 한 점 없이 활짝 개어 공기가 차고 맑은 날이었다. 아득히 멀리까지 바라볼 수가 있었다. 그러나 벨마가 간 곳까지는 보이지 않았다.

필립 마로우의 우수

레이몬드 손튼 챈들러는 1888년에 아메리카 중서부의 일리노이 주 시카고에서 퀘이커 교도 집안의 장남으로 태어났다. 그가 8살 때 부모가 이혼하여, 어머니를 따라 어머니 고향인 영국으로 건너갔다. 런던 변두리에 있는 공립학교인 덜위치 칼리지에 입학하여 17살에 졸업한 뒤 대륙으로 나가 프랑스와 독일에서 언어학 연구에 몰두했다.

이윽고 영국으로 돌아온 그는 해군본부에서 일했으나 무미건조한 그곳 분위기에 질려 곧 그만두고, 한푼도 없는 상태에서 문필 수업을 시작했다. 이동안 〈아카데미〉〈스펙테이터〉〈웨스트민스터 가제트〉에 투고했던 서평이며 수필들은 그가 죽은 뒤, 한때 쓰다가 그만두었던 시와 함께 《마로우 이전의 챈들러》라는 한 권의 책으로 엮어 나왔다.

1912년, 시인 시대를 끝낸 23살의 챈들러는 태어난 나라 미국으로 돌아가 이윽고 영주하게 될 캘리포니아 주 로스앤젤레스에서 살기 시작했다.

닥치는 대로 일하며 겨우 생계를 꾸려 가는 동안 제1차 세계대전이 일어났다. 그는 캐나다 공군에 지원하여 프랑스로 건너가 나중에 영국 공군으로 편입되었으나(어머니가 그를 맡았기 때문에 아직 미국 시민권을 얻지 못하고 있었다), 전쟁이 끝남과 동시에 밴쿠버로 돌아와 거기서 재대하였다.

제대한 뒤에 어머니와 함께 로스앤젤레스로 돌아와, 석유 경기 덕분에 몇몇 석유회사의 직원으로 근무했다. 그로부터 5년 뒤인 1924년에 줄곧 함께 살아 온 어머니가 세상을 떠나고 그 2주일 뒤 35살의 그는 18살이나 나이가 위인 펄 세실리 헐버트와 결혼했다. 이미 53살이었던 이 아내는 그때까지 두 번 이혼한 경력이 있었으나 꽤 미인으로서 그 뒤의 결혼 생활 30년을 통하여 사랑하는 아내 시시이로서, 주부로서, 그리고 남편의 일에 대한 조언자로서 챈들러의 좋은 반려가 되었다.

그러나 호경기에 이어진 세계 대불황의 파도는 이윽고 태평양 연안까지 미쳐 챈들러는 석유업계의 지위를 내놓지 않으면 안 되게 되었다.

1933년 〈블랙 마스크〉지는, 그가 투고했던 중편 《협박자는 쏘지 않는다(Blackmailers don't Shoot)》를 실었다. 이것이 실제로 그의 첫 번째 탐정 소설이다. 그 뒤 필립 마로우 시리즈의 장편으로 한데 모아 엮은 중편들을 〈블랙 마스크〉와 〈다임 디텍티브〉 같은 잡지에 계속 발표했다.

1939년, 첫 장편 《거대한 잠》이 발표되었다. 그리고 이어서 20년 동안에 몇 편 되지는 않으나 발표할 때마다 화제작이 되었던 장편을 세상에 내놓아, 주인공인 사립 탐정 필립 마로우도 더불어 유명해졌다.

1943년에서 47년에 걸쳐 할리우드 영화 회사의 의뢰를 받아 각색하고 오리지널 각본을 쓰는 일에 종사했다.

1954년 봄에 아내 시시이가 83살로 세상을 떠나자, 그와 동시에 그의 지병이 된 알코올에 중독된 생활이 시작되었다. 어떤 때는 몽롱한 의식 속에서 욕실에서 피스톨을 쏘아 경찰이 달려온 적도 있었다.

1959년 미국 탐정 작가 클럽(MWA)은 챈들러를 회장으로 선출했다. 취임 칵테일 파티에 참석하기 위하여 뉴욕으로 온 챈들러는 나쁜 날씨 탓으로 예전부터 약해져 있는 호흡기에 병이 나서 서둘러 캘리포니아 주에 있는 라 홀랴의 자택으로 돌아갔다. 그로부터 3주일 뒤인 3월 26일에 그는 기관지 폐렴으로 조용히 세상을 떠났다. 유해는 샌디에이고의 마운트 호프 묘지에 잠들어 있는 아내 시시이 옆에 묻혔다.

챈들러가 미스터리를 쓰게 된 경위와 그가 주장하는 바에 대해서는 에세이 《간단한 살인법(Simple Art Murder)》 속에 자세하게 써 있다.

챈들러는 이른바 황금시대 거장들의 작품에 불만을 느껴, 하드보일드 파 탐정소설의 선구자인 더실 해미트를 유일하게 신봉하면서 중년부터 창작 생활에 발을 들여놓았다. 그는 26년 동안에 장편 7권과 중단편 24작품과 여러 편의 에세이를 발표하였다. 신선한 문체와 명쾌한 화법과 철저한 리얼리즘을 들고 있다. 그러나 한 독자로서 보면 1930년대의 로스앤젤레스와 그 주변의 풍경 묘사가 생생하고, 사립 탐정 필립 마로우와 큰 사슴 마로이와 《거대한 잠》에 나오는 텔리 레녹스 같이 종래의 탐정소설에서는 예상도 할 수 없는 독특한 매력을 지닌 등장인물을 창조한 사실만으로도 충분한 것 같다.

요즘에 와서 미국에 일고 있는 하드보일드 파 미스터리에 대한 연구열은 점점 높아져 해미트와 챈들러에 대한 연구로 학위를 받은 사람도 있으며, 대학에서 전공 학생 수가 해마다 불어나고 있다고 한다. 그리고 챈들러에 대한 문헌이며 자료들은 로스앤젤레스 변두리에 있는 캘리포니아 대학 도서관에 보존되어 있다.

끝으로 장편의 제목들을 적어 둔다.

《거대한 잠(The Big Sleep—1939)》

《굿바이 마이 러브(Farewell, My Lovely—1940)》

《높은 창(The High Window—1942)》

《호수 안의 여인(The Lady in the Lake—1943)》

《가엾은 여인(The Little Sister—1940)》

《기나긴 이별(The Long Good-bye—1949)》

《플레이백(Playback—1958)》